천하를 경영한

기황후

천하를 경영한

기황후

제성욱 대하소설

1 고려는 내 태(胎)를 묻은 땅

일송북

기 황후

공녀라는 불운을 극복하고 원 제국의 황후가 되어 순제 황제를 대신해 유라시아 대륙을 경영했다. 고려를 원나라의 한 성에 편입시키자는 입성론을 종식시켰고, 원나라의 강압적인 요구로 80년 간 고려 민중들을 공포에 떨게 했던 공녀와 환관 제도를 폐지하는 등 고려의 권익에도 힘썼다. 이 영정은 KBS가 몽골 화가를 통해 제작해서 행주기씨 문중에 기증한 것을 본 출판사가 사용하였다.

대청도

인천광역시 옹진군에 위치. 고려시대 원나라의 왕족들이 주로 유배를 왔던 곳으로 알려져 있다. 순제도 왕족들 간 권력 다툼으로 인해 1330년 11살의 어린 나이로 대청도에서 유배생활을 했다.

순제(順帝 : 토곤테무르)

한족을 핍박했던 원의 역대 황제들과는 달리 한문화를 존중했고 《요금송삼사(遼金宋三史)》를 편찬하는 등 문화적 치적을 남겼지만, 후기에는 방탕한 생활로 정사를 등한시 했다. 이 영정은 대만 고궁박물관에 있는 것을 몽골 국립박물관에서 도록으로 제작한 것이다.

원나라 지도

칭기즈칸과 그의 후예들이 건국한 몽골제국 원나라는 동쪽 연해주를 시작으로, 서쪽 이라크에 이르기까지 사상 유래 없이 광활한 유라시아의 영토를 지배했다. 뉴욕 메트로폴리탄 박물관에 전시된 원나라 지도.

목차

1장 꽃잎은 바람에 흩날려   11
2장 세상을 치마폭에 품고   55
3장 이이제이 以夷制夷   137
4장 소용돌이 속으로   195
5장 천하의 어머니로 올라서다   281

    작가의 말   355

1장

꽃잎은 바람에 흩날려

1320년 원의 황제 사신을 보내어
　　동녀 53명과 환관 23명을 고려에 요구하다

1

 1319년, 고려 충숙왕(忠肅王) 6년. 기미년(己未年)의 여름도 다 저물어 가는 9월 초순경이었다.
 이 해 따라 여름 날씨가 변덕이 심해 음풍이 스산스럽게 불면서 많은 비가 내렸다. 긴 장마가 쏟아놓은 빗줄기로 나라 곳곳에서는 홍수가 일어났다. 여기에다 잇따라 몰려온 태풍에 쓸려 농작물은 대부분 유실되었고, 남아 있는 작물마저도 열매를 맺지 못해 흉년은 불을 보듯 뻔한 상황이었다. 몇 년째 이어지는 대흉년. 특히 여러 갈래의 물줄기를 끼고 있는 우봉현(牛峯縣)의 피해는 더욱 컸다. 현의 동쪽에는 임진강이 흐르고, 중앙에는 예성강과 그 지류인 구연천·오조천·구수천이 흘러 평야가 발달된 이곳은 한꺼번에 제방이 터지고 강물이 범람하여 일대 논들이 모두 물에 잠기고 말았다.
 기자오(奇子敖)는 평야가 한눈에 내려다보이는 언덕에 올라서 안타까운 눈으로 주위를 둘러보았다. 하지만 그는 물에 잠긴 논을 걱정하고 있는 게 아니었다. 아름드리 커다란 은행나무 아래를 서성이며 누군가를 간절히 기다리고 있었다.

기자오에게는 다섯 아들과 두 딸이 있었다. 그 중 큰아들 기식(奇軾)은 어릴 적에 병으로 일찍 죽어, 둘째 아들인 기철(奇轍)이 실제적인 장손이나 다름없었다. 기철은 열두 살이 되던 해 개경으로 나가 친척집에 기거하면서 공부를 시작했는데 머리가 명민한 데다 글재주가 뛰어나서 장차 큰 인물이 되리라는 기대를 모았다. 열세 살의 어린 나이에 관리로 임용되는 예비시험인 감시(監試)에 급제한 뒤로는 더욱 글공부에 매진하며 마지막 관문인 예부시(禮部試)를 오랫동안 준비해왔다. 그렇게 벼르고 벼르던 과거를 치른 것이 바로 오늘. 기자오는 아들 기철이 좋은 소식을 안고 오기를 간절히 기다리고 있었던 것이다.

언덕 위에 서서 개경과 이어지는 큰길에 눈길을 박고 있는데 집에서 부리는 집사 하나가 급히 달려왔다.

"나으리, 아무래도 마님께서 해산을 하시려나 봅니다."

기자오는 고개를 돌리면서도 탐탁지 않은 반응이었다. 그에게는 이미 네 아들과 두 딸이 있었다. 여덟 번째 아이가 태어난다 해도 그다지 반갑지 않았다. 더구나 지금은 예부시를 치르고 올 둘째 아들 기철의 소식이 더 급했다.

"난산인 것 같사옵니다. 마님께서 몇 식경 전부터 산고를 거듭하고 계십니다."

그제야 기자오는 집이 있는 쪽으로 고개를 돌렸다. 처음 부인 이씨가 태기가 있다고 했을 때 그는 믿지 않았다. 이씨는 마흔이 넘으면서 폐경기가 왔다. 몇 해 전에 완전히 태가 막혀 더 이상 임신을 할 수 없는 처지였는데 어느 날 태기를 보이며 배가 불러오자 주위에서는 모두 놀랐다.

"이 아이는 하늘이 내린 아이가 틀림없어."

집안사람들은 모두 그렇게 입을 모았다. 태어날 수 없는데도 하늘이 태문(胎門)을 열어주어 세상에 나오게 한다는 것이었다. 하지만 기자오는 별로 반갑지가 않았다. 이 같은 난세에 누가 태어난다 해도 권문세가가 아닌 바에야 제 뜻을 펼칠 기회란 거의 없기 때문이었다. 가장 명민하다는 둘째 아들 기철만 봐도 그러했다. 시문에 능하고 학식이 풍부했지만 관직에 나갈 기회가 없어 이렇게 예부시 급제만 간절히 바라는 처지 아닌가. 조정의 관직은 친원파들이 대부분 차지하여 아무리 능력이 뛰어나도 벼슬길에 오르기는 어려웠다. 딸이든 아들이든 이 험난한 시기에 살기 어려운 건 마찬가지였다. 원나라의 속국이나 다름없는 고려인들이 그나마 출셋길을 찾아 천하의 중심이라는 원의 대도성에 나가기도 하지만, 대도성이라고 해서 크게 다를 것은 없었다.

원나라는 몽고족이 세운 나라였는데 그들 중에 글을 읽고 쓸 줄 아는 사람은 별로 없었다. 전쟁과 목축에만 능했지 학문적인 소양은 거의 없었던 것이다. 때문에 많은 고려인 학자들이 더러 원에 가서 벼슬길에 오르기는 했다. 물론 한족(漢族)들도 글을 읽고 쓰는 데 능했지만, 몽고족들은 그들을 철저히 배척하는 대신 고려인들을 관리에 등용했다. 기철도 고려에서 출셋길이 여의치 않자 아버지에게 원에 보내달라고 했다. 하지만 기철은 몽고말이 익숙지 않아 선뜻 보낼 수도 없었다. 아직 어린 나이라 학문을 더 닦을 필요도 있었다.

이번 과거마저 낙방하면 기어이 원으로 보내야만 하는가? 그렇게 생각하고 있는데 옆에 있던 집사가 크게 소리쳤다.

"나으리 저쪽 하늘을 보십시오."

기자오가 집이 있는 동쪽을 바라보자 맑게 갠 하늘에 무지개가 걸려 있었다. 무지개를 스치며 지나가는 뭉게구름도 그 빛을 받아 오색으로 빛나고 있었다.

"오색구름입니다요. 무지개 빛 오색구름이 나으리 집을 뒤덮고 있사옵니다. 아마도 경사가 있을 모양입니다요. 마님께서 귀인(貴人)을 낳으실 징조가 아닌가 하옵니다."

기자오는 의미심장한 표정으로 턱수염을 가만히 매만졌다. 생각해 보니 부인이 태기가 있다 했을 때 자신이 꾼 태몽도 범상치는 않았다. 여러 마리의 용이 얽혀 싸움을 하다가 크게 승리한 한 마리 용이 하늘로 욱일승천하는 꿈이었던 것이다.

"용꿈이라……."

용은 예로부터 황제를 상징하므로 귀한 꿈임에는 틀림없으나 신분이 낮은 자신이 용꿈을 꾸었다하여 크게 달라질 게 무엇인가 싶어 그대로 잊고 지냈는데, 하인이 호들갑을 떠는 바람에 잠시 꿈 생각이 떠오른 것이었다.

그러나 기자오는 다시 머리를 휘휘 내저었다. 고려같이 작고 약한 나라에서 황제라니……. 그가 생각을 정리하고 나자 이제 부인에 대한 걱정이 앞섰다. 난산이라면 산모도 위험하지 않은가?

기자오는 기철을 기다리던 것을 포기하고 집으로 달려갔다. 집에 들어서며 내당 쪽으로 걸어가는데,

"으앙!"

하고 갓난아기의 울음소리가 터져 나왔다. 그것은 틀림없는 고고지성(呱呱之聲)이었다. 멀리서 들려오기는 했으나 어딘지 모르게 우렁차고 힘이 있었다. 기자오는 다시 용꿈을 떠올렸다.

"황제의 꿈이라……."

그가 내당 마당을 서성이며 궁금증이 들어 안쪽을 기웃거리고 있는데 산파가 밖으로 나왔다. 그러자 집사가 얼른 달려가서 물었다.

"이보게! 아들인가 딸인가? 빨리 말 좀 해주게."

기자오는 부지중에 산파 앞으로 다가가 그녀의 입을 바라보았다. 산파는 잠시 머뭇거리다가 대답했다.

"귀여운 딸임메."

문득 기자오의 표정에 실망의 빛이 스쳐갔다. 용꿈을 떠올리며 황제를 떠올린 사실이 머쓱해졌다. 그는 턱을 문지르며 천천히 발걸음을 뗐다. 그러자 산파가 다시 말을 이었다.

"딸이지만 보통 아기씨가 아닌 것 갑메. 첫 울음소리가 얼마나 우렁찬지 하마터면 이 늙은 것 귀청이 터질 뻔했지뭐임?"

하지만 기자오의 얼굴에는 낙심한 표정이 역력했다. 아무리 출중한 인물로 태어난다 해도 여자로 태어나 무슨 뜻을 가져보겠는가. 더구나 지금은 고려가 원나라의 속국으로 전락하여 뛰어난 능력을 가진 남자들도 출세하기 힘든 세상이 아닌가? 기자오는 고개를 휘휘 내저으며 다시 기철의 소식에 몰두했다.

"여봐라, 개경에서는 아직도 소식이 없는 게냐?"

기자오가 밖을 향해 소리치자 집사가 얼른 달려와 대답했다.

"도련님은 얼마 전에 안채에 와 계십니다."

"무엇이야? 그런데 왜 아무 말도 하지 않은 게냐?"

기자오는 밖으로 나와 안채로 향했다. 그는 기철을 보자마자 물었다.

"그래, 과거는 어찌 되었느냐? 급제를 한 것이냐?"

기철은 어두운 표정으로 긴 한숨을 내쉬었다.

"아버님 뵐 면목이 없사옵니다."

그는 고개를 푹 숙인 채 무릎을 꿇었다.

"네가 정녕 예부시에도 낙방이란 말이냐?"

기자오는 믿기지 않는 얼굴로 되물었다.

"문장으로 따진다면 네가 예부시에서 낙방할 리가 없지 않느냐?"

"저도 모르겠습니다. 항간에 들리는 말로는 이번 예부시는 친원파들이 조정을 장악하기 위해 조정의 중신들과 미리 짜고 그들에게 줄을 대는 관리의 자제들만 급제시켰다는 말도 있습니다."

"이런……."

기자오는 긴 한숨을 내쉬며 주먹을 움켜쥐었다. 그는 이번 과거 역시 형식상으로 치른다는 것은 어느 정도 예상할 수 있었다. 하지만 재능 있는 인재들은 몇 명이라도 뽑아 쓸 줄 알았다. 그런데 모조리 친원파의 자제들만 급제시켰다니 분노가 끓어올랐다. 그는 화를 다스리기 위해 숨을 크게 몰아쉬며 얼굴을 매만졌다. 그때 방금 내당에서 태어난 딸아이의 우렁찬 울음이 들려왔다. 집안 전체가 들썩일 정도로 큰 울음이었다. 기자오는 양 미간을 좁히며 가늘게 중얼거렸다.

"이 망할 놈의 세상. 차라리 딸로 태어난 게 더 잘된 일인지도 모르겠구나."

달이 가고 해가 바뀌며 기자오의 막내딸은 무럭무럭 자랐다. 기자오는 아이의 이름을 연수라 지었다. 연수는 여덟 남매 중 막내로 오빠와 언니들의 보살핌을 받으며 잘 자라났다. 부모가 상대적으로 그녀에게 신경을 덜 썼기 때문인지 성격이 사내처럼 자유분방하고 호기로웠다. 밖에 나가 놀 때에도 여자아이보다는 사내아이들과 놀기를 좋아하고, 다섯 살 무렵부터는 사내아이들의 대장 노릇을 하기도 했다.

"계집아이가 사내아이들과 어울리면 억세기만 해서 무엇에 쓸꼬?"

기자오는 딸의 거친 언행을 볼 때마다 은근히 걱정됐다. 그래서 연수가 다섯 살이 되었을 때부터 예의범절과 글을 몸소 가르쳤다. 연수는 성정이 억셀 뿐만 아니라 총명하기 이를 데 없어, 한 번 배운 것은 결코 잊어버리는 법이 없었다. 하지만 그녀는 여전히 공부보다는 남자애들과 뛰어노는 것이 더 좋았다. 골목과 숲속을 뛰어다니며 남자아이들을 이끌었다. 편을 나누어 전쟁놀이를 하는가 하면, 토끼 사냥에 나서서 몰이꾼을 이끌기도 했다. 그녀는 남자아이들을 모아놓고 가끔 이렇게 외치기도 했다.

"난 커서 황제가 될 거야!"

그러면 남자아이들이 야유하며 놀려댔다.

"치이. 계집애가 어떻게 황제가 된다는 거야?"

"여자라고 황제가 되지 말라는 법이 있니? 신라에는 여왕도 많았다고 했어."

"그건 신라 때 이야기지. 지금은 고려잖아."

"맞아. 더구나 고려에서는 황제가 될 수 없대. 고려는 왕이고, 중국에서만 황제가 될 수 있다고 하던데?"

그러자 지나가던 기철이 나서서 연수를 거들었다.
"고려에서 황제가 되지 못하면 다른 곳에서 황제가 되면 되지 않니?"
"다른 곳이요?"
"당나라 때도 측천무후라는 여자가 있었는데, 남자 대신 황제가 되었다고 그래."
"어머, 그게 정말이야? 여자도 황제가 될 수 있어? 너무 멋있다."
이제 겨우 다섯 살이 된 연수는 커서 꼭 황제가 되리라는 꿈을 안고 지냈다. 연수는 비록 계집아이일망정 도량과 포부는 어려서부터 그처럼 웅대했다.

2

봄의 숲 속은 잘 익은 과실주처럼 향기로웠다. 어디선가 꽃망울 툭툭 터지는 소리가 들려올 듯 주위는 고요하고 적막했다. 연수는 얼굴에 간들 스치는 숲의 바람살을 느끼며 비단뱀이 풀숲을 헤치듯 사르륵사르륵 뒤꿈치를 끌며 천천히 앞으로 나아갔다. 그녀의 발소리는 미세한 공기를 흔들며 파장으로 퍼져가고 있었다. 한참 숲 속으로 들어가던 그녀는 뚝 걸음을 멈추고 풀숲 사이를 자세히 살폈다. 어디선가 미세한 움직임이 전해지는가 싶더니 수풀 사이에 느개 같은 새하얀 빛이 살짝 엿보였다. 산토끼였다. 토끼는 연수가 다가오는 것도 모른 채 두 앞발을 들어 작은 코끝을 매만지고 있었다. 귀를 쫑긋 세우긴 했으나 비단뱀처럼 다가온 그녀의 모습을 감지하지 못한 듯했다.

그녀는 홍조 띤 얼굴로 옅은 심호흡을 하고는 힘껏 몸을 날렸다. 동시에 토끼를 향해 두 팔을 쭉 뻗었으나 토끼가 더 빨랐다. 손끝에 하얀 털이 스쳤을 뿐 토끼는 잽싸게 몸을 피해 숲 쪽으로 달아나 버렸다. 연수가 얼른 몸을 일으켜 뒤쫓았지만 걸음으로 토끼를 당해낼 재간이 없었다. 열 보쯤 달리다가 온몸에 맥이 풀려 그만 스르르 주저앉고 말았다. 호흡이 가빠 숨이 턱밑에까지 올라왔다. 이마의 땀을 닦아내며 고개를 들었다. 그때 어디선가 흰빛 한 점이 번쩍 나타나더니 순식간에 수풀 너머로 날아갔다. 곧이어 가느다란 짐승의 신음소리가 들려왔다.

잠시 뒤에 나타난 사람은 최천수였다. 그의 한 손에는 피를 흘리며 죽어 있는 토끼가 들려있었다.

"네가 잡으려는 게 이것이지?"

최천수는 의기양양하게 죽은 토끼를 연수 앞에 툭 던져놓았다. 하지만 그녀는 토끼를 거들떠보지도 않고 야무진 입매를 살짝 비틀었다.

"내가 잡고 싶은 건 살아 있는 토끼란 말야."

몸을 일으킨 연수는 눈꺼풀을 파르르 떨며 앵돌아진 얼굴을 옆으로 돌리고 말았다. 최천수가 들숨과 날숨이 느껴질 만큼 바투 다가와 낮고 빠르게 속살거렸다.

"나중에 나와 혼인하면 살아 있는 토끼를 실컷 잡아다 주지. 고려 최고의 무사가 돼서 말이야."

연수는 대답 없이 빙긋 웃기만 했다. 둘은 나란히 손을 잡고 숲을 빠져나왔다. 촉촉이 젖은 대지가 온갖 향기를 피워 올리고 있었다. 바야흐로 봄이었다. 천지간에 다투어 핀 꽃들이 저마다 색과 향기를 뽐내고, 꽃밭에서 넘노는 벌 나비의 날갯짓은 어지러웠다.

그때 가까이서 풀잎 스치는 소리와 함께 누군가 달려오는 게 보였다. 바로 소옥이었다. 그녀는 거친 숨을 몰아쉬며 벌겋게 상기된 얼굴로 연수와 천수를 번갈아 바라보았다. 그녀의 눈은 이글이글 타올라 질투의 불길에 휩싸여 있었다. 소옥은 연수의 친구이면서 오랫동안 최천수를 흠모하고 있었다. 어릴 적부터 천수와 소옥은 이웃에 살면서 함께 자랐다. 자라면서 차츰 최천수를 좋아하게 되어 여러 차례 그에게 애정 표현을 해봤지만, 최천수의 마음에는 이미 연수가 자리 잡고 있었으므로 그녀에게는 관심을 보이기는커녕 오히려 소옥의 그런 애정 표현을 부담스럽게 여겨 그녀를 피하고 있었다.

물론 외모라면 소옥도 연수 못지않았다. 그녀의 눈언저리에는 주근깨가 약간 돋아 있었지만 몸매는 전체적으로 날씬했고 얼굴도 갸름한 편이었다. 익은 사과같이 빨간 소옥의 한쪽 뺨에는 거뭇한 감탕자국이 있었는데 그것이 오히려 그녀를 매력적이고 귀엽게 보이게 했다. 그녀는 어린 나이에도 불구하고 얼굴에 치장을 하고 있었다. 불그레하던 눈썹에는 빨간빛이 도는 검정색으로 붓칠해 더욱 성숙해 보였다. 아마 최천수에게 잘 보이기 위해서리라.

연수는 소옥을 바라보며 최천수와 맞잡았던 손을 슬며시 놓았다. 그녀는 최천수로 인해 소옥과 사이가 멀어지고 싶진 않았다. 뒤로 주춤 물러서 있는데 어디선가 연수를 부르는 소리가 들렸다. 둘러보니 언덕 아래에서 금녀가 손짓하고 있었다. 그녀는 전리사(典理司) 김홍의 딸로서 연수의 가장 친한 친구였다.

"어서 내려와 봐. 큰 구경거리가 났어."

호기심 많은 연수는 몸을 돌렸다. 그 사이 소옥은 최천수의 손을 잡아채듯 붙잡아 한쪽으로 끌었다.

"아니, 저기 말이야……."

연수는 고개를 돌려 그 모습을 흘깃 쳐다보고는 언덕을 내려갔다. 그녀는 언덕에서 기다리고 있는 금녀와 함께 마을 입구 큰길로 나갔다. 길에는 많은 사람들이 모여 수군대고 있었다. 높은 사람이 이 작은 마을을 지나간다고 했다. 하지만 그 높은 인물이 누군지 아는 사람은 아무도 없었다.

이윽고 "물럿거라!" 하는 호통과 함께 거대한 마차가 다가오고 있었다. 마차는 고려에서는 보기 힘든 아주 크고 화려한 것이었다. 마차 주위는 온통 오색 포장을 두르고 붉은 공단에 화려한 수가 놓여 있었다. 마차가 다가오자 사람들이 우르르 몰리는 바람에 그만 연수의 시야가 막히고 말았다. 그녀는 금녀의 손을 꼭 잡고는 까치발을 했다. 발끝에 힘을 주며 턱을 바짝 치켜들자 마차의 한 부분이 작게 보였다. 마차 안에는 작은 소년이 앉아 있었다. 소년의 얼굴은 막 수세를 마치고 나온 양 맑았고, 머리를 풀어 비녀를 꽂은 머릿결은 한여름의 숲처럼 검고 풍성했다. 소년의 복색으로 보아 고려인으로 보이진 않았다. 상의와 바지가 연결되는 허리는 넓은 홍자색 비단 끈으로 동여매고 있었다. 원나라의 귀한 사람임에 분명하지만, 어린 소년이 무슨 이유로 여기 고려까지 오게 된 것인지 궁금할 따름이었다. 소년은 무연한 표정으로 정면을 응시하다가 사람들이 모여들자 고개를 돌렸다. 순간 호기심이 가득 찬 연수와 시선이 딱 마주쳤다. 둥글고 겹이 진 소년의 눈이 파르르 떨리더니 연수를 향해 가는 눈짓을 보내는 것이었다. 연수는 귀뿌리가 덴 듯 뜨거워져 홍조 띤 얼굴을 살포시 숙이고 말았다. 그때였다.

"예끼, 이 녀석! 여기 있었구나."

뒤를 돌아볼 새도 없이 그녀의 오라비 기철이 연수에게 알밤을 먹였다.

"어머, 오라버니!"

"아버님이 널 얼마나 찾고 계신 줄 아느냐? 속히 따라오너라."

기철은 연수의 손을 잡아끌었다. 그는 연수의 큰오라비였다. 기철은 형제 중에서 가장 영민하고 똑똑했다. 어려서부터 《소학(小學)》과 사서오경(四書五經)을 섭렵하고, 근래에 배우기 시작한 몽고말도 제법 그럴듯하게 구사했다. 한 가지 흠이 있다면 너무 욕심이 많고 야욕이 크다는 것이었다. 그는 좁은 이 시골이 너무 답답하여 개경으로 나갈 궁리만 하고 있었다. 연수도 오라비에게 영향을 받아 고향이 좁게 여겨져 더 넓은 세계를 늘 동경하곤 했다.

연수는 금녀에게 인사도 제대로 못하고 집으로 급히 향했다. 집이 가까워오자 손을 잡아끌던 기철이 문득 연수 쪽을 돌아보았다.

"너 나중에 최천수랑 혼인하기로 했다면서?"

"천수 오라버니가 그러던가요?"

"그 녀석이 널 각시로 삼을 거라고 동네방네 떠들고 다니던걸."

연수는 대답하지 못하고 고개를 숙인 채 살포시 얼굴을 붉힐 뿐이었다. 하지만 기철의 표정은 차가웠다.

"그 녀석이랑 혼인하면 안 된다. 아예 그런 마음은 품지 말거라."

연수가 고개를 들어 기철을 빤히 바라보았다.

"우리가 지금은 음서(蔭敍) 신분으로 근근이 지내고 있지만, 그래도 명색이 귀족 출신이니라. 최천수는 신분이 미천하여 우리와 격이 맞지 않다."

"천수 오라버니는 무예를 닦아 무관이 될 거라 하던걸요?"

"무과가 있긴 하나 워낙 부정기적으로 열리는 데다, 그 대상 또한 친원파들에게 한정돼 있어 천수가 과거에 뽑히기는 힘들 것이야."

"그렇다면?"

"평생을 여기 시골에서 농사나 지으면서 살아갈 게야. 앞으로 그 녀석에게 눈길도 주지 말아야 한다."

연수는 잠시 걸음을 멈추고 우두커니 서 있었다. 눈동자를 굴리며 깊은 생각에 빠져든 듯했다.

집에 들어서자 막내오라비 기륜(奇輪)이 달려 나왔다.

"어서 들어오너라. 아버님께서 기다리고 계신다."

서재로 들어가자 맨 윗자리에 아버지 기자오가 앉아 있고, 그 앞에는 오빠들이 마주앉아 있었다. 기자오는 얼음처럼 차가운 눈빛으로 연수를 건너다보았다.

"무얼 하느라 이제야 오는 게야?"

그녀는 아무 말 없이 얼른 오라비들 틈에 끼여 앉았다. 기자오는 무어라 야단치려다가 입을 다물고는 서안에 놓인 책을 펼쳐들었다. 기자오는 음서로 산원(散員)에 제수되어 총부산랑(摠部散郎)의 벼슬을 지낸 적이 있었다. 총부산랑은 정6품에 해당하는 벼슬로 아주 낮은 관직이었다. 그것도 그의 부친 기윤숙(奇允潚)이 쌓은 공적이 참작돼 음서로 겨우 유지된 벼슬이었다. 중앙에 진출하고 싶었지만 조정에 연줄이 없는 데다 당시는 과거까지 불법으로 치러져 더 높은 벼슬에 오를 길이 없었다. 그래서 그는 자식들의 교육에 모든 열정을 쏟아 붓고 있었다.

"오늘도 어제에 이어 몽고말을 더 배워 보겠다."

기자오는 예전에 총부산랑을 지내면서 역관(譯官)을 통해 몽고말을 배운 적이 있었다. 그는 손수 붓으로 적어 만든 책으로 자식들에게 몽고말을 가르쳤다. 하지만 연수는 몽고말이 좀체 알아듣기 힘들어 흥미를 갖지 못하고 있었다. 그녀는 당돌하게도 아버지에게 따져 물었다.

"몽고말은 너무 딱딱하고 어려워요. 왜 몽고말을 배워야 하는지 모르겠어요."

기자오는 화를 낼 법한 데도 안색을 바꾸지 않았다. 눈을 초롱초롱 뜨고 올려다보는 연수의 눈을 마주보며 되물었다.

"넌 원나라가 우리 고려를 백 년 가까이 지배하고 있는 걸 모르고 있느냐?"

"알고는 있으나 여긴 고려가 아닙니까? 몽고말을 할 일은 전혀 없잖아요?"

"아니다. 조만간 고려의 모든 사람들이 몽고말을 쓸지 모른다."

"그게 무슨 말씀이온지?"

"원나라는 이미 고려에 정동행성(征東行省)을 설치하였다. 행성이란 곧 원나라의 한 지방이라는 뜻이다. 원이 점점 강성해지면서 우리 고려를 아예 원나라에 편입시킬지도 모른단 말이다."

기자오의 자식들은 고개를 끄덕이며 아버지 말을 유심히 들었다. 특히 연수는 오라비들 틈에 끼여 초롱초롱한 눈을 더 밝히고 있었다.

"지금은 딱딱하고 어려울지 몰라도, 차근차근 배워 놓으면 나중에 요긴하게 쓰일 때가 꼭 있을 게야."

3

1333년 행주(幸州).

따사로운 봄 햇살이 비쳐드는 방 안에서는 베틀이 짤깍짤깍 규칙적으로 소리를 내며 움직이고 있었다. 여러 사람의 손길이 배어 반들반들 윤이 나는 베틀에 북이 스치면서 똑같은 소리가 반복되자 자꾸만 눈이 감겨왔다. 연수는 옅은 한숨을 내뱉으며 오종종한 입술을 비틀었다.

"왜 집 안에만 갇혀 있어야 하는지 모르겠어."

그녀는 녹설처럼 조붓한 혀를 내밀며 답답한 듯 가슴을 두드렸다. 완자창을 살짝 열자 부모님이 안뜰에 서성이는 모습이 보였다. 무슨 긴한 이야기를 나누는 듯 아버지의 안색이 붉게 상기되어 있었다. 아무래도 대문을 통해 밖으로 나가기는 힘들어 보였다.

연수는 몸을 일으켜 살며시 문을 열었다. 그러자 베틀에 앉아 있던 옥단이 손을 내저었다.

"아가씨, 밖으로 나가시면 안 돼요. 어르신께서 단단히 당부하셨어요."

"왜 갑자기 바깥출입을 하지 말라고 하는지 그 이유를 모르겠구나."

옥단이 콧등을 찡그리며 연수를 올려다보았다.

"아가씬 아직 소식 못 들으셨어요?"

"소식이라니, 무슨?"

옥단은 아차 싶었는지 한 손으로 입을 가리며 이내 고개를 휘휘 내저었다. 연수는 짐작되는 바가 있어 고개를 끄덕였다.

"걱정할 것 없다. 비록 음서이긴 하나 우리 아버님은 벼슬에 있는 분이 아니더냐? 설마 내가 그 명단에 오를 리는 없을 것이야."

연수는 기어이 집을 빠져나갈 기세였다. 짙푸른 잎과 부푼 꽃봉오리가 가득한 이 봄날에 방 안에 갇혀 있을 순 없는 노릇. 봄꽃과 풀잎에 흠뻑 취해 마음껏 산야를 내달리고 싶었다. 꽃보다 화려한 자신을 바라보는 남자들의 시선도 은근히 느껴보고 싶었다. 그녀는 더 이상 아이가 아니었다. 복숭아처럼 희고 불그스름한 피부에서는 청목향이 은은히 풍겨 여인의 체취를 느끼게 했다. 그녀가 서 있는 모습은 만월 동산의 항아리처럼 우아하고 눈부셨다. 그녀는 옥단의 만류에도 불구하고 기어이 방을 빠져나가고 말았다. 뒤뜰을 돌아가면 낮은 담장이 있어 어렵지 않게 넘을 수 있었다. 별채를 살금살금 빠져나가는데 문득 부모님이 나누는 이야기가 가늘게 들려왔다.

"이러다가 우리까지 당하는 게 아닐까요?"

"그 정도 손을 썼으면 어쩌지 못할 게요. 그들도 양심이 있을 게 아니오?"

"이번엔 경우가 좀 다른가 봐요. 분위기가 심상치 않다는데……."

"우리까지 너무 안달하지 말고 가만히 지켜나 봅시다."

연수는 부모님이 나누는 대화를 대충 짐작하면서도 기어이 집에서 빠져나갈 기세였다. 그녀는 뒤뜰로 내려서 낮은 담장을 가볍게 뛰어

넘었다. 종종걸음으로 숲을 향해 내달리자 비단 옷자락에 아침 이슬이 스며들었다. 서늘한 물기가 팔뚝을 타고 흘러 은밀히 접힌 겨드랑이를 파고들었다. 아직 아침 공기가 차가워 흠칫 몸이 떨려왔다.

숲에 들어서자 문득 시커먼 그림자가 그녀 앞을 가로막았다. 최천수였다. 그도 어느새 사내가 다 되어 있었다. 파르르 떠는 눈꺼풀과 우뚝한 코, 거무스름한 수염이 돋은 푸른 턱이 반들 윤이나 보였다. 하지만 그의 표정은 어두웠다.

얼마 전 그는 정식으로 연수에게 청혼을 해왔다. 하지만 연수는 냉정하게 거절했다. 기철의 당부도 있었지만 나이 들며 세상 물정에 눈뜨기 시작하면서 평민인 그와 혼인해서 사는 앞날은 너무도 빤해 보였다. 그녀는 가급적 개경의 높은 관리와 혼인해 행주에서 하루빨리 벗어나고 싶었다. 하여 출셋길이 막힌 오빠들의 배경이 되어 도와주고 싶었다. 기울기 시작한 집안을 자신의 손으로 일으켜 세우겠다는 게 요즘 그녀가 품은 희망이었다.

최천수는 연수의 마음을 돌리기 위해 몇 번이나 혼인을 청했지만 그녀는 완고했다. 때문에 한동안 모습을 보이지 않다가 이렇게 불쑥 나타난 것이다. 그런데 최천수의 모습이 어딘가 이상해 보였다. 평상시 단정하던 머리는 헝클어져 사방으로 흩날렸고, 호흡이 빠른 데다 눈자위는 벌겋게 상기된 채 몸까지 떨고 있었다. 자세히 보니 한쪽 어깨 부위는 상처를 입었는지 옷자락에 피가 배어 있었다. 그는 고통스러운 듯 어깨를 감싸며 옅은 신음을 내뱉었다.

연수가 놀라서 물었다.

"오라버니. 무슨 일 있으세요?"

"아니야. 아무것도."

그는 불안한 시선으로 주위를 살피고 있었다.

"작별 인사를 하러 왔어. 어쩌면 오랫동안 볼 수 없을지도 모르겠다."

"그게 무슨 말씀이세요?"

"난 고려 땅을 떠날 것이야. 여기서는 살 수가 없을 것 같다."

최천수는 연신 주위를 둘러보며 말을 빨리했다.

"하지만 영원히 네 곁을 떠나는 것은 아니야. 좋은 세상이 오면 반드시 너를 데리러 올게. 그때까지 날 기다려 줄 수 있겠느냐?"

이별을 작정한 그였지만 연수의 눈을 마주하자 마치 신기에 빨려들듯 저릿한 전율로 몸을 떨었다. 몸을 돌아 빠져나오는 숨결과 몸속을 흐르는 피톨들이 요동치는 것 같았다. 그는 가늘게 떨고 있는 손을 천천히 들어 연수 앞으로 가져갔다. 그의 손끝이 그녀의 목덜미에 닿으려는 찰나 어디선가 연수를 부르는 소리가 들려왔다.

"아가씨!"

연수를 발견한 옥단이가 허겁지겁 달려오고 있었다. 그녀는 잠시 최천수를 바라보다가 이내 다급한 목소리로 말했다.

"아가씨 큰일났어요. 어서 집으로 가세요."

"도대체 무슨 일이냐?"

옥단이는 자초지종도 설명하지 않고 무작정 연수의 손을 잡아끌었다. 최천수는 말없이 연수를 바라보다가 얼른 숲 속으로 달려갔다. 어깨에서 흘러내린 피가 흥건이 고여 있다가 바람에 흩날리고 있었다. 무척 고통스러운지 발걸음도 심하게 흔들리고 있었다. 연수는 그 모습을 뒤돌아보면서 걱정스런 얼굴로 눈자위를 파르르 떨었다. 하지만 옥단이 워낙 재촉하는 바람에 제대로 인사도 하지 못하고 집으로 달려가야만 했다.

집으로 들어서자 아버지가 달려왔다.

"내가 집 안에 있으라고 그렇게 일렀건만……."

그는 연수 대신 옥단을 닦달했다. 어머니는 발을 동동 구르며 안절부절못하고 있었다. 연수는 무슨 영문인지 몰라 고개를 두리번거렸지만 아무도 자초지종을 이야기해주지 않았다. 아버지 기자오는 낮은 목소리로 일렀다.

"옥단인 뭘 하는 게야, 어서 애기씨를 숨기지 않고?"

"네, 대감마님."

옥단은 연수를 데리고 행랑채에 있는 광으로 달려갔다. 광에는 마른 곡식을 담아두는 커다란 독이 있었는데, 그 중 빈 독에 연수가 몸을 숨겼다. 옥단이 뚜껑을 덮자 독 안은 이내 깜깜해졌다. 곧이어 버석버석 마른 짚더미 밟히는 소리에 이어 광문 닫히는 소리가 들렸다. 얼마나 지났을까? 밖이 수런거리기 시작하며 요란한 발소리가 들려오기 시작했다. 연수는 침을 크게 삼키며 두 손으로 입을 가렸다.

"기자오의 여식은 공녀로 선발되었으니, 어서 나와 어명을 받들라."

연수는 공녀라는 말에 흠칫하며 소리를 내지를 뻔했다. 그리고 보니 부모님의 이야기도 자신이 공녀로 선발되는 걸 걱정하는 말이었다.

원나라가 고려에 공녀를 징발한 것은 원종 15년인 1274년부터였다. 처음에는 원에 귀순한 남송 군인들의 아내감을 찾기 위해 여자 백사십 명을 바치라고 고려에 요구했다. 이에 고려는 결혼도감(結婚都監)을 설치하고 과부와 역적의 아내 등을 뽑아 원나라에 바쳤다. 이런 공녀 징발이 그 후로 관례화 되자 백성들의 원성이 높아갔다. 딸을 가진 부모들은 공녀로 빼앗기지 않기 위해 조혼을 서둘렀다. 그러자 고려 조정은 어린 여자를 결혼하지 못하도록 조혼금지법과 결혼제한법을 제정하기에 이르렀다. 그리고는 과부처녀추고별감(寡婦處女推考別監)을 설치하고 각 지방에 관리를 파견해 처녀와 과부 징발에 나서기 시작했다. 그 관리가 여기 행주 지방에까지 이른 것이다.

연수의 어머니는 부러 태연한 척 고개를 내젓고 있었다.

"우리 딸아이는 여기 없소이다. 외가에 가 있소."

하지만 관리는 되레 호통을 쳤다.

"속히 집 안을 뒤져 기자오의 여식을 끌어내라!"

집 안은 순식간에 난장판이 되었다. 무장한 군졸들이 뛰어다니는 발소리, 길쌈하고 있던 아낙들의 비명, 물건 깨지는 소리, 거칠게 문 여닫는 소리가 마구 뒤섞여 들려왔다. 연수는 독 안에 가득 찬 숨소리가 혹여 밖으로 새어나갈까 겁이 나서 두 손으로 입을 막고 조심스럽게 숨을 내쉬었다. 그들이 행랑채 문을 열고 뒤지기 시작했을 때는 거의 호흡이 멎을 것 같았다. 이어 광문을 여는 소리가 들려왔다. 하지만 대충 안을 훑어볼 뿐 장독은 열어보지 않았다. 군졸들이 집 안을 뒤져도 연수를 찾아내지 못하자 어머니는 부러 여유를 부리는 척했다.

"온 집 안을 뒤지고도 모르겠소? 내 딸아이는 집 안에 없소이다."

관리는 한 손으로 콧등을 문지르며 행랑채 한쪽에 시선을 두었다. 그곳에는 옥단이 후들거리는 몸을 겨우 가누고 있었다. 이어 찢어지는 듯한 그녀의 비명소리가 들려왔다.

"어서 말하거라. 너는 몸종이니 분명히 알고 있으렷다!"

옥단을 다그쳤으나 대답하지 않자 관리는 군졸을 시켜 매질을 하기 시작했다. 그녀의 몸을 동아줄로 기둥에 묶어 놓고 참나무로 무릎과 장딴지를 마구 내리쳤다.

"애기씨는 정말 외가에 가셨어요. 아악!"

옥단의 단말마 같은 비명이 날카로운 화살이 되어 연수의 귓가를 후벼팠다. 아무런 죄도 없는 그녀가 자신 때문에 엄청난 고통을 당하고 있었다. 저러다가 그만 죽고 말 것이다. 연수는 윗입술을 비틀며 이내 어금니를 아프게 깨물었다. 그녀가 광문을 열고 밖으로 나서자 어머니 이씨가 제일 먼저 놀라 그 자리에 주저앉았고, 아버지는 얼른 연수에게 달려가 그녀 앞을 가로막았다.

"안 된다, 이놈들아! 내 딸은 못 데려간다!"

하지만 아버지는 군졸의 우악스런 손길에 밀려 바닥으로 쓰러졌다.

"아버지!"

연수는 아버지에게 달려갔으나 이내 관리의 손아귀에 잡히고 말았다. 이번에는 주저앉아 있던 어머니가 달려왔다. 아버지와는 달리 냉철한 표정으로 그녀는 관리의 눈을 똑바로 쳐다보고 있었다.

"우리가 당신에게 집어준 돈이 얼마나 되는 줄 아시오?"

관리는 당황한 표정으로 주위를 둘러보고는 밭은기침을 했다.

"돈이라니? 이런 경을 칠 말을 다 듣는구나."

"우리 딸은 이번 징발에서 빼준다고 하지 않았소이까?"

"어허! 이건 어명이다. 누군 봐주고 할 성질이 아니란 말이다."

관리는 군졸들에게 눈짓을 했다. 두 명의 군졸이 연수의 겨드랑이를 바짝 쥐어틀었다. 연수는 끌려가지 않으려고 발버둥쳤으나 그들의 힘을 당해낼 재간이 없었다. 어머니는 날선 표정으로 관리의 얼굴을 쏘아보았다.

"내 너희들을 똑똑히 기억해두겠다. 반드시 이 원수는 갚고 말 것이야."

대문 앞에는 휘장이 내려진 큰 수레가 있었다. 그들은 연수를 그 안으로 우악스럽게 밀어 넣었다. 옥단이 마지막으로 달려들었으나 군졸들의 칼자루에 얻어맞아 쓰러지고 말았다. 연수는 휘장을 젖히고 얼굴을 내밀었다. 그러자 뒤늦게 달려온 오라비 기철이 연수의 손을 꼭 맞잡았다.

"내가 이번 일을 어떻게든 무마해 보마."

기철은 옆의 관리를 붙잡고 통사정했다. 결혼도감의 관리 김달(金達)과 기철은 자주 술을 함께 할 만큼 친분이 두터운 사이였다.

"이보게, 이 아이는 우리 집 막내 여동생이라네. 좀 봐주게나."

"그 아이의 미모가 출중한데 난들 어쩌겠나?"

김달은 애써 외면하며 고개를 돌렸다. 그러자 기철은 그의 멱살을 잡고 흔들기 시작했다.

"그렇다면 너에게 쥐어준 돈을 모두 토해내라."

그러자 군졸들이 득달같이 달려들어 기철을 떼어놓았다. 김달은 미간을 찌푸리며 옷매무새를 바로 했다. 그리고는 기철에게 천천히 다가갔다.

"자네 혹시 최천수라는 자를 아는가?"

땅바닥에 쓰러져 있던 기철이 고개를 끄덕이자 김달이 옆에 쪼그리고 앉아서는 턱을 앞으로 내밀었다.

"그 어리석은 녀석이 말이야……."

그는 주위를 둘러보며 낮은 목소리로 기철의 귀에 빠르게 속살거렸다. 김달이 말을 마치고 일어났을 때 기철은 얼굴을 붉히며 그 자리에 벌렁 누워 버렸다. 눈동자가 풀리며 두 손발을 놓아버린 것이 모든 걸 체념한 듯한 표정이었다. 야릇한 미소를 띤 채 그 모습을 지켜보던 김달이 일행을 재촉했다.

"어서 출발하자!"

영문을 모른 채 이를 지켜보던 연수의 아버지와 어머니가 기철에게 달려갔다.

"저 놈이 뭐라고 그러는데 넌 아무 말도 못하는 게냐?"

기철은 아무 말 없이 고개를 내젓기만 했다. 연수가 기어이 끌려가자 그녀의 가족들은 속수무책인 채 온갖 욕설로 김달을 저주할 뿐이었다. 그러나 김달은 눈 하나 깜짝하지 않고 유유히 마을을 벗어나 말머리를 송도로 향했다.

4

수레가 덜컥거리자 몸이 앞뒤로 흔들렸다. 뒤에서는 애타게 부르는 가족들의 울음소리가 들려왔다. 연수는 그만 눈을 감고 말았다. 두툼한 휘장이 내려진 수레 안은 빛이라고는 들어오지 않아 눈을 뜨나 감으나 마찬가지였다.

연수는 옷고름으로 눈물을 훔치며 주위를 둘러보았다. 차차 어둠에 익숙해지자 마차 안의 모습이 눈에 들어왔다. 놀랍게도 마차 안에는 세 명의 처녀가 더 타고 있었다. 그들도 연수와 마찬가지로 얼굴을 치마폭에 묻은 채 흐느끼고 있었다. 가끔씩 새어나오는 한숨과 흐느낌 외에는 아무런 기척도 보이지 않았다.

수레는 쉬지 않고 어딘가로 달려갔다. 목이 말랐지만 물을 마실 수가 없어 마른 입안을 침으로 축이며 참아야 했다. 얼마나 달렸을까, 휘장 너머로 사람들의 웅성거리는 소리가 들려왔다. 마침내 마차가 멎고 휘장이 들리면서 대낮처럼 환하게 횃불을 밝힌 마당이 눈에 들어왔다. 군졸이 다가와 여자들에게 수레에서 내리라고 소치치고는 옆으로 비켜섰다. 수레에서 내리자 같이 끌려온 여자들의 얼굴이 드러났다. 연수는 그 중 한 사람을 알아보고는 놀랐다.

"아니 넌?"

거기에는 절친한 친구 금녀가 있었던 것이다. 금녀 역시 얼마나 많이 울었는지 두 눈이 퉁퉁 붓고, 얼굴이 벌겋게 상기되어 있었다. 연수를 겨우 알아보았지만 말을 채 잇지 못한 채 연신 눈물만 흘렸다.

"금녀야, 네가 왜 이곳에 온 거야?"

연수의 물음에도 아랑곳없이 금녀는 여전히 울기만 했다. 하긴 이제와서 그런 질문 자체가 무의미하지 않는가?

그 사이 뒤따라 도착한 수레에서도 여러 명의 여자들이 내렸다. 그들을 바라보며 연수는 또 한번 놀라지 않을 수 없었다. 바로 최천수의 여동생인 하영이 힘없이 수레에서 내리고 있었다. 어릴 적부터 최천수와 친했기 때문에 그의 여동생인 하영과도 자주 어울리며 놀았었다. 그녀가 이곳에 끌려온 것은 무척 의외였다. 마지막으로 최천수를 만났을 때, 그는 동생에 대해 아무런 말도 하지 않았다. 동생이 공녀로 끌려간 것을 모르고 있었던 것일까? 그렇다면 어깨의 깊은 상처는 또 무엇일까? 연수는 갑자기 솟아오르는 궁금증이 너무 많았지만 그걸 물어볼 상황은 아니었다. 두 사람은 서로를 알아보았지만 애써 아는 내색을 하지 않았다. 그들의 표정은 납처럼 굳어 있었고, 눈가는 벌겋게 부어올라 있었다.

그들이 내린 곳은 관아가 아니라 궁이었다. 궁 한쪽 마당에는 이미 수십 명의 처녀들이 끌려와 한쪽 구석에 불안한 시선으로 앉아 있었다.

연수는 먼저 와 있던 다른 처녀에게 귓속말로 물었다.

"여긴 대궐 같은데, 왜 관아로 가지 않고 이리로 온 거지?"

"원나라 사신이 직접 점고를 한다나봐."

곧 군졸들은 그녀들을 커다란 방으로 몰고 갔다. 방 안에는 투명한 붉은 휘장이 드리워져 있었고, 안쪽 의자에는 누군가 거만한 표정으로 앉아 있었다. 그 좌우에 허리를 굽힌 사람들이 줄지어 앉아 있어 여인의 위엄을 높이고 있었다.

"마마, 황궁에 상납할 동녀들이옵니다."

상궁 하나가 휘장 앞에서 고개를 조아리며 몽고말로 외쳤다. 연수는 평소 몽고말을 배웠던 터라 드문드문 알아들을 수 있었다. 곧 휘장이 걷히면서 의자에 앉아 있는 여자가 천천히 일어섰다. 그녀는 경화공주였다. 몽골의 이름은 백안홀도(伯顏忽都), 원나라 황족 출신이었다. 지금의 왕인 충숙왕이 왕위에서 물러나 원나라에 머물다 돌아올 때 데려온 여자였다. 그녀는 얼마 전에 왕과 함께 처음으로 고려로 와서 고려 말을 전혀 못할 뿐 아니라 입고 있는 복식도 몽고식 그대로였다. 그 옷은 화려했다. 금장식이 달린 옥비녀를 머리에 꽂았고 금박을 한 붉은 저고리에 주름잡힌 푸른 치마는 아름다웠다. 그러나 작은 키에 단단해 보이는 검은 피부, 얇은 입술, 찢어진 눈매가 무척 사나워 보이는 인상이었다.

그녀 옆으로 원나라에서 건너온 사신이 나란히 서 있었다. 짙은 눈썹 밑으로 음흉한 눈빛을 번득이며 쥐꼬리 모양의 수염을 입 양쪽으로 기른 자였다. 경화공주는 그 사신과 함께 발밑에 엎드려 있는 공녀들의 얼굴을 일일이 들어보게 하면서 외모를 꼼꼼히 살폈다.

하지만 연수는 끝까지 고개를 들지 않았다. 고려 땅에서 원나라 출신의 여자에게 간택 당하는 듯한 기분이 들어 여간 자존심이 상하는 게 아니었다. 그만큼 연수는 기개가 있고 당당했다.

"넌 왜 고개를 들지 않는 게냐?"

경화공주는 연수 바로 앞에 와서는 날카로운 소리를 내질렀다. 연수는 여전히 고개를 숙인 채 미동도 하지 않았다. 그녀는 몽고말을 못 알아듣는 척했다. 남의 나라에 와서 몽고말을 지껄이는 것 자체가 마음에 들지 않았다. 옆에 있던 상궁이 당황하며 연수의 몸을 일으켰다.

"가만 놔두어라."

경화공주가 명하자 상궁은 뒤로 물러섰다. 경화공주는 가만히 선 채 연수의 턱을 들어올려 얼굴을 바라보았다. 뒤이어 그녀의 두툼한 손이 연수의 따귀를 세차게 때리기 시작했다. 몇 번 살갗이 부딪치는 소리가 더 이어지더니 이내 연수는 코와 입에서 피를 흘리며 바닥에 쓰러지고 말았다. 경화공주가 갈라진 목소리로 씩씩거리며 외쳤다.

"황궁에서 종으로 부릴 천한 것들은 이렇게 처음부터 단단히 기를 잡아 놓아야 한다, 알겠느냐?"

카랑카랑한 목소리와 싸늘한 표정이 주변의 공기마저 얼어붙게 했다. 그 옆에 늘어선 궁녀들은 숨을 들이마시지도 내쉬지도 못한 채 굳은 얼굴로 서 있었다. 연수는 겨우 몸을 일으켜 옷고름으로 흐르는 피와 눈물을 닦았다. 그녀는 날선 눈으로 경화공주를 올려다보았다. 이를 본 상궁이 얼른 다가와 나지막하게 속삭였다.

"어디 감히 공주 마마를 불경스런 눈으로 쳐다보느냐? 공주 마마께서 보시면 경을 칠 노릇이야. 네가 진정 죽고 싶은 게냐?"

상궁은 연수를 걱정하며 얼른 몸을 일으켰다. 그리고는 공주가 보지 않는 사이에 별실로 가게 했다. 연수는 무릎걸음으로 움직이며 아랫입술을 꽉 깨물었다. 억울하게 여기까지 끌려온 것도 분한데, 다른 나라 공주의 학대까지 받자 그 모멸감에 견딜 수 없었다.

"내 반드시 복수하고 말 것이야!"

그녀는 미간을 좁히며 두 눈을 부릅떴다. 우선 분한 마음이 들었으나 한편으론 고려의 운명이 측은하게 생각되기도 했다. 속국이라는 이유로 자기네 딸들을 공녀로 보내야 하는 것이나, 고려 말도 모르는 원나라의 공주가 왕비가 되어 고려인에게 호령하는 참담한 현실. 문득 그녀는 이 잘못된 세상을 확 뒤집고 싶은 생각이 들었다.

잠시 후에 다른 공녀들도 연수가 있는 방으로 끌려왔다. 그녀들도 정도의 차이만 있을 뿐 연수와 마찬가지로 억울하고 분한 표정이었다. 모두들 눈물범벅이 된 얼굴과 퉁퉁 부어오른 두 눈으로 지쳐서 더 이상 울지도 못하고 실의에 잠겨 있었다.

연수는 하영을 바라보며 가만히 최천수를 떠올렸다. 만약 그의 청혼을 받아들여 혼인을 했다면 이렇게 공녀로 끌려오진 않았을 것이다. 진정으로 사랑해주던 최천수와 작은 꿈을 키우며 부부의 정을 쌓아갔으면 그 또한 행복하지 않을까? 항간에 떠도는 소문에 의하면 공녀로 대도성에 끌려가면 귀족이나 관리들의 첩이 되어 한갓 노리개로 전락하기 일쑤라고 들었다. 원나라의 한구석에서 첩이나 창기가 되어 평생 부모형제를 그리워해야 할지도 몰랐다. 그녀는 새삼스럽게 북받쳐 오르는 슬픔을 감당하기 어려웠다. 그녀는 눈물을 보이지 않기 위해 엎드리며 어금니를 꼭 깨물었다. 하지만 뜨거운 눈물이 볼을 타고 내려 연신 소매로 닦아내야만 했다. 울고 있는 건 최천수의 여동생인 하영도 마찬가지였다. 그녀 또한 멍한 시선을 들어 천정만 바라보며 눈물을 훔치고 있었다. 연수는 호흡을 길게 내쉬어 슬픔을 다스리며 그녀에게 다가갔다.

"너는 어떻게 여기에 끌려오게 된 것이냐?"

하지만 하영이 아무 대답도 하지 않은 채 고개를 푹 숙였다.

"내가 끌려오던 날 네 오라버니를 만났다."

그제야 하영이 고개를 들며 눈을 크게 떴다.

"오라버니는, 오라버니는 무사하시던가요?"

"무사하다니, 그게 무슨 말이야?"

연수는 문득 최천수의 어깨를 붉게 물들이던 상처가 떠올랐다. 피가 흥건이 고여 있는 게 필시 칼에 맞은 것 같았다. 하지만 그것은 말하지 않은 채 다시 물었다.

"도대체 무슨 일이 있었던 게냐?"

연수는 궁금함을 이기지 못하고 다급히 물었다. 그러자 하영은 다시 고개를 숙이며 흐느끼기 시작했다. 두 무릎 사이에 고개를 묻고는 몸을 심하게 떨었다. 연수는 두근거리는 가슴을 억누르며 침착한 어조로 말했다.

"천수 오라버니는 무사하셨어. 꼭 다시 돌아오겠다고 약조하셨는걸."
"그게 정말이에요?"

하영이 반색하며 눈을 크게 떴다.

"이제 무슨 일이 있었는지 말해주겠니?"

하영은 붉게 상기된 표정으로 긴 한숨을 내쉬고는 한참 동안 턱을 매만지더니 천천히 입을 열었다.

"결혼도감의 관리들이 군사를 데리고 우리 집을 뒤지기 시작하자 저는 얼른 헛간에 숨었어요. 그들이 절 찾는 동안 천수 오라비께서 급히 달려오셨지요. 하지만 전 그들에게 들켜 밖으로 끌려나왔어요. 아버지와 어머니께서 절 그들로부터 떼어놓으시려다 호되게 맞고 말았어요. 바닥에 쓰러지며 머리를 크게 다치셨어요. 마침 그걸 본 오라버니께서······."

하영은 더 이상 말을 잇지 못하고 다시 흐느끼기 시작했다.

"천수 오라버니께서 어떻게 하셨단 말이냐?"

"아버지가 쓰러진 모습을 보고 흥분한 오라버니가 그만 칼을 빼들어 결혼도감의 관리를 죽여버렸어요."

"그게 정말이냐?"

"오라버닌 검술로는 고려에서 당할 자가 없는 분이잖아요. 달려드는 여러 명의 군사들을 모두 단칼에 베어버렸어요. 그리고는 제 손을 잡고 같이 도망가자고 하더군요."

"그래서 도망을 갔던 게야?"

하영은 머리를 내저었다.

"아버지 어머니가 쓰러져 계신데 어떻게 도망가겠어요? 오도 가도 못하고 있는 동안 관군 수십 명이 들이닥치자 오라버니만 겨우 몸을 피했어요."

"너희 식구들은?"

연수가 묻자 하영은 겨우 참았던 울음을 다시 터뜨리고 말았다.

"아버지와 어머니는 무참하게 군사들에게 당하셨어요. 관군 수십 명이나 몰려와서……."

그녀는 계속해서 말을 잇지 못하고 흐느꼈다.

"그렇다면 너희 부모님이 모두 몰살당했단 말이냐?"

하영은 힘겹게 고개를 끄덕였다. 생각해보니 최천수는 가까스로 그들 군사를 피해 겨우 자신을 만나고는 어디론가 떠났던 모양이다. 그렇다면 최천수는 그의 동생처럼 자신이 공녀로 끌려간 사실을 알고 있을까? 그를 만나고 집에 와서 곧장 끌려왔기 때문에 자신이 공녀로 끌려간 것은 모르고 있을 것이다. 나중에야 소식을 들을 수는 있겠지만, 그때는 원나라의 대도성에 도착한 뒤일 것이다.

두 사람이 이야기를 주고받는 동안에도 한쪽 구석에선 계속 낮은 흐느낌이 들려왔다. 얼굴을 푹 숙인 채 엎드려 있는 금녀의 모습이 보였다. 연수는 하영에게 다시 물었다.

"금녀는 지체 높은 집 딸이잖아? 그런데 어떻게 끌려온 것이지?"

하영이 낮은 목소리로 조용히 대답했다.

"전리사 어르신을 모함하는 자가 있어 그 따님을 공녀로 차출케 한

거랍니다. 그분이 워낙 곧은 분이시라 뇌물도 쓰지 못하고 도리 없이 끌려왔다고 그러네요. 안 되셨어요. 더구나 최근에 혼담이 오간 모양이던데……."

 금녀는 아직도 지금의 현실을 받아들이지 못하고 있었다. 속눈썹이 눈물에 젖어 촉촉했고 얼굴이 엷은 선홍으로 달아올랐다. 연수는 잠시 눈을 감았다가 다시 뜨며 주위의 처량하게 웅크리고 있는 처녀들을 둘러보았다. 어제까지는 서로 다른 신분으로 살아왔지만 이제는 모두 같은 공녀 신세였다.

 그때 문득 밖이 수런거리기 시작하더니 환관과 궁녀들이 바쁘게 드나들었다. 이어 창을 든 군사들이 도열하자 근엄한 표정을 지으며 충숙왕이 나타났다.

 충숙왕은 충선왕과 몽고 여인 야속진(也速眞) 사이에서 태어난 둘째 아들이다. 그는 아버지 충선왕을 따라 원나라에 갔다가 1313년에 왕위를 물려받은 뒤 연경궁(延慶宮)으로 돌아왔다. 이때 그의 나이 스무 살이었다. 충선왕은 그의 아들 충숙왕에게 왕위를 넘겨주면서 동시에 조카 왕고(王暠)를 세자로 세우기도 했다. 또한 심양왕(瀋陽王) 자리도 고에게 넘겨주는 이상한 행동을 하면서 충숙왕은 왕고와 왕위쟁탈전을 벌여야만 했다. 이 때문에 누차에 걸쳐 원나라에 소환 당하는 수모를 겪다가 급기야 왕위를 내놓아야 하는 상황까지 벌어지고 만다.

 심양왕 고는 왕위찬탈의 뜻을 품고 충숙왕을 원나라에 무고했다. 또한 그는 고려의 국호를 폐하고 원나라에 편입시켜 달라고 청원하기도 하였다. 이에 충숙왕은 차츰 정치에 싫증을 느껴 한때 왕위를 심양왕에게 넘겨주려다가 한종유(韓宗愈) 등의 반대로 취소하고, 1330년 그의 아들인 충혜왕에게 양위하고 원나라로 건너갔다. 그러나 1332년 충혜왕이 황음무도하여 정사를 돌보지 않는다는 이유로 원나라에 의해 폐위되자 충숙왕이 복위한 것이다.

충숙왕은 대도성으로 보낼 공녀들을 훑어보고는 옆에 있는 원나라 사신을 돌아보았다.

"어떠시오, 미색들이 출중하지요? 고려에서도 미모가 가장 빼어난 처녀아이들만 특별히 뽑아서 데려왔소."

"흐음, 지난번보다는 나은 것 같습니다."

"미모뿐만 아니라 글을 읽고 쓸 줄 아는 아이도 있을 것이니 원나라 황궁에서 요긴하게 쓰일 것이오. 정말 어렵게 선발하여 드리는 것이니 과인의 뜻을 황상 폐하께 잘 전해 주기 바라오."

충숙왕은 능숙한 몽고어로 사신과 대화를 나눴다. 그는 고려보다는 원에서 살았던 적이 많아서 고려 왕조를 책임진 사람임에도 고려 말은 거의 하지 못했다. 보좌하는 신하에게 명을 내릴 때도 충숙왕의 말은 고려어와 몽고어가 제멋대로 섞여 있었다. 공녀들 중에는 연수만이 겨우 알아들을 정도였다. 왕은 머리를 변발했으며 입고 있는 옷도 상의와 바지가 연결되고 허리에 촘촘한 주름을 넣은 것이 몽고식 그대로였다. 이 모든 게 왕실이 원나라의 부마국으로 자처하고부터 생긴 일이었다.

고려 왕실이 원나라의 부마국이 된 것은 1274년 충렬왕 때부터였다. 충렬왕은 원나라 황제 세조의 딸 홀도노게리미실 공주와 결혼했다. 대륙 국가의 황실과 혼인관계를 맺은 것은 고려 개국 이래 처음 있는 일이었다. 다음해 충렬왕은 결혼 비용을 준비해 원나라로 건너갔다. 거기서 2년 가까이 머물다가 마침내 혼례를 올렸다. 이 결혼으로 고려 왕실은 백 년 간의 무인집권 세력으로부터 벗어날 수 있었지만 원나라의 부마국이란 수모를 당해야만 했다. 이후로 고려는 원에 사실상 복속되어 원의 관제를 따르기 시작했다. 더구나 왕비들은 고려에 온 이후에도 줄곧 몽고인 시종을 부리며 몽고어를 쓰고, 몽고 풍속을 그대로 따르는 바람에 고려 왕실에 몽고 언어와 풍속이 만연하게 되었다.

연수는 무심한 표정으로 내뱉는 왕을 바라보며 가슴 저 밑에서 차가운 이물감이 솟아오르는 걸 느꼈다. 분노와 서글픔이었다. 고려의 힘이 미약하여 원나라에 복속 당하고, 그것도 모자라 앳된 처녀들까지 빼앗기며 대국의 비위나 맞추는 나라의 처지가 너무 안타까웠다.

5

밤이 깊어갔으나 공녀들은 아무도 잠을 이루지 못했다. 연수도 치욕과 분노에 몸서리치다가 새벽이 되어서야 겨우 눈을 붙였다. 날이 밝자 그녀들은 다시 짐짝처럼 수레에 올라탔다. 개경을 떠나는 것이다. 수레의 휘장이 내려지자, 마차 안은 다시 칠흑 같은 어둠에 잠겼다. 불안하고 떨리는 숨소리만이 떠돌았고, 너무도 고요한 수레 안과 달리 밖에서 들리는 소란스러운 소리들은 한 가닥 미련이 되어 연수의 가슴속에 스며들었다. 그렇게 꼬박 일주일 밤낮을 움직여 도착한 곳이 압록강에 있는 역참이었다.

　역참에 내리자 다른 수레가 먼저 와서 기다리고 있는 게 보였다. 이번에는 미녀들만 엄선해서 징발한 서른 명의 공녀뿐만 아니라 내시(內侍)들도 함께 대도로 보낸다는 것이다. 해는 이미 저물어 저녁이 되었고, 바람까지 거칠어 압록강은 내일 아침에 건너기로 했다.

　공녀들은 역참 마당에 친 천막 안으로 들어갔다. 첫날 엄하게 대하던 군졸들도 이제는 연민이 가득 담긴 얼굴로 몰래 경단을 쥐어주기도 했다. 밤이 되었지만 잠이 올 리 없었다. 이제 내일이면 고려를 영원히 떠나야만 하는 것이다. 연수는 새벽까지 뒤척이다 너무 답답한 나머지 천막 밖으로 나갔다. 부스럭거리는 소리에 잠을 깼는지 하영도 함께 일어났다.

　호송을 맡은 홀치군(忽赤軍)이 지키고 서 있었지만 두 사람을 지켜만 볼 뿐 달리 저지하지는 않았다. 그믐이라 주위는 칠흑같이 어두워 아무 것도 보이지 않았다. 그녀는 멍하니 선 채 강변을 바라보았다. 먹빛 강물이 소리 없이 흘러가고 있었다. 순간 강물 속으로 뛰어들고 싶은 충동이 일었으나 그녀는 아랫입술을 아프게 깨물며 마음을 바꿨다. 어차피 주어진 운명이라면 거기에 순응하며 개척해나갈 것이다. 옆에 있는 하영도 그러하지 않는가? 골똘히 생각에 잠긴 연수의 관자놀이에 푸른 힘줄이 돋았다.

　한참 동안 앉아 있는데 누군가 다가왔다. 돌아보니 방금 보았던 홀치군이었다. 그는 아무 말도 않은 채 뒤쪽을 손가락질해 보였다. 하영이 일어나려 하자 홀치군이 가로막았다. 대신 연수를 향해 고개를 끄덕여 보였다. 처음에 무슨 뜻인지 몰라 고개를 갸웃거리다 이내 그가 가리키는 곳으로 천천히 걸어갔다. 천막을 비켜 돌아가자 누군가 서 있었다. 연수는 주춤거리며 가까이 다가갔다. 그러자 어둠 속에서 불쑥 손이 튀어나오며 연수의 손을 꽉 붙잡는 것이었다.

연수는 자신도 모르게 그만 소리를 내지르고 말았다.

"아니, 오라버니!"

6

얼마나 정신없이 달렸는지 모르겠다. 길이 끊어지고 나무뿌리와 칡넝쿨이 엉킨 곳을 겨우 빠져나와 산의 능선을 타기 시작했다. 경사진 언덕길을 오르다 나무뿌리에 정강이를 잡아 채여 나동그라졌다가 다시 몸을 일으켰다. 작은 돌에 찍힌 손바닥에는 피가 내비쳤다.

뒤에서는 여전히 관군들이 쫓아오고 있었다. 최천수는 어깨에서 흘러내린 피를 한 손으로 막으며 달렸다. 그들은 핏자국을 따라 추격하고 있으므로 피의 흔적을 없애야 했다. 관군의 발소리가 가까워지는 것으로 보아 포위망을 점점 좁혀오는 듯했다. 걸음을 멈춘 최천수는 잠시 생각하다가 오른쪽으로 펼쳐진 계곡을 보고는 길게 숨을 들이켰다. 그는 눈을 질끈 감고 계곡을 향해 몸을 날렸다. 공중에서 한 바퀴 회전한 최천수의 몸은 수직으로 낙하하다가 비어져 나온 둔덕에 떨어져서는 그대로 계곡 아래로 미끄러져 내려갔다. 흙먼지와 나뭇잎이 떠올랐지만 이내 가라앉았다. 어깨를 찌르는 통증이 그 바람에 몸 전체에 퍼졌지만 그걸 신경 쓸 겨를이 없었다. 계곡 아래에 다다르자 그는 재빨리 냇물을 건너뛰며 반대쪽으로 내달렸다.

최천수는 잠시 바위 뒤에 몸을 숨겼다가 이미 관군이 지나쳐간 방향을 향해 달렸다. 산의 대기가 액체처럼 가슴에 차올라서 숨이 끊어지는 것 같았다. 노을이 보라색 물감처럼 하늘가에 번지고 있었다.

땅거미가 내리고 어둠이 무겁게 깔리자 조금 여유가 생겼다. 관군의 추격도 멈춘 것 같았다. 고요한 산속은 풀벌레 소리 하나 없이 적막했다. 최천수는 더 이상 걸을 수 없었다. 산으로 너무 깊이 들어와 방향을 종잡을 수가 없었지만, 그는 노숙지를 정해놓고 장작불을 피웠다. 뿌지직 소리를 내며 불길이 점차 타오르자 오는 길에 바랑에 급히 챙겼던 말고기 한 조각을 굽기 시작했다. 고기 익는 냄새가 피어나자 잊고 있었던 시장기가 몰려왔다. 그는 채 익지도 않은 고기를 집어 허겁지겁 뜯어 먹었다.

멀리서 이리 떼들의 울음소리가 음산하게 들려왔다. 끼니를 때우고 나니 이번엔 며칠 동안 쌓인 피로가 무섭게 몰려왔다. 하지만 좀처럼 잠은 오지 않았다. 며칠 새 일어난 일련의 일들이 마치 꿈만 같았다. 여동생 하영이 공녀로 끌려간 것에서부터, 이를 말리던 부모님을 내친 군사들을 한칼에 베어버린 일, 그리고 이후 끈질기게 좇아오는 관군을 피해 가까스로 고향을 빠져나온 일들이 어지럽게 머릿속으로 스쳐갔다.

그는 나무 밑에 누워 있다가 갑자기 벌떡 일어나 땅을 치며 통곡했다. 좀더 냉철할 필요가 있었다. 좀더 의연하게 행동했다면 사태가 이 지경에 이르지는 않았을 것이다. 아, 어머님! 이제 그의 집안은 멸문지화를 당했다. 관군을 여러 명 죽였으니 나라에서는 전국에 방을 붙여 잡으려 할 것이다. 그렇다고 평생을 이렇게 산속을 떠돌며 살 수도 없는 노릇이었다.

이제 어디로 가야한단 말인가?

문득 최천수는 연수를 떠올렸다. 마지막으로 그녀를 보았을 때의 모습이 꿈결처럼 아득하게 느껴졌다. 지금쯤 자신의 집안 소식을 그녀도 들었을 것이다. 나이가 들면서부터 가문이 미천하다 하여 멀리 하던 그녀였다. 집안이 멸문지화를 당했으니 이제 완전히 마음이 떠났을 것이다.

이제 더는 연수를 볼 수 없는 것인가?

최천수는 아득한 목소리로 중얼거렸다. 그때 차가운 공기 속에 느껴지는 음산한 빛에 놀라 최천수는 긴장했다. 그것은 시퍼런 이리의 눈빛이 피워내는 살기였다. 이리 한 마리가 그를 노려보며 다가왔다. 그는 이리가 앞발을 낮추며 날카로운 송곳니를 드러내자 칼 손잡이에 손가락을 얹었다. 이윽고 이리의 목을 향해 섬광 한 줄기가 획 지나갔다.

"캐갱!"

최천수는 벌떡 일어나 칼을 맞고 몸부림치는 이리에게 다가가 목에서 칼을 뺐다. 주위를 둘러보니 어둠 속에서 시퍼런 살기가 여기저기 떠오르고 있었다. 이리 떼였다. 피워놓은 불이 꺼지면 놈들은 사납게 달려들 게 뻔했다. 그가 먹다 남긴 말고기를 집어 힘껏 던지자 이리 떼들이 우르르 몰려갔다. 그때를 놓치지 않고 최천수는 반대 방향으로 몸을 날렸다.

얼마나 달렸을까? 숨이 턱에까지 차오르고 심장은 가슴 밖으로 튀어나올 정도로 펄떡였다. 그는 이리 떼를 피해 계속 어둠 속을 달렸다. 비록 무예가 출중하다 하나 떼를 지어 달려드는 이리들을 한꺼번에 당할 순 없는 노릇이었다. 무조건 피해가는 수밖에 없었다.

그는 산짐승 때문에 더 이상 산에 머물기를 포기하고 할 수 없이 다시 민가로 내려왔다. 사람이 자주 다니는 마을로 오면 산짐승의 공격을 면할 수 있지만 대신 사람들과 관군에게 들킬 염려가 있었다. 이미 자신의 얼굴을 그려 붙인 방이 곳곳에 나붙어 있지 않은가?

그럼 도대체 어디로 가야 된단 말인가?

최천수는 고민 끝에 고려를 떠나기로 했다. 당분간 이곳을 떠나 원으로 가는 방법밖에 없었다. 관군을 몇 명이나 죽인 죄인이니 관에서는 눈에 불을 켜고 찾으려 할 것이다. 더 이상 이 땅에 머물 곳은 없었다.

생각이 여기에 미치자 최천수는 곧장 북쪽으로 방향을 잡았다. 그는 낮에는 산에 올라 덤불숲에서 잠을 자고, 밤이면 어둠을 틈타 부지런히 걸었다. 그 덕분에 어렵지 않게 압록강변에 다다를 수 있었다. 언덕에서 바라보자 강 건너 요동 땅이 손에 잡힐 듯 가까이 보였다. 저 땅만 밟으면 고려의 군사력이 미치지 못하기 때문에 자유의 몸이 될 것이다. 하지만 강을 건너는 것이 문제였다. 물이 차가워 헤엄을 치기도 어려웠으므로 배를 타고 건널 수밖에 없었다. 그런데 나루터마다 관군이 지키고 있어 그들에게 발각될 위험이 있었다.

최천수는 멀리서 몸을 숨긴 채 나루터를 유심히 살폈다. 다행히 관군은 보이지 않았다. 그는 천천히 나루터로 내려갔다. 나루터에는 사람이 많았지만 배에 오르는 사람은 거의 없었다. 그는 늙은 사공에게 자루에 담긴 수수 한 되를 건네고는 배에 올라탔다. 일부러 선미에 붙어 등을 뒤로 돌렸다. 하지만 배는 금방 출발하지 않았다. 사공은 손님을 더 기다리고 있었다. 배에는 겨우 세 명이 타고 있었다. 보따리를 이고 있는 아낙네와 장사치로 보이는 사내 둘이 전부였다.

"이제 고만 출발합시다그려."

장사치가 짜증 섞인 소리로 말했지만 사공은 아직 여유를 부리고 있었다.

"조금만 더 기다려 보오."

그러는 사이 멀리서 세 사람이 나루터로 걸어오고 있었다.

"저기 오는 손님들만 태우고 곧장 출발합죠."

사람들이 오는 언덕 쪽으로 시선을 던지던 최천수는 깜짝 놀라며 눈을 크게 떴다. 나루터로 오는 사람들은 바로 관군이었다. 창을 꼬나쥔 채 이쪽으로 오고 있었다. 그는 애써 침착하려 했지만 몸이 떨려오는 건 어쩔 수 없었다. 압록강만 건너면 자유의 몸이 된다. 저기 눈에 보이는 요동 땅이 손에 잡힐 듯한데…….

세 명의 관군은 나루터를 휘둘러본 뒤 사람 하나하나를 유심히 살폈다. 국경지대인지라 검문이 삼엄했다. 보따리를 풀어 내용물을 확인하기도 했다. 하지만 다행히도 그들은 최천수를 아직 발견하지 못했다.

최천수는 등을 돌린 채 슬쩍 배 바닥으로 몸을 움직였다. 관군은 아직 배를 타지 않고 나루터에서 사람들을 살피고 있었다. 그들의 시선이 흩어졌을 때를 이용하여 그는 재빨리 배 바닥에 몸을 낮추고 어망으로 몸을 덮었다. 안쪽은 어두웠기 때문에 여간해서는 밖에서 보이지 않았다. 숨을 죽이고 웅크리고 있는데 관군들이 배에 올라탔다. 그들은 사람들 얼굴을 유심히 살피고는 고개를 끄덕이더니 배에서 내렸다. 그 때였다. 사공이 고개를 갸웃거리며 혼잣말로 중얼거렸다.

"이상타. 분명히 배에 네 명이 탔드랬는데?"

배를 내려간 관군 하나가 그 소리를 듣고 걸음을 멈추었다. 그는 얼른 사공에게 시선을 던졌다.

"그게 정말이냐. 배에 네 명이 탔다는 게?"

사공이 고개를 끄덕이자 관군 세 명이 일제히 칼을 빼들었다. 배 위를 휘둘러보았지만 나머지 한 사람이 보이지 않자 그들은 배 바닥을 살피기 시작했다. 최천수는 숨을 죽인 채 칼을 움켜쥐었다. 좁은 공간에서 그들을 대적하긴 어려웠다. 움츠린 상태에서 저들에게 발각되면 아무리 검술이 뛰어나다 해도 꼼짝없이 당하고 말 것이다.

그 사이 관군들은 최천수 바로 위까지 다가왔다. 배 밑바닥을 두드려 어구를 넣어두는 공간이 비어 있는 것을 확인하고는 다른 관군을 불렀다. 그들은 모두 칼을 빼들고 밑을 내리칠 기세였다. 최천수는 아랫입술을 깨물며 칼을 쥔 손에 더욱 힘을 주었다.

7

압록강에는 모두 세 척의 배를 일렬로 띄워 놓고 있었다. 제1선에는 호송을 맡은 고려인 관리와 원나라 사신들이 타고 있었고, 그 옆 제2선에는 공녀로 바쳐질 서른 명의 여자들이 타고 있었다. 제3선에는 며칠 전 개경에서 거세를 끝낸 후보 환관들이 고통스러운 얼굴로 어기적거리며 배에 올라탔다. 그 중에는 아직 상처가 아물지 않아 바지에 흥건히 피를 묻힌 자도 있었다.

연수를 비롯한 공녀들은 선미 쪽 난간에 붙어 섰다. 원래 밖으로 나오지 못하게 했지만 마지막으로 고려 땅을 보려는 것을 막지는 않았다. 강은 생각했던 것만큼 깊지는 않았다. 강을 건너며 연수의 시선은 건너편 둑으로 향했다. 그 둑에는 손을 흔들며 이쪽을 아득히 바라보는 사람이 있었다. 바로 오라비 기철이었다. 거리는 멀었지만 눈물을 흘리지 않으려고 입술을 감쳐물고 있는 기철의 모습이 흐릿하게 보였다. 연수는 북받쳐 오르는 흐느낌을 목울대로 삼키며 가만히 고개를 끄덕였다. 그 모습을 지켜보던 하영이 옆으로 다가왔다.

"왜 오라버니를 따라가지 않았어요?"

연수는 말없이 그녀를 돌아보았다. 그녀는 이해할 수 없다는 듯 고개를 갸웃거렸다.

"이미 홀치군에게 뇌물을 먹였다면서요? 조용히 빠져나갔으면 아가씬 여기서 도망가실 수 있었잖아요?"

연수는 마른침을 삼키며 어조를 높였다.

"내가 만약 여기를 빠져나간다 해서 편안히 살 수 있을 것 같으냐? 평생 관군을 피해 살아야 할 것이야. 우리 부모님도 의심을 받으며 그들에게 시달리겠지. 나 하나 희생하면 될 것을 다른 가족들에게 해를 끼치고 싶진 않아. 기왕 이렇게 되었으니 난 대도성에 가서 부딪쳐 볼 거야. 호랑이한테 잡혀가도 정신만 차리면 산다고 했다. 대도성에 가더라도 정신만 올바로 가지면 뜻을 세워볼 수 있을 것이야."

연수는 호기 있게 말했지만 서글픈 마음이 복받치는 것은 어쩔 수 없었다. 이제는 부모형제가 있는 고려를 떠난 몸이 되었다. 어쩌면 영원히 저 땅에 돌아갈 수 없을지도 모른다. 공녀로 끌려가 이제 원나라 사람이 되는 것이고, 죽어서도 그 땅에 묻힐 것이라고 생각하니 두려움과 허망함이 밀물처럼 몰려오며 가슴 한구석이 서늘해졌다. 그녀는 어수선한 마음을 달래려 시 한 수를 읊조렸다.

구슬이 바위에 떨어진들
구슬이 바위에 떨어진들
끈이야 끊어지겠습니까?
천 년을 외따로이 살아간들
천 년을 외따로이 살아간들
믿음이야 끊어지겠습니까?

2장

세상을
치마폭에 품고

1335년 함경도 함흥에서
이자춘의 둘째 아들 이성계 태어나다

1

"모두 내려라."

강을 건너자 홀치군의 목소리는 차가워졌다. 나무판을 잇대 만든 가교를 걸어나와 강 언덕을 벗어나자 역참 건물이 눈에 들어왔다. 배에서 먼저 내린 결혼도감의 관리와 홀치군 수장이 벌써 역참 건물로 들어가는 게 보였다. 황제께 바칠 진상품 내역과 인명록을 원나라 군사에게 인도하기 위함이리라. 관리들이 역참 건물 안에서 일을 보는 동안 군졸들은 짐마차에 물건을 옮겨 싣느라 분주히 움직였다. 세차게 불어오는 강바람에 모래먼지가 자욱이 일어 역참 마당에 몰려 서 있는 고려인들의 살갗을 때리고 지나갔다.

아침 일찍 고려 땅을 떠났는데 벌써 해는 중천에서 빛나고 있었다. 한 식경이나 더 지나 호송을 맡은 달로화적(達魯花赤)의 군관이 말을 타고 나타나자 일행은 다시 원나라에서 준비한 마차에 올랐다. 마차는 그 규모부터 고려의 것과는 달랐다. 나무로 만든 기와 덮개에 두텁고 화려한 휘장을 내린 것이 마치 작은 궁전이 수레 위에 얹힌 듯했다. 서른 명의 공녀들은 한 마차에 세 명씩, 모두 열 대의 마차에 올라탔다. 마차는 윤기가 흐르는 갈색 준마 두 필이 끄는데 하루 종일 길을 가도 지치는 기색이 없었다.

보통 원으로 향하는 공녀들의 길은 육로와 해로가 같이 이용되곤 했다. 육로는 의주에서 압록강을 건너 대도성에 이르는 경로이고, 해로는 예성강 입구에서 흑산도를 지나 명주에 도달하는 경로를 이용했다. 해로는 빠르게 갈 수 있으나 풍랑을 맞게 되면 지극히 위험했다. 이번 공녀 일행은 안전하게 대도성까지 가기 위해 멀고 험한 육로를 택했다.

마차는 속도를 내어 압록강을 건넌 지 닷새 만에 심양에 도착했다. 원래 계획은 심양에서 이틀을 쉬어가려고 했으나 대도에서 급한 전갈이 왔다. 속히 공녀들을 궁으로 호송하라는 명이 하달됐다. 그래서 수레는 밤에만 잠깐씩 쉬며 요하(遼河)를 건너 곧장 대도로 향했다.

행렬의 순서는 먼저 황제에게 바칠 진상품을 실은 수레가 앞서고, 공녀들을 태운 수레가 가운데, 그리고 환관으로 일할 남자들이 맨 뒤 수레에 올라탔다. 그들 사이로 관군들이 배치됐지만 그들이 남자 구실을 못하는 것을 알고는 크게 경계하지는 않았다. 수레에 탄 공녀들은 좁은 공간에 쪼그려 앉은 채 불편한 자세로나마 잠깐씩 눈을 붙일 수도 있었다. 하지만 환관 후보들이 탄 수레는 모두 올라타기에는 너무 좁았다. 그들은 번갈아 가며 수레에 올라탔고, 나머지는 걸어가는 수밖에 없었다. 번갈아 수레에 올라탄다 하지만 거세한 지 얼마 지나지 않아 오래 걷는 것은 큰 무리였다. 이대로 계속 갈 수는 없었다. 환관뿐만 아니라 호송하는 병사들도 이미 지쳐 있었다. 호송책임자는 하는 수 없이 호송을 멈추고 임시 천막을 치게 했다.

　그동안 불안과 두려움에 떨며 잠을 이루지 못하던 공녀들도 계속되는 여정에 지쳤는지 천막 안에 자리를 잡자마자 잠에 곯아떨어졌다. 하지만 연수는 쉽게 잠이 오지 않았다. 여기가 원나라 땅이라는 게 아직 실감나지 않았다. 포구의 역참을 출발해 사람들로 북적이는 심양을 지나 어느 곳인지 알 수 없는 이곳까지 오는 동안 행렬을 구경하러 모여든 많은 사람들을 잠깐씩 보았으나, 그들의 옷차림이나 얼굴 생김새, 행동거지 등이 고향 동네 사람들과 별반 달라 보이지 않았다. 이런 곳에서 살자고 하면 그리 힘들 것 같지도 않았다.

　연수는 살그머니 천막 밖으로 나왔다. 감시를 하던 군사도 피곤한지 창을 내려놓고 잠에 빠져 있었다. 몇 채의 천막이 원을 그리며 서 있었으나 지금 도망간다면 불가능할 것 같지도 않았다. 어떻게든 고향까지는 찾아갈 자신이 있었다. 하지만 그럴 마음은 이제 없었다. 이왕 주어진 운명이라면 어떡해서든 부딪혀 보자는 생각이 더 강하게 들었다. 도망을 갔으면 오라비가 찾아왔을 때 벌써 갔을 것이다. 자유의 몸이 될지는 몰라도 평생을 도망 다니며 살고 싶진 않았다. 먼 이국땅이라 하나 원나라도 사람들이 사는 곳 아닌가? 이를 악물고 버텨내면 고려에서와는 전혀 다른 새로운 삶을 얻게 될지도 모른다는 생각이 들었다. 여자이기 때문에 고려에서 당했던 설움을 어쩌면 원나라에서 보상 받을지도 몰랐다. 고려에서는 남자들조차도 관직은커녕 학문을 제대로 배우기도 힘들었다. 하지만 원나라의 대도성은 천하의 중심. 그곳에 가면 어떡해서든 기회가 열릴 것이란 기대가 생겨났다.

어쩌면 잘된 일인지 몰랐다. 새롭게 내딛게 될 세상에서는 분명 과거와는 전혀 다른 세상을 경험하게 될 것이다. 지금 상황은 난생 처음 부모형제와 고향을 떠난 그녀에게 위기임이 분명했지만, 그것이 오히려 기회가 될지도 모를 일이다.

연수는 조금 아쉽기는 하지만 오라비를 혼자 보낸 것을 후회하지 않았다.

"한번 부딪혀 보는 거야. 설마 죽기야 하겠어?"

연수는 다시 한번 마음을 가다듬었다.

강을 건널 때는 그믐이었는데 이제 벌써 보름이 되어가고 있었다. 찬 하늘에 걸린 상현달이 밝은 빛을 가득히 뿌리며 홀로 하늘 길을 가고 있었다. 공녀 숙소에서 예닐곱 걸음쯤 거리를 두고 세워진 천막은 고려 남정네들이 든 것 같았다. 코 고는 소리, 비명 같은 외마디 소리, 피곤에 지친 신음소리가 끊임없이 새어 나왔다. 연수는 소음을 피해 천막 뒤쪽으로 돌아갔다. 간간이 여기저기서 잡음이 들려오긴 했으나 한결 고요했다. 주위가 이내 고요로 가득 차자 복잡한 생각으로 번거롭던 마음도 차분히 가라앉는 듯했다.

2

세 개의 칼날이 동시에 날아왔다. 하지만 그보다 빠른 것이 바로 최천수의 몸놀림이었다. 그는 전광석화같이 몸을 옆으로 날려 갑판 위로 올라섰다. 이어 최천수의 다리가 비호처럼 날아 칼을 든 관군 한 명의 목덜미를 후려쳤다. 그는 비명도 없이 무릎을 꺾으며 바닥에 꼬꾸라졌다. 뒤이어 달려드는 관군에게 최천수는 몸을 회전하며 수도로 목을 내리쳤다. 관군은 맥없이 강물에 풍덩 빠져버렸다. 뒤늦게 달려온 나머지 관군이 엉거주춤하는 동안 최천수의 발끝이 관군의 관자놀이에 작렬했다.

"어서 배를 출발시키시오."

최천수는 얼른 뱃머리로 달려갔다. 순식간에 세 명의 관군을 때려눕힌 것을 지켜본 뱃사공이 하얗게 질린 얼굴로 배를 출발시켰다. 얻어맞고 물에 빠진 관군들이 겨우 강변에 기어올랐을 때 배는 이미 강 중앙을 지나고 있었다. 그 중 한 명이 정신을 차리고는 강나루로 급히 뛰어갔다. 그리고 잠시 후, 두 대의 나룻배가 최천수를 추격했다. 수십 명이나 되는 관군들이 구호를 외치며 젓는 배의 속도는 무척 빨랐다.

"노를 더 빨리 저으란 말이야!"

최천수가 다급하게 소리쳤지만 관군들이 탄 관선에 비해 나룻배의 속도는 느리기만 했다. 쫓아오는 두 대의 배가 곧 따라잡을 기세였다. 참다못한 최천수는 뱃사공을 밀어내고 손수 노를 잡았다. 다행히 그가 탄 배가 먼저 압록강을 건너 요동 땅에 닿았다. 강둑을 지나 힘껏 내달리자 갈대숲이 펼쳐졌다. 쫓아오던 관군의 배도 곧 강변에 닿자 군사들이 근처로 흩어져 최천수를 찾았다. 어른 키를 훌쩍 넘길 만큼 자란 갈대로 인해 그의 모습은 잘 보이지 않았다. 하지만 움직일 때마다 갈대가 크게 움직였으므로 발각될까 두려워 최천수는 바짝 엎드린 채 앞으로 나아갔다. 다행히 관군들은 아직 그의 위치를 모르고 있었다. 하지만 언제까지 이렇게 느린 속도로 움직일 수는 없었다. 쫓아온 관군만 해도 족히 수십 명은 될듯 했다. 이대로 가다간 잡힐 게 분명했다.

　잠시 눈을 감고 생각에 빠져 있던 최천수가 등에 진 바랑에서 급히 무언가를 끄집어냈다. 부싯돌이었다. 그는 바짝 마른 갈댓잎을 꺾어 부싯돌로 불을 붙였다. 건조한 데다 바람까지 살살 불어 불은 삽시간에 갈대숲 전체로 번져갔다. 최천수는 바람이 부는 반대 방향으로 급히 뛰었다. 그동안 갈대숲을 헤치고 다니던 관군들은 난데없이 일어난 불바다에 허둥대며 빠져나갈 길을 찾고 있었다. 불이 워낙 삽시간에 번지는 바람에 그들 중 상당수는 불에 타 죽었고, 겨우 살아남은 자들 또한 몸에 적잖은 화상을 입었다.

　제 몸 하나 건사하기도 힘든 판에 죄수를 쫓기는 무리였다. 최천수는 그 틈을 이용해 관군들의 추격을 멀리 따돌리고 요동 땅 깊숙이 달아났다.

　겨우 관군의 추격을 따돌렸지만 혈혈단신, 게다가 지리도 전혀 모르는 원나라 땅에서 버텨나가는 건 쉽지 않았다. 별의 위치를 보며 북쪽을 향해 걸어갔지만 걸음걸이는 느리기만 했다. 고려에는 이미 봄이 찾아왔지만 만주 벌판인 이곳은 아직 한겨울이나 다름없었다. 위로 올라갈수록 날씨는 더욱 추웠고 대지는 점차 설원(雪原)으로 변해갔다. 최천수는 너덜너덜하게 헤져 찬바람이 숭숭 들어오는 꼬질꼬질한 산양가죽 옷을 길에서 주워 입고 설원을 걸어갔다. 동상에 걸린 발은 발톱이 빠져 더 이상 걷기조차 힘들었다.

　이대로 눈이 가득 쌓인 벌판에서 쓰러지면 얼어 죽기 딱 알맞았다. 그는 필사적으로 걸음을 옮기며 주위를 둘러보았다. 마침 근처에는 다 쓰러져 가는 빈집이 한 채 보였다. 겨우 몸을 움직여 집 안에 들어서려는데 조그만 돌이 날아와 최천수의 이마를 맞추었다. 이마에서 피가 흘렀다. 최천수는 허리에 찬 칼을 빼들었다.

"누구냐?"

주위를 둘러보며 소리치자 집 안에서 한 사람이 나왔다. 마흔이 넘어 보이는 사내였다. 사내의 용모는 기이했는데, 목부터 무릎까지 드리운 큰 양가죽 밖으로 바싹 야위어 광대뼈가 튀어나온 얼굴을 드러내고 있었다. 머리를 묶지 않아 봉두난발인 채 얼굴은 때에 절어 있었다. 사내는 최천수를 아래위로 한참 동안이나 살펴보더니 말문을 열었다.

"댁도 고려인이슈?"

최천수가 고개를 끄덕이자 남자가 뒤통수를 긁적이며 앞으로 다가왔다.

"난 또 근처를 떠도는 거렁뱅인가 했수."

사내는 최천수를 안으로 들어오게 했다. 방으로 들어섰지만 방이라고 해봐야 천장에도 문에도 구멍이 숭숭 뚫려 살을 에는 바람이 곳곳에서 새어 들어왔다. 사내는 덮고 있던 산양 가죽을 최천수에게 던져 주었다.

"그것이라도 덮으면 좀 나을 거유."

최천수는 고맙다는 인사와 함께 양가죽을 덮고는 벽에 등을 기대었다. 동상에 걸린 발가락이 자꾸 욱신거리고 아팠다. 사내는 밖으로 나가더니 나무를 구해와 불을 지폈다.

"댁은 어디로 가는 길이슈?"

"대도성에 가려고 합니다."

사내는 인상을 찌푸리며 고개를 내저었다.

"보아하니 댁도 대도성에 한밑천 잡으러 가는 모냥인디 난 말리고 싶수."

"그게 무슨 말이시오?"

"원나라가 중원을 장악하고 근처 다른 나라까지 모조리 점령하여 천하를 점령했다 하나 몽고족이 모두 잘 사는 건 아니지. 부귀영화는 황실과 귀족, 관리나부랭이들 것이고, 백성은 비참한 생활을 면치 못하는 게 현실 아닌감?"

"그래도 원에 가면 고려인들을 상당히 우대해준다는 말을 들었습니다."

"그것도 고려에서 세력꽤나 있고 글줄이나 읽었어야 기대해 보는 거지. 평민들이 기웃거려 봐야 무엇에 쓰것수? 상술로 치면 떼놈 뒤통수만도 못하고 무관직은 몽고인들이 틀어잡고 있으니 별난 재주 없이 대도성에 가봐야 괜시리 간댕이만 커져서 헛물만 켜다 죽는 거유."

사내는 움찔 몸을 웅크리며 계속 말을 이었다.

"그나마 다행인 것은 원나라 황실을 고려인들이 완전히 장악하고 있다고 하드구먼. 공녀로 끌려간 여자들과 환관들이 원나라 관리들을 꽉 잡고 마음대로 주무르고 있다고는 합니다. 하지만 그것도 황실 이야기지 재주 없는 평민들이야 그림의 떡 아니겠수?"

"그럼 댁은 어디로 가는 길이시오?"

"난 고려로 돌아가는 길이우. 나도 크게 한밑천 잡아볼 생각으로 대도성에 갔소만 말도 잘 통하지 않고, 장사 기술도 없어 완전히 털리고 말았수. 기왕 굶어죽을 바엔 말이나 통하는 곳에 가서 죽을 작정이우."

최천수는 진작부터 궁금하던 것을 물었다.

"고려는 왜 떠나신 겁니까?"

남자는 움푹 패인 볼을 매만지며 천천히 이야기를 늘어놓았다.

"부역이 너무 심해 견딜 수가 없었수. 하루가 멀다 하고 나라에서 부역에 불러내니 당최 농사일을 할 수가 없지 뭐유. 백성들은 홍수와 가뭄에 흉년이 들어 죽어 가는데, 왕과 귀족들은 시도 때도 없이 장정들을 불러내 궁궐을 지어라, 누각을 지으라고 하니 속이 뒤틀릴 수밖에. 그래서 가족들을 몽땅 데리고 압록강을 건너 대도성으로 갔댔수."

"그럼 다른 가족들은요?"

사내가 눈시울을 붉히며 한숨을 깊게 내쉬었다.

"대도성에서 뿔뿔이 흩어졌수. 딸아이는 얼굴이 반반했는데 무뢰배들에게 납치되어 기생집에 팔려간 것 같고, 마누라는 몽고 놈과 눈이 맞아 따로 살림을 채려나갔지 뭐유. 홧김에 낫을 들고 몽고 놈 집에 가서 그놈을 찍어 버리고 대도성을 떠났수."

사내는 오래 전에 겪은 일이라 비교적 담담하게 말하고 있었지만, 얼굴은 괴로움으로 일그러져 있었다. 그는 큰기침을 한 뒤 뒤로 벌렁 드러누웠다. 최천수는 허기진 배를 움켜쥐고는 양가죽에 몸을 파묻었다. 그러자 사내가 누운 채 말했다.

"며칠 동안 굶은 게로군."

그러면서 불쑥 물었다.

"뭐라도 먹어 보려우?"

최천수가 턱을 내밀며 눈짓으로 묻자 사내는 일어나서 방 한쪽 구석으로 갔다. 이내 그쪽에서 찍찍거리는 소리가 들려왔다. 시커먼 쥐를 한 마리 잡아온 것이다. 그는 익숙한 솜씨로 쥐의 주둥이에 손가락을 밀어 넣어 뱃속의 내장을 모두 꺼냈다.

"즉시 이렇게 하지 않으면 이내 부패하고 만다우."

사내는 가져다 놓은 자갈을 한참 동안 불에 달구더니 쥐의 뱃속에 집어넣었다. 이내 털을 벗겨놓은 쥐가 벌겋게 익어갔다. 사내는 불에 익힌 쥐를 내밀었다. 사내의 거동을 지켜보던 최천수는 코앞에 들이미는 쥐고기를 보자 욕지기가 솟아올라 밖으로 달려나가 헛구역질을 해댔다. 그러나 너무 배가 고팠던 그는 억지로 쥐고기를 먹기 시작했고, 그 독특한 맛에 조금씩 익숙해졌다.

3

마차는 다음 날 이른 새벽에 다시 출발했다. 일행은 열흘을 더 달려 유하(儒河)에 이르렀다. 여기서 대도까지는 십여 리. 바로 지척의 거리였다. 성문 밖에는 중서성(中書省)에서 나온 관리 일행이 기다리고 있었다. 호송군관에게서 공물 목록을 건네받은 관리가 마차 휘장을 차례로 젖히며 점검하고 나자 마차는 다시 움직이기 시작했다.

마차가 대도성으로 들어서자 주변이 온통 사람들 소리, 마차 바퀴 소리, 짐승들의 울음소리가 뒤섞여 떠들썩했다. 오랜 여정에 지쳐 있던 공녀들도 호기심이 돋았는지 두터운 휘장을 조금씩 쳐들고 바깥에 펼쳐지는 풍경을 신기한 듯 구경하기 시작했다. 연수도 사람들로 북적이는 거리를 내다보고 있었다. 머리에 수건을 감고 있는 색목인들과 짐을 싣고 거리를 달리는 낙타들을 보자 비로소 원나라 수도에 당도했다는 실감이 들었다. 철갑과 날선 창검으로 완전 무장한 군사들이 삼삼오오 대오를 짓고 지나가는 행렬이 유난히 눈에 많이 띄는 것도 새삼 정신을 가다듬게 했다.

바야흐로 이곳 대도성은 원나라의 심장, 더 나아가 천하의 중심이었다. 역사적으로 상업이 흥성했던 지역임을 증명이라도 하듯 처음 보는 온갖 종류의 사람들과 각종 진귀한 물건들이 대도성으로 몰려들고 있었다. 천하의 모든 길은 대도성을 중심으로 뻗어나간다. 이곳에서 출발하여 멀리 안남 땅과 호라즘뿐만 아니라 대진(大秦 : 로마)까지 길은 뻗어 있었다.

천하의 중심에 와 있다는 생각이 들자 연수의 가슴은 새삼 떨려왔다. 그녀는 휘둥그레진 눈으로 대로를 따라 끝없이 펼쳐지는 이국적 풍경을 넋이 빠진 듯 바라보았다. 성문에 들어선 마차가 한참을 달렸는데도 성벽은 끝없이 이어지고 있었다.

과거 이곳 대도성의 이름은 '계(契)'이며 고대 연나라의 도읍지이므로 '연경(燕京)'이라 불렸다. 농경지대와 유목지대가 교차하는 곳이어서 고대부터 중요한 상업도시로 발전했다. 계는 중원지방, 몽고 고원, 송요 대평원으로 통하는 대로의 분기점에 위치하는 요충지였다. 남구(南丘)를 통과하면 몽고 고원으로 직행할 수 있었고, 고북구(古北口)를 지나면 송요 대평원에 바로 도달할 수 있었다. 또한 '계'는 영정하(永定河)의 나루터에서 그다지 멀지 않은 곳이어서 수상 교통 면에서도 유리했다.

지정학적으로나 군사적적·경제적으로 빼어난 여건을 갖추고 있던 지역이라 예로부터 동북 지방의 변방 민족들은 중원 지방으로 세를 확장할 때마다 '계'를 중요한 군사기지로 삼았다. 당나라에서는 군사적 요충지로 여겨 '유주(幽州)'로 이름을 바꾸고 군사를 많이 주둔시켰고, 후에 '남경(南京)'으로 개명했다. 거란 역시 이 남경성을 거점으로 중원을 공략하려고 하였다. 그 후 금(金)은 요(遼)를 대신하여 유주성을 점령한 다음 수도를 이곳으로 옮기고 명칭을 '중도(中都)'라고 했다. 중원을 제패한 통일 정권에 의해 대도가 수도로 건설된 것은 이때가 최초였다.

하지만 중도성은 완성된 지 채 백 년도 안 되어 몽고의 기병단에 의해 불타버렸다. 그 후 세조 쿠빌라이가 연경을 수도로 삼고 금이 연경에 대해 부여한 중도라는 명칭을 재사용했다. 세조는 1267년까지 궁전과 성, 해자를 건설해 웅장한 수도를 완성한 다음, 1273년에는 중도를 '대도'라 불렀다.

대도성의 한가운데에 궁녀들이 머물 궁성이 있었다. 궁성은 대녕궁(大寧宮)과 그 주위의 호수를 둘러싸고 있으며, 궁성 외곽은 대성으로 둘레만도 오십 리가 넘었다. 모든 성의 기세는 장엄하고도 웅장했고 성문은 무장한 군사들로 삼엄하게 통제되고 있었다.

궁성으로 이어지는 넓고 잘 닦인 길이 대도성을 가로지르고 있었다. 대로변에는 아카시아, 버드나무, 느릅나무 등 수령을 짐작할 수 없는 고목들이 늘어서 있었으며, 그 가로수를 따라 설치된 배수로에는 대궐로부터 흘러나오는 맑은 물이 넘칠 듯 콸콸 흐르고 있었다. 대도 한쪽에는 종고루(鐘鼓樓)가 있는데 대운하와 가까워 남쪽에서 올라온 상선들이 모두 집결하고 있었다.

시장에는 온갖 종류의 사람들이 다 모여 있었다. 몽고인과 남송인은 물론이고 고려인에 안남 사람, 그리고 머리에 하얀 수건을 두른 색목인까지 모여들어 마치 인종시장을 방불케 했다. 연수는 난생 처음 보는 사람들의 행색을 살피며 마냥 신기해할 따름이었다. 잠시나마 공녀의 신분도 잊은 채 여행 중인 사람처럼 설레기도 했으나 지금 훔쳐보고 있는 대도의 모든 것들이 아직껏 한번도 상상해보지 못한 것들뿐이어서 앞으로의 일들이 두려워지기도 했다.

원나라 황실에서는 전통적으로 황후 세 명 외에 여러 황비를 두고, 그 황족들이 수천 명의 궁녀들을 거느렸다. 고려에서 보내온 공녀들은 미색과 재주를 따져 황실에 필요한 인원을 우선 배치했다. 나머지는 중앙의 고관이나 지방의 황족들에게 보내지는 경우가 많았고, 지방의 관리들에게 하사되어 처첩이 되는 경우도 있었다. 황실의 궁녀나 고관들의 처첩이 되는 것은 그래도 운이 좋은 편이었으나, 불행히도 노예시장에 넘겨져 성 노리개로 전락하는 경우도 있었다. 이처럼 일부 공녀들은 비참한 신세를 면치 못했다.

군사들이 겹겹이 에워싼 채 굳게 닫힌 철옹성 같은 황성 문을 몇 개 더 지나자 그동안 고려에서부터 줄곧 같이 온 공녀와 환관 후보들의 행선지가 갈렸다. 공녀와 진상품은 황궁으로 들어가고, 환관 후보들은 황궁 밖에 있는 내시교훈원(內侍校訓院)으로 향했다. 연수는 그들이 멀어져 가는 발소리를 어둠 속에서 듣고 있었다.

마차는 한참을 더 달려 황궁으로 들어섰다. 규모를 짐작할 수 없을 만큼 거대한 황궁은 조각들이 섬세하고 정교한 데다 화려하여 천하제일이라 할 만했다. 연수를 포함한 공녀들은 황궁에 있는 외훈원(外訓院)으로 향했다. 황궁의 바닥과 계단은 온통 흰 석조로 이루어져 있었고, 잘 연마된 화강암 기둥들이 늘어서서 건물을 받치고 있었다. 지붕들은 유난히 끝이 뾰족하여 아래에서 올려다보면 마치 하늘을 찌르는 것처럼 위용을 내뿜고 있었다.

외궁에는 청동갑옷을 입은 근위병들이 등나무 활과 진홍색 깃이 달린 화살통을 메고, 장도를 허리에 찬 채 출입문마다 보초를 서고 있었다. 청록색 기와를 얹어 더욱 맵시 있어 보이는 지붕 아래에는 주랑을 따라 화려한 방들이 끝없이 이어지고 있었다.

외훈원에는 궁녀들은 보이지 않고 늙은 환관과 군사들이 기다리고 있었다. 공녀들이 도착하면 황제를 모시는 태감이 직접 처녀들을 심사해 가려 뽑는 것이 관례였다. 거기서 선택된 공녀들은 황실의 법도를 익힌 후 각 궁의 궁녀로 배치되고, 그렇지 못한 처녀들은 허드렛일을 하거나 다른 귀족들에게 하사될 것이었다.

외훈원에 있는 동안 그들은 궁인으로서 갖추어야 할 여러 내용들을 학습했다. 간단한 읽기나 쓰기, 산술에서부터 말하는 법, 궁중예법, 옷 입는 법, 화장법 등 궁중생활에 필요한 세밀한 훈도가 행해졌다. 희대의 여학자로 불리던 재인 서혜(徐惠)처럼 입궁 전에 학문을 익힌 궁인은 드물었다. 원나라는 무를 숭상하던 곳이라 글을 읽고 쓸 줄 아는 궁녀는 거의 없었다. 그러나 고려에서 끌려온 공녀 중 더러는 한자를 익히고 쓸 줄 알았으며, 중국의 역사와 경전에도 밝았다. 그래서 고려에서 온 궁녀나 환관들은 황궁에서도 요긴한 직무에 배치되었다. 이를 잘 알고 있는 고려 출신의 상궁들은 철저하게 공녀들을 가르쳤다. 황궁에서 살아남기 위해서는 미모 못지않게 식견을 갖추어야 했다.

4

요하(遼河) 평원 중앙에 위치한 요양성(遼陽省).

이곳은 만주의 대평원 중앙에 위치한 곳으로 요하의 지류인 태자하(太子河) 중류에 있는 큰 성이다. 역사적으로도 유서가 깊어 고구려 시절엔 대당 전쟁의 기지였던 요동성(遼東城)이 있던 곳이기도 하다. 후에 당(唐)나라 태종(太宗)이 이 땅을 공략하여 요주(遼州)라 개칭하고, 요(遼)나라가 발해국(渤海國)의 유민을 다스리기 위해 이곳에 동경요양부(東京遼陽府)를 두면서 지금의 요양성으로 굳어졌다.

요양성은 원래 요동에서 가장 번화한 도시였지만 요즘에는 남쪽의 한인들이 자주 이곳에 몰려와 혼란한 상황이었다. 몽고인들에게 심한 차별을 당한 한인들은 비교적 처우가 원만한 요양성에 들어와 터전을 잡고 있었다. 특히 각종 물자가 집결하는 태자하 강변의 회원문(會遠門)이라고도 불리는 북문(北門) 밖 시장은 평시에도 상인들로 북적대는 대시(大市)로, 오늘은 태자하의 어시(魚市)가 열리는 날이라 더욱 왁자지껄하였다. 오랜만에 열린 어시이다 보니 새벽부터 상인과 손님들로 인파가 북적거렸다. 하지만 오후로 접어들면서 함박눈이 쏟아지자 가판을 치우고 철시하는 상인들이 늘어나 시장은 한산해지고 있었다.

시장 한가운데로 챙이 깊은 삿갓을 쓴 남자가 걸어가고 있었다. 바로 최천수였다. 그는 천신만고 끝에 압록강을 건너 원나라 땅인 이곳 요양성까지 걸어왔던 것이다. 그의 옷은 무척 낡아 있었다. 머리는 베수건을 질끈 동여맸고, 어깨에 망태기를 걸치고 있는 그는 어울리지 않게 선원들이 주로 입는 단갈이라는 바지를 입고 있었다.

며칠 동안 아무 것도 먹지 못해 굶주린 그는 시장 좌판에 놓인 음식을 보면서 군침을 흘렸다. 철시를 준비하고 있는 시장이지만 좌판에는 고기소를 넣은 만두와 양을 잡아 삶아놓은 공탕(空湯) 등의 음식들로 가득했다. 최천수는 주위를 휘둘러보더니 좌판에 놓여 있는 만두를 덥석 손에 움켜잡고는 급히 시장을 빠져 달아났다. 옆에서 그 광경을 지켜보던 다른 상인이 크게 소리쳤다.

"도둑놈이다. 저놈 잡아라!"

마침 근처를 순시하던 군사 두 명이 도망가는 최천수를 발견했다. 두 사람은 창을 든 채 최천수를 뒤쫓았다. 허기진 데다 뜨거운 만두까지 들고 있는 최천수는 금세 그들에게 붙잡히고 말았다. 하지만 그는 고려의 검객이 아닌가? 들고 있던 대나무 지팡이로 단번에 그들을 제압하고는 다시 도망쳤다. 하지만 그리 멀리 가진 못했다. 요양성 지리에 익숙하지 않은 그는 미로처럼 얽힌 골목길을 한참이나 헤매다가 뒤따라 달려온 다른 군사들에게 단번에 포위되고 말았다. 심하게 허기진 데다 급히 도망치느라 숨이 차 있던 그는 수십 명의 군사들을 당할 순 없었다. 창끝에 허리가 베이면서 땅에 쓰러지자, 득달같이 달려드는 군사들에게 꼼짝없이 잡히고 말았다.

그는 요양의 내성 안으로 끌려갔다. 요양성은 개경 못지않게 규모가 크고 엄중했다. 고구려의 요동성을 근간으로 세워진 요양성은 날 일(日)자의 요새로 성벽의 높이만도 무려 삼 장이 넘었다. 성 주위에는 해자를 파고 태자하의 물을 끌어들여 채워 놓았다. 성을 외부로부터 방어하기 위해서였다. 최천수는 오랏줄에 묶인 채 안정문(安靖門)을 통해 곧장 형옥을 담당하는 이문소(理問所)로 끌려갔다. 이문소에서는 제공안독(提控案牘)이 심문을 직접 맡았다. 이목(吏目)이라고 불리는 제공안독은 최천수가 만두를 훔친 연유를 자세히 물었다.

"단지 배가, 배가 고파서 훔쳤을 뿐이오."

최천수는 몽고말이 서툴러 겨우 그렇게 대답했다.

"혹시 고려인이더냐?"

제공안독이 묻자 최천수는 고개를 끄덕였다.

"고려인이라……."

그는 잠시 생각을 하더니 상관에게 무어라 말을 전했다. 아마도 고려인 신분을 상부에 보고하는 것 같았다. 원나라 사람이 아니지만 쫓아온 군사에게 부상을 입힌 그의 죄는 그냥 넘어갈 순 없었다. 취조를 당하고는 곧장 이문소의 옥에 갇혔다. 최천수는 무척 지쳐 있었다. 허기진 데다 고문까지 당해 몸이 말이 아니었다. 서 있을 힘도 없어 그대로 옥에 쓰러졌다.

얼마 동안 누운 채 정신을 가다듬고 있는데 가는 턱수염을 기른 늙은 사내 하나가 창살 가까이 다가왔다. 그는 최천수의 얼굴을 유심히 살피더니 그의 모습을 종이에다 금세 옮겨 그리고는 밖으로 나가버렸다. 최천수는 이상히 여겼지만 너무 힘이 들어 더 이상 신경 쓰지 않았다.

고개를 조금 돌리자 소나무로 만든 창살 사이로 밝은 보름달이 비쳐들었다. 보름달은 고향에서 보는 것이나 낯선 타국에서 보는 것이나 똑같았다. 문득 달밤에 연수와 거닐던 숲길이 떠올랐다. 정월 대보름이 되면 함께 쥐불놀이를 하고 지신밟기를 하던 기억들이 마치 긴 병풍을 펼친 듯 머릿속을 훑고 지나갔다.

밤은 깊어갔지만 창살 사이로 살을 에는 듯한 차가운 바람이 들어와 잠들 수가 없었다. 이문소 바닥에 놓인 가마니를 끌어다 겨우 몸을 덮었으나 이가 딱딱 부딪치며 온몸이 벌벌 떨렸다. 4월이 되었는데도 여긴 아직 한겨울이나 마찬가지였다. 얼마나 지났을까? 문득 이문소의 문이 열리며 횃불을 든 관리 하나가 안으로 들어왔다.

"밖으로 나오너라."

최천수는 영문도 모른 채 관리를 따라 밖으로 나갔다. 두 명의 군사가 오랏줄에 묶인 최천수를 호송했다. 그들은 이문소를 나와 좁은 골목길을 한참이나 지나갔다. 큰 관아 건물이 군데군데 흩어져 있었다. 그들은 요양행성의 성주가 사는 궁을 돌아 조그만 기와집 안으로 들어섰다. 이상하게 생각한 최천수가 서툰 몽고말로 물었다.

"도대체 날 어디로 데려가는 게요?"

"잠자코 따라 오면 알게 된다."

관리는 최천수를 거칠게 이끌어 조그만 방안에 들어가게 했다. 하지만 감시하던 군사는 따라오지 않았다. 육중한 나무문을 쿵 닫고는 그냥 나가버렸다. 최천수는 오랏줄에 묶인 채 의자에 앉아 주위를 둘러보았다. 창문도 없는 밀실이었다. 문 입구는 필시 군사들이 지키고 서 있을 것이다. 손이 자유롭지 않은 상태에서 여길 빠져나가기는 거의 불가능했다. 도망가기를 포기하자 문득 다른 의문이 생기기 시작했다. 무슨 이유로 이곳에 데리고 온 것인가? 이문소나 관청이 아니라 사가(私家)에 데려온 것을 보면 취조하거나 벌을 주기 위한 것은 아닐 듯싶었다. 그렇다면 무엇 때문에 이곳에 데려온 것인가? 아주 극소수의 군사만 대동하고 온 것으로 볼 때 이곳은 은밀한 곳임에 틀림없었다.

한참 그런 의문에 빠져 있는 사이 앞쪽에서 문이 스르르 열리며 누군가 안으로 들어왔다. 창문이 없는 데다 촛불도 희미했기 때문에 안으로 들어온 사람을 자세히 식별하긴 어려웠다. 최천수는 눈을 부릅뜬 채 문 입구를 한참 동안 바라보았다. 잠시 후 사물이 눈에 익자 방금 들어온 사람의 얼굴도 드러났다.

그는 도무지 믿기지 않아 고개를 잘래잘래 흔들었다. 다시 한번 그의 얼굴을 확인한 최천수는 너무 놀라 벌어진 입을 다물지 못했다.

5

공녀들이 외훈원에 들어온 지 한 달이 되어갔다. 어느 날 밖이 수런거리더니 환관이 찾아왔다. 그가 행차하자 외훈원 전체는 긴장에 싸여 소리 없이 술렁이기 시작했다. 바야흐로 공녀들의 운명이 결정되는 날이 온 것이다.

환관은 얼굴 절반에 검버섯이 피고 허리가 심하게 굽은 늙은이였다. 그는 난모(暖帽)라는 붉은색 큰 모자를 쓰고 궁중 예복인 질손(質孫)을 입고 있었는데 무척 야윈 몸을 하고 있었다. 뼈에 가죽을 씌운 듯한 앙상한 얼굴에 닳을 대로 닳아 손톱도 남아 있지 않은 뭉툭한 두 손을 가지고 있었다. 환관인 데도 옆으로 길게 기른 수염이며 하얀 눈썹으로 보아 그의 인생 여정도 만만치 않았으리라.

늙은 환관은 공녀들이 모인 방안에 들어서며 섬뜩하게 빛을 발하는 눈으로 여자들을 주욱 훑어보더니 지체 없이 열 명을 손끝으로 가리켰다. 연수와 하영, 금녀도 지목되었다. 연수는 아직은 알 수 없으나 황궁에서 일할 후보가 되었다는 것을 막연하게 예감하고는 안도했다. 환관은 옆방으로 자리를 옮기더니 다시 한 명씩 불러들이기 시작했다.

열 명의 궁녀들이 고개를 숙이고 대기하고 있는 사이, 호명된 공녀가 옆방으로 건너갔다. 잠시 후 날카로운 비명이 나는가 싶더니 문을 박차고 후다닥 뛰쳐나가는 소리가 들렸다. 순간 대기하고 있던 공녀들 사이에 공포가 퍼졌다. 옆에 서 있던 하영이 얼굴을 붉히며 굳은 표정을 지었다.

"설마, 설마 그럴 리가……."

그녀는 불안에 떨며 입 언저리가 심하게 경직되어 있었다. 연수가 옆을 돌아보며 물었다.

"무슨 말을 들었더냐?"

하영은 망설이다가 나직하게 귓속말을 전했다.

"제가 듣기로 공녀들을 뽑아온 사신이 초야권을 행사한다는데……."

연수는 고개를 내저었다.

"그럴 리가. 저 늙은이는 환관 아니냐? 남자구실을 할 수 없잖아!"

"하지만 환관들 가운데는, 그러니까 완전히 부, 불구가 되지 않은 사람도 있다고……."

연수는 여전히 도리질을 했다.

"낭설일 거야."

입으로는 그렇게 중얼거렸지만 아무래도 하영의 말이 맞는 것 같았다. 방금 뛰쳐나간 공녀도 그래서 놀라 뛰쳐나갔을 것이다. 만일 환관이 자신에게 초야권을 행사한다면 궁녀가 될 수 없는 게 아닌가? 환관에게 더럽혀진 몸으로 황제를 모실 수는 없을 것이다. 연수는 두 눈을 질끈 감았다. 그때 옆에서 아악 하는 비명이 터져 나왔다. 얼른 돌아보니 하영이 쓰러진 금녀를 붙잡고 있었다. 금녀의 입에선 피가 철철 흘러나와 옷을 흥건히 적셨다. 하영이 다급히 외쳤다.

"금녀 아씨가 혀를 깨물었어요."

분을 발라 더 창백해 보이는 금녀의 얼굴은 온통 피로 가득했고, 입에선 가는 비명이 새어 나오고 있었다. 얼마나 세게 깨물었는지 잘린 혀가 보일 정도였다.

"금녀야! 정신 차려. 제발!"

연수가 절규하며 세차게 몸을 흔들어보았지만 반응이 없었다. 금녀는 거의 숨이 넘어가고 있었다.

"난, 정혼한 몸, 여기서 이렇게……."

겨우 그런 말을 토해내고는 혼절해 버렸다. 곧장 환관들이 달려들어 그녀를 데려가려 했다. 연수는 금녀의 몸을 잡아끌기 위해 옷고름을 쥐었다.

"금녀는 아직 죽지 않았어요."

하지만 그들은 금녀를 들쳐 업고 이내 방을 나갔다. 연수의 손에는 피에 젖은 옷고름만 남아 있을 뿐이었다. 다른 환관들이 들어와 주변을 정리하고 피 묻은 공녀들의 옷을 갈아입게 했다. 연수는 옷 갈아입을 생각도 않은 채 바닥에 풀썩 주저앉았다.

문득 고향에서 금녀와 함께 지내던 기억이 떠올랐다. 전리사 가문에서 자란 금녀는 자신 못지않게 자태가 곱고 단아할 뿐만 아니라 부친의 훈도를 받아 학식도 풍부하여 연수와 곧잘 어울렸다. 벼슬 높은 집안들이 앞 다투어 혼담을 청했으나 인품 있는 집안과 정혼하여 일편단심 깊은 사랑을 키워왔던 금녀였다. 연수는 피에 젖은 금녀의 옷고름을 꼭 쥐었다.

"금녀야, 너의 억울함을 꼭 갚아줄게."

연수는 창백해진 얼굴을 들어 주위를 둘러보고는 피 묻은 옷을 벗고 새 옷으로 갈아입었다. 궁인들이 다가와 얼굴에 분을 덧바르고 보석으로 몸을 치장해주는 것도 묵묵히 받아들였다. 마침내 그녀의 이름을 부르는 소리가 들렸다. 연수는 어금니를 깨물며 일어났다. 그녀의 발걸음은 더이상 후들거리지 않았다. 오히려 담담해진 표정으로 방에 들어서자 늙은 환관이 앉아 있었다. 자세히 보니 그의 얼굴엔 수염도 없고, 눈과 입가에 잔주름이 가득했다. 느물스럽게 웃는 얼굴이 얼음처럼 차가워 보였다. 그는 연수를 보자마자 짧게 말했다.

"옷을 벗어 보아라."

연수는 이미 각오가 되어 있는 터였다. 길게 심호흡을 하며 저고리의 고름을 풀었다. 각오는 했지만 얼굴이 붉어지는 건 어쩔 수 없었다. 마침내 실오라기 하나 남기지 않고 옷을 모두 벗자 환관이 가까이 다가왔다. 그는 작은 눈을 부지런히 움직여 연수의 몸 구석구석을 자세히 살폈다. 입을 벌리게 하고, 두 손을 들거나 양 무릎을 구부리게 하여 몸이 정상인지를 살피기도 했다. 늙은 환관의 시선이 닿을 때마다 그녀의 살갗에는 깨알 같은 소름이 돋았고, 온몸이 바들바들 떨렸다.

"이제 옷을 입거라."

환관은 그렇게 말하고는 밖으로 나가버렸다. 서둘러 옷을 입고 나자 젊은 환관이 다가와 따라오라고 짧게 한 마디 하고는 종종걸음으로 앞장섰다. 낭하를 한참이나 따라 가자 방들이 나타났다. 한 방문 앞에 멈춰 서자 방안에서 인기척이 들렸다. 역시 들은 대로 환관이 초야권을 행사하기 위해 자신을 간택한 모양이었다. 그렇지 않고서야 이렇게 은밀한 곳까지 불러들일 리가 없지 않은가? 황상의 총애를 받아 높은 자리에 오르려는 그녀의 꿈이 산산이 부서지는 것 같아 현기증이 일었다.

연수는 이것도 운명으로 받아들이기로 했다. 여기서 발버둥쳐본들 달아날 곳이 없지 않은가? 그녀는 한숨을 쉬고는 문이 열리기를 기다렸다. 안으로 들어서자 늙은 환관이 의자에 앉은 채 바라보고 있었다. 얼굴엔 음흉한 미소를 가득 담은 채 각이 진 턱을 매만지고 있었다.

"여긴 왜 왔는지 알렷다?"

연수는 말없이 고개를 떨어트렸다. 그리고는 질끈 눈을 감은 채 떨리는 두 손으로 저고리 고름을 잡아당겼다. 고름을 다 풀고 저고리를 벗으려는데 문득 낯선 목소리가 들려왔다.

"잠깐 멈추어라."

분명 늙은 환관의 목소리는 아니었다. 또 다른 자가 이 방에 있었던가? 그녀는 너무 놀라 주위를 둘러보았다. 늙은 환관 옆에는 어느 결에 들어왔는지 또 다른 환관이 서 있었다. 그는 훨씬 젊었고, 특이하게 말린 수염 한 가닥을 턱에 달고 있었다.

그렇다면 두 놈이 나를?

연수는 수치심에 몸을 떨었다. 둘이서 자신을 상대한다면 그것만은 할 수 없었다. 그녀는 더 이상 참을 수 없어 문 쪽으로 뒷걸음질쳤다.

그러자 또 한 명의 환관이 나서며 가로막았다. 그가 손을 낚아채려 했으나 연수는 힘껏 뿌리치고 문을 향해 몸을 돌렸다.

6

얼마나 달렸을까? 정신없이 달린 터라 방향을 알 수 없었지만 그곳에서 멀리 벗어나진 못한 것 같았다. 미로처럼 얽힌 전각 안을 뱅뱅 돌고 있다는 기분이 들었다. 조금 전에 보았던 방을 몇 번이나 스쳐 지나갔다. 주위를 둘러보았으나 아무런 인기척도 들리지 않아 문득 불안한 마음이 들었다. 언제 다시 환관들이 들이닥쳐 농락할지 몰랐다. 어디든 몸을 숨기는 게 우선이었다.

막 발걸음을 떼려는데 전각 어디에선가 "사람 살려!" 하는 외마디 비명이 들렸다. 황궁에서 고려 말이 들리는 것으로 보아 궁녀이거나 공녀임이 분명했다. 다시 귀를 기울였지만 더는 아무런 소리도 들리지 않았다. 잘못 들었구나 싶었는데 이번에는 이상한 소리가 들려왔다. 거친 숨소리였는데 사람의 것이 아니라 흥분한 황소가 콧김을 내뿜는 듯한 거친 숨소리가 전각을 울리고 있었다. 호기심이 인 연수는 소리가 나는 방향으로 발소리를 죽이며 다가갔다. 옅은 불빛이 새어 나오는 방에서 거친 숨소리가 들려왔다. 손가락에 침을 조금 발라 문 종이에 대어 작은 구멍을 뚫었다.

제일 먼저 보인 것은 거대한 사내의 등이었다. 누런 털이 보송보송 난 비대한 몸집의 사내가 침상에 두 팔을 짚고 엎드려 있었다. 사내의 아래에는 여인의 기다란 머리칼이 보였다. 여인의 양 손목은 침상 끝 하얀 천에 묶여 있었다. 사내가 허리를 밀며 움직일 때마다 여인의 입에서 괴로운 신음소리가 터져 나왔다. 여인이 버둥대며 얼굴을 돌리자 연수의 두 눈이 휘둥그레졌다. 함께 고려에서 끌려왔던 공녀가 아닌가! 거대한 덩치의 사내가 여인의 양쪽 가슴을 틀어쥐자 그녀의 입에서는 찢어지는 듯한 비명이 터져 나왔다. 그녀의 아랫도리에서 벌건 피가 흘러내려 하얀 침상을 적시고 있었다. 그 모습은 기괴한 그림이 되어 연수의 온 신경을 마비시키고 말았다. 사내는 사람의 모습이 아니었다. 마치 거대한 멧돼지나 황소가 연약한 아이를 덮치는 것 같았다.

연수는 문득 사내의 정체가 궁금했다. 황궁에서 궁녀를 건드릴 수 있는 사람은 황제밖에 없다고 들어왔다. 그렇다면 저 무지막지한 짐승같이 생긴 자가 바로 원의 황제란 말인가? 내가 출세하기 위해 잘 보이려는 자가 저런 무지막지한 짐승이란 말인가? 순간적으로 엄습해온 두려움에 연수는 어둠 속에서 덜덜 떨리는 몸을 감싸 안은 채 이를 악물었다. 더 이상 이곳 황궁에 있고 싶지 않았다. 절친한 친구 금녀는 혀를 깨물어 자결했고, 음흉한 환관들은 떼로 모여 자신을 겁탈하려 하지 않았던가. 짐승 같은 황제가 어린 여인을 무자비하게 농락하는 이곳 황궁에 잠시도 머물고 싶지 않았다.

달아나야 한다.

그렇게 마음먹은 연수는 조심스럽게 문 쪽에서 물러나 잠시 어둠 속에 몸을 숨기고 있다가 달리기 시작했다. 얼마나 뛰었을까? 숨이 턱까지 차오르고 땀방울이 목덜미를 타고 뚝뚝 떨어져 내려 더 이상

발이 떼어지지 않자 걸음을 멈추었다. 마구 달리기만 했지, 방향을 모르니 아득하기만 했다. 그녀는 주위를 휘둘러보고는 궁에서 최대한 멀리 달아나기로 했다. 여태 서쪽으로 달렸으니 그쪽으로 방향을 정해놓고 이를 악물었다. 다시 발을 옮기려는데 발아래 무언가에 채여 그만 넘어지고 말았다. 누런 흙먼지를 날리며 그녀는 데굴데굴 굴렀다. 겨우 몸을 일으키고 머리를 털며 위를 바라보았다. 무엇인가 희미하게 보이던 물체가 뚜렷해지자 그녀는 너무 놀라 눈을 크게 뜬 채 뒤로 움찔 물러나고 말았다.

7

"아니, 넌? 어떻게 네가, 네가 여기에 있는 거지?"

최천수는 앞에 있는 사람이 믿기지 않아 몇 번이나 두 눈을 문질렀다. 하지만 보고 또 보아도 그녀가 분명했다. 비록 소매 끝에 담비털을 댄 몽골의 전통 복장에 목련꽃을 자수한 한족의 비단 조끼를 덧입고 있었지만 모습은 예전 그대로였다. 그녀는 당황하는 최천수를 지그시 내려다보며 웃어 보였다.

"저를 기억하시겠어요?"

기억 못할 리가 있는가! 최천수는 의자에 앉은 채 몸을 옆으로 비틀었지만 오랏줄에 묶여 있어 전혀 움직일 수 없었다. 그 사이 흰 진주 술을 모자 양쪽에 길게 드리우고 붉은 연지를 입술과 양 볼에 바른 그녀가 특유의 웃음을 지으며 앞으로 다가왔다.

"이런 것을 운명이라 하나 봐요?"

그녀는 최천수 앞에 바투 다가와 내려다보았다. 그녀를 올려다보는 최천수의 눈동자가 부르르 떨렸다. 앞에 서 있는 여인은 바로 소옥이었다. 어릴 적부터 옆집에 살던 여인, 늘 자신을 따르며 애정공세를 펼쳤지만 최천수는 연수에게 빠져 있어 눈길 한번 주지 않아 늘 의기소침했던 그녀가 지금 앞에 서 있는 것이다.

"네가 어떻게 여기에 있는 것이지?"

최천수가 다시 묻자 소옥이 되물었다.

"제가 공녀로 끌려갔던 것은 기억하세요?"

최천수도 그 일이라면 기억하고 있었다. 3년 전이었다. 충숙왕 15년 2월. 원에서 파견된 사신이 공녀를 바치길 요구했다. 충숙왕은 좌상시(左常侍) 윤신걸(尹莘傑)을 시켜 서른 명의 공녀를 바쳤다. 이때까지만 해도 소옥은 무사히 그 손길을 피할 수 있었다. 하지만 몇 달 뒤인 7월. 원에서는 대도성에 온 공녀들의 수준이 떨어진다며 재차 공출을 요구했다. 원나라에서 사신 실리미(失里迷)를 보내어 황후 책립의 조서를 반포하면서 내시·동녀(童女)·말을 다시 요구해온 것이다. 사신 실리미는 매우 오만하고 무례했다. 개경 부근의 금교역(金郊驛)에 이르렀지만 성에 들어오지 않은 채 큰소리로 외쳤다.

"고려의 왕이 나와 맞이하지 않으면 나는 성에 들어가지 않겠다."

이에 왕이 상호군(上護軍) 전사의(全思義)를 보내어 양고기와 술을 접대하였으나 그는 받지 않았다.

"왕이 직접 나와 사신을 맞이해야만 성에 들어갈 것이다."

여전히 이렇게 큰소리만 치는 것이다. 고려 조정은 수치와 분노로

치를 떨었지만 어쩔 수 없이 그의 비위를 맞추어 줄 수밖에 없었다. 정승(政丞) 권한공(權漢功)과 찬성사(贊成事) 민상정(閔祥正), 그리고 조위(趙瑋) 등이 왕이 병환이 있다고 말하고는 어렵게 실리미를 궁으로 데려왔다. 기분이 잔뜩 상한 원나라 사신 실리미는 무려 백 명이 넘는 공녀를 요구했다. 고려 조정에서는 너무 무리한 요구라며 난색을 표했지만 실리미는 아랑곳하지 않았다. 손수 결혼도감에 찾아가 공녀를 차출해낸 것이다.

"원나라에서 온 사신이 결혼도감의 관리를 데리고 우리 마을에 찾아왔더군요. 우리 부모님이 미리 손을 써서 공녀로 끌려가지 않을 줄 알았지만 그 사신한테 그런 건 안중에도 없었어요. 부모님과 작별도 못하고 곧장 원나라에 끌려왔죠."

어지러운 그림자의 파문이 최천수의 얼굴에 흩어지고 있었다. 그는 갈맷빛으로 말갛게 풀려 있는 소옥의 눈을 바라보며 물었다.

"그런데 어떻게 여기에 있는 것이지?"

"공녀로 끌려가 대도성으로 갔어요. 그곳 외훈원에서 교육을 받고는 곳곳으로 흩어졌죠. 제가 끌려갔을 때는 황궁에 궁녀가 모두 차 있었기 때문에 우리들은 조정의 신하들에게 나눠졌어요."

"그래서 넌 여기 요양성에?"

"전 운이 제일 없었어요. 대도성에서 한참이나 떨어진 이곳 요양성 좌승상(左丞相)인 야속(也速)의 첩으로 오게 되었죠."

야속은 요양행성의 좌승상으로 이곳의 모든 군정 대권을 손에 쥐고 있었다. 그의 부친인 야석유는 황제의 숙위(宿衛)를 지내기도 했다. 야속은 숙위와 선정원참의(宣政院參議)를 거쳐 각지의 전투에 참

가해 혁혁한 무공을 세웠다. 그 공을 기려 금자광록대부(金紫光祿大夫)를 제수 받는 등 황실의 신임을 받고 있으며 실로 이곳 요양성의 최고 실세였다.

그동안 그녀는 원나라 사람이 다 되어 있었다. 복장과 머리 모양하며 말하는 중간 중간에 몽고 억양이 강하게 섞여 있었다.

"그런데 나를 어떻게 알아보고 여기로 데려 온 것이지?"

"얼마 전에 고려의 사신이 여길 다녀갔어요."

"고려의 사신이?"

"그 사신이 오라버니의 얼굴이 그려진 그림을 좌승상에게 건네주더군요. 이쪽으로 올지도 모르니 꼭 체포하여 고려에 압송해달라면서요. 처음에 그림을 보고 오라버니와 많이 닮았지만 비슷한 사람이라고만 생각했어요. 하지만 제가 직접 사신을 찾아가 자세히 물었더니 고향인 우봉현에서 관리를 죽이고 도망갔다고 해서 오라버니가 맞다고 확신했죠."

"그럼 날 이곳에 데려온 이유는?"

소옥은 주저하지 않고 대답했다.

"오라버니에게 기회를 주기 위해서죠."

그렇게 말해놓고 잠시 뜸을 들였다.

"지금이라도 내가 바깥어른인 좌승상에게 오라버니에 대해 말하면 당장 고려로 압송될 거예요. 공녀를 차출하는 관리를 죽였으니 이곳 원에서도 상당히 불쾌감을 가지고 있을 걸요."

"……."

최천수는 묵묵히 그녀의 말을 듣기만 했다.

"제 곁에 있어주세요. 오라버니의 검술은 고려에서도 뛰어나잖아요. 여기서 저의 호위무사가 되어주시면 부귀영화를 함께 누릴 수 있을 거예요."

"네 곁에 있어 달라?"

"그래요. 제 바깥어른은 요양행성의 최고 무관일 뿐 아니라, 황실과도 연줄이 닿아 있어요. 그 분을 잘 보필하기만 하면 오라버니의 출셋길도 쉽게 열릴 거예요. 여기서 편안하게 같이 지내요."

최천수는 대답 없이 미간을 좁히며 긴 한숨을 내뱉었다. 그의 눈가에는 기묘한 빛이 번득였다.

"누굴 위해 머물러 달라는 거지? 나를 위해, 아니면 소옥이를 위해?"

소옥은 거침없이 대답했다.

"물론 우리 둘 다를 위해서죠. 오라버니는 목숨을 건져 여기서 편안히 살 수 있고, 저 또한 오라버니를 옆에 두고 지켜볼 수 있잖아요. 오라버니의 마음이 줄곧 연수에게 가 있는 동안 내가 얼마나 마음고생이 심했는지 아세요? 오라버니를 여기서 만난 것은 하늘이 주신 행운이에요. 난 이 행운을 결코 놓치고 싶지 않아요."

하지만 최천수는 천천히 머리를 내저었다.

"난 여기에 머물 수 없어. 어차피 고려에서 살 수 없는 몸이라면 대도성으로 가서 내 동생을 만날 것이야."

"좌승상에게 오라버니를 고하면 당장에 고려로 끌려가는 데도요?"

"넌 나를 보내줄 수밖에 없어."

소옥은 눈을 깜빡이며 얼굴을 앞으로 내밀었다.

"여태 진정으로 날 사모해 왔다면 나를 도와줘야 하는 게 아닌가? 만약 너의 요구를 거절했다고 해서 날 잡아가게 한다면 날 단지 소유물로 여겼다는 것이지, 네가 날 사모해왔다는 말은 모두 거짓이 되는 게야."

"그래서 제가 오라버니를 고발하지 못할 것이라는 말인가요?"

"진정 날 사모하고 있다면……."

"흥! 내가 그렇게 못할 것 같아요?"

소옥은 얼굴을 붉힌 채 숨을 거칠게 내쉬었다.

"여봐라! 밖에 누구 없느냐?"

대기하고 있던 군사가 즉시 들어왔다.

"저 자를 다시 옥에 가둬라."

그녀는 찬바람이 나는 얼굴로 긴 한숨을 내쉬었다. 최천수는 다시 군사들의 손에 이끌려 나갔다. 소옥이 최천수의 등에 대고 다시 물었다.

"진정 후회하지 않을 자신이 있나요?"

"후회라……."

최천수는 가늘게 중얼거리며 고개를 끄덕였다. 모든 것을 체념한 표정이었다. 그 모습을 본 소옥은 차가운 시선으로 쏘아보다가 등을 돌려 버렸다. 최천수는 돌아서는 그녀를 향해 나지막하게 말했다.

"넌 여태 날 사모한 게 아니었어."

소옥의 입술이 얇게 뒤틀리며 일그러졌다. 그녀의 가냘픈 관자놀이에 푸른 힘줄이 돋았다.

최천수는 다시 군사들에게 끌려 이문소로 돌아갔다. 벌써 새벽이 다되어 동이 트기 직전이었다. 그는 벽에 기대어 긴 한숨을 내쉬었다. 너무 지쳐 몸이 말이 아니었다. 생각해보니 어젯밤 이후로 아무것도 입에 넣은 게 없는 것 같았다. 그러나 밥을 달라 할 수도 없는 처지,

쓰린 속을 참으며 눈을 붙이려는데 군사 하나가 옥문을 열고 안으로 들어오더니 최천수에게 작은 보따리를 내밀었다.

"이게 뭐요?"

보따리를 풀자 솜이불이 나왔다. 당시 고려에는 목화가 전해지지 않았던 때라 최천수로서는 솜이불을 처음 보는 것이었다. 이것을 전해줄 사람은 소옥밖에 없었다. 추위에 떨던 최천수는 이불을 온몸에 뒤집어썼다. 그런데 이불을 끌어당길 때마다 안쪽에서 바스락거리는 소리가 들렸다. 이상하게 여긴 최천수가 손바닥으로 이불을 쓸어보니 안에 무언가 들어있는 듯했다.

그는 흘깃 옥 안을 살피며 몰래 천을 찢고 안쪽을 살폈다. 안에는 놀랍게도 서찰이 들어 있었다.

    대도성에 가시면 박불화(朴不花)라는 환관이 있어요. 우리와 동향인 우봉현 출신이니 오라버니도 잘 아실 겁니다. 그 자를 찾아가 부탁하면 황궁 안에서 지낼 수 있을지도 몰라요.

최천수는 서찰을 움켜쥐었다.

박불화라······.

가만 생각하니 머리에 떠오르는 얼굴이 있었다. 자신과 동갑인 그는 어려서부터 명민하여 과거에도 일찍 합격했다. 예부시에 급제를 하여 장래가 촉망되는 친구였다. 하지만 권문세가들이 조정을 장악했으므로 그는 미관말직에 머물다가 얼마 후에 거세를 하고 원나라 환관을 자청했다는 소문을 들은 것도 같았다. 원나라 황실에 환관으로 있다면 그를 통해 황궁에 들어갈 수도 있을 것 같았다.

최천수는 일어나 조심스럽게 밖의 동정을 살폈다. 마침 옥에는 지키는 자가 아무도 없었다. 아마도 소옥이 그들을 밖으로 불러내 자신이 탈출할 수 있도록 만든 것이리라. 벽에 나있는 조그만 창을 올려다보았다. 소나무로 창살을 막아놓았지만 그에게 그 정도는 장애랄 수도 없었다. 그는 주저 없이 벽을 타고 올라가 한 손으로 창살을 힘껏 내리쳤다. 창살은 단번에 부서졌다. 창살 두 개를 연달아 부러뜨려 놓으니 간신히 몸이 빠져나갈 공간이 생겼다. 최천수는 몸을 훌쩍 날렸다. 그의 거대한 몸이 마치 족제비처럼 날렵하게 창을 통해 빠져나갔다.

아침이 되어 그가 없어진 것을 알게 되면 요양성 전체가 발칵 뒤집힐 것이다. 그렇게 되면 소옥 또한 의심을 받게 되어 봉변을 당할지도 모른다. 그런데도 목숨을 걸고 보내준 그녀의 마음이 새삼 따뜻하게 느껴졌다. 역시 소옥은 자신을 진정으로 사모하고 있었다. 소유하기보단 자유롭게 보내주려는 게 아닌가? 그는 뜨거운 눈물이 솟아오르려는 것을 간신히 참으며 부지런히 달렸다. 우선 요양성을 벗어나는 게 급했다.

어느덧 동이 트면서 날이 밝고 있었다. 정신없이 달린 덕분인지 이제 요양성은 보이지 않았다. 잠시 숨을 돌린 그는 황량한 들판 한가운데 서 있는 게르에서 양젖을 훔쳐 마셨다.

어느 정도 북쪽으로 달려왔다고 생각되자 이번에는 방향을 서쪽으로 돌렸다. 요양을 벗어나 원나라 중심으로 갈수록 여러 인종을 접할 수 있었다. 거란인도 있었고 여진인도 있었으며, 몽골인도 있었고 멀리 토번에서 온 상인들도 보였다.

수중에 돈 한 푼 없는 최천수는 같은 방향으로 떠나는 대상(隊商) 행렬에 섞여 며칠 분의 먹을 것만 얻어가며 정신없이 걸어 대도성으로 향했다. 그렇게 대도성에 도착했을 때는 요양성을 떠난 지 거의 일 년이 지난 뒤였다. 말을 타고 두세 달이면 올 수 있는 길을 힘겹게 걸어 일 년 만에 도착한 것이다.

과연 대도성은 천하제일의 도시였다. 피부색이 다른 여러 인종들이 북적대 정신이 하나도 없었다. 몇 달 동안 걸어와 힘이 빠진 최천수의 눈에도 시시각각 오가는 사람들의 얼굴이며 의복이 뚜렷하게 들어왔다. 조정의 관리들과 군인, 상인들이 도성 곳곳에서 북적댔다. 그 사이로 남자를 부르는 창기들의 손짓과 장터 각다귀들의 고함과 욕설, 가까운 요릿집에서 들리는 비파 타는 소리가 거리를 메우며 퍼져나갔다. 잠시 그들의 혼잡 속에 시선을 빼앗기고 있던 최천수는 길을 물어 곧장 황궁으로 걸어갔다. 대도성 안에 지어진 황궁의 내성은 위압적인 모습의 근위병들이 지키고 있었다. 그들은 청동갑옷에 가죽 칼집을 찼고, 등에는 등나무 활과 진홍색 깃이 달린 화살통을 메고 있었다. 군사들의 감시가 워낙 삼엄하여 최천수는 감히 나아갈 엄두를 내지 못했다. 높다란 성벽 너머로 청록색 기와로 뒤덮인 지붕들이 아득히 보였다.

한참 동안 황궁 근처를 서성이는데 남쪽의 작은 문이 열리더니 환관으로 보이는 사내가 밖으로 나오고 있었다. 최천수는 크게 심호흡을 하고는 그자가 걸어간 방향으로 얼른 달려갔다. 그리고는 환관을 붙잡고 다짜고짜 물었다.

"혹 궁중에 박불화라는 환관이 있는지요?"

8

　연수는 억지로 이끌려 마차에 올라탔다. 두 명의 환관이 사나운 표정으로 바라보고 있었다. 그들의 눈동자는 얼음처럼 차가워 보였다. 연수는 자신이 어디로 가는지 묻고 싶었지만 그럴 처지가 못 된다는 걸 잘 알고 있었다. 환관의 명을 어기고 도망친 것도 큰 죄였지만, 무엇보다 황궁에서 도망치려 하지 않았던가? 그 벌로 소리 소문 없이 죽임을 당하더라도 그녀는 어디에 하소연할 처지도 못 됐다.
　도대체 이제 어디로 가게 되는 것일까?
　화려한 마차의 규모로 보아서는 죽이러 가는 것은 아닌 것 같았다. 마차는 작았지만 비단 천으로 단장한 벽에 푹신한 등받이까지 갖추고 있었다. 마차는 황궁 밖으로 나왔다. 연수는 자리 옆에 나있는 조그만 창을 통해 밖을 내다보았다. 황궁에 들어온 지 몇 달 만에 처음 보는 바깥 경치였다. 여염의 사람들과 상인들로 북적이는 거리를 한참 동안 지나자 마차는 한 저택 앞에 멈추어 섰다. 하얀 회칠이 되어 있는 담벽 위에 까만 기와가 가지런히 얹혀 있는 거대한 저택이었다.
　마차가 멈추자 회색 장포를 입은 한 중년 여인이 나와 연수를 맞았다.
　"따라오너라."
　차가운 표정으로 앞장선 그녀를 연수는 재빨리 따라갔다. 청색과 금색으로 이루어진 화려한 장식 문양이 새겨진 문을 통과하니 기다란 모양의 연못이 나타났다. 연못 위에 놓인 아미(蛾眉)모양의 다리를 건너자 기다란 회랑이 죽 이어졌다. 연수는 이곳이 어디인지 궁금해 미칠 지경이었지만 감히 물을 수 없었다. 자신을 안내하는 여자는 굳은 표정으로 연신 차가운 눈빛을 하고 있었다.
"이쪽이다."
회랑 끝에는 작은 문이 보였다. 연수가 문을 지나 집안으로 들어가자 안내를 맡은 여자는 문을 거칠게 닫고는 나가버렸다. 연수는 잠시 동안 우두커니 서 있었다. 도대체 이곳이 어디일까? 혹시 조정의 관리에게 첩으로 온 것인가? 문득 그런 생각이 들자 마음이 다시 불안해지기 시작했다. 이번에 온 공녀들은 모두 황궁에서 황제를 모실 것이라고 들었다. 어쩌면 궁을 나가려했던 벌로 여기에 감금되는 건지도 몰랐다.

한참 동안 서 있던 연수는 걸음을 옮겨 창가로 다가갔다. 격자무늬로 된 창문을 열자 정원의 넓은 연못이 한눈에 들어왔다. 날이 너무 추워 연못은 얼어 있었는데, 그 위로 솜털 같은 하얀 눈이 쌓여 무척 아름다웠다.

잠시 후, 청회색 저고리에 자주색 영포를 입은 중년 여인이 들어왔다. 그녀는 탁자 위에 찻잔을 놓고는 주전자에서 뜨거운 차를 따라주었다.
"추운데 이것부터 마시게나."
연수는 중년 여인의 입에서 나온 고려 말을 듣고 깜짝 놀랐다. 둥글둥글한 얼굴에 작은 키, 포동포동한 손을 지닌 전형적인 고려 여인이었다.
"혹시 고려인이세요?"
여인은 고개를 끄덕이며 대답했다.
"예성강 근처 평산(平山)이 내 고향이야."
"어머, 그러세요? 저는 그 아래 우봉현에 살았어요."
그러자 여인의 얼굴도 조금 밝아지며 연수를 반기는 듯했다.

"나도 어릴 적에 우봉현에 자주 갔었지. 큰언니가 그곳에 시집을 갔거든."

연수는 고개를 끄덕이며 여인에게 밝게 웃었다. 고운 얼굴이었지만 이마와 입 주위에 주름이 많아 평탄치 않은 세월을 살았음을 보여주고 있었다. 엷게 웃고 있었지만 얼굴 곳곳에 수심의 흔적이 엿보였다. 연수는 조심스럽게 물었다.

"그런데 어떻게 여기에 오시게 되었어요?"

"나도 자네처럼 공녀로 끌려왔어. 그때가 벌써 이십 년 전 일일세."

"저랑 비슷한 나이에 끌려오신 거예요?"

여인은 머리를 내저으며 아랫입술을 지그시 깨물었다.

"그때 나는 갓 혼인한 새색시였어. 혼인한 지 석 달 만에 남편이 죽어 친정으로 돌아왔지. 하지만 우리 집은 너무 가난하여 끼니도 잇지 못할 정도로 힘들었어. 그래서 내가 삯바느질을 하며 겨우 입에 풀칠을 했지만 여섯이나 되는 어린 동생들을 먹여 살리기 힘들었지."

"원래 결혼한 여자는 공녀로 끌려오지 않잖아요?"

"그때 마침 윗집 만석꾼의 딸이 공녀로 뽑혔어. 깜짝 놀란 만석꾼 부자는 관리에게 수많은 뇌물을 먹이고는 애걸복걸했지. 하지만 명단에서 빼줄 수는 없었던지 나를 찾아 왔지 뭐야. 자기 딸 대신 내가 공녀로 가주면 밭 열 마지기를 우리 집에 주겠다는 거야. 그래서 난 망설임 없이 그 집 딸 대신 공녀로 오게 되었지."

어느새 그녀의 눈주름이 파르르 떨며 축축이 젖고 있었다. 하지만 워낙 오래 전의 일이라 표정은 의외로 담담했다.

"후회하지 않으세요?"

"가족이 보고 싶긴 하지만 난 여기서 배는 곯지 않고 지내고 있잖아? 우리 가족들도 그 열 마지기 밭을 일구면서 그리 어렵지 않게 살고 있다는 소식을 듣고 있어. 내가 선택한 것이니 후회는 없어."

말은 그렇게 했지만 그동안의 고생은 이루 말할 수 없었을 것이다. 볕에 그을린 여인의 거친 피부와 뭉뚝해진 손끝이 눈에 들어왔다. 그런 육체적 고통보다 더 견디기 어려웠던 것은 마음고생이었을 것이다.

연수는 진작부터 궁금하던 것을 물었다.

"그런데 이곳은 어느 댁인가요? 매우 호화로운 게 고관대작의 집 같은데요?"

"자넨 그것도 모르고 왔나?"

"그냥 황궁에서 환관이 태워준 마차를 타고 왔을 뿐이에요."

"이 집은 바로 참지정사(參知政事) 백안(佰顔) 나리 댁이야."

"그 분이 뭐하시는 분인데요?"

"정말 백안 나리가 어떤 분인지 모르고 온 것이야?"

연수가 고개를 끄덕이자 여인은 찬찬히 설명해주었다.

"대감은 황제 폐하와 매우 절친한 분이셔. 황제 폐하를 옹립하는 데 결정적인 역할을 하셨지. 그래서 황제 폐하의 신뢰가 대단하신 분이야. 지금은 황후 마마의 오라비인 당기세 형제에 눌려서 잠시 기를 펼치지 못하고 계시지만……. 허나 그들만 몰아내면 황제 폐하 다음으로 높으신 분이야."

연수는 이야기를 듣는 동안 자신을 이렇게 지위가 높은 자의 집에 보낸 그 저의가 궁금해졌다.

"그런데 제가 왜 여기에 온 것이죠?"

"원래 공녀는 외훈원에서 궁녀가 되기 위한 교육을 받지. 하지만 가끔은 이렇게 고관대작의 집에 머물면서 원나라의 예법과 학식, 그리고 남자를 모시는 방법을 배우는 경우도 있지."

그렇다면 두 환관이 완전히 나를 버린 것은 아니구나.

연수는 그렇게 생각하며 안도의 한숨을 쉬었다. 여기서 궁녀가 되기 위한 수련 과정을 거치면 언젠가 그들이 다시 불러줄 수 있을 것 같았다. 앞에 있는 여인처럼 관리의 집에 있는 것보단 고려인들이 훨씬 많은 황궁의 궁녀가 되는 게 더 나을 듯했다. 궁녀가 되고 싶은 마음은 들었지만 황제를 모시고 싶지는 않았다. 거친 신음을 내뱉는 그 멧돼지 같은 몸에 눌리는 상상만 해도 소름이 다 돋았다.

9

백안의 저택에 온 지도 어느덧 넉 달이 지나갔다. 처음에는 중년의 고려 여인이 황실의 예법과 몸가짐, 그리고 자수를 놓거나 비파 타는 법을 가르쳐주기도 했다. 하지만 시간이 흘러가자 그런 훈육도 시들해졌다. 무슨 바쁜 일이 생겼는지 고려 여인의 얼굴은 통 볼 수 없었고, 그녀 대신 다른 부인이 연수를 지도했는데 요즘은 그마저도 뜸해졌다. 연수는 바깥출입은 하지 못하고 방안에서만 지냈다. 하릴없이 방안에 있거나 연못에 나가 잠깐씩 산책을 하며 지내자 이를 못마땅하게 여기는 집안 식구들이 늘어났다. 연수는 그들의 눈치를 볼 수밖에 없었다. 밖으로 나오지 못하고 하루 종일 방안에서 책을 읽었다.

집에는 온갖 종류의 서책이 많아 그녀는 마음껏 독서에 빠질 수 있었다. 사마천(司馬遷)의 《사기(史記)》와 여러 열전(列傳)을 읽으며 중국의 역사에 대해 이해할 수 있었고, 《여효경(女孝經)》과 《여계(女誡)》를 읽으며 여자로서 지녀야할 예법을 익혀나갔다. 하지만 하루 종일 책만 읽을 수는 없는 노릇. 그녀는 눈치가 보여 스스로 할일을 찾기도 했다. 청소며 빨래, 심지어 물을 긷거나 밥을 하는 것도 서슴지 않았다. 그러는 동안 점점 저택에서의 시간이 견디기 힘들었다. 이렇게 하루 종일 방안에 갇혀 지내다시피 하는 생활이 너무나 싫었다.

그러던 어느 날이었다. 연수는 아침 일찍 집안에 있는 우물에서 물을 길어놓고 잠시 쉬러 연못에 나갔다. 봄이 되면서 연못에는 여러 가지 꽃이 활짝 피어 있었다. 연못 위에 놓인 아미 모양의 다리를 건너가자 복사꽃과 진달래 꽃잎이 푸른 수면 가득 떨어져 화사하게 빛나고 있었다. 그 모습을 바라보며 연수는 고향의 봄을 떠올렸다. 최천수와 함께 잘 익은 과실주처럼 향기로운 숲 속을 거닐었던 기억들이 아득하게만 느껴졌다. 불과 작년의 일인데도 먼 기억으로 떠오르는 것은 그만큼 여러 일을 겪었기 때문이리라.

한참 동안 연못을 거닐던 연수는 문득 다급해졌다. 아침밥 먹을 시간이 지난 것이다. 밥 때를 놓치면 오전 내내 굶어야만 했다. 그녀는 허둥대며 급히 집안으로 달려가다 누군가와 부딪히며 그 자리에 넘어지고 말았다. 옷이 금방 흙투성이가 되었다. 겨우 몸을 일으켜 고개를 들어보니 하늘로 치솟은 큰 키의 사내가 부리부리한 눈으로 내려다보고 있는 게 아닌가? 어깨가 쩍 벌어지고 부챗살 모양으로 펴진 긴 수염은 앞가슴을 내리덮고 있었다. 그의 풍채는 무장한 공작새를 연상케 했다. 사내는 잠시 긴 수염을 매만지며 아래를 내려다보고 있었다. 연수는 일어나서 얼른 고개를 숙였다.

"송구하옵니다. 소인이 정신이 없어서……."

그녀는 슬쩍 걸음을 움직여 부엌 쪽으로 달아났다. 달리면서 뒤를 돌아보니 사내는 끈끈한 시선을 계속 자신에게 던지고 있었다.

아슬아슬하게 부엌에 도착한 연수는 겨우 아침밥을 챙겨 먹을 수 있었다. 밥을 먹고 설거지를 하려는데 한 하인이 와서 연수를 불렀다.

"이 차를 저쪽 안채의 방에 가져가거라."

"안채에 누가 계시온지요?"

"그냥 갖다 놓고만 오면 돼."

연수는 뜨거운 물이 담긴 차 주전자와 잔을 들고 안채의 방으로 들어갔다. 방안의 의자에 누군가 앉아 있는 게 보였지만 감히 쳐다보지 못하고 탁자 위에 쟁반을 놓았다. 고개를 숙이고 나오려는데 거센 손길이 허리를 낚아챘다. 그리고는 몸을 번쩍 들어 탁자 위에 올려놓았다. 고개를 들어 보니 조금 전 마당에서 마주친 거대한 덩치의 사내였다.

"아니 어찌 이러시옵니까?"

연수는 몸을 비틀었지만 사내의 완력을 당해낼 순 없었다.

"놓아주세요!"

연수가 계속 소리치자 사내는 큰 손바닥으로 입을 틀어막았다. 연수는 있는 힘을 다해 사내의 손바닥을 세게 깨물었다.

"아악!"

사내가 소리를 지르는 틈에 연수는 얼른 몸을 빼내었다. 문 쪽으로 기어가려는데 사내가 다시 연수의 허리를 뒤에서 껴안았다.

"이런 발칙한 것."

사내는 거친 손으로 연수의 가슴을 풀어헤치고 있었다. 연수는 몸을 버둥대면서 한쪽 손에서 겨우 몸을 빼고는 이번에는 그의 팔목을 냉큼 깨물었다. 얼마나 세게 깨물었는지 이빨 자국에서 피가 배어 나왔다. 사내도 엉겁결에 고통에 찬 소리를 내질렀다. 연수는 두 팔로 바닥을 헤집으며 겨우 방을 빠져나왔다. 복도에는 사내가 내지른 소리를 듣고 많은 사람들이 나와 있었다. 곧이어 저택의 안주인이 나타났다. 그녀가 연수를 날카로운 시선으로 쏘아보고 있는 사이, 사내는 피가 뚝뚝 흘러내리는 팔목을 붙잡고 방에서 나왔다. 옷이 풀어헤쳐진 연수의 모습과 붉게 상기된 얼굴로 피를 흘리는 사내의 모습. 저택의 안주인은 충분히 짐작한다는 듯 입술을 비틀며 차갑게 웃었다. 사내는 잠시 무안한 표정을 지어보이더니 이내 소리를 버럭 질렀다.

"이년이 내가 누군 줄 알고 감히 팔을 깨무느냐?"

그는 엎드려 있는 연수를 다시 칠 기세였다.

"그만 해두시지요, 대감."

칼날 같은 안주인의 소리가 들려왔다.

대감이라, 그렇다면?

연수를 범하려던 자는 바로 이 집 주인인 참지정사 백안이었던 것이다. 그런 지체 높은 자의 몸을 상하게 했으니 연수는 이제 꼼짝없이 죽은 목숨이라 생각했다. 얼른 몸을 숙이며 백안을 향해 비는데 안주인의 목소리가 다시 들려왔다.

"그 아이를 건드셨습니까?"

백안은 뒤통수를 긁적이며 대답했다.

"난 단지 차를 따르라 일렀을 뿐이오. 그런데 이 발칙한 것이……."

백안은 아직도 화를 삼키지 못한 붉은 얼굴로 연수를 내칠 기세였다.

"그 아이가 누구인지 아시기나 하는 겁니까?"

"이 아이가 누구란 말이오?"

"황제를 모실지도 모르는 궁녀가 될 아이입니다. 황상 폐하의 여인을 건드리는 것은 중죄에 속하지요?"

백안의 코가 심하게 벌렁거렸다.

"그런 아이가 왜 우리 집에 와 있는 게요?"

"이 아이는 고려에서 끌려온 공녀입니다. 외훈원의 교육을 마치고 우리 집에서 황실의 예법을 배우던 중입니다."

백안은 아쉬운 듯 입맛을 다시며 고개를 돌렸다. 그의 눈에는 아직도 질척한 욕망의 기운이 가득 차 있었다. 백안은 다시 한번 연수를 내려다보고는 밖으로 나가버렸다. 안주인은 손을 흔들어 주위에 몰려든 시종들을 쫓아내고는 연수 앞으로 다가왔다.

"너의 처신이 올바르지 못해 대감께서 미혹된 것이 아니냐?"

"아니옵니다. 소인은 다만……."

"닥처라! 어디 감히 변명을 하려는 것이냐?"

안주인은 연수의 말허리를 끊으며 옆에 서 있는 중년의 고려 여인을 돌아보았다.

"이 아이가 반성할 때까지 광에 가두어 놓도록 하거라."

연수는 고려 여인의 부축을 받으며 광으로 갔다. 옆에서 부축하던 고려 여인이 가만히 속삭였다.

"대감께서는 반반한 여자라면 가만 놔두지 않는 호색한이야. 자네는 공녀니깐 어쩔 수 없이 돌아섰지만 이 집의 종이었다면 분명 나으리의 노리개가 되었을 것이야."

연수는 새삼 공녀 출신의 비참한 생활이 실감났다. 지금은 궁녀가 되기 위한 수업을 받고 있었기에 망정이지, 만약 그렇지 않았다면 저런 무지막지한 자의 노리개로 지내다가 버려질 것이 아닌가? 주인의 버림을 받게 되면 창기로 팔려간다는 말을 들은 적도 있었다.

이럴 바엔 차라리 궁에 들어가는 게 낫지 않겠는가? 이왕 사내에게 농락당할 처지라면 그 상대가 황제가 되는 게 더 나으리라.

그런 생각이 들었지만 이미 늦은 것 같았다. 자신을 이곳에 보냈던 환관에게선 몇 달이 지났어도 아직 아무런 연락도 없지 않은가?

광 안으로 들어가자 묵중한 문이 쾅 하고 닫혔다. 광 안은 매우 어둡고 습했다. 창문이 없어 햇볕도 들어오지 않아 칠흑 같은 어둠이 안을 가득 채우고 있었다.

물 한 모금 마시지 못하고 하루가 꼬빡 지나갔다. 허기지고 기운이 없어 연수는 차가운 바닥에 등을 대고 누웠다. 땀에 젖은 옷을 통해 싸늘한 냉기가 몸속으로 스멀스멀 파고들었지만, 손끝 하나 움직일 기운이 없어 그냥 누워 있었다. 바짝 마른 입안으로 갈증이 타올라 견디기 힘들었다. 시원한 물 한 모금이 간절했지만 누구 하나 찾아오는 자가 없었다.

이대로 좁은 광에서 굶어 죽을 것만 같았다. 만약 여기서 죽게 된다면 너무나 억울하여 슬픈 혼이 되어 구곡을 떠돌 것만 같았다. 그녀에겐 울 기운도 남아 있지 않아, 눈시울은 뜨거운데 눈물이 흐르지 않았다. 눈물마저 마른 성싶었다.

간신히 눈을 뜨려는데 어렴풋 무슨 소리가 들려왔다. 처음엔 정신이 가물가물하여 환청이 들리나보다 싶었다. 다시 힘없이 눈을 감았다. 그때 다시 소리가 들려오며 광의 육중한 문이 열렸다. 빛이 쏟아지자 눈이 부셔 연수는 손등으로 눈을 가렸다.

10

불과 다섯 달 만에 돌아온 황궁인데도 매우 낯설게 보였다. 백안의 저택이 화려하고 웅장하다 해도 역시 황궁에 비할 바는 못 되었다. 작은 마차를 타고 황궁에 돌아온 연수는 다시 외훈원으로 보내졌다. 그녀는 안내를 받아 복도 끝에 있는 조그만 방으로 들어갔다. 안에는 세 명의 환관이 앉아 있었다. 그녀는 천천히 고개를 들다가 깜짝 놀라 눈을 크게 떴다. 도무지 믿어지지 않았다. 눈에 익은 한 사람, 바로 최천수가 거기 서 있는 게 아닌가?

"오라버니!"

연수는 지금의 상황이 믿기지 않아 턱을 앞으로 내밀었다.

"오라버니께서 어떻게 여기에?"

도대체 고려에서 헤어졌던 최천수를 어떻게 여기서 만날 수 있단 말인가? 형언하기 어려운 반가움과 그동안 겪은 설움이 한꺼번에 몰려들자 그녀는 그의 손을 덥석 잡으려 했다. 하지만 최천수는 주춤하며 뒤로 물러섰다. 순간 그의 얼굴은 채 숨기지 못한 격정으로 흔들렸지만, 이내 냉정한 표정으로 옆으로 물러서는 것이었다. 연수는 무안한 얼굴로 최천수를 건너다보다 턱까지 받치는 숨소리를 겨우 고르며 물었다.

"말씀 좀 해보세요. 어떻게 여기에 오셨어요?"

최천수는 말없이 아랫도리에 묻은 핏자국을 내려다보았다.

"아니, 오라버니께서 환관으로?"

그는 고개를 끄덕이며 그윽한 눈으로 연수를 바라보았다. 지금의 상황이 믿기지 않기는 최천수도 마찬가지였다. 관군을 살해하고 자신의 집안이 멸문지화를 당하면서 영원히 만날 수 없으리라 여겼던 연수를 이렇게 머나먼 타국에서 만날 줄은 꿈에도 몰랐던 것이다. 동생을 만나기 위해 환관이 되었다가 연수가 이곳에 있다는 소식을 전해 듣고 최천수는 깜짝 놀랐다. 그 소식은 동생 하영을 통해 들었다. 그는 이를 하늘이 내린 운명이라 여겼다. 하지만 연수는 이제 자신의 여자가 될 수 없었다.

그녀는 평생을 황제의 그늘 아래서 살아야 하는 궁녀가 될 것이다. 죽을 때까지! 더구나 자신은 이제 남자가 아니다. 연수를 마음에 품을 자격도 없었다. 언제까지 지켜만 봐야 할 것이다. 순간 아득한 마음이 들며 알 수 없는 감정의 기복이 가슴에서 뒤엉키고 있었다. 자신을 바라보는 연수의 시선이 깊은 곳까지 스며드는 느낌이었다. 최천수는 마음속에서 차오르는 서글픈 감정을 숨기기 위해 연수에게 마음에도 없는 말을 했다.

"나도 출세를 해야지. 개경에 가서 일개 관리가 될 바엔 천하를 호령하는 대도에 오는 게 더 나을 것 같더구나."

"손수 지원을 했단 말예요?"

"그래. 천하를 움직이는 자가 황제라면 그 황제를 조종할 수 있는 자가 환관이라는 말을 들었다. 나라고 그렇게 되지 못하라는 법이 있겠느냐?"

연수는 눈썹을 가늘게 떨었다.

"그런데 어떻게 여기 대도성까지 오셨어요?"

최천수의 얼굴에는 반가움과 당혹스러움, 그리고 기쁨이 뒤범벅되어 동요되고 있었으나, 조금 시간이 지나자 본래의 냉정한 모습을 되찾았다. 그는 쓴웃음을 머금으며 연수를 건너다보았다.

"걸어서 왔단다. 내 동생 하영이를 만나러 왔는데 너까지 여기에 있을 줄은 몰랐다."

연수는 이미 하영을 통해 최천수에 대해 알고 있었다. 고려에서 쫓기는 몸이 될 바엔 차라리 여기에 있는 게 더 나을 듯싶었다.

"그 먼 거리를 걸어서 왔단 말씀이에요? 아니 그보다는 어떻게 환관이 되셨어요?"

대답 대신 최천수는 몸을 돌려 연수를 늙은 환관 앞으로 데려갔다. 그 뒤에는 다른 젊은 환관 한 명이 더 있었다. 바로 자신을 백안의 집에 보낸 자였다. 최천수는 먼저 나이가 든 환관 앞에 정중히 섰다.

"인사 올리거라. 휘정원(徽政院)의 원사로 계신 독만질아(禿滿迭兒) 어르신이다."

독만질아는 턱을 매만지면서 연수를 바라보았다.

"이 아이가 바로 네가 말하던 아이인가?"

뒤에 서 있던 환관이 대답했다.

"그렇습니다, 어르신. 고려에서도 용모가 빼어난 처자입죠."

용모가 빼어나다는 말에 최천수의 눈빛이 다시 한번 흔들렸다. 그는 곁눈질로 연수의 모습을 살폈다. 이전에 고려에서 보았을 때보다 훨씬 성숙해져 있었다. 짙은 눈썹 아래 깊이를 헤아릴 수 없는 흑요석 같은 눈과 날카로운 콧날과 선명한 입술이 돋보였다. 하지만 최천수는 그런 연수의 모습을 똑바로 쳐다보지 못하고 곁눈질로 슬쩍 훔쳐볼 뿐이었다. 그의 두 눈은 미세하게 떨리고 있었지만 아무도 이를 눈치 채지 못했다.

독만질아는 연수를 살펴보며 연신 감탄했다.

"과연! 쓸 만하구나. 그런데 왜 이 아이를 백안의 집에 보냈던 것이지?"

"이곳 황궁에 적응을 잘하지 못하였습죠. 그래서 참지정사 백안의 집에 보내어 황실의 예법을 배우게 했습니다. 이제는 이곳 황궁 생활이 훨씬 낫다는 것을 깨달았을 것입니다. 그렇지 않느냐?"

박불화가 묻자 연수는 낮게 고개를 끄덕였다. 하지만 그녀는 아직도 멧돼지 같이 생긴 황제가 궁녀를 범하던 모습을 잊지 않고 있었다. 그 충격을 이기지 못해 궁을 도망치려 하지 않았던가? 그 벌로 백안의 집에 보내졌다. 그러나 백안 또한 황제와 다르지 않았다. 이제 모든 몽고인 남자가 똑같아 보였다. 그러나 연수의 생각도 조금씩 바뀌기 시작했다. 어차피 그렇게 당할 바에는 차라리 황제에게 몸을 바쳐 황궁에서 기회를 찾아보는 것이 낫겠다는 생각이 들었다.

최천수는 고개를 돌리고 있는 중에도 연신 자신을 바라보고 있었다. 두 사람의 눈빛이 마주칠 때마다 최천수는 황급히 고개를 돌리며 시선을 피했다. 연수는 그 모습이 우스워 입을 가리고 웃었지만, 최천수는 귀뿌리가 덴 듯 얼굴이 벌겋게 상기되었다.

독만질아는 연수의 얼굴과 몸매를 살피며 만족한다는 듯 고개를 끄덕였다. 그는 오랫동안 환직에서 황제에게 여인들을 골라 바쳐온 터라 미인을 보는 안목이 높았다. 예로부터 미인의 조건으로 꼽는 것은 윤기 나고 탄력 있는 피부에, 하얗고 가지런한 이와 넓고 반듯한 이마, 나비의 더듬이처럼 가늘고 긴 활 모양의 눈썹이었다. 또 봉안(鳳眼)처럼 길게 치켜 올라간 큰 눈을 반쯤 감을 때 눈꺼풀 아래로 잔잔한 그림자를 드리우면 최상이었다. 궁비를 간택할 때에는 이러한 조건이 고루 갖춰졌는지를 우선 살폈다. 하지만 시대에 따라 미인의 조건은 달라지기도 했다. 한나라 성제가 아끼던 조비연은 몸이 제비처럼 가볍고 허리가 가는 미녀였다. 당의 현종 때에는 이와 정반대로 양귀비와 같은 육감적 미녀가 아름다움을 대표했다. 원이 중원을 장악하고부터 그런 취향도 다소 변하기 시작했다. 그러나 아무리 시대가 바뀌어도 맑고 아름다운 눈과 희고 고운 이, 넓고 반듯한 턱, 하얗고 탄력 있는 피부와 균형 있는 몸매 등은 언제나 미녀의 조건으로 여겨져 왔다. 연수의 용모는 어느 것 하나 이에 뒤지지 않았다. 독만질아는 크게 만족했다.

최천수가 이번에는 옆에 선 환관을 소개했다.

"이분께도 인사 올리거라. 황궁에서 일하는 박불화 태감이다. 우리와 동향인 우봉현 출신이다."

"그럼 오라버니께서 환관을 지원하신 것도?"

최천수는 요양성에서 만난 소옥의 이야기를 꺼내지 않았다. 그녀가 요양성에 있는 것도, 박불화를 만나러 가라 전한 것도 말하지 않았다. 그는 아무 말 없이 고개만 끄덕였다. 박불화가 다시 독만질아를 소개했다.

"여기 계신 원사 어르신도 고려에서 오셨다."

연수는 그제야 안도의 한숨을 내쉬었다. 그렇다면 여기 모인 사람은 모두 고려인, 자신을 해할 사람들은 아니었다.

독만질아는 박불화의 어깨를 툭 쳤다.

"네가 사람 하나는 잘 골랐구나. 이 정도 미색이면 황상의 마음을 단번에 사로잡을 수 있을 게야. 그렇게만 되면 우리 고려인들의 팔자도 훨씬 피겠지."

"백안의 집에서 고생을 좀 했으니 이곳 황궁의 생활이 얼마나 좋은지 확실히 알게 되었을 겁니다."

최천수는 비장한 눈으로 연수를 건너다보았다. 연수는 그 의미를 몰라 눈을 깜박였다. 독만질아가 말을 이었다.

"네가 황상의 은총을 입어 팔자를 고치느냐 마느냐는 순전히 네게 달려 있느니라. 또한 여기 와 있는 고려인을 위해서도 중요한 일인 만큼 정성을 다해 보아라."

"정말 제가 황제의 은총을 입을 수 있단 말예요?"

박불화가 고개를 끄덕이며 대답했다.

"너는 눈에 띄는 미인이야. 음, 고려인 환관들이 긴밀히 움직여 준다면 황상의 승은을 입을 수 있을 게고, 그러면 감히 생각지도 못한 자리에 오를 수도 있어."

"생각지도 못한 자리라면?"

최천수는 대답 대신 눈짓으로 고개만 끄덕였다. 박불화가 다시 말을 이었다.

"정신을 바짝 차려야 돼. 여기선 아무도 널 보살펴 줄 사람이 없어. 상전의 눈밖에 나면 소리 없이 죽어나가는 곳이 이곳 황궁이다. 잘못하다가는 기껏해야 저놈들의 종복이나 관리의 노리개로 끝날 수 있다. 너도 백안의 집에 가서 그걸 확실히 깨닫고 온 것이 아니냐? 여기까지 온 이상 오직 황상의 총애를 받는 길만이 살아남는 방법이야. 알겠느냐? 그리고 이제부터 너는 완자홀도(完者忽都)라는 이름을 쓰거라."

"완자홀도가 무슨 뜻인지요?"

"몽고말로 황후(皇后)를 상징하는 이름이다. 모든 것이 너의 처신에 달려있다."

연수는 대답 대신 고개를 깊이 숙였다. 이때부터 연수의 이름은 완자홀도로 불렸다. 하지만 자신의 고려 성(姓)을 그대로 살리고 싶어 기완자로 불러달라고 했다.

11

방을 나온 기완자는 곧장 흥성궁(興聖宮)으로 보내졌다. 흥성궁은 황성의 서쪽에 위치한 궁으로 황후의 별궁으로 지어진 곳이었다. 하지만 해가 지날수록 여러 채의 건물을 더 지어 규모가 늘어나자 제2황후를 비롯한 황비들도 함께 기거하기 시작했다. 황후 역시 황궁 보다는 흥성궁에 거처할 때가 많았다. 황제도 그 때문에 흥성궁을 자주 찾았다. 그는 흥성궁을 찾아와 마음에 드는 황비와 함께 밤을 보내고 황궁으로 돌아가곤 했다.

기완자는 흥성궁에서 차 시중을 드는 다방(茶房) 궁녀로 배속되었다. 다방은 궁녀만도 여러 명이었다. 궁녀들은 상궁으로부터 차의 종류와 우려내는 법, 그리고 알맞은 향기를 내기 위해 온도를 조절하는 방법까지 엄하게 배웠다.

황제가 행차하는 모든 전각에는 즉각 차를 올릴 수 있도록 탁자에 다기들을 준비해둔다. 방 한편에는 문방사우와 책상도 비치되어 있다. 차는 항상 황제의 기분을 살펴 청하기 전에 미리 마시기 좋을 만큼 따끈하게 준비했다가 바쳐야 했다. 기완자는 이를 위해 열심히 준비를 했지만 그녀는 어디까지나 신출내기 궁녀에 불과했다. 황제에게 차를 올리는 선임 궁녀는 따로 있었고, 그 궁녀를 대신할 예비 궁녀들도 그녀보다 몇 해씩 먼저 들어와 대기하고 있었다.

기완자는 훈도하는 상궁의 눈치를 보며 조심스럽게 말문을 열었다.

"소인은 언제쯤이나 황상 폐하께 차를 올릴 수 있을까요?"

"저런 어리석은 것을 보았나. 아직 차 종류도 가릴 줄 모르면서 황상 폐하를 입에 올린단 말이냐?"

"송구하옵니다, 상궁 마마. 철없는 마음에 폐하의 그림자라도 한 번 뵈었으면 해서요."

"폐하를 뵈면, 어디 승은이라도 한 번 입어볼 심산이더란 말이냐?"

"아, 아닙니다요. 상궁 마마."

"맹랑한 것 같으니……. 여기 황궁에 있는 궁녀가 몇이나 되는 줄 아느냐? 줄잡아도 몇 천은 넘을 것이야. 그 중에 폐하를 뵐 수 있는 궁녀는 손에 꼽을 정도이다. 폐하의 승은을 입는 것은 그야말로 바늘 귀에 낙타가 들어가는 것보다 더 어렵다는 것을 알아야지."

실제로 황제를 모시는 여자는 그 수를 헤아리기 어려울 정도로 많았다. 황제에게는 정부인 셋, 비가 아홉, 세부(世婦) 스물일곱 명, 어처(御妻)가 여든한 명에 달하며, 첩은 그 수를 헤아릴 수 없을 정도로 많았다. 황후와 비들은 이틀 사이로 황제와 함께 보낼 수 있고, 세부들은 여섯 날을 주기로, 어처들은 열여덟 밤 만에 황제를 대할 수 있었다. 나머지 수천의 궁녀들은 황제와 잠자리를 같이 하기 위해 짧게는 몇 달, 길게는 몇 십 년을 기다리다 늙어죽는 경우가 대부분이었다.

황제는 단순한 원나라의 황제에만 머물지 않았기에 천하에서 내로라 하는 절색들이 승은을 입기 위해 원나라의 대도성으로 모여들고 있었다. 원나라의 황제는 곧 천하의 중심이요, 천하의 아버지였던 것이다.

당시 원나라는 세계 역사상 찾아볼 수 없었던 대제국을 형성했다. 원나라가 차지한 영토는 천하의 팔 할이 넘는 면적이었다. 고려가 있는 동쪽 끝에서부터 서쪽으로는 지금의 모스크바를 거쳐 인도 북부, 아프가니스탄의 수도인 카불, 이라크의 수도 바그다드에 이르기까지 아시아에서 유럽까지를 아우르는 광활한 영토를 소유했다.

원나라가 역사상 유례를 찾을 수 없는 대제국을 형성할 수 있었던 것은 인접 국가들이 한결같이 허약한 상태에 있었기 때문이다. 고려만 해도 60년에 걸친 무신들의 집권으로 나라의 기강이 심하게 동요되어 있었고, 중국에는 금과 남송이 서로 대립하고 있어 쉽게 몽고의 창칼에 굴복하고 말았다. 서역의 호라즘 왕조와 유럽의 키예프, 도이칠란트, 폴란드 그리고 러시아 등 유라시아에 산재해 있던 국가들이 정치적으로 혼란한 상태였다.

문자조차 제대로 없던 미개한 유목민족인 몽고가 이런 나라들을 차례로 정복하면서 천하를 제패할 수 있었던 것은 막강한 군사력 때문이었다. 몽고족은 정착 농경민족과는 달리 항상 이동하며 여러 부족들과 갈등을 겪어왔다. 그러므로 일찍부터 전쟁에 능숙했으며 말 타는 솜씨와 창 다루는 솜씨가 탁월했다.

몽고의 전력은 막강하기로 소문이 나 있었다. 그러나 그 전략과 전술을 파악해 보면 의외로 단순했다. 몽고군의 기본 전술은 우선 적의 기선을 제압하기 위해 압도적인 군사력을 내세웠다. 상대에 비해 군사력이 여의치 않을 때는 속을 가득 채운 부대자루를 말안장에 묶어 행군하도록 해, 멀리서 보면 마치 대군이 이동하는 것처럼 보이게 하는 속임수를 쓰기도 했다. 그런가하면 야생마 떼를 몰아넣어 일시에 적진을 교란하는 작전도 수시로 감행했다.

그러나 뛰어난 기동성만은 타의 추종을 불허했다. 이를 위해 장비는 가능한 가볍게 하여 하루에 삼백 리를 이동할 정도였다. 양동작전을 펴 적을 아군 매복지로 끌어들인 뒤 몰살시키는 전술에도 능했다. 그 중 가장 위력적인 전법은 점령지를 초토화하는 공포전술이었다. 워낙 넓은 지역을 점령해나가다 보니 이미 점령하고 지나온 배후로부터 반격당할 우려가 있기 때문에 미리 그러한 여지를 없애려는 것이었다.

> 천하는 원나라로 통일되어 하나가 되었다.
> 시체 널린 길을 사람들 묶인 채 끌려가고,
> 지나가는 수레의 깃발은 강물처럼 출렁인다.
> 슬피 울며 회마(回馬)를 따라가는 어여쁜 여인아,
> 누굴 못 잊어 걸음마다 뒤돌아보는가.

금나라 말기의 시인 원호문(元好問)이 지은 이 시만 봐도 당시 몽고군의 야만적인 약탈과 전쟁의 참화를 잘 알 수 있었다.

 그러나 몽고의 정벌이 참혹하기는 했으나 수세기 동안 막혀 있던 비단길이 열리면서 동양과 서양의 물품 교역과 문화 교류가 활발해졌다. 당시 아시아와 유럽의 두 대륙은 이어져 있으면서도 상호간의 왕래는 극히 드물었다. 예전에 비단길이 있었으나 대자연의 장벽 때문에 교류가 원활하지는 못했다. 그러나 원나라가 천하를 제패하면서 수도인 대도성을 중심으로 천하를 망라하는 역전제도(驛傳制度)를 실시하자 두 대륙의 교류도 지속적으로 늘어났다.

12

 기완자는 고개를 떨구며 긴 한숨을 내쉬었다. 궁녀로 배속되었다고 해서 모두 황상의 승은을 입는 것은 분명 아니었다. 승은은커녕 황상의 얼굴 한번 보지 못한 채 늙어 죽어가는 것이 예사였다.

 몇 달 동안 다례를 익혔지만 엄한 궁인의 규율에 묶여 다실 외에는 바깥출입을 전혀 할 수 없는 신분이고 보니 황제를 볼 기회란 더더욱 없었다. 그녀가 처음이자 마지막으로 본 황제의 모습이란 한 궁녀를 거칠게 범하는 장면뿐이었다. 그 때문인지 황제는 한 마리의 거친 멧돼지나 거대한 황소의 모습으로만 자꾸 연상되었다. 설령 황제를 만난다 해도 두렵고 떨려 제대로 고개를 들지도 못할 것 같았다.

 그녀는 어금니를 질끈 깨물었다. 어차피 큰 뜻을 품었다면 그 정도는 감당해야 된다고 스스로 다짐했지만, 언제까지 상전 궁녀들의 허드렛일과 차 심부름을 하며 지내야 하는지 가슴이 울적하고 답답했다. 그녀는 아무런 내색도 하지 않고 흔연한 얼굴로 조용히 찻잔에 차를 따랐다. 다실에 가득 들어찬 은은한 저녁 햇살 속으로 재스민 향기를 뿌리며 찻잔에서 피어오른 김이 모락모락 퍼져나갔다. 차 한 잔을 다 마시고 시름에 잠긴 채 다시 잔을 채우려는데 문득 머릿속에 섬광 하나가 번쩍 빛을 내며 지나갔다.

"내가 왜 그 생각을 여태 하지 못했을까?"

기완자는 밤이 이슥해지자 몰래 흥성궁을 빠져나와 황궁으로 최천수를 찾아갔다. 그는 독만질아의 후원을 받아 벌써 정식 환관이 되어 있었다. 최천수는 기완자를 보게 되어 반갑기도 했지만, 궁녀가 함부로 올 수 없는 황궁이라 걱정이 되기도 했다.

"여긴 웬일이더냐?"

"몇 달 동안 차 따르는 연습만 했지, 황상은 그림자도 보지 못했습니다."

"때를 두고 기다리면 언젠가는 기회가 올 것이야."

최천수는 일부러 투명스럽게 대꾸했다.

"무작정 그 때를 기다려야 하나요? 기회를 만들어보는 건 어떨까요?"

최천수는 기완자를 내려다보았다.

"그게 무슨 소리냐?"

기완자는 주위를 둘러보고는 귓속말로 최천수에게 소곤거렸다. 한참 동안 그녀의 말을 듣고 있던 최천수의 표정이 미세하게 흔들렸다.

그는 마른침을 삼키며 옅은 한숨을 내쉬었다.

"진정 그 방법밖에 없겠느냐?"

순간 기완자의 눈자위가 심하게 흔들렸다.

"그게 무슨 말씀이세요?"

"꼭 그런 수를 써서라도 황제를 만나고 싶은 게야?"

그제야 기완자는 최천수의 마음을 읽을 수 있었다. 얼굴에 기묘한 표정이 스치고 지나갔다.

"오라버니, 이건……."

그녀는 한참동안 말을 잇지 못했다. 작은 콧등에는 땀이 맺혔다. 최천수는 잠시 동안 희디흰 공백 상태로 눈을 감았다. 마음을 다잡고 눈을 뜬 그는 기완자의 눈을 한동안 들여다보았다. 가을 물빛인 양 더없이 맑고 투명한 눈이었다. 기완자는 표정을 바꾸며 옅게 웃어 보였다. 여러 가지 감정이 뒤섞인 웃음이었다. 최천수가 입을 연 것은 한참이 지나서였다.

"후회는 없겠느냐?"

기완자는 대답 대신 눈가에 웃음을 매달았다.

"제 부탁을 들어주실 거죠?"

"알았다. 정 그렇다면 내가 사람을 시켜 그리 일러두마."

말은 그렇게 했지만, 돌아서는 최천수의 표정은 이미 허물어지고 있었다.

홍성궁으로 돌아온 기완자는 다음 날 차 따르는 연습보다는 몸단장에 정성을 기울였다. 자리에서 일어나자마자 국화를 넣어 데운 향긋한 물에 목욕을 했다. 얼마 전에 어렵게 구해둔 침향산을 꺼내 입을 닦으니 입 안이 개운해지며 코끝으로 상큼한 향기가 스며 나왔다. 목욕을 마친 후에는 정성들여 화장을 했다. 눈썹과 입술을 단장하자 전혀 다른 사람처럼 보였다. 옷매무새에 공을 들이는 기완자를 보며 궁녀들이 무슨 일이 있느냐고 물었지만 기완자는 웃음으로 답했다.

해가 지고 저녁 어스름이 몰려오기 시작했다. 가을에 접어들면서 저녁 공기가 제법 쌀쌀해졌다. 미처 닫지 않은 격자 창문으로 소슬바람이 불어와 옷깃에 스며들자 긴장감으로 바짝 날이 선 기완자의 살갗에 소름이 돋았다. 잠시 심호흡을 하고 있는데 상궁이 황급히 방으로 들어왔다.

"오늘은 네가 서둘러야겠다. 빨리 차올릴 준비를 하거라. 황상께서 납셨느니라."

기완자는 짐짓 알아듣지 못하겠다는 표정을 지으며 딴청을 부렸다.

"아직 소인은 폐하께 차를 올리기에는 솜씨가 크게 미치지 못하옵니다."

"선임 궁녀가 배탈이 나서 몸을 움직일 수가 없다고 하니 다른 도리가 없질 않느냐?"

"예비 궁녀들도 있지 않사옵니까?"

"그 아이들 또한 급체인 게야. 오늘은 뭘 먹었길래 다들 배탈 소동인지 모르겠구나. 너 말고는 차 시중할 아이가 없으니 서둘러라."

기완자는 천천히 자리에서 일어나 방을 나섰다. 방문 앞에는 젊은 환관이 대기하고 있었다. 그를 따라 한참 복도를 걸어가자 모란꽃 무늬로 화려하게 문양을 넣은 큰 문이 나타났다. 황상이 차를 마시는 곳이었다. 환관이 나지막하게 말했다.

"어서 안으로 들거라."

문을 들어서면서 기완자는 바짝 몸을 낮춘 채 고개를 숙였다. 황상의 용안은 누구든 함부로 쳐다보아서는 안 되었다. 그녀는 외훈원에서 교육받은 대로 잰걸음을 걸으며 앞으로 나아갔지만 다리가 후들거려 제대로 걸을 수 없었다. 마음을 진정하려고 숨을 깊게 머금었으나 심장이 격류처럼 요동쳤다.

옷 속에서 다리가 후들거려 치맛자락이 잔물결을 일으켰으나, 황제가 좌정한 맞은편까지 나아가 삼배를 올렸다. 고개를 숙인 채 옆을 보니 환관 독만질아가 뜨악한 표정으로 바라보다가는 이내 의미심장한 웃음을 지으며 살짝 고개를 끄덕이고 있었다. 모든 것을 알고 있다는 표정이었다. 아마도 최천수에게 전해 들었을 것이다. 의원에게 약을 얻어 다실 궁녀의 점심밥에 몰래 넣어달라고 그녀가 부탁했다는 사실을. 기완자는 그의 웃음을 보자 약간 자신감이 생겼다. 원사 어른이 자신을 밀어주고 있지 않은가? 지금 옆에 서 있는 고려인이 갑자기 피붙이같이 느껴졌다. 이제 그 앞에서 황상을 요리하는 모습을 보여주면 되는 것이다.

기완자는 몇 걸음 더 앞으로 나아가 다기를 열고 뜨거운 물에 천천히 찻잎을 넣었다. 고개를 숙인 채 잠시 찻잎이 우려나기를 기다리다가 떨리는 손가락 끝으로 찻주전자를 만지며 온도를 가늠했다. 이윽고 잘 우러난 주전자를 들어 다소곳이 찻잔에 따랐다. 손이 후들거려 찻잔이 미세하게 흔들렸다. 그녀는 여전히 고개를 숙인 채 두 손으로 찻잔을 맞잡았다.

"처음 보는 아이구나. 얼굴을 들어보아라."

하지만 기완자는 양 볼을 붉히며 더욱 고개를 숙일 뿐이었다.

"얼굴을 들어보래두."

슬쩍 옆의 독만질아를 바라보자 눈짓으로 채근하는 모습이 보였다. 그녀는 붉어진 귓불을 한 손으로 매만지며 천천히 고개를 들었다. 그리고는 황상의 얼굴을 바라보는 순간 그만 너무 놀라 눈이 휘둥그레진 채 손에 들었던 찻잔을 놓치고 말았다.

13

최천수는 내시성(內侍省) 건물의 복도 끝에 마련된 작은 방에 앉아 붓을 들고 부지런히 글자를 적고 있었다. 빼어난 칼솜씨 못지않게 그가 써내려가는 붓글씨도 단아한 멋이 있었다. 그는 내시성의 궁위(宮闈)에 소속되어 비빈과 궁인의 개인적인 물품 구입 내역을 기록하는 일을 맡았다. 궁위는 내시성의 여러 업무 중에서 가장 중대한 일을 맡는 곳이었다. 순전히 독만질아의 연줄 덕에 이 자리에 배속된 것이다.

황궁에서 환관의 일은 일일이 분류할 수 없을 만큼 다양했다. 황제의 잠자리를 모시는 비첩들의 시중도 들었고, 황제나 황후 등의 침실 앞에서 불침번을 섰으며, 또 비상시에 대비하여 숙직하거나 궁중의 일을 돌아보는 일도 모두 환관들이 했다. 뿐만 아니라 고위 비빈들이 기르는 개나 고양이, 새 등의 애완동물을 돌보는 일에서부터 정원의 화훼 손질, 그리고 궁중의 의식이나 칙명을 전달하는 일도 환관들이 도맡았다.

 이처럼 황궁의 모든 일은 환관의 손에 의해 처리되고 있었다. 그들은 한마디로 말해 황궁 생활의 총감독이며 실제적인 원동력인 셈이었다. 이 환관들을 총감독하는 사람이 바로 고려인인 독만질아였다. 그는 이외에도 황제의 정무가 끝난 뒤, 황제의 명령을 재상들에게 전달하는 역할을 담당했으므로 실질적으로 엄청난 권력을 쥐고 있는 것이나 다름없었다. 그런 환관 최고의 실력자를 배후에 둔 최천수에게 지금의 일은 그다지 어려운 것은 아니었다.

 하지만 그는 이 일이 별로 탐탁지 않았다. 가장 중요한 정보를 접할 수 있는 업무이긴 했지만, 하루 종일 방에 앉아 붓글씨만 써야 하는 일이 너무 답답했던 것이다. 그는 얼마 전까지만 해도 산천을 뛰어다니며 무예를 닦던 무인이 아니었던가? 또한 비록 죽을 고생을 하여 이곳 대도성까지 왔다하나 드넓은 대륙을 가로질러오며 견문도 넓혔다. 그런 자신이 하루 종일 이런 방에만 갇혀 지내는 게 못내 답답하기만 했다.

 최천수는 박불화를 찾아가 업무를 바꿔 달라 부탁할까 고민해 보았다. 하지만 이곳에 온 지 이제 겨우 석 달이 지났는데 그런 말을 꺼내기엔 조금 무리다 싶어 그냥 참고 있었다. 그래도 독만질아와 박불화는 그를 생각해 이곳에 자리를 만들어 준 것 아닌가? 그들을 실망시킬 순 없었다.

 장부 작성을 마쳐놓고 궁인의 명부를 정리하여 새로 작성하려는데 박불화가 찾아왔다.

 "열심이구나. 이걸 단번에 해놓다니!"

그는 최천수의 어깨를 가볍게 두드리며 밖으로 불러냈다.

"어때, 일은 할 만한가?"

최천수는 대답 대신 살짝 웃기만 했다. 박불화가 다시 물었다.

"자넨 누이를 찾으러 왔다면서 궁에서 딱 한번 보고는 다시 찾지 않는구나?"

"독만질아 어르신께서 좋은 직책을 주신 바람에 잘 지내고 있으니 더 이상 걱정될 게 없네. 누이 소식은 가끔 듣는 이야기로도 족해. 사사로이 찾아갈 순 없지 않겠어?"

"자네도 이제 아주 환관이 다 되었구나!"

최천수가 빙긋 웃어 보이다가 박불화를 건너다보았다.

"자넨 어떻게 해서 환관을 지원했던 거야? 고려에서 예부시에 급제했으니 관직에도 나갈 수 있었잖아?"

"과거에 급제만 하면 뭘 하나. 관직이 주어지지 않는걸. 난 고려를 위해 큰일을 하고 싶었어. 권문세가의 횡포를 바로 잡고 고구려의 기상을 계승한 나라로 바로세우고 싶었지. 하지만 좀체 그 기회는 주어지지 않았어. 고려의 모든 관제를 원나라의 것으로 바꾸다 보니 대폭적인 변동이 있었기 때문이야. 중서문하성(中書門下省)과 상서성(尚書省)이 합쳐지고 어사대(御史臺)는 감찰사(監察司)로 축소되고 말았지. 육부(六部)도 통합되었고 다른 관아들도 폐지되는 바람에 좀체 벼슬길에 나갈 수가 없었다네. 어쩌다 나는 자리도 원나라에서 유학하고 돌아온 권문세가의 자제들 몫이고……. 그래서 벽란도(碧瀾渡)에 가서 역관 생활을 했다네."

"예부시까지 급제한 자네가 역관이 되었단 말인가?"

"그렇다네. 벽란도는 원나라 사신들이 드나드는 길목 아닌가? 난 거기서 원나라 사신 불가노(不家奴)를 만나 이곳 대도성까지 오게 되었네. 황궁에 오니 방신우(方臣佑)라는 어르신께서 이미 황궁에서 환관들의 주도권을 장악하고 계셨지. 그분은 같은 고려인이라 내게 많은 은혜를 주셨다네. 지금 이 자리에 있는 것도 순전히 그분 덕택이야."

"방신우 어르신이라니?"

"그분은 이곳 원나라에서 몇 십 년 동안 활약하면서 고려를 위해 많은 일을 하셨네. 그분의 권유로 환관에 지원했던 것이야."

"난 그분의 이름을 처음 들어보는데?"

박불화는 자신이 알고 있는 방신우에 대해 찬찬히 설명해주었다.

방신우는 경상도 상주의 중모현 출신이다. 어렸을 때 이름은 소공이었고, 그 아비는 중모현의 아전을 지낸 바 있다. 그는 충렬왕 때 강제로 환관으로 끌려가 원나라로 갔다. 명민한 데다 눈치가 빠른 방신우는 여러 명의 황제와 황후, 황태후를 섬기면서 그들의 신임을 쌓아 나갔다. 그 후 평장정사(平章政事)를 거쳐 휘정원사(徽政院使)에까지 올라 중요한 국사에 참여하기도 했다. 충선왕 이후부터는 고려에 사신으로 파견되어 국왕으로부터 관작을 제수 받았으며, 충선왕이 왕위에 오른 직후에는 즉위를 도운 공로를 인정받아 벽상삼한정광(壁上三韓正匡)의 공신이 되었다.

"그분은 이곳 대도성에 계시면서 우리 고려를 위해 정말 많은 일을 하신 분이었어. 한번은 이런 일이 있었지. 북쪽 지방의 토후인 팔로미사란 자가 부하를 이끌고 원나라에 귀순하자 원나라에선 그를 압록강 동편의 고려 땅에 두려고 했어. 고려 땅의 일부를 그에게 주려는 것이었지. 이 소식을 들은 어르신께선 직접 황제를 찾아가 간곡히 설득하셨지. 고려는 땅이 좁고 산이 많아서 사냥하고 목축할 만한 곳이 없으니 그 자가 살 곳이 못 된다고 말한 거야. 이에 황제께서 팔로미사 일족의 고려 이주를 중지시키도록 했지. 뿐만 아니라 고려 왕조 자체를 폐지하고 고려 땅에 원의 직속인 성(省)을 설치하려는 조정의 중론을 감지하고는 수원황태후에게 청하여 이를 중지시킨 것도 바로 그 어른이네. 만약 그 어르신이 아니었다면 지금의 고려 왕조는 완전히 원에 종속되었을 것이야."

"그렇게 훌륭하신 분을 나는 왜 몰랐을까?"

"고려는 그분에게 많은 은혜를 입었지만 환관이라 하여 별로 자랑스럽게 여기지 않았기 때문일 게야."

박불화는 방신우의 말을 떠올리며 아득한 표정으로 말을 이었다.

"어르신께서는 벼슬길에 나아가 관리가 되는 것만이 고려를 위하는 것이 아니라 하셨네. 천하의 중심 대도성의 음지에서 활약하면서도 얼마든지 고려를 부흥시킬 수 있다는 확신을 가지고 계셨지. 비록 지금 고려가 원의 속국이나 다름없지만 한때 중원에 맞서 천하를 호령했던 고구려의 기상을 그대로 이어받은 고려에 대해 자부심이 대단했던 분이야."

"환관이란 게 단순히 황제와 비빈들의 시중을 드는 일만 하는 게 아니로구먼."

"물론이라네. 우린 조정의 대신들보다 더 가까이 황제를 모시면서 중요한 정보를 제일 먼저 접할 수 있다네. 마음먹기에 따라서는 이곳 궁궐을 마음대로 주무를 수도 있지. 더구나 지금 환관의 중요 자리는 모두 우리 고려인들이 차지하고 있다네. 고려인들이 한데 힘을 합치면 고려의 왕도 해내지 못할 일을 능히 할 수 있을 것이야."

"고려의 왕이 하지 못한 일이라면?"

"원의 황실을 장악할 수만 있다면, 곧 천하를 차지하는 게 아닌가? 그 힘으로 우리 고려를 위해 무슨 일인들 못하겠는가? 그러나 환관이 황실을 가장 쉽게 장악할 수 있는 방법은 한 가지밖에 없겠지."

"그 방법이 무엇인가?"

"바로 황제를 움직일 천하절색의 궁녀를 만드는 것이야. 베갯머리 송사란 말이 괜히 나온 말이 아닐세. 그 궁녀를 통해 황제를 움직일 수만 있다면 이 원나라는 우리 것이나 다름없지 않은가?"

박불화의 이야기를 들으며 최천수는 가늘게 입술을 씰룩이더니 눈을 감았다. 그의 미간에는 오랫동안 깊은 주름이 패어 있었다. 박불화는 그의 표정이 미세하게 변하는 것을 똑똑히 지켜보고 있었지만 부러 모른 척하고 밖으로 나가버렸다.

14

찻잔이 바닥에 떨어지며 산산조각 나는가 싶더니 뜨거운 찻물이 기완자의 옷에 스며 가슴을 따라 내려가고 있었다. 그녀는 아직도 놀란 가슴이 진정되지 않아 다리가 후들거렸다. 진정 이 앞에 있는 자가 황제란 말인가? 예전에 보았던 황제는 사나운 멧돼지와 흡사한 거친 자였다. 그런데 지금 앞에 앉아 있는 황제란 자는 아직 얼굴에 솜털도 채 가시지 않은 어린아이가 아닌가? 그렇다면 전에 보았던 그자는 누구란 말인가? 기완자는 믿기지 않는 표정으로 눈을 껌뻑거리기만 했다. 다시 한번 슬쩍 고개를 들어 황제의 얼굴을 자세히 살피더니 이번에는 더 크게 놀라며 움찔 뒤로 물러섰다.

아니, 이자가, 이자가 진정 황제란 말인가?

분명 낯이 익은 얼굴이었다. 아니, 오래 전 자신이 본 그자가 분명했다. 연수가 잠시 동안 멍하니 서 있자, 옆에서 지켜보고 있던 독만질아가 얼른 다가왔다.

"무엇하느냐? 황제 폐하 앞이니라."

그제야 기완자는 얼른 고개를 숙였다.

"황송하옵니다, 폐하. 소인 죽을 죄를 지었나이다."

그녀는 가슴이 뜨거운 줄도 모르고 떨리는 손으로 깨어진 찻잔조각을 주워들었다.

"아야!"

급히 찻잔조각을 줍느라 그만 손을 베이고 말았다. 선홍빛 피가 새어나왔다. 좌정한 채 말없이 지켜보던 황제가 일어나 단을 내려왔다. 그리고는 비단 수건으로 그녀의 손을 감싸주는 것이 아닌가? 기완자는 너무 황송하여 뒤로 물러섰다.

"황송하옵니다. 폐하! 소인 죽여주시옵소서."

황제는 다시 옥좌에 앉았다. 그는 눈을 부릅뜨며 아래를 내려다보고 있었다.

"나를 보고 왜 놀란 것이냐?"

"그게 저……."

기완자는 가슴이 심하게 떨려 대답하지 못했다.

"어허! 말해 보거라!"

황제가 재촉하자 겨우 가는 음성이 새어나왔다.

"확실치는 않으나 예전에 폐하를 뵌 것 같아서이옵니다."

"짐을 어디서 보았단 말이냐? 황궁이 아닌 다른 곳에서 보기라도 했느냐?"

"그러하옵니다."

"어디서 보았느냐?"

기완자는 다시 고개를 숙였다.

"소인은 고려인이온데, 고려에서 수레에 타고 계신 황상 폐하를 뵌 듯하옵니다."

"고려라면?"

황제는 그제야 이해가 간다는 듯 밝은 미소를 지은 채 고개를 끄덕였다.

순제(順帝)가 왕위에 오른 것은 1333년. 선황제인 태정제(泰定帝)가 1328년에 세상을 떠나자 지금 황후의 아비인 연철목아(燕鐵木兒)는 상도에서 즉위한 아수지바를 무력으로 축출하고 무종(武宗)의 둘째 아들을 왕위에 세웠다. 이에 불만을 품은 무종의 맏아들 화세랄(和世㻋)이 화림(和林)에서 황제를 자처했다. 이리하여 원나라에는 두 명의 황제가 존재하게 되었다. 그 후 무종의 아들이 형에게 황위를 선양하자 황위 계승의 큰 싸움은 잠시 가라앉는 듯했다. 그런데 1329년 명종이 죽자 황태후인 팔불사(八不沙)는 지금의 황제인 순제가 명종의 아들이 아니라 하여 광서성(廣西省)에 유배 보냈다가 고려의 대청도

(大靑島)로 유배지를 옮겼다. 그 귀양길 행차를 기완자가 지켜보았다니 황제로서는 감회가 새로웠다.

"어허, 이거 작은 인연이 아니로고!"

황제는 얼굴 가득 웃음을 머금은 채 찻물에 젖은 기완자의 가슴을 바라보고 있었다. 옷깃에 감싸인 채 봉긋 솟아오른 가슴의 자태가 물에 촉촉이 젖어 도드라져 보였다. 황제는 옆에 서 있는 독만질아를 불렀다.

"오늘은 이 아이와 술을 마시고 싶구나. 그대는 이 아이를 단장시켜 다시 대령시키거라."

"분부 받들겠사옵니다. 폐하!"

독만질아는 기완자를 데리고 밖으로 나왔다. 그는 은근한 미소를 지으며 옆을 돌아보았다.

"네가 일부러 찻잔을 떨어뜨린 것 다 알고 있다."

기완자는 대답 대신 귓불을 붉혔다. 독만질아는 만족한 표정으로 고개를 끄덕였다.

"역시 총명하구나. 너라면 충분히 황상의 마음을 사로잡을 수 있을 게야."

15

복도 끝의 어느 방으로 들어가자 기다리고 있던 네 명의 궁녀들이 기완자에게 모여들었다. 그들은 민첩하게 난(蘭)즙을 푼 물에 기완자를 목욕시키고, 동백기름을 머리에 발라 머리칼을 부드럽고 윤기 있게 만들었다. 목욕을 마친 그녀의 까만 머리는 반질반질 윤이 흘렀고, 입술은 더욱 붉어 잘 익은 앵두처럼 탐스러웠다. 몸에서는 향긋한 난향이 배어 나왔고, 움직일 때면 머리에 꽂은 앙증맞은 옥 장식이 가볍게 짤랑거렸다. 속이 살짝 비치는 비단옷을 입고 허리를 졸라맨 그녀의 모습은 날아갈 듯 아름다웠다. 숨이 잘 죽은 긴 치맛자락 속으로 은은히 드러나는 그녀의 몸매는 실로 농염했다. 살짝 바른 분내음이 몸을 타고 내려와 은은히 사방으로 퍼졌다.

"하늘에서 내려온 선녀가 여기 있구나."

독만질아는 만족한 표정으로 고개를 끄덕였다. 황제가 있는 곳에 이르자 이미 술상이 준비되어 있었다. 풍성하되 화려하지 않고, 간소하되 진미가 가득한 술상이었다. 독만질아는 말없이 물러나와 방문을 닫았다. 이제 방에는 황제와 기완자 두 사람뿐이었다. 물론, 밖에는 환관과 궁녀들이 대령해 있을 것이다. 오랫동안 마음속에 이 순간을 기다려왔던 터이나 막상 하늘 같은 황제와 독대하는 자리에 서니 기완자는 긴장으로 숨이 멎을 것 같았다. 두려움과 함께 부끄러움이 뒤엉켜 정신마저 아득했다. 주위의 모든 사물이 하얗게 탈색된 느낌이었다. 이 날을 얼마나 기다려 왔던가? 이 순간이 오기를 간절히 바라며 비겁한 일도 서슴지 않았던 그녀였다. 하지만 막상 황제를 모시게 된다고 생각하자 대담하던 그녀도 떨릴 수밖에 없었다. 초조와 불안과 두려움이 한꺼번에 밀려들었다. 하지만 그녀는 간신히 침을 삼키며 마음을 진정시켰다. 고개를 숙인 채 흑요석 같은 눈을 살포시 닫으며 발갛게 달아오른 뺨을 한 손으로 매만졌다. 황제는 그런 그녀의 모습이 재미있다는 듯 바라보고 있었다.

"술을 할 줄 아는가?"

"소인 아직 한 번도 술을 마셔본 적이 없사옵니다."

"그럼 짐이 오늘 네게 술맛을 가르쳐주겠다."

"황공하옵니다. 소인이 올리겠나이다."

기완자의 부드러운 음성과 나긋한 몸짓을 황제는 눈여겨보았다. 그녀가 술병을 잡아 기울이니 달콤한 주향이 방안의 공기를 야릇하게 달궜다. 황제는 연거푸 석 잔을 비우더니 취기가 오른 듯했다. 몸을 돌아 빠져 나오는 숨결이 조금씩 거칠어지고 있었다. 몸속을 흐르는 피톨들이 이마에 선 핏줄 속에서 요동치고 있었다. 그는 술상을 천천히 옆으로 밀쳤다. 날숨과 들숨을 몰아쉬며 기완자를 건너다보았다. 따뜻한 미주에 느긋해진 몸이 기완자의 농염한 미색에 취해들고 있었다.

황제는 기완자를 끌어당겨 머리에서 옥 장식을 뽑아내고 침상 위에 눕혔다. 능숙하게 저고리를 벗기고 속바지의 매듭을 풀었다. 기완자는 부끄러움에 질끈 눈을 감았다. 황제는 부드럽게 그녀의 목덜미를 매만졌다. 서늘하게 스쳐가는 비단 자락의 감촉이 피부에 닿자 눈앞이 아뜩해지면서 부르르 몸이 떨렸다.

온몸의 모든 솜털이 곤두서고 후각도 극도로 예민해졌다. 황제는 피부 사이를 가리고 있는 옷감을 하나씩을 제치고, 딱딱한 가죽띠를 풀고는 그녀의 맨살에 볼을 비볐다. 기완자는 기다리고 있었다는 듯 황제의 입술 안으로 힘차게 혀를 밀어 넣으며 부드럽게 그의 혀를 감쌌다. 연한 지느러미를 가진 날렵한 물고기 한 마리가 황제의 입 속에서 거침없이 유영하는 듯했다. 연수는 처음 초야를 치르고 있었지만 거침없고 당돌했다. 외훈원에서 익힌 방중술을 황제 앞에서 착실히 펼치고 있는 것이다.

기완자의 입술이 서서히 아래로 내려가기 시작했다. 문득 황제의 눈동자가 커다랗게 열리면서 짧고 강렬한 빛을 내뿜기 시작했다. 빨라진 심장의 박동과 거칠어진 호흡이 서로의 가슴으로 전해졌다. 황제는 간지러우면서도 짜릿하고, 부드러우면서도 황홀함에 도취해 그만 파정을 해버렸다. 기완자는 땀으로 젖은 황제의 얼굴을 부드럽게 매만졌다. 파르르 떠는 눈꺼풀과 황제의 자존심인 양 우뚝한 코, 이제 막 나기 시작한 파릇한 수염이 돋은 턱에 그녀는 연신 입을 맞췄다.

황제는 여전히 몸을 떨며 정신마저 혼미한 채 성음을 멈추지 못했다. 한참 후에야 겨우 진정한 황제는 손을 뻗어 기완자의 양쪽 뺨을 부드럽게 매만졌다.

기완자가 황제의 침소에서 물러난 것은 사경이 다 되어서였다. 첫날밤인데도 두 번이나 연거푸 거친 폭풍우에 시달린 연약한 꽃술은 참기 힘들 정도로 아파 어두운 밤길을 걸을 수조차 없었다. 독만질아의 부름을 받고 달려온 최천수가 그녀를 업고 처소로 돌아왔다. 그에게 업혀 있는 동안 최천수의 가슴은 기완자의 귀에도 들릴 만큼 크게 뛰고 있었다. 무예로 단련된 육중한 몸인데도 그의 무릎은 걸을 때마다 흔들렸다.

기완자는 최천수의 심정을 이해할 수 있었다. 오랫동안 마음에 품어온 여자를 눈앞에서 다른 남자에게 빼앗기는 심정이 오죽할까? 과거 최천수가 출세하려던 이유도 자신과 혼인하기 위해서가 아니었던가? 그러나 이곳은 누구든 언제든지 나락에 떨어질 수 있는 대도성이고 지엄한 황궁이었다. 자칫 과거의 미련에 매달려 처신을 그르친다면 머나 먼 이국땅까지 와서 어렵게 황제의 품에 안긴 목적이 무위로 돌아감은 물론, 두 사람에게 다시 내일이란 없을 것이다. 기완자는 이런 상황에서도 기꺼이 등을 내주는 최천수의 너른 등에 얼굴을 묻고 말없이 최천수에게 여자로서 이별을 고했다. 황제의 승은을 입은 기완자는 이제부터 앞날이 창창했지만, 최천수는 환직에서 벗어나지 못할 운명 아닌가.

최천수는 처소에 연수를 내려놓고 고개를 들지 못한 채 말했다.

"편히 쉬거라."

기완자는 보일듯 말듯 고개를 끄덕이며 몸을 돌렸다. 방으로 들어가려다 슬며시 뒤를 돌아보았다. 최천수는 한참동안 그 자리에서 목석처럼 움직이지 않았다. 만감이 교차하는 표정이었다. 긴 한숨을 내쉬며 그가 고개를 들자 굵은 눈물방울이 뺨을 타고 흘러내리고 있었다. 기완자는 입술을 깨물며 그의 눈물을 외면했다.

기완자는 최천수가 완전히 떠난 것을 확인하고는 잠자리에 누웠다. 온몸이 쑤셨다. 둔하고 묵직한 통증이 짓누르며 피로가 전신으로 퍼져갔다. 하지만 어느새 창호지에 밝아오는 여명을 직시하는 정신은 또렷해졌다.

오라버니, 이제 당신과의 사사로운 인연에 더는 연연해하지 않겠습니다.

16

황궁의 하루는 조아(朝衙)에서 시작된다. 황제가 정전에 나와 앉으면 백관들은 의관을 바로 하고 아침 인사를 올린다. 인사를 마치면 질서정연하게 어전을 지나 퇴출한다. 이 의례가 조아이며 실로 간단한 의식이었다.

그러나 조아는 매우 중시되어 설사 황제일지라도 하루라도 빠트려서는 안 되었다. 악질에 걸리지 않는 한 아무리 지쳐 있거나 졸음을 떨쳐 버리지 못할지라도 새벽 일찍 일어나 의관을 갖추고 조아를 받아야만 했다.

조아를 끝낸 황제는 편전으로 들어섰다. 문무백관들이 모두 물러갔지만 당기세(唐其勢)와 탑자해(塔刺海) 형제만은 물러가지 않고 편전에까지 황제를 뒤따랐다.

당기세는 고슴도치 같은 거친 수염이 귀밑에서 턱까지 뒤덮었고 눈썹은 짙은 먹빛으로 번들거렸다. 위로 치켜 올라간 두 눈은 부리부리했고, 두툼한 아랫입술 때문에 사나운 인상을 자아냈다. 몸집은 웬만한 사내의 두 배쯤 돼 보일 정도로 커서 마치 커다란 멧돼지를 연상케 했다. 탑자해 또한 형과 마찬가지로 몸집이 크고 험악한 인상이었다. 더구나 피부가 온통 검붉은데다 눈까지 붉게 충혈되어 늘 술에 취해 있는 듯했다. 황제 앞인데도 두 사람 모두 긴 청룡검을 허리에 차고 있었다. 이들이 들어서자 옥좌에 앉은 황제는 더 작고 어려 보였다. 그들은 곧장 고개를 숙이며 목소리를 높였다.

"폐하, 참지정사 백안은 중죄인입니다. 마땅히 중벌로 다스리옵소서."

"그러하옵니다. 그는 황상 폐하를 기만하며 온갖 부정부패를 저지르고 있사옵니다."

황제 옆에는 다나실리(答納失理) 황후가 서 있었다. 황제를 둘러싼 외척의 힘이 너무나 크기 때문에 황제는 그녀의 눈치를 살필 수밖에 없었다. 그녀는 차가운 눈으로 황제를 향해 고개를 끄덕였다. 당기세 형제들이 압박하고 있는 것이다. 하지만 황제는 그들의 의견을 들어줄 수 없었다.

"그건 좀더 살펴보고 다시 논의하도록 합시다."

청원을 비켜가려 했지만 그들은 쉽게 물러나지 않았다.

"백안은 오만방자하여 황상 폐하를 능멸하는 자이옵니다."

"변방의 군사를 모아 반역을 꾀한다는 정보도 있사옵니다. 이대로 놔두어서는 아니 되옵니다."

황제는 그들의 말이 모함이라는 걸 잘 알고 있었다. 황제를 능멸하는 자는 오히려 그들이었다. 이렇게 시시때때로 찾아와 윽박지르듯이 몰아붙이는 게 능멸이 아니고 무엇인가? 하지만 황제는 아직 힘이 없었다. 우선은 그들을 달래 놓고 다른 대책을 강구하는 쪽을 택했다.

"짐이 어사대부에게 그 일을 면밀히 감찰하라 지시하겠소. 죄가 명백히 드러나면 그때 처분을 해도 늦지 않을 거외다."

그제야 당기세 형제는 고개를 끄덕이며 물러갔다. 그들의 주청은 거의 황제를 협박하는 것에 다름없었다. 황제는 지금의 처지가 한탄스러워 긴 한숨이 저절로 새어나왔다. 원나라의 황제라 하지만 실제적인 권한은 당기세 형제와 황후가 모두 틀어쥐고 황제는 그들이 올리는 주청을 승인하는 일밖에 없었다.

　순제의 불안한 황권은 어렵게 황위에 오를 때부터 예측된 바였다. 순제가 처음 황위에 오르려 한 것은 그의 숙부인 문종이 죽고 나서였다. 문종이 죽으면서 그는 자신의 아들을 제쳐놓고 형 명종의 장남인 순제에게 제위를 전한다는 유조를 내렸다. 형에게 아들이 있었는데, 조카 대신 자신이 황위에 오른 과거의 전력이 몹시 괴로워 원래대로 조카에게 왕위를 물려준 것이다.

　문종의 유조에 따르면 순제는 당연히 유배에서 돌아와 황위에 올라야 했다. 그러나 당기세의 아비이자 지금 황후의 아비인 연철목아가 이를 반대하고 나섰다. 그는 순제를 멀리 고려로 유배 보내버렸다. 요양에 있던 한 관리가 이 소년을 옹립하여 고려와 연합해 반란을 일으키려 한다는 죄목을 씌운 것이다. 물론, 이는 날조한 것이었으나 그것을 반박하는 신하는 아무도 없었다. 연철목아는 순조의 동생인 영종을 즉위시켰다. 그러나 영종은 재위한 지 얼마 되지 않아 죽고 말았다.

　원나라 조정에는 몽고파와 한지파(漢地派)가 서로 대립하고 있었다. 연철목아는 한지파의 수장으로 한문화의 존중을 줄곧 주장하여 왔다. 그는 실권을 장악하는 동안 몽고가 집권하면서 폐지했던 과거제도를 부활시키기도 했다. 그런데 순제가 즉위할 경우 몽고파의 대신들이 득세하여 지금까지 자신이 추진해온 시책들을 뒤엎을 것을 두려워했다. 그래서 순제를 암살할 음모까지 세우고 있던 터였다.

　그런데 순제가 광서성에서 대도로 돌아올 때 그 음모를 파악한 자가 있었으니 그가 바로 백안이었다. 백안은 호위할 군사 수를 배로 늘리고 무장을 강화하여 순제를 무사히 대도에 입성하게 도왔다. 이 공로로 백안은 새로운 실권자가 되었으며, 순제가 즉위하던 해에 다행히 연철목아가 죽어 제위 계승에 따른 유혈 참사를 면할 수 있었다.

연철목아는 집권하는 동안 아들 탑자해를 문종의 양자로 삼고, 딸을 순제의 황후로 세워 놓았다. 탑자해의 형 당기세는 아비 연철목아가 죽은 뒤에도 계속 권세를 휘둘렀다. 순제는 그런 연철목아 일족을 누르기 위해 백안을 참지정사에 임명했다. 이에 불만을 품은 당기세는 날마다 찾아와 황제에게 백안을 무고하는 참소를 올리곤 했다. 겨우 그들의 불만을 달래고는 있지만 언제 들고일어나 황제의 자리까지 위협할지 모를 일이었다.

이렇듯 정사에 시달리고 당기세 형제의 압박이 가중될수록 황제는 더욱 기완자에게 빠져들었다. 조아를 마치고 아침상을 물리고 나면 기완자를 부르는 것이었다. 기완자는 사흘이 멀다 하고 황제의 부름을 받아 꽃잎의 통증이 채 가시지 않은 몸으로 황제를 모셨다. 황후와 당기세 형제에게 시달리며 길 잃은 고아처럼 기운 없이 축 늘어진 황제를 기완자는 포근한 모성으로 따뜻하게 맞아들였다.

기완자는 누구에게 딱히 배운 기술도 아니고 경험이 적은데도 불구하고 가히 천재적이라 할 만큼 밤이면 새로운 체위나 기법을 창안해 내곤 했다. 다른 궁인에게 볼 수 없었던 그녀의 독창적인 몸짓은 이제 막 운우지정에 눈뜨기 시작한 황제에게 진정한 쾌락과 황홀한 세계에 눈뜨게 해주었다.

기완자는 밤마다 새롭게 변모했다. 때론 기품 있는 신비한 선녀 같기도 했고, 때론 온몸이 붉게 무르익어 석류처럼 터져버릴 것처럼 뜨거운 여자로 돌변하기도 했고, 때론 아무것도 모르는 순진한 계집아이 같았다. 날마다 변화하며 아무리 퍼내도 마르지 않을 것 같은 그 깊은 매력의 샘에 황제는 온전히 빠져들었다.

옷을 벗은 기완자의 앳된 알몸은 부드럽고 가냘파 보였으며 살갗은 값비싼 양지옥(羊脂玉)처럼 매끄럽고 차가웠다. 황제는 이처럼 총명하고 미숙하면서도 요염할 만큼 관능적인 작은 요정을 늘 곁에 두고 싶어 했다. 나이에 비해 탐스럽게 부풀어 오른 그녀의 젖가슴을 만지작거리거나 빨간 꽃눈 같은 젖꼭지를 입에 물고 애무하는 동안만큼은 황제의 머릿속에 들어찬 잡념들이 깨끗이 사라졌다.

기완자의 매력은 다만 육체적인 것만이 아니었다. 황제가 차를 마시고 싶을 때면, 미리 그 눈빛을 읽고 시키기도 전에 따끈하게 우려낸 차에 재스민 꽃잎을 띄워 우아하게 받쳐 들고 내왔다. 쾌락의 한때를 보낸 뒤 기분 좋게 나른해진 몸을 침상에 눕힌 채 갈증을 느낄 때면 말없이 곁에 나란히 누워 감람나무의 열매를 입술로 물어다 입안에 넣어 주기도 했다.

문학을 좋아하는 황제가 어쩌다 시를 읊거나 역사를 이야기하면 기완자는 그의 흥을 돋우듯 재치 있게 이어받았다. 기완자의 문학이나 역사에 대한 깊이가 남다름을 알게 되자 황제는 더욱 기뻐했다.

얼마 전에 황제는 서역에서 가져온 앵무새를 기완자에게 주었다. 그녀는 앵무새에게 열심히 시를 가르쳤다. 어느 날 평소와는 달리 낮에 황제가 찾아오자, 기완자는 시 한 수를 구성지게 읊었다. 앵무새는 고개를 끄덕이며 이내 그 시를 따라 읊는 것이었다.

하늘이 만일 술을 즐기지 않는다면

어찌 하늘에 술별이 있으며
땅이 또한 술을 즐기지 않으면
어찌 술샘이 있으리요
천지가 하냥 즐기었거늘
술 즐기기를 어찌 부끄러워하리
맑은 술은 성인에 비하고
흐린 술은 또한 현인에 비하였으니
성현도 이미 마셨던 것을
헛되이 신선을 구하는가
석 잔 술은 대도에 통하고
한 말 술은 자연에 합하거니
모두 취하여 얻는 즐거움을
깨인 사람에게 이르지 말라

황제는 한편 놀라고 한편으론 기뻐서 소년처럼 손뼉을 치며 곁에 바짝 붙어 선 기완자의 어깨를 껴안고는 크게 소리내어 웃었다.
"그대는 장난꾸러기구나!"
그러자 기완자가 잔 가득 술을 따랐다.
"맑은 술은 성인에 비하고, 흐린 술은 현인에 비한다고 했습니다. 이 술을 드시면서 성인도 되시고 현인도 되시지요."
황제는 또한 크게 웃으며 그 술을 마셨다. 둘은 한 말이나 되는 술병을 비우며 한낮을 온전히 보냈다. 그러다가 황제가 불쑥 물었다.
"그대는 지금 어디에 머물고 있는가?"

"흥성궁에 딸린 작은 처소에 있사옵니다."

"흥성궁에서 여기까지 오려면 많이 불편하겠구나. 내일 당장 흥덕전(興德殿)으로 거처를 옮기라."

그 후 황제는 내리 사흘을 저녁마다 흥덕전을 찾아 기완자의 처소에 들었다. 나흘째 되는 날, 그녀는 황비로 봉해졌고, 어엿한 신분으로 흥덕전의 주인이 되었다. 두 명의 태감과 네 명의 궁녀가 함께 보내졌다. 태감 중 하나는 바로 최천수였다.

"오라버님께서 계속 저와 함께 해 주시는군요."

최천수는 황급히 손사래를 쳤다.

"오라버니라뇨? 이제 마마께선 황비 마마가 되시옵니다. 말을 낮추소서."

그녀는 고개를 끄덕이고는 낮은 어조로 물었다.

"독만질아 어른께서 보낸 것인가?"

"그러하옵니다. 마마를 모시게 될 궁녀들도 모두 고려 출신이옵니다."

최천수는 한쪽 무릎을 꿇으며 고개를 들어 기완자 쪽을 향했다.

"이제 한 계단 올라섰을 뿐입니다. 마마께서는 더 높은 곳으로 오르셔야 하옵니다."

그의 목소리는 가늘게 떨리고 있었다. 기완자는 시선을 거두고 눈을 감았다. 가슴을 훑고 지나가는 한 가닥 투명한 현의 울림에 온몸의 피가 끓어오르는 것을 느낄 수 있었다. 그녀는 나지막하게 중얼거렸다.

"그래. 이제 겨우 한 걸음 올라섰을 뿐이다."

3장

이이제이
以夷制夷

1335년 대도성에 억류돼 있던
고려의 충혜왕이 고려로 돌아가다

1

황비로 봉해진 기완자는 홍성궁 서편에 있는 홍덕전의 주인이 되었다. 그녀는 하루 종일 책을 읽거나 산책을 하고, 밤이 되면 황제를 기다리며 몸치장하는 데 열중했다. 황제의 총애를 한 몸에 받는 것을 잘 아는지라, 궁녀와 환관들도 그녀를 깍듯이 대했다. 황제는 하루도 빠짐없이 홍덕전을 찾았다. 황제는 홍성궁의 전각에서 술을 들다가 취기가 오르면 궁 안의 황비를 찾곤 했다. 하지만 기완자를 만나고부터는 정무가 끝나면 곧장 이곳으로 보여(寶輿)를 향했다.

그러던 어느 날부터인가 황제의 발걸음이 뜸해졌다. 사흘을 내리 소식이 없자 기완자는 초조해지기 시작했다. 황제의 사랑을 받지 못하는 것은 곧 황비로서의 지위가 위태해질 수도 있다는 의미였다. 벌써 자신에게 싫증이 난 것인가? 그런 것 같지는 않았다. 황상은 내리 보름 동안 찾아온 데다 사흘 전 홍덕전을 떠날 때도 발걸음에 아쉬움을 담고 있었다.

황제의 의중을 알 수 없는 기완자로서는 황제 없이 보내는 하루하루의 일각이 여삼추 같았다. 기완자는 좀체 잠을 이룰 수도 없었다. 황궁 내 궁인들의 방 중에는 흰 종이를 발라 문을 폐쇄한 곳이 더러 보였다. 그런 방은 황제의 승은을 입었다가 버림받은 궁녀들이 스스로 목을 매 죽은 불길한 방이라는 말을 들은 적이 있었다. 그들의 원혼이 요귀(妖鬼)가 되어 궁중을 떠돌아다닌다는 말도 생각났다. 밤에 자리에 누우면 그런 요귀들이 보이는 것만 같았다. 견디다 못한 그녀는 은밀히 최천수를 불렀다.

"황상 폐하께서 요즘에는 통 납시지 않으니 까닭을 모르겠구나."

최천수도 궁에 들어온 지 얼마 되지 않아 황궁의 돌아가는 상황은 소상히 알 수 없었다. 그는 황궁 사정에 밝은 박불화를 은밀히 불렀다. 기완자는 그가 들어서기 무섭게 황상의 근황을 캐물었다.

"황상 폐하께 요즘 무슨 변고라도 생겼느냐? 통 용안을 뵈올 수가 없구나."

박불화는 고개를 숙이며 대답했다.

"아뢰옵기 황송하옵니다만, 폐하께서는 당분간 여기에 오시고 싶어도 오시지 못하십니다."

"폐하께서 오시고 싶어도 오시지 못한다니 그게 무슨 말이냐?"

"황후 마마께서 요즘 심기가 매우 불편하신지라……."

"황후 마마가 감히 황상의 뜻을 막는단 말이냐?"

"지금 다나실리 황후의 권세는 태산보다 높습니다."

"어찌 황상 폐하보다 더 권세가 높단 말이냐?"

"황후의 부친이 바로 황상을 황위에 오르게 한 태평왕 연철목아입니다. 황상 폐하께서는 태평왕에게 큰 은혜를 입고 있는 셈입죠. 이런 연고로 조정의 요직은 연철목아 측근들이 차지하고 있습니다. 다행히 몇 해 전에 죽었지만 지금은 그의 아들 당기세 형제가 요직을 그대로 물려받았습니다. 황후는 두 형제의 권세에 기대어 황상 폐하를 손쉽게 움직일 수 있사옵니다."

"아무리 그렇기로서니 황상 폐하는 천자가 아니시더냐?"

박불화는 미간을 찌푸리며 고개를 내저었다.

"황후에게는 믿는 힘이 또 있습니다. 황실은 오래 전부터 재원을 마련하기 위해 염관(鹽官)을 설치하여 염창을 관리하고 있습죠. 근래에 이르러 황상 폐하께서 어리다고 하여 다나실리 황후가 염창을 직접 관리하는데, 황후의 오라비인 당기세가 그 실무를 맡아 막대한 이익을 남기고 있사옵니다. 염관에서 마련한 막대한 재원으로 조정 신료를 포섭함은 물론, 당기세 일족의 군대까지 거느리고 있어서 황후 마마의 권력은 황상 폐하를 능가하고 있습니다."

박불화는 옅은 한숨을 내쉬었다. 듣고 있던 최천수도 미간을 찌푸리며 고개를 떨궜다. 그러나 기완자는 눈빛을 반짝이며 새로운 다짐을 스스로에게 하는 듯 아랫입술을 앙다물며 의미 있는 미소를 지어 보였다.

"여자의 권세는 자고로 황상의 총애에 달려 있지 않더냐? 내가 기필코 이를 증명해 보일 것이야."

그녀는 자신이 의도하진 않았지만 새로운 세계에 왔고, 천운이 도와 단번에 새로운 기회까지 얻었다. 지위가 바뀐 황실 생활에 아직 익숙지는 않았지만 어렵게 얻어낸 기회를 물거품이 되지 않게 하려면 좀더 황제의 마음을 사로잡아야 한다고 마음을 굳혔다.

흥덕전에 들어온 지도 어느새 한 달이 지났다. 그동안 계절은 늦가을로 접어들었다. 문득 스산한 마음이 든 기완자는 궁속(宮屬)을 거느리고 전각을 나와 흥성궁으로 향했다. 보통 짧은 거리는 걸어 다니지만, 흥덕전을 나와서는 가마를 타야했다. 그것은 황궁의 규율이었다. 황비들은 얼굴을 함부로 아랫사람에게 보여서는 안 되기 때문이었다.
 황비의 가마는 크고 화려했다. 금박 입힌 기와로 지붕을 장식했고, 오색 비단 휘장을 앞뒤에 뒤덮어 행차할 때면 마치 커다란 꽃봉오리가 움직이는 것 같았다. 기완자는 휘장을 열어 늦가을 경치를 완상했다. 밤새 비가 내려 촉촉이 젖은 대지 위로 낙엽이 떨어지고 있었다. 그 낙엽 위를 잠시 걷고 싶어 멈추려고 하는데 갑자기 가마가 심하게 흔들렸다. 그리고는 빠른 속도로 옆으로 움직였다. 기완자는 몸이 한쪽으로 쏠리며 벽에 머리를 부딪히고 말았다.
 "무슨 일이냐?"
 놀라 소리쳤지만 밖은 조용했다. 알 수 없는 적막감과 동시에 최천수의 다급한 음성이 들려왔다.
 "마마, 어서 가마에서 내리셔야겠습니다."
 기완자는 영문도 모른 채 가마에서 내렸다. 밖에는 네 명의 태감이 굳은 얼굴로 서 있었다. 그들 뒤에는 자신이 타고 있는 가마보다 훨씬 화려하고 큰 가마가 서 있었다. 태감 한 명이 앞으로 나서며 소리쳤다.
 "황후 마마 행차시오."
 가마에서 내린 황후 다나실리가 고개를 거만하게 들고 앞으로 다가왔다. 기완자는 얼른 두 무릎을 꿇으며 고개를 숙였다. 머리 위에서 황후의 서리발 같은 목소리가 들렸다.

"일어나거라."

잠시 사이를 두고 일어나려는데 별안간 기완자의 눈으로 번쩍 별이 쏟아졌다. 놀라서 아픔을 느낄 겨를도 없었다. 황후가 그녀의 뺨을 후려친 것이다.

"어디 감히 나의 가마와 마주치는 게냐?"

기완자는 얼얼해진 뺨을 만지지도 못한 채 다시 고개를 숙였다.

"죽여주시옵소서. 황후 마마."

황후가 트집을 잡는 게 분명했다. 기완자는 속으로 분이 끓어올랐으나 고개를 숙인 채 슬쩍 그녀의 모습을 살폈다.

황후는 포복(袍服)이 넓은 화려한 담비 가죽옷을 입었는데, 두루마기가 너무 길어 궁녀 두 명이 뒤에서 잡고 있었다. 머리에는 장식이 화려한 고고관(姑姑冠)을 써 키가 커 보였다. 얼굴은 황후답게 보기 드문 미인이었다. 기러기같이 우아한 곡선을 그린 눈썹과 팽팽한 피부, 연지를 진하게 발라 요염해 보이는 입술이 그녀를 두드러져 보이게 했다. 하지만 그 아름다운 얼굴에는 차가운 냉기와 함께 무서운 독기가 서려 있었다. 그녀의 표정은 주위의 공기마저 얼어붙게 할 정도여서 기완자를 주눅 들게 하기에 충분했다. 황후는 목소리를 깔며 그녀를 내려다보았다.

"네가 바로 이번에 황비가 된 아이렷다?"

"황공하옵니다."

기완자가 기어드는 소리로 대답하며 얼굴을 들자 또 한 번 손바닥이 날아들었다.

"건방진 것. 황비가 되었다고 나를 찾아 문안하는 법도까지 잊었느냐?"

기완자는 담담히 다시 고개를 숙였다.

"소인이 예법을 그르쳤나이다."

"오늘 중으로 날 찾아와 정식으로 인사를 올리거라."

다나실리 황후는 차갑게 내뱉고는 다시 가마에 올랐다. 기완자는 애써 태연한 표정을 지어 보였지만 속으로는 분노와 치욕이 솟구쳤다. 최천수가 옆으로 다가왔다.

"마마. 가마를 돌려 황후 마마 뵈올 준비를 하셔야겠습니다."

"알았다."

흥덕전으로 돌아온 기완자는 황후 상견 준비에 바빴다. 난즙을 넣은 물에 목욕을 하고 얼굴에 분도 다시 발랐다. 그녀는 앞에 놓인 옷들을 보고 망설이다가 궁녀에게 물었다.

"무슨 옷을 입어야 좋을 것 같으냐?"

궁녀는 연꽃을 수놓은 비단옷을 권했지만 기완자는 고개를 내저었다.

"화려한 옷을 입고 가면 황후가 트집 잡을 게 분명하다. 소박하고 수수한 옷을 입어야겠다."

그녀는 화려함보다는 치장이 없는 수수하고 단아한 옷으로 골라 입고 흥덕전을 나섰다. 황후의 눈에 거슬릴까 봐 궁녀도 한 명만 데리고 갔다.

황후가 거처하는 흥성궁의 내전은 자신이 거처하는 흥덕전과는 비교가 안 되었다. 돌로 깎아 만든 다리를 건너자 긴 회랑이 궁까지 연결되었다. 청색, 금색 단청 장식에 붉은 칠을 한 나무 기둥이 늘어서 있고, 갖가지 문양으로 조각된 검은 난간이 회랑을 따라 죽 이어졌다.

그녀가 들어서자 문을 지키고 있던 태감이 크게 외쳤다.

"마마, 기 황비 납시었습니다."

잠시 문이 열리기를 기다렸다가 방안으로 들어서려는 순간 방에서 나오는 한 명의 사내와 맞닥뜨렸다. 기완자는 그의 얼굴을 보고는 너무 놀라 뒤로 쓰러질 뻔했다. 앞에 선 자는 예전에 황제로 착각했던 바로 그 사내였다. 기완자가 소름이 돋아 뒤로 물러나려하자 상대는 오히려 그녀 앞으로 다가오고 있었다. 그는 황후의 오라비인 당기세였다. 당기세는 신하들이 입는 질손복을 입었는데 어깨와 등 사이에 큰 구슬을 달아 화려해 보였다. 그는 멧돼지같이 큰 덩치에 붉은 얼굴로 기완자를 아래위로 훑어보았다.

"호오, 대단한 미모로다. 어느 전각의 아이인고?"

뒤에서 지켜보던 황후가 풋 하고 웃음을 터트렸다.

"오라버니, 그 아이는 황제의 여자입니다."

당기세는 눈을 희번득이고는 입맛을 다시며 물러섰다. 뒤돌아보는 그의 눈길엔 여전히 탐심이 가득했다. 황제의 여자임을 알면서도 거리낌이 없었다. 듣던 대로 무례하기 짝이 없는 자였다. 황제 외에는 아무도 건드릴 수 없는 궁녀를 마음대로 농락하는 것만 봐도 그의 권세가 얼마나 큰지를 알 수 있었다.

기완자는 마음을 진정시키기 위해 아랫입술을 단단히 깨물고는 황후에게 나아갔다. 그녀 앞에서 정중하게 큰절을 올리고는 천천히 고개를 들었다. 방안의 모습 또한 바깥 못지않게 화려하면서도 품격 있게 꾸며져 있었다. 내실과 거실은 자단목 벽으로 구분했고 방안에 놓인 탁자와 의자 역시 모두 자단목으로 만든 것들이었다. 정교한 무늬를 조각해 넣은 탁자 위에는 필시 고려에서 가져왔음직한 고아한 청자와 장식용 금촛대가 놓여 있고, 황후가 앉아있는 내실 벽에는 탐스러운 매화 가지와 새를 그린 그림 족자가 걸려 주위를 화사하게 만들었다.

다니실리 황후는 기완자의 행동거지를 살피며 내려다볼 뿐 한동안 말이 없었다. 높이 쪽진 머리에 붉은 모란을 꽂고 자단목 의자에 앉은 채 그녀는 기완자를 노려보고 있었다. 잠시 날 서고 팽팽한 침묵이 감돌았다. 칼을 대면 툭, 하고 끊어져나갈 것 같이 위태한 침묵이었다. 잠시 후 황후가 그 침묵을 깨고 탁자를 걷어차며 일어섰다.

"대원 제국의 황비라는 게 겨우 그따위 천박한 차림새로 황후에게 인사를 하러 왔단 말이냐? 필시 나를 능멸하려는 것이럇."

카랑카랑한 목소리와 싸늘한 표정이 주변의 공기를 삽시간에 얼어붙게 했다. 황후의 트집은 예상했지만, 이번에는 일부러 단아하게 차려입은 옷차림이 화근이 되었다. 그녀는 재빨리 엎드렸다.

"소인이 미련할 뿐 다른 뜻은 전혀 없사옵니다. 마마."

하지만 황후는 아랑곳하지 않았다.

"여봐라! 어서 태감을 불러들여라."

태감이 가져온 것은 가죽 채찍이었다. 기완자는 설마 하면서도 채찍을 보자 간담이 서늘해졌다.

"어서 저년의 옷을 벗겨라."

궁녀들이 달려들어 옷을 벗기자 황후는 채찍을 들어 가차 없이 등을 내리쳤다. 씽, 씽, 소리를 내며 채찍이 날아들 때마다 기완자는 턱까지 받쳐오는 고통에 비명을 내질렀다. 그러자 황후는 그 소리가 듣기 싫다고 채찍을 더 가했다.

"감히 변방의 천한 고려 계집 따위가 날 농락하려들다니⋯⋯."

황후는 더욱 힘을 주어 채찍을 내리쳤다. 하얀 피부에 붉은 자국이 그어지더니 급기야 살점이 뜯기고 방안 곳곳에 피가 튀었다. 기완자는 소리도 지르지 못한 채 아랫입술을 꽉 깨물고 몸부림쳤다.

흥덕전으로 돌아온 기완자는 밤새 고통으로 신음했다. 채찍을 맞은 상처가 심하게 붓고 진물이 흘렀다. 하지만 기완자가 더 견딜 수 없는 건 분노와 수치였다. 황궁에서 황제를 모시는 황비는 많았다. 그럼에도 황후가 유독 자신에게 표독스럽게 구는 것은 고려인이라는 신분 때문이었다. 원의 속국인 변방에서 온 공녀가 감히 승은을 입고 게다가 황족의 반열에 올라 황제의 총애를 독차지하는 걸 용납할 수 없었던 것이다. 황후는 정통 몽골족인 꽁길자 출신으로 혈통의 순수성을 강조하는 여자였다. 황후가 내뱉은 고려 계집이라는 말은 채찍보다 더 아프게 가슴을 쳤다. 앞으로 자신이 겪어내며 올라가야 할 난관이 너무나 거칠고 험하게 느껴졌기 때문이다.

물론 천한 신분으로 황후에 오른 자가 전혀 없는 건 아니었다. 한나라 무제의 위(衛) 황후는 본디 아버지가 누구인지도 모르는 사생아였으며, 한나라 성제의 황후가 된 조비연도 원래는 끼니조차 제대로 잇지 못하던 무희(舞姬) 출신이었다. 그러나 그들은 모두 한족(漢族)으로 종족에 대한 차별은 받지 않았다. 그에 비해 기완자는 공녀의 천한 신분에다 고려 출신이라는 차별까지 감수해야만 했다. 이런 약점을 극복하고 자신이 원하는 자리에 과연 오를 수 있을지 자꾸만 자신이 없어졌다.

"마마, 황상 폐하께 아뢰는 것이 어떠하올지요?"

시녀가 안타까운 표정으로 말했지만 기완자는 지그시 어금니를 물었다.

"내가 황상께 고했다가 황후의 귀에 들어가는 날엔 목숨조차 부지할 수 없을 것이야."

그녀는 욱신거리는 상처 때문에 얼굴을 찡그렸다.

"두고 봐라. 언젠가는 이 빚을 호되게 갚아 줄 것이다."

그녀는 상처에서 쏟아지는 고통을 잊지 않기로 했다. 분노로 부들부들 몸을 떨며 가슴 저 밑바닥에서부터 독을 품는 것이었다.

2

"마마, 밖에 누가 찾아……."

시녀가 말을 채 마치기도 전에 문이 벌컥 열리면서 누군가 안으로 들어섰다. 최천수가 얼른 그 앞을 막아섰다. 상대는 눈이 옆으로 찢어진 데다 턱끝이 뾰족한 역삼각형 얼굴로 연방 혀끝을 낼름거리며 히죽거리고 있었다. 그의 한쪽 뺨에는 관자놀이에서부터 턱 모서리까지 손가락 굵기의 지렁이가 말라붙은 것처럼 큰 흉터가 나 있었다. 두 눈동자는 벌겋게 달아올랐고, 입에서는 옅은 술 냄새가 풍겼다.

최천수가 그를 똑바로 쳐다보며 외쳤다.

"누군데 내전에 함부로 들어오는 것이오?"

"무엄하게 어디 앞을 가로막는 게냐? 난 고려의 왕이다."

그러면서 한 손으로 최천수를 밀치며 안으로 들어섰다.

"무엄하오. 고려왕은 지금 고려에 있지 않소이까?"

"우리 아버지 말씀이군. 나 대신 잠깐 왕위에 있으나 내가 조만간 돌아가서 왕으로 복위할 것이야."

그 수작을 보고 있던 기완자가 나직이 중얼거렸다.

"그렇다면 당신이?"

"나는 보탑실리라 하오."

기완자는 고향에서 벼슬길이 막혀 울분에 싸인 오라버니들로부터 자주 바깥세상 돌아가는 내막을 들었던 터라 나라를 풍전등화 속으로 몰아넣은 고려 왕실의 한심한 왕족들을 내심 경멸하고 있었다. 보탑실리(普塔失里)는 바로 충혜왕으로 충숙왕의 장남이자 공원왕후 홍씨 소생으로, 보탑실리는 몽고식 이름이었다. 그는 5년 전에 이곳 대도성에 와서 원나라의 승인을 받아 세자로 책봉되었다. 그 후 1330년 정치에 염증을 느낀 충숙왕의 전위(傳位)를 받고 귀국하여 고려왕에 즉위하였다. 그의 나이 16세에 왕위에 오른 것이다.

하지만 충혜왕은 즉위하자마자 정사를 뒷전으로 미루고 향락과 여색에 젖어 지냈다. 성격마저 포악하여 실정이 계속되자 원나라 왕실은 충혜왕을 대도성으로 다시 소환했다. 비어 있는 왕위에는 전왕인 충숙왕을 복위시켰다.

충혜왕은 죄를 자숙하라는 의미로 대도성에 끌려왔으나 행실은 하나도 바뀌지 않았다. 밤마다 황궁을 빠져나가 창기와 어울렸고, 고려인들이 모여 사는 고려촌에 가서는 왕으로 행세하며 가리지 않고 아녀자를 능욕했다. 그런 그가 고려인이 새 황비가 되었다는 소문을 듣고 이렇게 찾아온 것이었다.

"역시 소문대로 빼어난 미모십니다!"

보탑실리는 음흉한 눈빛으로 기완자의 몸을 쓰윽 훑어보았다. 고려왕이라지만 그는 원나라 사람이 다되어 있었다. 머리를 밀고 한쪽 머리를 땋아 변발을 한 데다, 소매가 좁은 용문금포(龍紋錦袍)를 입고, 목이 긴 아정화(鵝頂靴)를 신고 있었다. 그가 쓰는 말도 유창한 몽고말이었다.

"아버님도 참, 이런 미인을 진상하다니……."

그러면서 손을 들어 기완자의 얼굴을 쓰다듬으려 했다. 최천수가 얼른 나섰다.

"물러서시오! 이분은 원나라 황제의 황비시오."

"황비라? 기껏해야 첩 아니더냐? 첩이 어디 위세를 떨 지위라도 된다더냐?"

최천수가 눈을 치뜨며 다시 나섰다. 그러자 기완자가 손을 들어 제지했다.

"보탑실리. 당신은 부끄럽지도 않으시오?"

"부끄럽다니?"

"한 나라의 왕으로 백성을 지키기는커녕 나라의 선남선녀를 모두 뽑아 원나라에 줄줄이 바치며 원의 주구 노릇이나 하는 처지에 왕을 자처하고 다니니 부끄럽지도 않느냔 말이오?"

"하하하. 주구라. 그 덕에 황비 마마도 원나라 황실에서 호강하게 되지 않았소? 그러면 이제부터 나에게 은혜를 갚아야 되겠구려?"

기완자는 절로 한숨이 나왔다. 앞에 앉아 있는 왕이라는 작자의 행색도 꼴불견이지만, 그의 입에서 토해져 나오는 말과 생각은 더 절망스러웠다.

"난 무능한 고려왕 때문에 이곳에 끌려왔지만, 왕은 지금 정사를 그르친 죄 값을 받고 있는 것 아니오? 근신하는 게 무고한 고려 백성에 대한 도리라 생각되오."

"헛. 나를 훈계하시겠다?"

보탑실리는 벌겋게 달아오른 눈을 치켜뜨며 기완자를 향해 달려들었다. 최천수가 재빨리 나서며 그를 제지했다. 보탑실리는 끓어오르는 화를 참지 못해 안절부절못하면서 팔에 힘을 주었지만 힘으로 최천수를 당할 수는 없었다. 이내 얼굴이 붉어지며 두 손을 부르르 떨었다. 최천수는 한쪽 발로 그의 다리를 걸며 뒤로 밀었다. 보탑실리의 몸이 맥없이 뒤로 나자빠지며 바닥에 머리를 찧었다.

보탑실리는 벌떡 일어나 다시 달려들 태세였으나 최천수의 서슬에 움찔 뒤로 물러섰다. 그는 아랫입술을 비틀며 눈을 부릅떴다.

"고려 계집이 황비가 되었다기에 문후차 들렀더니 대접이 참 후하오. 내 고려의 왕이 되면 다시 찾아와 오늘 빚을 갚을 것이오."

보탑실리가 획 돌아서자 기완자는 그의 등을 향해 나지막하게 말했다.

"부디 왕의 도리를 먼저 깨닫기를 비오."

기완자는 잠시 잊었던 상처를 어루만졌다.

3

 기완자의 상처가 거의 아물 무렵, 황궁은 성대한 행사 준비로 분주했다. 황후의 생일잔치가 얼마 남지 않은 것이다. 황제보다 위세가 더 높은 황후의 생일이니 그 규모는 상상을 초월했다. 제국의 휘하에 있는 전 세계 왕들은 자국에서 가장 값진 진상품을 마련하고 사절단을 보내 충성심을 보였다. 각 나라에서 당도한 사신 행렬이 줄이어 대도성으로 들이닥치자 대도 전체가 북새통을 이루었다.
 최천수는 황궁에서 온 전갈을 받고 기완자에게 달려왔다.
 "황후께서 내일 청녕궁(清寧宮)에서 생신 연회를 베푼다는 전갈이 왔습니다."
 "나를 초대했단 말이지?"
 "그러하옵니다. 하오나 혹시라도 마마님을 위해하지 않을까 염려되옵니다."
 "그렇다고 연회에 불참하면 더 큰 낭패를 볼 것이야. 황상 폐하께서 납시면 그 자리에서 나를 해하진 못할 텐데……."
 다음 날 기완자는 예복을 차려 입고 청녕궁으로 향했다. 황후의 생일 연회는 여러 행사 중에서도 가장 성대한 잔치라 옷차림을 갖추어야 하지만 눈에 띄게 화려한 차림으로 나타나면 또 다른 트집을 잡을 게 분명했다. 그녀는 일부러 작은 가마를 타고 청녕궁으로 향했다. 청녕궁은 황후를 위해 새로 지은 궁으로 호수와 접한 성곽 인근에 위치해 있었다.
 홍덕전에서 청녕궁까지는 거리가 멀어 일찍 출발했다. 가마꾼의 걸음걸이까지 재촉하며 청녕궁에 이르니 왠지 이상했다. 너무 서둘러 당도한 탓일까? 아직 빈객들의 모습은 물론 연회 준비에 동분서주해야 할 궁속들의 자취도 보이지 않았다. 가마 안에 앉은 채 한참을 지켜보았으나 오늘 연회가 베풀어질 장소치고는 너무나 조용했다. 악공들의 음악소리는 물론 드나드는 나인들의 자취도 보이지 않았다. 문득 이상한 느낌이 들어 최천수를 보내 궁 안의 동태를 살피게 했다. 잠시 후 상기된 얼굴로 최천수가 달려왔다.

"마마, 청녕궁은 텅 비어있사옵니다."

"비어 있다니?"

"황후 폐하의 생신 연회는 청녕궁이 아니라 융복궁(隆福宮)에서 열린다 하옵니다."

"그렇다면 황후가?"

최천수가 받은 숨을 몰아쉬며 고개를 끄덕였다.

"아마도 마마를 곤경에 빠뜨리기 위해 일부러 거짓 전갈을 전한 게 분명합니다."

"융복궁이라면 여정문(麗正門) 앞에 있는 궁이 아니더냐?"

"그러하옵니다. 여기서 정반대 방향에 있는 데다 적수담(積水潭)을 돌아가야 하기 때문에 가는 데 한식경은 족히 걸리옵니다."

기완자의 얼굴이 심하게 일그러졌다. 곱게 단장한 얼굴이 금세 선홍빛으로 달아올랐다. 기완자가 늦게 나타나면 황후는 분명 황제와 여러 대신들이 보는 앞에서 보란 듯이 그녀의 무례함을 책하고 나설 것이다. 그러면 황제도 황후의 말을 옳게 여기고 예법에 어두운 자신을 멀리할지도 모른다. 어떡하나? 그렇다고 여기서 물러설 순 없었다.

가마에 앉아 잠시 깊은 생각에 잠겨있던 기완자는 이윽고 최천수를 불러 귀에 대고 일렀다. 최천수는 눈을 크게 뜨며 손을 내저었다.

"마마, 그건 지극히 위험한 일이옵니다."

"하지만 이 방법이 아니면 난 영락없이 잔치 보러 갔다가 초상 치르는 격이 될 게야. 지체 말고 박불화를 찾아 내 뜻을 전해라."

"하지만 뒷감당을 어떻게 하시려고?"

"내게도 다 생각이 있다. 그대는 속히 박불화에게 가거라."

말은 그렇게 했지만 불안하고 떨리는 마음을 감출 수 없었다. 지금 자신이 하려는 일은 바로 목숨을 거는 일이나 마찬가지였다. 만에 하나 계획에서 한 치의 오차라도 생겨난다면 궁에서 쫓겨나는 것은 물론 목숨까지도 위험할지 몰랐다. 거친 호흡 소리와 심장의 박동이 귓가에 쿵쿵 울렸다.

그녀는 마음을 다잡기 위해 길게 심호흡을 하고는 가마를 출발시켰다. 서둘러 움직였지만 융복궁까지는 워낙 거리가 멀어 한참이 걸려서야 도착했다. 궁문에 들어서자 융복궁 너른 마당에는 신분에 따라 좌우로 나뉘어 앉은 문무백관과 각 나라에서 참석한 이국적인 용모의 사신 일행, 황족들, 황후의 눈도장을 받기 위해 나온 수십 명의 비빈들이 즐비하게 좌정해 황후의 연회를 즐기고 있었다.

황후는 멀찍이 연단 상좌에 앉아 좌중을 내려다보며 당기세 형제의 호위를 받고 있었다. 아직 황제의 모습은 보이지 않았다. 빈객의 좌우 좌석 사이에서는 여덟 줄로 늘어선 수십 명의 무희들이 아악에 맞추어 팔일무(八佾舞)를 추고 있었다. 작은 금동관을 머리에 쓰고, 다섯 가지 무늬가 수놓인, 소매가 넓고 긴 화의(畵衣)를 입은 무희들은 주악에 맞춰 소매를 펄럭이면서 이리저리 움직였다. 주악이 어느 소절에 이르러 갈고가 한결 소리를 높이자 무희의 일부가 중앙으로 춤을 추며 내달았다. 다음 순간 일정한 열을 만드는가 싶더니 일사불란하게 겉옷을 벗었다. 한순간에 무희의 옷이 다른 색깔로 바뀌는가 싶더니 이내 땅에 엎드리며 바닥 위에 '천세(千歲)'라는 글자를 만들어냈다. 참석한 사람들이 탄성을 지르는 동안, 엎드렸던 무희들은 바람에 흔들리는 꽃처럼 유연하게 몸을 일으키더니 재빨리 흩어지며 바깥쪽으로 춤을 추면서 돌아갔다.

춤 한 마당이 끝나자 기완자는 아랫배에 단단히 힘을 주고 안으로 들어갔다. 무희들의 춤을 구경하던 황후는 뒤늦게 연회장으로 들어오는 기완자를 보자 표독스럽게 쏘아봤다. 기완자는 황후 앞으로 나아가 무릎을 꿇으며 외쳤다.

"천세를 누리소서!"

고개를 들려는 찰나 어느 결에 계단을 내려온 황후가 발을 들어 기완자의 가슴을 걷어찼다. 기완자는 숨이 턱, 막혀 그 자리에 쓰러지고 말았다.

"발칙한 것. 어느 안전이라고 이제야 나오는 것이냐? 이는 분명 나를 능멸하려는 것이렷다."

기완자는 미리 예상하고 있던 터라 더 이상 입을 열지 않았다. 다만 고개를 숙인 채

"죽여주시옵소서."

하고 외칠 뿐이었다.

"여봐라. 저년에게 황실의 지엄한 법도를 보여 주어라."

말이 떨어지기가 무섭게 한쪽에서 몽둥이를 든 시위(侍衛)들이 달려왔다. 기완자는 반사적으로 몸을 숙였다. 몽둥이가 등과 어깨를 내리치기 시작했다. 수많은 대신들과 황족들이 지켜보고 있었지만 누구 하나 나서서 말릴 엄두를 내지 못했다. 그만큼 황후의 권세는 막강했으며 그 서슬이 시퍼랬다. 등을 보이며 한참 동안 매를 맞던 기완자가 갑자기 몸을 일으켜 외치기 시작했다.

"이놈들 후환이 두렵거든 당장 멈추어라."

그 날선 목소리에 시위들이 움찔했다.

"저년이 뭐라 지껄이는 게냐? 사정 두지 말고 매우 쳐라!"

황후가 못마땅한 듯 소리쳤지만 기완자는 계속 사력을 다해 외쳤다.

"너희가 진정 죽고 싶다면 내 몸에 매를 대거라."

"저년이 누구 앞에서 감히 주둥아릴 놀리는 게냐? 완전히 실성을 한 모양이구나!"

황후는 끝이 올라간 눈썹을 한껏 높이 치켰다. 외관이 엉망으로 흐트러진 기완자는 무릎을 꿇은 채 단호하게 말했다.

"황후 마마, 저는 홀몸이 아니옵니다. 굽어 살피소서."

"뭬야? 저년이 아직도……."

황후의 관자놀이에 핏줄이 불룩 돋았다.

"제 몸 속에 있는 황손을 기어이 죽이고 싶으시거든 매질을 계속하옵소서."

순간 장내에 앉은 대신과 비빈들이 술렁였다. 그러나 황후는 코웃음을 쳤다.

"네년이 정녕 죽고 싶은 모양이구나. 이젠 나를 기만까지 할 셈인 게야?"

"제가 어느 안전이라고 감히 거짓을 고하겠사옵니까? 아직 배는 부르지 않으나 수태가 분명합니다. 가혹한 매질에 소녀 하나 죽는 건 문제 없으나 만에 하나 태 안에 든 황손이 잘못 되면 그 고초를 황후 마마께서 어떻게 감당하실는지요?"

순간 모든 사람들이 입을 다물었다. 천하의 황후라고 하나 매질로 황손을 죽게 만들면 태묘(太廟)에 그 죄를 면키 어려울 것이다. 하지만 황후의 표정은 단호했다.

"이런 발칙한 것! 매를 모면해볼 요량이라는 걸 내 모를 줄 아느냐?"

기완자가 눈을 치뜨고 차갑게 쏘아보았다.

"정 미심쩍으시면 의원을 불러 확인해보면 되지 않사옵니까?"

기완자의 당찬 제의에 황후는 씩씩거리며 응수했다.

"죽기가 소원이라면 당장 그리 하마. 여봐라. 의관을 대령하라."

연회장에는 사고를 대비해 미리 대기하고 있던 의원이 있었다. 그는 황후의 부름을 받자 속히 달려왔다. 기완자는 주저하지 않고 소매를 걷어 팔목을 내밀었다. 의원은 한동안 눈을 감고 맥을 짚더니 이윽고 고개를 끄덕였다.

"마마께서 수태한 것이 분명하옵니다."

다시 한번 장내가 술렁거렸고, 다나실리 황후의 미간이 좁혀졌다. 그녀는 인정할 수 없다는 표정이었다.

"저런 의원 따위는 믿을 수 없다. 속히 어의를 불러오거라."

그러자 옆에 있던 독만질아가 나섰다.

"황후 마마, 어의는 황상 폐하 외에는 진맥을 할 수가 없사옵니다."

"무슨 잔소리가 그렇게 많아. 어서 불러 들이려두."

황후의 서슬 퍼런 소리에 독만질아는 물러설 수밖에 없었다. 한숨은 돌렸으나 기완자의 표정도 조금씩 흔들리기 시작했다. 방금 달려온 의원은 이미 박불화를 통해 손을 써둔 자였다. 그에게 큼지막한 황금덩어리를 안겨줬던 것이다. 다실 궁녀의 음식에 넣은 배탈약도 그에게서 구한 것이었다. 하지만 어의가 나서서 진맥을 한다면 큰일이었다.

잠시 후 어의가 달려왔다. 그는 황제만 진료하는 의원으로 원나라 최고의 의술을 가진 자였다. 주름진 이마 위로 하얗게 센 머리가 흘러내린 게 오랜 관록을 보여주는 듯했다. 그는 조용히 눈을 감더니 맥을 짚었다. 이마의 주름이 가늘게 꿈틀거리며 얼굴 근육을 실룩이는 게 긴장한 표정이 역력했다. 기완자가 어의의 표정을 놓치지 않고 한동안 뚫어지게 바라보았다. 한참이 지난 후에야 어의가 천천히 눈을 떴다. 장내에는 팽팽한 긴장감이 감돌았다. 어의는 진맥을 마치고서도 깊은 생각에 잠긴 듯 선뜻 입을 열지 못하고 있었다. 기완자는 그대로 눈을 감아버렸다. 잠시 후에 눈을 뜨자 어의가 천천히 고개를 끄덕이고 있었다.

"마마께오선 수태하신 게 분명합니다."

숨죽이며 바라보던 연회장 내 사람들이 장탄성을 내질렀다. 이를 지켜보던 독만질아는 즉시 황제에게 달려갔다. 방금 전까지 서릿발 같은 호령을 쏟아내던 황후는 분을 참지 못해 온몸을 부르르 떨더니 이내 전각 안으로 들어가 버렸다. 태감과 궁녀들이 황급히 뒤따랐다.

궁녀들의 부축을 받고 흥덕전으로 돌아온 기완자는 침상에 누워 상처를 치료받았다. 의녀 두 명이 들어와 벌겋게 부어오른 기완자의 환부에 차가운 물수건 찜질을 해 주고 탕약을 달여왔다. 수태 소식이 궁내에 전해지자 내의원(內醫院)에서는 서둘러 의녀를 발탁해 치료를 전담케 했다. 종일 긴장과 매질로 곤해진 몸을 쉬고 있는데 밖에서 어가 행차를 고하는 소리가 들렸다. 기완자는 황급히 옷매무새를 바로잡고 황제를 맞았다.

"어서 오시옵소서. 폐하!"

"네가 수태를 했다고?"

기완자는 대답 대신 고개를 끄덕이며 무릎을 꿇었다.

"황상 폐하의 하해와 같은 은혜를 입어 몸 둘 바를 모르겠사옵니다."

"아니다. 우리 황실에 큰 경사로고."

그렇게 말했지만 황제의 표정은 어두웠다. 한동안 말없이 이제 막 자라기 시작한 거뭇한 수염만 만지작거렸다.

"내 들어 알고 있다. 황후에게 매질을 당했다고? 네가 수태한 것을 알고도 말이다."

기완자가 고개를 숙이자 황제가 그녀의 손을 맞잡았다.

"몸을 잘 보전하거라. 황자를 생산하면 황후도 더는 괴롭히지 못할 거야."

기완자는 갑자기 뜨거운 눈물이 쏟아졌다. 진정으로 은애하는 황제의 마음이 폐부 깊숙이 느껴진 것이다. 황후라는 걸림돌만 없으면 황제의 은총이 온전히 돌아올 것이다. 그렇게만 된다면 명실상부한 황실의 안주인이 될 수도 있을 것이었다. 여자이기 때문에 한계에 부딪했던 그녀는 이번 기회를 이용하여 더 높이 날아오를 생각이었다. 하지만 이제 시작일 뿐이다. 이보다 더 많은 시련과 난관을 헤쳐 나가야 할 터. 그녀는 당장 눈앞에 닥친 위기부터 벗어나야 했다.

황제가 돌아가자 최천수와 박불화가 얼른 다가왔다. 두 사람은 가슴을 쓸어내리며 길게 한숨을 내쉬고 있었다.

"저는 황후가 어의를 부를 때 그만 숨이 멎는 줄만 알았습니다."

최천수가 아직도 진정되지 않는다는 듯 숨을 크게 들이마셨다.

"어떻게 어의까지 손을 쓰신 겝니까?"

"아니다. 어의는 한 번도 본 적이 없다."

"그렇다면 어떻게?"

기완자는 악몽 같던 순간을 떠올리며 차근차근 설명해나갔다.

"나는 심한 매질에 숨길이 가쁘고 맥이 매우 빨랐다. 어의는 맥을 정확히 짚을 수가 없었지. 그렇다고 맥을 보지 못하겠다고 말할 수도 없는 상황. 그는 한참을 고민했을 게야. 그러다가 앞의 의원이 말한 대로 수태를 했다고 한 것이야. 정말로 수태를 했는데, 그걸 알아보지 못하면 목이 달아나지 않겠나? 그는 안전한 길을 택한 것이지."

"역시 황비 마마이옵니다."

박불화는 무릎을 치며 감탄사를 내질렀다.

"하지만 수태가 되지 않은 건 조만간 밝혀지지 않겠사옵니까?"

박불화가 걱정스러운 어조로 물었지만, 기완자는 태연했다.

"오늘이 며칠인가?"

"구월하고 초사흘이옵니다."

"며칠 후면 내 달거리 날이다. 그때 유산했다고 알리면 된다. 황후의 모진 매에 못 이겨 유산했다고 하면, 황후 입장은 난처해질 것이고 나의 거짓 수태는 자연스럽게 무마될 게야."

　두 사람은 또 한번 감탄하지 않을 수 없었다. 기완자는 그들이 예상했던 것보다 훨씬 더 총명하고 상황 판단이 빨랐다. 게다가 독한 오기와 강단이 있었다. 모름지기 큰뜻을 품어볼 만했다.

　며칠 후, 기완자는 몸져누운 척했고, 이어 하혈을 시작했다. 때가 되자 미리 매수한 의원은 기 황비가 유산이 되었다고 황궁에 전했다. 황궁은 한바탕 난리가 났고, 표면에 나서지는 못했지만 대신들 사이에서도 황후에 대한 반발감이 서서히 일기 시작했다.

　기완자의 유산 소식을 들은 황제는 안타까운 마음이 들어 그녀에게 더욱 마음이 기울었다. 그래서 하루가 멀다 하고 흥덕전을 찾았다. 황후는 지은 죄가 있으므로 드러내놓고 황제의 발길을 막지는 못했다. 하지만 그녀의 위세는 예전보다 더 강해졌다. 두 오라비인 당기세와 탑자해뿐만 아니라 그들의 숙부인 답리(答理)까지 조정의 실세 아니던가!

4

　기완자는 한 달이 지나서야 자리에서 일어났다. 그동안 유산을 핑계로 지친 몸과 마음을 다스릴 수 있었다. 황궁에 들어와서 힘겹게 황비의 자리까지 올라온 그녀였다. 황제의 마음을 사로잡기 위해 질퍽한 정사도 마다하지 않았고, 그로 인해 황후에게 시기를 받아 거친 매질과 학대를 당하지 않았던가?

그녀는 자리에서 일어나 모처럼 흥덕전 주변을 산책했다. 정원에는 아직 안개가 깔려 있었다. 아침 햇살이 안개 사이로 스며들어 온갖 꽃과 어울리며 수묵화를 그려내고 있었다. 연꽃의 붉은 잎을 지나 물위로 조용히 퍼져 가는 동심원을 만들며 긴 회랑이 구불구불 이어졌다. 고개를 들어보니 멀리 성벽 뒤로 큰 산이 하나 보였다. 대도성은 모두 평지인 줄 알았는데 산이 보이자 갑자기 낯설었다. 앞에 펼쳐진 청동거울 같은 연못 속에도 그 산의 모습이 비치고 있었다. 그녀는 두어 걸음 뒤처져 따르고 있는 박불화를 돌아보았다.

"저 산은 무슨 산인고?"

"만세산이옵니다. 이 호수를 지을 때 파낸 흙으로 산을 만들었다 하여 지어진 이름입죠. 태액지를 만드는 데 만 년이나 걸렸다는 것입니다."

기완자는 호수를 그윽한 눈으로 바라보았다.

"만 년이라……."

자연의 세계는 그렇게 유장한데 주어진 시간은 그리 길지 않았다. 짧은 인생사, 그 중 젊은 이 시절을 놓치면 영원히 후회만 남을 것이다. 기완자는 상념에 잠겼던 눈을 들었다.

"겨우겨우 위기를 모면하여 여기까지 왔네만 황후 눈에 가시가 되었으니 자칫 잘못하다가는 궁에서 쫓겨나는 신세를 면치 못할 게야."

틀린 소리가 아닌지라 최천수도 가만히 듣고만 있었다.

"그렇다고 황후의 박대를 내 앉아서만 당할 수는 없는 노릇 아닌가? 방해가 되는 가지라면 쳐내는 게 상책일 터."

말이 떨어지자마자 박불화가 깜짝 놀라 눈을 휘둥그레 떴다.
"하지만 황후 마마 뒤에는 태평왕 일가가 버티고 있을 뿐 아니라……."
기완자는 박불화의 염려를 자르며 말을 이었다.
"길게 말할 것 없느니. 그러니까 내 힘으론 바위에 대못 지르기란 말이렷다? 힘 없는 내가 가지치기에 몸소 나설 필요까지 있겠는가?"
"네?"
"이이제이(以夷制夷)라는 말도 있지 않더냐?"
처소에 든 기완자는 며칠 동안 두문불출하며 생각에 몰두하더니 어느 날 은밀히 독만질아를 불렀다. 그는 나이가 들어 머리 회전이 느렸고, 상황판단도 둔했지만 황실의 상황은 누구보다 훤하게 꿰뚫고 있었다. 기완자는 그에게 단도직입적으로 물었다.
"그대는 태평왕 일족을 대적할 사람이 누구라 생각하오?"
"백안이라는 자가 있사옵니다. 그자는 전장에서 수많은 공을 세웠던 자이옵니다. 지금은 참지정사 자리에 있습죠. 허나 제대로 그 뜻을 펴지 못하고 있사옵니다."
백안이라는 말을 듣는 순간 기완자는 깜짝 놀랐다. 백안이라 하면 황궁을 나와 몇 달 동안 머물렀던 자의 집이 아닌가? 자신을 범하려고 달려들던 그의 음험한 눈동자가 선명하게 떠올랐다. 하지만 기완자는 그에 대해 아무런 언급도 하지 않고 궁금한 것만 물었다.
"어찌하여 뜻을 펴지 못하고 있는 게요?"
"당기세 형제가 그를 강력하게 견제하고 있기 때문이옵니다."
"그럴 만한 연유라도 있는 게요?"

"백안은 황제께서도 모르는, 그러니까 만약 황제께서 아시는 날엔 당기세 형제의 목숨을 앗을 수도 있는 엄청난 비밀을 알고 있사옵니다."

"그 비밀이란 게 무엇이오?"

잠깐 독만질아는 주위를 휘둘러보았다. 함께 온 박불화 말고는 아무도 없었다. 하지만 그는 신중하게 목소리를 낮추고 백안이 알고 있는 비밀을 기완자에게 은밀히 전해주었다. 기완자의 두 눈과 입이 놀라움으로 크게 벌어졌다. 이는 극비에 부쳐진 사실로 독만질아기에 파악할 수 있는 정보였다.

기완자는 여전히 믿기지 않는다는 어조로 물었다.

"그런데 백안은 그 비밀을 왜 황제께 고하지 않는 게요?"

"자신의 위세가 약한 걸 잘 알기 때문입니다. 당기세 형제와 버금가는 자리에 오르면 그 비밀을 빌미 삼을 것이 분명합니다."

어느새 기완자는 주먹을 불끈 쥐고 있었다. 얼마나 힘을 주었는지 긴 손톱이 손바닥을 파고들어 피가 배어 나왔다. 하지만 그녀는 고통을 느끼지 못하고 있었다. 이 정도의 고통은 황후에게 당한 것에 비할 바가 못 되었다. 그녀는 어금니를 깨물며 아랫입술을 비틀었다. 물론 그녀는 자신을 범하려던 백안과 손을 잡는 것이 탐탁지 않았다. 그 음흉하고 질척한 눈길이 뇌리에서 지워지지 않았다. 하지만 지금은 그런 것을 가릴 처지가 아니었다. 당장 눈앞의 적을 물리치기 위해서는 누구든 이용할 수밖에 없었다.

그날 밤에도 여느 날과 다름없이 황제가 찾아왔다. 황제는 기완자를 그윽이 바라보며 그녀가 따르는 술잔을 기울이고 있었다. 그녀는 언제 보아도 아름다웠다. 얼굴은 막 수세를 마친 양 맑았고 옷깃에서는 은은한 새물내가 물씬 풍겼다. 황제는 수많은 여자를 안아보았으나 이렇게 단아하면서도 자연적인 아름다움을 지닌 여자는 처음이었다. 매번 볼 때마다 새로웠다. 그녀의 눈을 마주하면 순간적으로 온몸을 관통하는 저릿한 느낌이 황홀감을 안겨 주었다.

기완자가 황궁에 들어온 지도 어언 두어 해. 그녀도 이제 황궁 돌아가는 사정을 파악하며 간혹 자신의 의견을 황제에게 슬쩍 내비치기도 했다. 이날 밤 기완자는 자신의 생각을 황제에게 올리기로 작정했다. 술잔을 몇 잔 비워 황제의 귀뿌리가 연홍색으로 달아오를 무렵, 그녀가 슬쩍 입을 열었다.

"폐하, 문무 중신 중에 백안이란 자는 어떤 인물이온지요?"

술기운에 느슨해 있던 황제는 기완자의 갑작스런 질문에 정신이 번쩍 드는지 눈빛에 광채를 띠었다.

"참지정사 말이더냐. 네가 참지정사를 어찌 알기에 그의 인물됨을 묻는고?"

"송구하옵니다, 폐하. 소첩 다만 폐하를 보위하는 신하 중 백안의 충심이 돈독하다 들은지라 감히 여쭈었사옵니다. 정무에 어두운 소첩이오나 태평왕 일가의 전횡으로 인해 폐하께서 하루도 심사가 편치 않음도 들어 알고 있기에 폐하를 편안케 할 충신은 누가 있는지 궁금하였사옵나이다."

"옳거니. 짐의 처지가 걱정되는 게로구나. 백안은 훈구공신으로 짐을 위해 오랫동안 목숨을 내맡긴 충신이니라."

"황궁 내에 그보다 더 나은 충신이 있사옵니까?"

"글쎄다. 충심으로 볼 때 그를 능가할 자는 없을 게야."

"그런 충신을 측근에 두지 않으심은 어인 까닭이온지요?"

기완자는 한층 더 천연덕스럽게 근심을 얼굴에 담으며 빈 술잔에 술을 부었다.

"측근이라……. 내가 보위에 오른 지 얼마 되지 않아 아직은 당기세 일족의 세도를 누르지 못하고 있다. 때가 되어 자리가 안정되면 중임을 맡길 작정이다."

"소첩 그 말씀을 듣자오니 한결 위안이 되옵니다. 하오나 영웅은 난세에 난다고 했습니다. 지금이 난세라고는 할 수 없사오나 진정한 충신이라면 폐하께서 어려울 때 폐하를 보위하여 중책을 수행하기를 원할 것이옵니다. 폐하께서 보위에 오른 지도 이미 여러 해가 되셨습니다. 태평왕 일족에게 더 이상 기회를 주지 마옵소서."

황제는 벌써 술잔을 여러 잔 비웠으나 취기가 오르지 않았다. 황후를 제외하고는 황제에게 정사를 묻는 비빈들은 없었다. 그러나 오늘 돌연한 기완자의 걱정 어린 주청이 쏟아지자 한편으론 의아하면서도 다른 한편으론 얼마 전 황후의 뭇매에 태아를 잃은 어미의 원망스런 마음과 자신을 마음속 깊이 아끼는 정이 느껴져 안쓰러움과 흐뭇함이 교차했다. 황제는 만면 가득 웃음을 띠고 넌지시 물었다.

"짐이 어찌하면 그리할 수 있을꼬?"

"소첩이 듣기에 우승상 자리가 비었다고 들었나이다."

"그 자리는 중책이어서 아직 마땅한 인물을 정하지 못하고 있다. 그런데 네 말은 백안을 우승상으로 삼으라는 말이더냐?"

황제는 내심 놀라며 기완자를 뚫어져라 바라봤다.

"예전에 나의 입성을 도운 공을 들어 백안에게 참지정사를 제수했다고 좌상 형제가 날마다 저리 법석인데, 우승상에 백안을 삼으라? 그 수난을 누가 다 당할꼬?"

기완자는 황제의 눈을 들여다보며 확신에 찬 음성으로 조심스럽게 말문을 다시 열었다.

"물론, 진왕을 우승상 자리에 앉히면 한동안 조정이 시끄러울 것은 자명합니다. 하오나 심지 곧은 백안을 승상 자리에 두시면 폐하를 대신하여 태평왕 일족을 견제할 수 있고, 그들에게 치우친 권력도 얼마 안 가 나누어질 것이옵니다."

황제는 자세를 바로잡고 앉아 반신반의한 채 기완자를 건너다봤다. 두 해 넘게 홍덕전을 오가며 황제는 기완자의 품성과 학식에 탄복하는 때가 많았는데, 오늘은 뜻하지 않게 정사를 논하고 보니 도무지 이 아녀자의 깊이를 헤아릴 수 없다는 생각이 들었다. 또한 조목조목 말을 듣고 보니 자신의 곤란한 처지를 정확히 헤아리고 해법까지 내놓는 게 조리있을 뿐만 아니라 그녀와는 하등 이해관계도 없는 인물을 천거하여 황제의 입지를 배려하는 속내가 믿음직스럽게 여겨졌다. 황제는 지그시 눈을 감았다.

다음 날 아침. 어전 조회에서 황제는 진왕 백안을 우승상에 낙점했다. 순간 대신들의 술렁이는 소리가 들렸지만, 그들은 내심 황제의 결심을 반기고 있었다. 어전 태감으로부터 이 소식을 전해들은 기완자는 조용히 웃음을 지었다.

"이제 두 계단을 올랐구나."

함께 있던 최천수와 박불화가 다가왔다.

"어떤 계책이라도 있으신지요?"

기완자를 고개를 끄덕였다.

"백안이 우승상이 되면 가장 크게 반발할 사람이 누구겠느냐?"

"그야 당기세 형제가 아니겠습니까? 특히 동생인 탑자해의 불만이 제일 클 것이옵니다."

기완자는 고개를 설레설레 내저었다.

"아니다. 형인 당기세가 이미 좌승상에 있는데 동생마저 우승상 자리까지 바라진 않을 게야."

"그렇다면 누구인지?"

기완자는 대답 없이 흥덕전에서 건너다보이는 태액지에 시선을 던져두고 있었다. 만 년 동안 흙을 퍼내 만들었다는 호수. 바야흐로 자신은 만 년의 시간을 앞당겨야 할 것이다. 어느새 그녀의 입술 끝에는 느물한 미소가 달려 있었다.

같은 시각, 당기세 형제는 태액지 한가운데 인공으로 만든 섬인 경화도(瓊華島)의 별궁에 모여 있었다. 이 별궁 안으로 대신 한 명이 황급히 들어섰다. 그는 구용군왕(句容郡王) 답리로, 곧 황후의 아버지 연철목아의 동생이며 두 형제의 숙부이기도 했다. 답리는 얼굴이 벌겋게 상기된 채 가쁜 숨을 몰아쉬고 있었다.

"대대로 천하를 호령해온 우리 가문이 이젠 백안 같은 자의 눈치를 보게 됐구나."

"이대로 있을 순 없습니다. 만에 하나 그자가 황상께 아버님의 일을 고하기라도 하는 날에는……."

답리가 당기세의 아버지인 연철목아의 이야기를 꺼내자 그들의 표정이 일순 굳어졌다.

"우승상의 자리에까지 올랐으니 못할 게 무엇이겠느냐? 그자가 기회를 타기 전에 우리가 선수를 쓰는 수밖에."

"좌상에게 좋은 계책이라도 있으신가?"

당기세는 내심 결심을 굳혔다.

"우리에겐 선택의 여지가 없습니다. 이렇게 된 바에 아버님 뜻을 따를 밖에요."

두 사람은 놀라면서도 이윽고 고개를 끄덕였다.

"그렇다면 누구를 황제로 앉히는 게 좋겠나?"

"그야 연첩고사(燕帖古思)를 내세워야죠. 지금의 황상과 돌아가신 아버님과의 약조도 있지 않습니까? 그 약조를 내세우면 명분도 충분하다 봅니다."

잠시 턱을 괴고 생각에 빠져 있던 당기세가 고개를 내저었다.

"그자는 아직 아니다. 우리가 내세우려는 것은 우리의 말을 잘 들을 수 있는 허수아비 황제다. 헌데 연첩고사 그자는 너무 똑똑하고 명민하단 말야. 그를 황제로 내세웠다간 오히려 우리가 당할지도 모른다."

"그렇다면 누구를?"

"일단 황족 중에서 황실의 신임을 받지 못하는 사람을 찾아야 한다. 그래야 우리 뜻대로 움직이기 쉽지 않겠느냐?"

"그런 인물이라면 황화첩목아(晃化帖木兒)가 어떻습니까? 그자라면 권력욕이 많은 데다 성정이 단순하여 요리하기가 어렵지 않을 것입니다. 황제로 추대한다고 하면 물불 가리지 않고 우리에게 협력할

위인 아닙니까?"

듣고만 있던 답리가 무릎을 치며 반색했다.

"그자라면 내가 직접 만나보겠다."

"숙부님께서요?"

"황화첩목아는 평소 내 말을 잘 따르는 자이다. 사람이 욕심이 많고 허풍이 세서 조금만 구슬러도 곧장 넘어 올 게야."

"그럼 저희는 숙부님만 믿겠습니다."

경화도를 나선 답리는 즉시 황화첩목아를 만나러 갔다. 답리는 황화첩목아에게 현재 황제가 정사에 어두워 황실이 위험에 처한 것처럼 성토하며 의분을 토했다. 황위에 올라야 하는 분은 황화첩목아밖에 없으니 거사를 도와달라고 간절히 제안했다. 허영과 기만에 찬 황화첩목아는 흔쾌히 이에 응했다.

답리의 움직임은 즉각 기완자에게 보고 되었다.

"답리 그자가 분명 황화첩목아에게 갔단 말이지?"

"그러하옵니다. 경화도의 별궁 태감에게서 직접 전해들은 소식입니다."

태감의 우두머리를 비롯한 대부분의 환관과 궁녀들은 이미 기완자의 손아귀에 있었다. 궁중이라는 매우 특수한 세계에서 온갖 업무를 맡아 보는 사람이 바로 환관이었다. 환관이 없으면 궁궐의 운영은 하루도 지탱할 수 없을 정도였다. 이 환관을 다른 말로 태감이라 부르기도 했다.

그들에겐 빈틈없는 정보망이 있었다. 황궁의 중요한 정보는 먼저 태감을 거쳐 들고나는 게 상례였다. 보통 황제의 칙명은 직접 재상에게 전하는데, 태감은 그 내용까지도 재상보다 먼저 알 수 있었다. 이뿐 아니라 황제가 가장 사랑하는 비빈은 누구이며, 또 누가 총애를 잃을 위기에 처해 있는가 하는 사실에서부터 그들 친가의 내막은 물론 바깥세상의 잡다한 상황에도 누구보다 밝았다. 입에서 입으로 전해지는 다양한 정보는 환관 세계의 종적, 횡적인 관계를 통해 하나의 커다란 정보망을 형성하였다. 그 정보망을 총괄하는 자가 바로 독만질아였다. 그런 독만질아가 기완자를 위해 필요한 정보라면 지체 없이 전달하고 있었으므로, 그녀는 궁 안에서 돌아가는 모든 상황을 손안에 두고 보는 것과 다름없었다.

박불화를 통해 답리의 행보를 전해들은 기완자는 입술에 힘을 주었다.

"때가 가까웠다."

그리고는 외출 채비를 서둘렀다.

"마마. 어디에 행차하시오는지?"

"담왕(郯王) 살살독(撒撒禿)을 만나러 갈 것이다."

살살독은 특별한 벼슬을 갖지는 않았으나 학식이 높고 성품이 곧아 대신들뿐 아니라 황제도 아끼는 자였다. 황제가 몇 번이나 벼슬을 내리려했으나 사양한 채 별궁에서 책을 벗삼고 있었다. 가끔 황제의 부름을 받으면 나아가서 술을 나누며 말벗을 나누는 상대이기도 했다. 기완자는 그런 살살독의 인품과 학식을 알아보고는 오래 전부터 자기 사람으로 만들 생각을 하고 있었다. 그래서 황제가 낮에 부를 때면 부러 살살독을 함께 부르게 해 함께 술자리를 갖곤 했다. 이렇게 몇 번 술자리를 함께 하며 기완자는 자연스럽게 살살독과 친분을 쌓았다.

그렇긴 하지만 황비가 느닷없이 찾은 경우는 처음이라 살살독으로서는 당황할 수밖에 없었다.

"황비 마마께서 이 누추한 곳까지 어인 일로?"

그의 거처는 황궁에 딸린 집이라 하기엔 너무나 단출하고 간소했다. 방은 내실과 객실의 구분이 없는 단칸방에 탁자와 의자 두어 개 놓인 게 전부였다. 벽 한 면을 온전히 채운 책들이 이 방의 유일한 사치였다.

기완자가 의자에 앉자 살살독이 마주앉았다. 기완자는 그가 직접 내온 청목향 차를 한 모금 마신 뒤, 곧장 당기세 형제와 그들 숙부에 관한 이야기를 꺼냈다. 찻잔을 입에 가져가려던 살살독이 찻잔을 다시 내려놓았다.

"그게 정말이옵니까?"

"당기세 형제가 반역을 도모하는 게 분명합니다. 황실에서 소첩이 의논드릴 분이라고는 어른밖에 없기에 기별도 없이 이렇게 달려왔습니다. 황상 폐하께서 빨리 이 소식을 아셔야 대책을 세우실 텐데, 섣불리 제가 나서서 고한다면 이목 많은 황실에서 괜한 오해를 받을 소지가 많아 어른의 고견을 듣고자 왔습니다."

"하지만 구체적인 증거가 없지 않습니까?"

"철저한 그들이 어디 증거를 흘리겠습니까? 은밀히 일을 진행하고 있는 게 분명합니다."

"하오나 증거가 없으면 황상 폐하께 고해도 그들을 처리할 방법이 없습니다."

"증거가 없으면 찾아내야지요."

"찾아내다니요?"

"그들이 반역을 일으킨다면 누구를 황제로 추대할 것으로 생각하십니까?"

살살독은 잠시 생각하다가 턱을 앞으로 내밀었다.

"혹 연첩고사가 아닐까요?"

"연첩고사는 워낙 머리회전이 빠르고 명민하여 그를 선택하진 않을 겁니다. 그들이 원하는 건 허수아비로 내세울 어리석은 자입지요. 그런 자라면 황족 중에 한 명밖에 없지 않습니까?"

"그렇다면 황화첩목아?"

"잘 보셨습니다. 그는 자만심이 강하고 허욕에 차 있는 자죠. 황족인 그를 왕으로 삼는다면 당기세 형제의 천하가 될 것입니다."

살살독은 길게 자란 수염을 매만지며 심각한 표정을 지어 보였다. 하얗게 센 그의 두 눈썹이 가늘게 꿈틀거리는 게 보였다. 기완자는 마저 말을 앞질렀다.

"그자는 평소 살살독 어른을 흠모하고 있다고 들었습니다. 그를 만나 슬쩍 속내를 떠보시면 그들의 움직임을 파악할 수 있지 않을까요?"

살살독은 천천히 고개를 끄덕였다.

"알았습니다. 제가 그를 만나보지요."

5

살살독은 은밀히 황제와 독대하고 있었다. 평소 두 사람은 격의 없이 술잔을 나누는 사이였으나, 그날은 술 대신 편전에서 이야기만 나누었다. 살살독의 눈은 항상 맑게 빛났으며 곧은 콧날에 일자형 입매무새를 한 군자형의 용모를 지녔다. 옷차림도 검소하여 궁중에서는 좀체 보기 드문 무명옷을 입었는데, 그나마 소매 끝이 닳아 너덜거릴 정도였다. 살살독이 전에 없이 곡진하게 당기세 형제의 모반 징후를 알리자 황제는 말없이 듣기만 했다.

편전 소식을 전해들은 기완자는 짙은 눈썹을 미세하게 떨었다. 긴장할 때 그녀의 버릇이었다. 바야흐로 계획이 실행에 옮겨지고 있는 것이다. 그녀는 계책을 찾느라 쉴 새 없이 머리를 굴리며 낮게 중얼거렸다.

"담왕의 주청만으로는 폐하께서 반신반의하실 게야. 좀더 확실한 증거가 필요해."

기완자는 급히 박불화를 불러오게 했다. 그녀는 아침나절에 박불화를 불러 다음 계책을 지시해놓은 터였다.

"지금 당장 태감들에게 연통을 넣을 수 있겠지?"

"물론이옵니다."

"좋아. 지금 바로 내가 일러준 대로 시행하라."

박불화는 아직 확신이 없는 듯했다.

"그들이 과연 그 말을 믿을까요?"

"눈에 불을 켤 게 자명하다. 독을 품은 뱀의 아가리에 손을 집어넣는 격이겠지."

기완자의 눈은 살기로 빛나고 있었다. 바싹 마른 갈비를 긁어 부싯돌을 댕긴 듯 증오의 불길이 무섭게 타오르는 중이었다.

당기세 형제가 기거하는 사저로 태감 한 사람이 옷자락을 펄럭이며 급히 뛰어들고 있었다.

"좌승상 나으리, 큰일 났사옵니다."

마침 그의 집에는 당기세 형제와 답리가 함께 모여 있었다. 당기세는 인상을 찌푸리며 호통을 쳤다.

"무슨 일인데 그렇게 호들갑이냐?"

"방금 우승상께서 황상 폐하와 독대를 하고 나왔다 하옵니다."

"그게 정말이냐?"

"황궁 태감으로부터 직접 들은 이야기입니다. 분명한 사실이옵니다."

세 사람은 잠시 말문이 막힌 채 멍한 표정으로 서로를 바라다봤다. 겨우 정신을 수습한 당기세가 아래턱을 부르르 떨며 침을 뱉듯 말을 뱉어냈다.

"무슨 일로 독대를 했다더냐?"

"좌우를 모두 물리치고 말씀하신지라 내용을 알 수는 없사옵고, 다만 폐하의 진노한 음성이 자주 문 밖까지 들렸다하옵니다. 누군가 반역했다는 소리처럼 들리기도 했다굽쇼."

당기세는 백안이 황제를 독대한 내용이 더 이상 의심할 나위 없다고 확신했다.

"생각보다 올 것이 빨리 왔군."

"백안 그자가 우리 가문의 과거 행적을 황제에게 고한 게 분명하렷다!"

"이제 선택의 여지가 없군요."

"그 일이 황제 귀에 들어갔다면 조만간 우리 가문은 쑥대밭이 될 게야. 그 전에 우리가 기선을 제압하는 게 상수렷다."

하지만 백안은 그 시간에 황제를 알현하지 않았다. 살살독이 은밀히 황제를 알현했던 것을 환관을 통해 백안이 독대했다고 거짓 소문을 퍼뜨린 것이다. 이는 당기세 형제를 자극하기 위해 기완자가 꾸며낸 계략이었다.

거짓 정보에 놀란 당기세 형제와 답리의 행동은 빨라졌다. 황궁의 군사들을 은밀히 모으고 그날 밤 황성 밖에서 무기를 반입하기 시작했다.

당기세 형제들이 빠르게 움직일수록 황궁의 거미줄도 정보를 전달하느라 부산하게 출렁거렸다. 환관들은 당기세 형제가 움직이는 군사 수를 실제보다 월등히 부풀리거나 배치한 시위대가 중무장했다고 소문을 내며 황궁 곳곳에 정보를 흘렸기 때문에 황궁은 당기세가 일을 시작하기도 전에 삽시간에 발칵 뒤집혔다. 늦게 잠자리에 들려던 백안도 역모 소식을 접하자 지체 없이 어전으로 사인교(四人轎)를 달렸다. 황제는 낮에 담왕이 다녀간 뒤 심사가 심란하여 아직 침전에 들지 않고 있었다.

백안은 황제 앞에 나아가자마자 무릎을 꿇으며 외쳤다.

"폐하, 소인을 죽여주시옵소서."

"우상, 야심한 시각에 침전까지 찾아와 무슨 소리를 하는 게요?"

아직 황제는 궁 안의 소란을 듣지 못한 채였다.

"소인이 불충하여 역적의 무리들이 모반을 하는 지경에 이르렀사옵니다."

"모반이라니, 그건 또 무슨 소리요?"

"태평왕 일가가 세를 모으며 은밀히 모반을 획책하고 있다 하옵니다."

황제는 옅은 한숨을 쉬며 고개를 주억거렸다. 미간 사이가 가늘게 꿈틀거리고 있었다.

"그 내용은 낮에 담왕에게 들어 알고 있소."

"망극하옵니다, 폐하. 그럼 속히 그들을 잡아 문초하시옵소서."

"반역의 기운이 있다 하나 아직 구체적인 행동은 없지 않소? 더구나 좌상 형제는 황후의 오라비가 되오. 경거망동해서는 화를 자초하게 될 게요."

살살독의 진언이 있었으나 황제는 아직 단정하기엔 이르다고 판단했다. 평소 문약하고 경륜이 적은 황제는 할 수만 있다면 그들과 대척점에 서고 싶지 않았다.

"더구나 권세로 치면 황제인 나를 능가하는데 굳이 난동할 까닭이 없지 않소?"

"폐하, 지금은 상황이 급박하옵니다. 사실은 좌상 일족이 오래 전부터 황제 폐하를 모반할 음모를 꾸미고 있었는데, 오늘 밤 드디어 군사를 움직인다 하옵니다."

"그게 무슨 소리요?"

백안은 고개를 들고는 크게 심호흡을 했다. 그리고는 가슴 깊이 담아둔 사직의 비밀을 풀어놓기 시작했다.

"폐하의 조부이신 무종 황제께서는 명종, 문종 이렇게 두 황자를 두셨습니다. 무종 황제께서 붕어하신 뒤에는 서열상 폐하의 선친이신 명종께서 등극하셔야 했지만, 연철목아가 나서서 문종을 황위에 옹립했습니다. 대신 명종 폐하를 운남성에 연금해 버렸지요. 명종 황제께선 가까스로 유배지를 벗어나 화림으로 가셔서 별도로 황위에 오르셨습니다. 한 나라에 두 황제가 생긴 것이지요. 그 뒤 아우인 문종께서 황위를 양보하시어 옥새를 명종께 전하고는 스스로 물러났습니다. 이에 두려움을 느낀 연철목아는 명종 황제를 독살하기에 이릅니다."

듣고 있던 황제의 두 눈이 크게 벌어졌다.

"무엇이라, 그자가 선황을 살해했다?"

"그러하옵니다. 그 뒤 폐하의 숙부이신 문종 황제께서 다시 황위에 오르자 폐하에게 누명을 씌워 고려로 유배를 보냈던 것입니다."

어느새 황제는 자제력을 잃고 있었다.

"태평왕 연철목아가 선황을 살해하고, 짐을 유배까지 보냈다?"

"그뿐이 아니옵니다. 폐하께서 유배에서 돌아오시자 자신을 내칠 것이 두려워 폐하가 황상 자리에 오르지 못하도록 온갖 방해를 한 인물이옵니다."

"그런 중요한 사실들을 짐이 아직껏 하나도 모르는 연유는 어인 일이오?"

"잔혹한 연철목아는 당시 상황을 아는 인물들에게 관직을 주어 포섭했고, 반대하는 자들은 모조리 살해해 버렸습니다. 그래서 지금 그 사실을 아는 자는 저를 포함하여 몇몇에 지나지 않사옵니다."

황제는 얼굴 가득 노기를 띠고 연신 밭은 신음을 내뱉고 있었다. 별안간 황제의 목소리가 높아졌다.

"경은 그런 사실들을 왜 이제야 고하는 것이오?"

"황제 폐하께서 그 사실을 아신 것을 눈치채는 순간 그들이 모반을 일으킬 것이 분명하기 때문이었습니다. 이제 그들의 움직임이 노골화되었으므로 지체할 수 없어서 이렇게 아뢰는 것이옵니다. 소인 죽여주시옵소서."

황제는 조금 진정을 하고는 턱을 앞으로 내밀었다.

"그렇다면 좌상 무리에게 대적할 계책을 말해보시오."

"당기세는 좌승상이긴 하나 부릴 수 있는 군사는 소인이 압도적으로 많사옵니다. 그가 거느린 군사는 황궁의 일부 시위대와 기르는 사병부대가 전부입니다. 소인이 폐하를 대도성에 모실 때 호위하던 군사들은 지금 황궁과 대도성 주변 병영에 나뉘어 주둔하고 있사옵니다. 이들을 황궁 방어에 집중시키고 따로 변방에 사람을 보내 그쪽 군사들도 은밀히 불러들이겠나이다. 폐하께서는 충익시위군과 친위군을 증가시켜 만일의 사태에 대비하소서."

황제는 다소 안심이 되는 듯 얼굴 가득 퍼진 노기를 거두어들이며 백안을 내려다보았다.

"과연 그대는 여전히 원나라 최고의 장수로다. 속히 변방의 군사를 불러들일 것이며, 짐을 호위할 군사를 늘리도록 하라."

"분부대로 거행하겠나이다, 폐하."

백안은 어전을 물러나와 즉시 변방으로 파발을 띄웠다. 그는 과거 강서행성 평장정사로 있을 때 휘하에 두었던 군사 중 정예병으로 훈련시킨 기마병을 은밀히 황궁 근처로 불러들였다. 군사들은 장사치로 변장했기 때문에 아무도 이상히 여기지 않았다. 군사들은 황궁 근처의 종고루에 흩어진 채 백안의 명령을 기다리고 있었다. 일단 군사를 모은 백안은 전중시어사(殿中侍御史) 합마(哈麻)와 숙위(宿衛) 설설(雪雪)를 불러 황궁 경비를 철통같이 하도록 엄명을 내렸다. 그들 역시 백안의 휘하에 있던 군속들로 황상에 대한 충성을 죽기로 맹세했다.

6

황제가 깊은 밤에 백안을 만난 사실은 곧장 태감을 통해 당기세에게 전해졌다.

"뭐야! 야심한 이 밤에 백안이 또 황상과 독대를 했다?"

"그러하옵니다. 백안을 만나고 난 폐하께서는 분기탱천했다 하옵니다."

함께 듣고 있던 탑자해가 다급한 목소리로 말했다.

"더 이상 미룰 일이 아닌 듯합니다. 속히 거사를 진행하시지요?"

당기세는 결연한 표정으로 입을 굳게 다물었다.

1335년 6월 30일. 마침내 당기세 형제의 반란이 시작되었다. 미리 준비시킨 결사대가 대도 동쪽의 숭인문(崇仁門)을 통해 황궁 안으로 들이닥쳤다. 진입 시각을 황궁경비대의 교대 시간으로 정하고, 모두 황궁경비대의 복장을 했기 때문에 아무런 제지도 받지 않았다.

군사를 이끌고 선두에 선 당기세는 급히 태감을 불렀다.

"황상은 어디에 있는 게냐?"

"오늘 밤 곤덕전(坤德殿)에 드셨다 하옵니다."

"분명하렷다?"

"물론이옵니다. 어전 태감이 황상 폐하를 직접 뫼시고 갔다 하옵니다."

"곤덕전이라……. 잘 되었다. 그곳은 사방이 막혀 있으니 독 안에 든 쥐 사냥이 무에 어려울 게 있겠느냐?"

당기세는 손에 칼을 든 채 탑자해를 돌아보았다.

"너는 황궁으로 가서 황후 마마를 호위하라. 백안이 황후를 볼모로 삼을지 모른다."

탑자해는 삼십여 명의 시위대를 이끌고 급히 황궁으로 내달렸다. 당기세는 백여 명의 군사들을 거느리고 곤덕전으로 향했다. 곤덕전에 들어서자 당기세는 군사들에게 외쳤다.

"문을 닫아걸어라. 오늘밤 쥐새끼 한 마리도 이 문을 살아서 빠져나가게 해서는 안 된다."

군사 두 명이 달려가 즉시 문을 걸어 입구를 막았다. 하지만 그들은 밖에서도 문을 잠가야 한다는 것을 알지 못했다. 곤덕전 안으로 들어서자 무언가 이상한 기운이 느껴졌다. 입구를 지켜야 할 친위군이 한 명도 보이지 않았던 것이다. 보통 황제가 거하는 곳이면 수십 명의 친위군이 주위를 호위하는 게 상례였다. 그런데 주위엔 아무도 보이지 않고 이상하게 횃불만이 환하게 밝혀 있었다.

"예감이 이상하다."

당기세는 뭔가 일이 심상치 않다는 걸 직감했다. 하지만 여기까지 온 이상 그냥 물러설 수는 없었다. 성 밖에는 자신을 따르는 수천의 군사가 대기하고 있지 않은가? 이곳 상황이 불리하면 즉시 그들이 짓쳐들어올 것이다. 그들과 합세하면 어떤 군사라도 당해낼 자신이 있었다. 당기세는 칼을 높이 들며 외쳤다.

"황제를 잡아들여라!"

명이 떨어지자 군사들이 우르르 곤덕전 마당까지 내처 달려갔다. 그러나 기세 좋게 달려 나가던 군사들은 하나같이 그 자리에 우뚝 멈춰서고 말았다.

"이럴 수가……."

황후 다나실리를 호위하기 위해 달려간 탑자해의 군사들은 황궁을 지키던 숙위 설설의 군사들과 한바탕 전투를 벌이고 있었다. 탑자해의 군사와 황후를 호위하는 군사가 가세해 공격했으므로 설설의 군사는 상당히 밀렸다. 숫자가 거의 대등하여 양쪽 모두 큰 피해를 입고 있었으나 결사대로 무장한 탑자해의 군사가 조금 우세했다.

탑자해는 선두에 서서 황궁을 짓쳐들어갔다. 막아서는 황궁경비대를 장검으로 쓰러뜨리며 궁 안으로 진입하려 했지만 날아드는 화살 때문에 좀체 앞으로 나아가지를 못했다. 진퇴양난 속에 사상자가 속출했다.

"속히 방패 부대가 앞으로 나서라."

탑자해는 방패부대를 전진 배치하여 화살 세례를 간신히 막아냈다. 여기서 대치하며 황궁경비대의 화살이 떨어질 때까지 기다릴 심산이었다.

같은 시각. 곤덕전 앞마당이 갑자기 대낮같이 환해지더니 수를 헤아릴 수 없이 많은 군사들이 벽력같은 고함을 내지르며 쏟아져 나와 당기세의 군사를 순식간에 겹겹이 에워쌌다. 함정에 빠진 게 분명했다. 당기세는 다소 위축되긴 했지만 곧 원군이 당도할 것이라는 기대감에 여전히 자신에 차 있었다.

"쳐라!"

그러나 당기세의 호령에도 불구하고 군사들은 멈칫거리기만 했다. 군사들을 재차 다그치려는 찰나 시위대 앞으로 성큼성큼 걸어 나오는 인물이 있었다. 바로 진왕 백안이었다. 당기세는 어안이 벙벙하여 말이 나오지 않았다.

"네, 네놈이 어떻게 여기를?"

백안은 눈을 부릅떴다.

"네 이놈 당기세야! 황상 폐하께서 너희 일족에게 하해 같은 은혜를 내려 하늘보다 높은 권세를 누리게 했건만, 이렇게 모반을 일으키다니……. 은혜를 원수로 갚는 놈은 마땅히 목숨으로 빚을 갚아야 할 것이다."

철천의 원수인 백안의 함정에 빠진 것을 알자 당기세도 악에 받쳐 눈을 부라렸다.

"황제를 내놓지 않으면 우리 군사가 너부터 도륙낼 것이다."

백안은 조소를 흘리며 당기세를 내려다보았다.

"천하에 철면피 같은 놈, 아직도 네 처지를 모르겠느냐? 무얼 믿고 그리 큰소린가? 어서 목이나 내어놓아라."

"잠시 후면 나의 군사들이 몰려올 것이다. 그들은 모두 너의 피를 마시고 싶어하지."

하지만 백안은 얼굴 가득 조롱하는 웃음을 띠었다.

"어리석은 당기세야. 아직도 상황 파악이 되지 않느냐? 네 군사는 모두 물러가고 없다. 전중시어사 합마 대인이 이미 너의 군사들을 접수했느니. 지금은 오히려 나의 군사들이 황궁을 호위 중이니라."

당기세의 얼굴이 순식간에 굳어졌다. 검붉은 빛이 도는 얼굴이 심하게 일그러지더니 멧돼지 같은 거대한 몸을 부르르 떨었다. 형세가 급하다고 느낀 당기세는 죽기를 각오하고 싸우기로 작심하고 칼을 높이 들었다.

"한 놈도 물러서지 말고 저들을 쳐라! 물러서는 놈은 내 칼이 용서치 않을 것이다."

하지만 당기세의 군사는 이미 사기가 꺾여 있었다. 수적으로 세 배가 넘는 군사와 맞서기도 무리였지만, 한때 천하에 용맹을 떨쳐 만인의 추앙을 한몸에 받던 백안 장군의 정예군에게 창칼을 겨눌 투지가 사라졌다. 처음에 당기세의 위세에 눌려 칼을 들고 시위대에 맞섰던 군사들의 목은 가차 없이 베어져 땅에 나뒹굴었다. 이를 본 군사들은 하나둘 칼을 내려놓기 시작했다. 사기가 완전히 위축된 군사들은 모두 무릎을 꿇으며 다만 목숨을 구걸할 뿐이었다.

곤덕전에서 백안에게 대적하는 자는 이제 오로지 당기세 한 명. 군사들이 에워싸며 좁혀오자 그는 허공에 칼을 휘휘 내저었다. 그 군사들을 헤치고 백안이 당기세 앞으로 다가왔다. 천하의 당기세라 하나 검술로는 백안을 당할 수 없는 노릇. 백안은 발검도 하지 않은 채 칼을 들고 달려오는 당기세를 슬쩍 피하더니 그의 뒷덜미를 칼집으로 내리쳤다.

"으윽!"

당기세는 목덜미를 감싸 잡은 채 신음을 토해냈다. 백안이 칼을 빼들고 천천히 그에게 다가갔다. 칼을 휘휘 돌리는가 싶더니 당기세의 가슴 정중앙을 향해 날렸다. 당기세는 피를 흘리며 비틀거리다가 이내 바닥에 쓰러졌다. 고통스런 그의 목소리가 가늘게 이어졌다.

"황후를, 황후를 지켜야 한다."

황궁을 지키던 황궁경비대는 마지막 남은 화살을 힘껏 당겼다. 하지만 탑자해의 군사들은 방패부대를 내세워 이를 모두 막아냈다. 마침내 화살이 다 떨어지자 황궁경비대 군사들은 칼을 빼어들었다.

 탑자해는 여유 있게 웃으며 방패부대를 뒤로 물렸다. 그리고는 칼을 잘 쓰는 시위군을 맨 앞으로 진격시켰다. 그들 뒤로는 긴 창을 든 군사들을 세워 엄호케 했다. 이중으로 무장한 군사를 몰아 앞으로 나아가자 그 위세에 밀려 황궁경비대가 뒤로 물러났다. 그러나 더는 물러설 곳이 없어 반역군을 향해 칼을 겨누는 찰나, 어디선가 큰 함성이 일더니 황궁 양켠에서 군사들이 달려 나왔다. 그들 뒤에는 갑옷을 입고 무장한 백안이 나타났다.

 "역적 탑자해는 속히 칼을 버리고 오라를 받으라!"

 탑자해가 주춤하며 뒤로 물러섰다. 순식간에 밀려온 군사들에게 당황한 기색이 역력했다.

 "너의 형 당기세는 이 칼에 목이 베어졌다."

 말이 떨어지기가 무섭게 호위군사가 창을 하나 가져왔다. 창끝에는 당기세의 머리가 꿰어져 있었다. 비참한 형의 모습을 본 탑자해는 아연실색하여 엉겁결에 칼을 떨구고 말았다.

 "투항하지 않으면 모두 이 꼴이 될 것이다."

 창에 꽂힌 당기세의 참혹한 머리를 본 탑자해의 군사들도 사기가 완전히 꺾여 버렸다. 주춤거리며 뒷걸음질치던 탑자해는 측근들의 엄호를 받으며 쏜살같이 어둠 속으로 몸을 피했다. 백안이 급히 그 뒤를 쫓았지만 탑자해의 군사들이 결사적으로 막아서 그만 놓치고 말았다. 하지만 그들의 난은 온전히 진압되었고, 도성 전체는 백안의 군사가 완전히 장악하게 되었다.

한바탕 피바람이 몰아친 대도성에 새벽이 밝아왔다. 반란군이 모두 진압되었다는 소식을 들은 황제는 황궁으로 행차했다. 궁 안에서 혈전을 치른 터라 황제는 앞뒤로 많은 군사들의 호위를 받으며 내전에 들어섰다. 황제가 들었으나 황후는 자리에서 꼼짝하지 않은 채 앉아 있었다. 황제가 애써 미소를 띠며 황후를 내려다보았다.

"황후께서 많이 놀라셨겠소."

황후는 아무 말 없이 고개를 떨궜다. 미처 갑옷도 벗지 못한 채 뒤따라 들어온 백안이 황제에게 절을 올렸다.

"당기세 일당의 반란은 모두 진압되었습니다."

순간 황후의 얼굴이 심하게 일그러졌다. 그녀는 한껏 불안해하면서 침통한 표정이었다. 관자놀이엔 굵은 땀방울이 맺혔다. 좌정한 황제가 노기 띤 목소리로 황후를 돌아보았다.

"황후는 이 일을 사전에 알고 있었던 게요?"

황후는 얼른 고개를 숙였다.

"소첩은 모르는 일이옵니다. 불충한 죄인들을 용서하소서."

"역모자들은 이미 죽음으로 그 죗값을 받았소. 내 이번 역모는 철저히 조사하여 다시는 사직을 위협하는 자들이 없도록 엄중히 다스릴 것이오."

황후는 몸이 꺼져 내리는 듯 깊은 한숨을 내쉬며 눈물을 글썽였다. 이때를 놓치지 않고 백안이 황제에게 아뢰었다.

"하오나 역적 탑자해는 놓치고 말았습니다."

황제는 황후의 얼굴을 슬쩍 쳐다보더니 이내 목소리를 높였다.

"그자를 속히 잡아들여 황실의 위엄을 보이시오."

"군사들이 황궁의 사방을 물샐틈없이 막고 있기 때문에 곧 잡힐 것이옵니다."

"역모자들은 하나도 빠짐없이 속히 잡아 그 죄를 물으시오."

말을 마치자 황제는 가마를 대령케 했다. 보교를 출발시키려는데 백안이 곁에 나서며 소리쳤다.

"폐하. 잠시 행차를 늦추시지요."

황제가 의아해하며 턱을 앞으로 내밀자 백안이 얼른 고개를 숙였다.

"신, 탑자해를 찾아냈사옵니다."

"어디에 숨었더란 말이오?"

백안은 대답 대신 한쪽 입술을 끌어올리며 살짝 미소를 지었다.

황제 뒤를 따라 내실에 든 백안은 황후가 앉은 의자 앞으로 바짝 다가왔다. 그리고는 부드럽게 물었다.

"황후께서는 황상 폐하가 드옵시는데도 일어서지 않으시니 혹여 기체라도 편안치 않으신지요?"

그러자 황후가 소리를 높였다.

"무엄하오. 어찌 감히 황후를 질책하는 게요?"

백안은 슬며시 미소 지으며 황제를 향해 고개를 조아렸다. 황후 앞으로 다가온 황제도 고개를 갸웃하며 천연덕스럽게 물었다.

"황후가 이젠 짐을 앉아서 맞는 걸 보니 짐의 문안이라도 받을 생각인가 보오?"

황후는 얼굴이 달아오르며 말을 더듬거렸다.

"황송하옵니다, 소인 몸에 손님이 든지라 몸을 움직이지 못하고 있을 뿐입니다."

"손님이라……."

황제는 가늘게 중얼거리더니 이내 두 눈을 꿈틀거렸다.

"황후는 며칠 전에도 그 때문에 짐을 피하지 않았소? 그런데 또 손님이라?"

순간 황후의 낯빛이 새하얗게 질리기 시작했다. 힘이 들어간 두 무릎은 사시나무 떨듯 하며 비단 치맛자락을 흔들었다. 백안의 확신은 더욱 굳어졌다. 그는 차고 있던 보검을 칼집에서 빼내며 외쳤다.

"역적 탑자해는 어서 나와 내 칼을 받아라!"

황제도 짐작한 듯 치마 밑을 내려다보고 있었다.

"황후는 자리에서 일어나 보시오."

하지만 황후는 여전히 꼼짝도 하지 않았다.

"어서 자리에서 일어나시오!"

서릿발 같은 황제의 호령이 내리자 황후는 끝까지 거부할 수 없었다. 황후가 마지못해 천천히 몸을 일으키자 치마 밑에서 무언가 불쑥 드러났다. 탑자해는 황후의 치마 밑에 숨어 있다가 황후가 움직여 머리가 드러나자 몸을 벌벌 떨며 치마 안에서 기어 나왔다. 얼굴에는 비굴한 표정을 가득 담은 채 바닥에 넙죽 엎드렸다. 한 마리 시궁창 쥐가 엎드려 있는 것 같았다. 황후는 황제에게 달려들어 눈물로 애원하기 시작했다.

"폐하, 소인의 오래비, 목숨만은 살려 주시옵소서."

순간 황제는 망설이는 듯 고개를 주억거렸다. 하지만 백안의 의지는 결연했다.

"이 역적을 참해 황실의 위엄을 보이셔야 합니다."

황제는 지체 없이 명을 내렸다.

"이자를 끌어내 참수의 형으로 다스리시오."

황후는 오열했지만 아무도 그녀를 위로하지 않았다. 황제와 백안은 이내 군사를 이끌고 떠났다.

당기세의 반역은 하룻밤 만에 어이없게 실패로 돌아가고 모의에 가담한 잔당들도 속속 잡혀왔다. 구용군왕 답리는 반역이 실패한 것을 알고는 황화첩목아에게 몸을 피했다. 하지만 그것이 실수였다. 당기세 형제들에게 황위를 내정 받은 황화첩목아를 백안이 그냥 둘 리 없었다. 먼저 황화첩목아를 붙잡아 여죄를 묻고 있던 백안에게 답리는 그대로 걸려들었다. 두 사람은 목이 베어져 대도성 한가운데 내걸렸다.

남은 것은 황후의 뒤처리 문제였다. 황제는 먼저 어전 조회에서 그 문제를 만조백관에게 물었다. 이미 좌상의 추종세력이 빠진 조정의 논의는 쉽게 하나로 모아졌다. 우승상 백안은 망설임 없이 주청했다.

"폐후(廢后)함이 가할 줄 아뢰오!"

황제도 반대할 이유가 없었으므로 조정의 논의에 따라 황후를 폐위하여 궁 밖으로 쫓아냈다. 태평왕의 위세를 빌어 황제 위에 군림하던 그녀의 신분이 졸지에 평민으로 내려앉은 것이다. 황실에서는 그녀를 한동안 대도에 머물게 하다가 멀리 안동주로 유배 보냈다.

7

기완자는 밤새 뜬눈으로 지새우며 모반 진압 상황을 속속들이 보고받고 있었다. 천년만년 권세를 누릴 것 같던 당기세 형제는 모두 목숨을 잃었고 황후도 폐위되었다. 이 일들은 순식간에 일어났다. 백안이 나서서 이 난국을 진압했지만, 실질적으로 그 뒤를 조종한 것은 기 황비였다.

이이제이(以夷制夷).

오랑캐로 다른 오랑캐를 물리치려는 그녀의 계략은 보기 좋게 들어맞았다. 이는 기완자가 황궁의 태감과 궁녀들을 모두 손아귀에 넣었기 때문에 가능한 일이었다. 그녀는 아무런 권세도 군사도 없었다. 다만 그녀의 편이 되어 준 것은 궁 안에서 온갖 궂은 일을 도맡아 하는 태감과 궁녀들뿐. 그러나 그녀는 황궁 구석구석에서 그들이 가져오는 소식들을 취합할 뿐만 아니라 정보를 왜곡하거나 새 정보로 만들어낼 줄도 알았다. 당기세가 무리하게 반역을 일으킨 것도 그녀가 흘린 가짜 정보에 다급함을 느꼈기 때문이었다.

기완자는 느긋해진 마음으로 흥덕전을 산책했다. 한참을 걷자 작은 정자와 연못이 보였다. 흥덕전의 주인이 된 지 두 해가 지났는데도 처음 보는 곳이어서 뒤따르는 태감을 불러 이곳에 대해 물었다.

연못은 대도성 밖에서 시작해 황궁을 관통하여 흐르는 해자의 일부를 정자로 끌어들인 것이었다. 황궁 안에 있는 바다와 같이 넓은 적수담을 본 적이 있지만, 정자 앞까지 물을 끌어들여 연못을 만들었다니 경탄스러웠다.

그녀는 연못 위에 놓인 아미 모양의 다리를 건너며 사방을 둘러보았다. 호수 양쪽에는 연꽃들이 푸른 수면 위로 화사한 봉오리를 열고 있고, 맑은 아침햇살이 수면에서 금싸라기처럼 튀어 오르며 빛을 발했다. 흥덕전 안에 이렇게 아름다운 곳이 있었는데도 그녀는 여태 이곳을 알지 못했다. 행여 황후의 눈에라도 띌까 조심하느라 어디든 함부로 나설 수 없었던 것이다. 생각이 황후에 미치자 기완자는 문득 폐후의 소식이 궁금했다. 그러던 차에 박불화가 폐후 다나실리의 소식을 갖고 달려왔다. 그는 숨을 몰아쉬고 있었다.

"마마, 폐후가 자살했다는 소식이옵니다."

"폐후가 자살을?"

"그러하옵니다."

박불화는 대답을 하면서도 망설이며 말끝을 흐리고 있었다.

"그런데 사실은 그게……."

"무슨 일이 있는 게냐? 자세히 말해보거라."

"겉으론 폐후가 자살한 것처럼 소문낸 것이옵고, 사실은 백안이 사람을 보내 독살시킨 것이라 하옵니다."

"황상 폐하의 황명이 내려진 것이냐?"

"아니옵니다. 폐하께서는 폐후를 죽이실 생각까지는 없으셨던 것으로 아옵니다. 이번 일은 모두 백안이 꾸며 황상 폐하께 거짓 보고를 올린 듯하옵니다."

기완자의 두 눈썹이 꿈틀거렸다.

"백안이 그런 술수까지 부릴 수 있는 인물이더냐?"

기완자는 다나실리 황후를 뼈에 사무치도록 원망하며 증오해왔다.

매질을 당할 때마다 다져온 분노 때문에 아직도 밤잠을 설치고 있고 얼마 전에 당한 태질과 채찍질로 생긴 상처는 아직도 아물지 않고 있었다. 하지만 막상 그녀가 죽었다는 소식을 듣자 침울한 마음이 들었다. 아무리 폐후라지만 한때 천하의 주인이던 황후의 목숨을 쥐도 새도 모르게 감쪽같이 없애는 상황이라면 황비 신분인 자신이야 두말할 나위도 없지 않은가? 기완자는 오싹해지는 기분이 들어 살며시 주위를 살폈다.

"아무도 믿어서는 안 되겠구나. 누구도 범접하지 못할 자리에 올라야만 목숨을 보전할 수 있을 것이야."

기완자는 스스로에게 다짐하며 이를 악물었다. 기완자의 생각을 읽었는지 박불화가 다가와 곡진한 어투로 말했다.

"이제부터는 백안을 조심하셔야 할 것이옵니다."

백안은 이번 반란을 진압한 공을 혼자서 독차지했다. 그는 먼저 태평성대를 이루었다는 의미로 최고의 명예인 시옹방(時雍坊)을 하사 받았다. 벼슬도 승차하여 대승상에 봉해지는 한편, 금보용호금부(金寶龍虎金符)까지 받아 그야말로 조정의 으뜸이요, 만인 위에 군림하는 자리에까지 올랐다. 황제를 제외하고 권세로 따지면 천하 일인자가 되었다.

박불화는 억울한 표정을 지어 보였다.

"황후와 당기세를 몰아낸 것은 황비 마마이온데, 공은 온전히 백안에게 돌아갔사옵니다."

"우리가 세를 모을 때까지는 다른 방법이 없지 않느냐?"

"그보다는 권력을 잡은 백안이 그 칼끝을 누구에게 향할지 두렵습니다."

"걱정할 것 없다. 천하의 당기세를 물리친 우리가 아니냐?"
그녀는 여전히 자신에 찬 목소리로 중얼거리고 있었다.
"호랑이를 물리쳤으니 이제는 용과 싸우는 일만 남았구나."

4장

소용돌이

1337년 원의 하동과
광동 등지에서 한족의 반란 일어나다

1

 기완자는 흥덕전 안을 초조하게 서성이다가 너무 답답하여 연못으로 나왔다. 당기세 일당이 처형되고 다나실리 황후가 독살된 지도 벌써 이 년이나 지났다. 기완자는 이 연못을 특별히 좋아하여 연못 주위를 더 크고 화려하게 꾸몄다. 연못 한가운데 있는 정자의 전망이 좋도록 난간을 텄고, 연못 중간 중간에 연꽃을 가득히 심었다. 봄이 되면서 연못 주위에는 갖가지 꽃들이 피어나 향기를 뿜어내고 있었다.
 하지만 기완자는 주변의 아름다움이 눈에 들어오지 않았다. 그녀의 관심은 온통 어전에 쏟아져 있었다. 최천수도 기완자의 애타는 마음을 누구보다 잘 알기에 그림자처럼 조용히 침묵하며 뒤를 따랐다. 호숫가에 나와서도 서성이기만 하던 기완자는 근처 바위에 걸터앉았다. 나이가 들면서 그녀의 아름다움은 더욱 빛을 발하고 있었다. 원숙미가 더해지며 버드나무처럼 낭창낭창하고도 풍만한 몸매는 뇌쇄적일 만큼 농염하고 고혹적이었다.

그녀는 호위하고 있는 최천수를 아득히 바라보았다. 함께 궁에 들어온 지 어느덧 4년의 시간이 흘렀다. 그동안 최천수의 얼굴에 미세한 주름이 잡히고 피부는 소태껍질처럼 말라 있었다. 세월의 더께가 몇 갑절이나 그의 얼굴에 엉켜 내렸다. 이는 모두 목숨을 걸고 그녀를 보필했기 때문일 것이다. 당기세 일당을 물리치고 황후를 몰아낸 것도 모두 최천수와 연결된 태감과 궁녀가 도와서였다.

그는 태감 중 높은 자리에 오를 수 있는데도 굳이 기완자를 호위하는 직책에 만족했다. 한때 고려 최고의 검객으로 이름을 날렸던 그가 늘 지켜주어 든든한 마음이 들었다. 그의 품에는 작은 칼이 들어 있었다. 원칙적으로 태감은 무기를 소유할 수 없으나, 만일을 대비하기 위해 몰래 칼을 품은 것이다. 그는 항상 주위를 경계하는 데 소홀함이 없었다.

기완자는 다시 바위에서 일어나며 최천수를 돌아보았다.

"박태감은 왜 이리 소식이 없는 게냐?"

"어전회의가 끝나면 곧장 달려온다고 하였습니다."

기완자는 황제에게 청탁하여 박불화를 어전 태감으로 봉하게 했다. 그가 어전을 맡으면서 거기서 접하게 되는 크고 작은 소식들은 모두 기완자에게 보고되었다. 그녀는 지금 어전에서 열리고 있는 회의 결과를 초조하게 기다리고 있었다.

다나실리 황후가 물러난 지 두 해가 훌쩍 지났음에도 황후 자리는 아직 공석이었다. 가끔 황후 책봉 문제를 놓고 대신들의 주청이 있었으나 의론이 모아지지 않아 여태 미루어오다가 지금에야 다시 격론이 벌어지고 있는 것이다. 여러 경로를 통해 정보를 접한 기완자는 오늘

만큼은 누가 되었든 결정이 날 거라 여겨 더욱 초조하여 좌불안석이었다.

마음을 가라앉히기 위해 태액지에서 봄을 만끽하는 원앙새 한 쌍의 희롱에 눈을 주고 있는데 박불화가 급히 달려왔다. 그는 턱에까지 올라온 숨을 내쉬고 있었다. 평소 냉철함을 잃지 않던 기완자의 가슴도 두 방망이질했다. 기완자는 곧장 결과부터 물었다.

"그래 어찌 되었느냐?"

박불화는 눈자위를 굴리며 기완자의 눈치부터 살폈다.

"그게 저……."

기완자는 짐작이 되는 듯 끙, 하고 밀리는 한숨을 내쉬며 입술에 힘을 주었다.

"오늘도 결정이 나지 않은 게냐?"

"황공하옵니다. 마마."

기완자는 냉정을 찾기 위해 아랫입술을 지그시 깨물었다. 하지만 짓누르는 무력감으로 온몸의 맥이 탁 풀렸다. 그녀는 간신히 입을 열었다.

"어전에서 오간 이야기를 상세히 고하라."

"황상께서는 마마를 황후로 책봉하겠노라고 하셨습니다."

황제는 오래 전부터 기완자를 찾을 때마다 그녀를 황후의 자리에 앉히겠다고 했다. 이는 다나실리를 폐위할 때부터 그가 바라던 바였다. 하지만 혈통을 중시하는 황실에서 고려 출신인 여자를 황후로 책봉한 예는 선대에는 없던 일인지라 대신들의 거센 반대에 부딪힐 게 뻔하여 섣불리 내세우지 못하고 해를 끌어오다가 드디어 오늘 어전회의에서 매듭지으려 했다.

"반대하는 대신들이 여럿 있었으나 가장 반대하는 이는 역시……."

"역시?"

"바로 진왕 백안이었습니다."

"역시 그자가 문제로구나."

푸른빛이 도는 그녀의 차갑고 검은 눈동자가 세차게 흔들렸다. 예상했던 대로 호랑이를 쫓아내니 그보다 더 강한 용이 공격하는 형국이었다. 그녀는 애써 분기를 누르고 입을 열었다.

"그가 반대한 이유를 말해 보거라."

"원나라 황실은 태조 때부터 황후를 몽고의 명문, 즉 꼥길자 족 집안에서 맞아들여야 한다는 게 그 이유옵니다. 더구나 세조 쿠빌라이께서는 고려인을 황후로 봉해서는 절대 안 된다고 유조까지 남겼는데 이 유지를 후손들이 저버려서는 안 된다는 겁니다."

세조가 고려인이 황후가 되지 못하도록 한 데는 나름대로 이유가 있었다. 그는 정벌대를 이끌고 고려를 무려 여섯 번이나 쳐들어갔는데 그때마다 패전을 거듭했다. 나중에 겨우 고려를 진압했지만, 세조는 여전히 고려인을 두려워하고 있었다. 만약 고려인이 황후가 된다면 사직이 위태해질 거라 여긴 세조는 임종 시 그런 유조를 남긴 것이다.

"하지만 그것은 아득한 옛적의 일 아니더냐?"

기완자는 애써 태연한 척했으나 비참한 기분을 감출 수 없었다. 다시 한번 막막한 벽을 마주 보고 있는 느낌이 들어 허탈감이 밀려들었다. 한발 한발 내디딜 때마다 발목을 붙잡는 출신의 문제는 비록 황제라 할지라도 제거해 줄 수 없는 낙인임이 오늘 또다시 증명되었다. 기완자는 힘 없는 목소리로 물었다.

"그의 의견에 반대하는 대신은 아무도 없더냐?"

"백안의 완강한 목소리에 주눅이 들어 대부분 아무 말도 하지 못하였습니다."

박불화가 미간을 찌푸리며 진중한 표정으로 계속 말을 이었다.

"앞으로 백안을 더욱 경계해야 할 것이옵니다. 그자는 황상 폐하께 충성을 한 자이기는 하나 교활한 데다 야욕이 너무 큰 자이옵니다. 그가 당기세 일당을 제거한 이유도 황상 폐하에 대한 충성에서 비롯되었다기보다는 그들을 딛고 더 큰 자리에 오르기 위해서입죠. 예전에 황상 폐하의 등극을 적극적으로 도운 것 또한 앞으로의 상황을 정확히 예측하고는 거기에 편승한 것에 불과하옵니다. 그런 자가 조정 최고의 자리에 올랐으니 더 큰 욕심까지 가질까 두렵사옵니다."

"더 큰 욕심이라, 그렇다면?"

"그러하옵니다. 그자를 특별히 경계하셔야 합니다. 그렇지 않으면 황상 폐하의 자리까지 위험할지 모르옵니다."

기완자는 얼굴에 짙은 음영을 드리운 채 아랫입술을 깨물었다. 관자놀이엔 푸른 힘줄이 돋아났다.

"말을 듣고 보니 이대로 있어서는 아니 될 것 같구나."

그렇게 입을 떼며 다시 한번 박불화를 돌아보았다.

"그대가 오늘 신하의 자격으로 어전회의에 참석했다면 어떻게 하였겠느냐?"

"소인 죽기를 각오하고 백안과 맞서 유조의 부당함을 고했을 것이옵니다. 그러면 저를 돕고 나서는 대신들도 더러 얻을 수 있어서 폐하의 뜻대로 일을 성사시킬 수 있었을 것으로 사료되옵니다."

"네 말이 옳다. 대신들 중에 자네 같은 사람만 있어도 오늘 같은 치욕은 당하지 않으련만……."

기완자는 길게 한숨을 내쉬었다. 자신이 기다려온 세월이 다시 물거품으로 사라지자 절로 한숨이 나왔다. 전각으로 돌아와서도 내내 말이 없던 기완자는 다시금 어금니를 꽉 물었다.

"최선이 아니면 차선을 취해야 한다. 길을 좀 돌아간들 또 어떠리."

박불화가 고개를 갸웃거렸다.

"무슨 말씀이온지?"

기완자는 대답 대신 명령을 내렸다.

"너는 어서 가서 어의를 데리고 오너라."

"어의는 갑자기 무슨 일로 찾으시는지요?"

"어허, 어서 어의를 데려 오너라."

한 식경이 조금 지나 박불화는 어의와 함께 왔다. 근래 들어 어의가 노환을 얻어 물러가자 기완자는 오래 전부터 도와온 의원을 천거하여 어의 자리에 앉혔었다. 어의는 이제 기완자의 명령이라면 무슨 일이든지 거들 태세였다.

기완자는 아무도 듣지 못하게 낮은 소리로 어의에게 무슨 말인가를 전했다. 어의는 심각한 표정으로 고개를 끄덕였다.

"언제까지 내게 알려줄 수 있겠나?"

"제가 직접 알아보려면 내일까지는 말미를 주셔야겠습니다."

"빠른 시일 안에 보고를 올리도록 해라."

문 옆에 시립한 박불화와 최천수는 두 사람의 이야기가 궁금했지만 감히 물어볼 수 없었다. 명민한 황비가 또 다른 계책을 꾸미는 게 분명했다.

어의는 다음 날 저녁이 되어 다시 찾아왔다. 그는 어제와 마찬가지로 은밀히 기완자에게 보고를 올리고는 급히 물러갔다. 그녀의 얼굴에는 회심의 미소가 가득했다.

2

그날 밤, 기완자는 직접 황궁을 찾았다. 황후가 있을 때는 황제가 흥덕전을 들렀지만, 황후 자리가 공석인 동안 기완자는 스스럼없이 황궁을 직접 찾곤 했다. 황제는 황후에 책봉되지 못한 기완자를 위로하기 위해 따로 술상을 준비케 했다.

"황비 보기에 내가 면목이 없구려. 그렇게 단단히 약조를 했건만……. 모두 내가 부덕한 탓이야."

"아니옵니다. 소인같이 미천한 것이 어찌 감히 황후의 자리에 오르겠습니까? 한때나마 그런 생각을 품었던 게 부끄러울 따름이옵니다."

황제는 미안한 얼굴로 살며시 웃고 있었다.

"이렇게 도량이 넓고 품성이 어진 그대를 대신들이 알지 못하니 원!"

기완자는 귀뿌리를 살짝 붉히며 안주를 집어 황제의 입에 넣어주며 넌지시 물었다.

"대신들은 누구를 황후에 천거하는지요?"

"새로 대신의 딸을 황후로 맞으라고 한다만 그대 생각은 어떠냐?"

"소인이 어찌 감히 국사를 논할 수 있겠나이까?"

"그대는 사람을 보는 안목이 매우 깊은 걸로 알고 있다. 평소 마음에 둔 자가 있을 게 아닌가?"

그러자 기완자는 살짝 말꼬리를 흐렸다.

"천거할 인물이 한 명 있긴 하오나……."

"그래. 그게 누구더냐?"

기완자는 잠시 뜸을 들이다가 마저 말을 맺었다.

"백안홀도 황비라면 가하지 않을까 하옵니다."

백안홀도(伯顏忽都)는 황제보다 네 살 위로, 다나실리가 황후가 되고 얼마 되지 않아 비로 봉해졌다. 그녀는 무종(武宗) 선의혜성(宣懿惠聖) 황후의 조카 육덕왕(毓德王)의 딸이기도 했다. 제일 먼저 황비로 봉해졌으나 황제가 기완자에게 흠뻑 빠져 있어 상대적으로 관심을 받지 못하고 있었다.

"백안홀도 황비께오선 성품이 온후하시고 생활이 검소하며 시기나 질투도 하지 않고 아주 예절이 바르다고 들었습니다. 그래서 궁중의 존경을 한 몸에 받고 계신 분이옵니다."

황제가 고개를 끄덕이며 대답했다.

"나도 그의 인품은 익히 들어서 알고 있다. 더구나 너의 천거인데 내가 어찌 마다할 수 있겠느냐."

황제가 선뜻 기완자의 의견을 들어주자, 그녀는 내처 용기를 내었다.

"한 가지 청을 더 올려도 될는지요?"

황제가 기꺼이 대답했다.

"내 너의 청이라면 무엇이든 들어줄 것이야. 그래 말해 보거라."

"어전 태감 중에 박불화라는 자가 있습니다. 그에게 관직을 내리시면 어떠하올지요? 태감으로 지내기에 너무 아까울 정도로 식견이 탁월하고 명민한 자이옵니다."

"하지만 그건 좀……."

황제가 계속 망설이자 기완자가 내처 말을 앞질렀다.

"왜, 곤란하시옵니까?"

"그자는 태감이 아니냐? 더구나 고려 출신이라 반대하는 자가 많을 것이야."

"반대하는 자에게 대처할 명분이 있사옵니다."

"그게 무엇이냐? 말해 보거라."

기완자는 술을 따르며 그 명분을 찬찬히 설명했다. 듣고 난 황제가 고개를 끄덕였다.

"알았다. 너의 청대로 하마."

다음 날 어전회의가 다시 열렸다. 황제는 문무백관이 모두 모인 자리에서 단호한 목소리로 외쳤다.

"육덕왕의 여식 백안홀도를 새로운 황후에 봉할 것인즉 의견이 다른 신료들은 기탄없이 말해보라."

이에 모든 신하들이 고개를 숙이며 예를 표했다. 백안도 이에 이의를 달지 않았다. 백안홀도의 인품은 이미 그도 들어서 잘 알고 있었다. 더구나 그녀는 주위에 친족이 없어 자신을 대적할 염려가 전혀 없었다. 이로써 새로운 황후 책봉 문제는 쉽게 결론이 났다.

"그리고 또 하나 논의할 게 있소."

황제는 다시 신하들을 둘러보았다.

"어전 태감 박불화에게 정육품(正六品)의 원외랑(員外郎)을 제수하노라."

어전에 모인 모든 대신들의 시선이 일제히 뒤에 서 있는 박불화를 향했다. 박불화는 담담한 표정으로 묵묵히 서 있기만 했다.

황제의 명을 반대하고 나서는 자는 역시 백안이었다.

"아니 되옵니다. 폐하!"

그는 고개를 빳빳이 든 채 소리를 높였다.

"그는 환관 아니옵니까? 그런 자가 관직을 받는다는 것은 있을 수 없는 일이옵니다."

황제는 기다렸다는 듯 반격했다.

"환관이 관직에 오른 자로 동지추밀원사(同知樞密院事)인 탈탈(脫脫)이 있지 않소? 그는 대승상의 조카이기도 하지요?"

황제가 탈탈을 거론하자 백안이 더 이상 이의를 달 수 없었다. 황제의 말이 하나도 틀리지 않은 것이다. 탈탈은 그의 조카이자 주요 심복이기도 했다. 백안은 벙어리 냉가슴 앓는 심정으로 황제의 명에 따를 수밖에 없었다. 이에 박불화는 원외랑 직을 제수 받아 드디어 관직에 올랐다. 박불화는 제일 먼저 기완자를 찾아왔다.

"소인같이 미욱한 자를 황공하옵게도 대원 제국의 관직에 천거해 주시니 몸 둘 바를 모르겠나이다."

박불화는 고개를 숙인 채 두 눈을 씀벅이면서 침을 크게 삼켰다. 심장의 박동이 귓가에 북처럼 울렸다. 주위의 모든 소리가 한데 합쳐져 웅웅거리며 들려왔다. 사람들의 말소리는 잘 들리지 않았다. 그만큼 감격하고 있었다.

고려에서는 예부시에 합격하고도 관직에 오르지 못한 그였다. 그런데 이역만리 타국에서 생각지도 못한 높은 벼슬에 오르지 않았는가? 원외랑은 정육품으로 그리 높은 관직은 아니었다. 하지만 원 제국의 최고 관청인 중서성(中書省)에 소속되어 행정의 실무를 통제하는 벼슬이라 그 영향력은 3,4품의 관리 못지않았다. 환관이 관직을 제수 받는 것도 몽고족에게만, 그것도 아주 특별한 경우에만 허락되던 일인데, 몽고족도 아닌 고려 출신인 자신에게 관직이 제수되자 그 감격이 남다를 수밖에 없었다.

박불화는 지난 세월의 우울한 기억과 회한들을 한꺼번에 불사르며 아랫입술을 깨물었다. 하지만 복받쳐 오르는 감정을 참지 못하고 결국 뜨거운 눈물을 흘리고 말았다. 기완자는 엎드려 있는 박불화의 어깨를 툭툭 두드려 주었다.

"그대가 아니었다면 내 오늘날 이 자리에 오르지 못했을 것이야. 앞으로 신하로서 황상 폐하를 잘 보필하도록 하라."

"마마의 하해 같은 은혜에 보은하겠나이다."

박불화는 고개를 돌려 문간에 시립한 최천수를 돌아보았다.

"이몸만 관직에 올라, 자네에게는 면목이 없네그려."

그러자 최천수가 얼른 고개를 숙였다.

"괘념치 마십시오. 소인은 마마 곁에 있는 이 자리가 가장 편합니다. 마마께서 곧 천하의 중심이 되실 것인데, 그 옆을 지키기만 해도 천하를 다 얻는 것과 진배없지 않사옵니까?"

기완자는 입가에 엷은 미소를 띠며 두 사람을 번갈아 쳐다보았다.

"그대들은 나의 혈육과도 같다. 앞으로도 변함없이 충성을 다하라."

두 사람은 깊이 머리를 조아렸다. 박불화가 눈물로 얼룩진 눈가를 훔치며 기완자에게 물었다.

"그런데 한 가지 궁금한 것이 있사옵니다. 굳이 백안홀도를 황후에 천거하신 이유를 알고자 하옵니다. 표독하고 성품이 바르지 못한 자가 황후가 되어야 황상 폐하께서 다시 내치지 않겠습니까? 그러면 마마께서 다시 황후 자리에……."

기완자는 고개를 내저었다.

"그녀의 가족들은 모두 죽거나 변방에 나가 있다. 따라서 황후가 된다 해도 우리와 맞설 만한 세력은 만들지 못할 것이야. 게다가 백안홀도 황후는……."

기완자는 거기까지 말하다가 문득 주위를 둘러보았다. 아무도 없는 것을 확인하고는 낮은 목소리로 조용히 말을 이었다.

"백안홀도 황후는 수태를 못하는 몸이야."

두 사람의 눈에 광채가 돌았다.

"그게 정말이옵니까?"

"물론이지. 황후 대신 내가 황자를 생산한다면 황후의 자리도 결국 내게 돌아오지 않겠나?"

"여부가 있겠습니까?"

하지만 박불화는 여전히 미심쩍은 듯 고개를 갸웃거렸다.

"마마께서는 그 사실을 어떻게 아셨는지요?"

"내 미리 어의를 불러 황비들의 수태 여부를 자세히 조사케 했다. 그 중 백안홀도가 수태할 체질이 아니므로 후사 걱정이 없는 데다 연고가 없으니 쉽게 내 사람으로 엮을 수 있어서 내 그를 천거한 것이야."

두 사람은 무릎을 치며 탄성을 내질렀다. 기완자는 예전보다 훨씬 명민했으며 두뇌회전이 빨라 한 박자 앞질러 일을 진행해나가고 있었다. 더구나 세월이 흘러 황궁의 사정을 환히 꿰면서 전체 판세를 읽고 조종할 줄도 알았다.

그녀는 두 눈을 치뜨며 스스로에게 다짐하고 있었다.

"이제는 범을 물리쳤던 그 용을 제거해야지."

"대승상 말씀이옵니까?"

기완자는 대답 대신 고개를 크게 끄덕였다.

"그 자가 있는 한 나는 황후자리에 영영 오를 수 없을 것이야."

"하지만 지금 대승상의 위세는 아무도 대적할 자가 없사옵니다. 더구나 훈구의 공이 있어 황제 폐하께서도 아끼는 신하가 아니옵니까?"

"이번에는 새끼 호랑이를 키워 물리치면 되는 것이야."

3

눈이 내리고 있었다. 하얀 눈이 온 세상을 뒤덮어 화려한 전각들이 모두 하얀 솜이불에 감싸인 듯했다. 그러나 문무백관이 모인 황궁의 어전에서는 날선 긴장감이 감돌고 있었다. 황제가 얼굴을 붉히며 끙, 하고 밀리는 한숨을 내쉬자, 신하들은 숨을 죽였다. 황제는 단단히 노기를 띠고 백안을 내려다보았다.

"대승상의 주장은 너무나 가당치 않소."

"폐하, 소인의 진언을 간과하지 마소서. 장(張), 왕(王), 유(劉), 이(李), 조(趙) 이 다섯 성씨를 가진 자들은 모조리 주살하여 한족들의 기를 단번에 꺾어 놓아야 합니다."

백안은 몽고의 정통 무인 출신으로 원래부터 한족을 업신여겼다. 과거에도 백안은 농업에 종사하는 한인을 추방하고, 그 농지에 소나 염소를 방목하자고 주장하여 황제와 한바탕 언쟁을 벌인 적이 있었다. 그때는 백안이 대승상에 오른 지 얼마 되지 않는 때라 황제가 반대하고 다른 신하들이 황제를 옹호하므로 그의 주장은 유야무야 되었다.

백안은 평소 몽고족에 대한 종족적 우월성을 지니고 있었고, 승상직에 오르자 그 신념을 펼치기 시작했다. 특히 그는 한족들이 관직에 나오지 못하도록 과거제도를 폐지하자고 주장했다. 그러자 참정(參政) 허유임(許有任)과 어사(御使) 여사성(呂思誠) 등이 반대하고 나섰다.

"과거제도를 폐지한다는 조서가 일단 공포되면, 천하의 인재들이 벼슬에 나설 수 있는 길이 끊기게 될 것이며, 특히 한족들의 원한이 깊어질 것이오."

백안은 이렇게 반박하였다.

"만약 과거제도를 계속 실시한다면, 부정과 부패를 끊을 수가 없을 것이오."

그러자 허유임이 나섰다.

"부정과 부패는 과거제도가 만들어 낸 것이 아니오. 과거제도가 없어진다면 사람들은 여전히 부정부패를 일삼을 것이오."

"과거에 급제한 사람들 가운데 쓸 만한 인재는 거의 없소. 내가 보기에는 조정에 참정 한 분만이 재능이 있는 것 같소이다."

그렇게 야유를 퍼부었으나 허유임은 원나라 때 과거를 통하여 관직에 진출한 고관들을 예로 들면서 반박을 계속하였다. 두 사람의 논쟁은 그치지 않았다. 이에 백안은 여러 신하들의 중론임을 내세워 황제에게 강하게 주청했다. 백안의 명을 받은 여러 신하들이 동시에 주청하고 나서니 황제로서도 어쩔 수 없었다. 과거제도를 폐지하고 어사 여사성은 광서(廣西) 지방으로 좌천시켰었다.

이때부터 신하들은 백안의 권세에 새삼 놀라워하며 그에게 잇따라 줄을 대기 시작했다. 그 이후로도 한족에 대한 백안의 강경한 주장은 수시로 터져 나왔다. 하지만 황제는 원의 내실을 다지고 안정적인 정치기반을 확립하기 위해 소수민족의 화합을 강조하는 통치이념을 내세우고 있었다. 특히 근자에 들어 남쪽지방을 중심으로 한족들이 조직적으로 반기를 들 기세를 보이자 더욱 더 그들을 회유할 방법을 찾고 있는 터에 백안이 한족을 멸살시키자고 주장하니 당황하지 않을 수 없었다.

그런데 그가 또다시 한족을 말살하자고 주장하고 있었다. 신하 중 아무도 그를 반대하고 나서지 않았다. 백안에게 올곧은 말을 하던 허유임과 여사성을 황제가 유배 보내었으니 대승상을 막을 방패막이가 없어진 것이다. 그동안 대승상의 권세는 이미 황제와 비견될 만큼 높아서 신하들은 그의 눈치를 보기에 급급했다.

백안은 고개를 들어 의식적으로 좌중을 둘러보았다.

"누구 다른 의견 있소이까?"

백안이 양 미간을 찌푸리며 얼굴을 실룩이자 그의 굵은 턱수염이 부르르 떨렸다. 주위로 차가운 냉기가 흐르자 신하들은 모두 엎드려 눈치를 살폈다. 황제는 답답한 나머지 긴 한숨을 내쉬었다. 백안은 회심의 미소를 지어 보이며 소리를 높였다.

"폐하. 다른 의견이 없사오니 재가를 내리소서."

그때 한 신하가 목소리를 높였다.

"아니 되옵니다. 폐하!"

한인 출신인 염방사(廉訪使) 단보(段輔)였다. 그는 각오한 듯 헛기침을 하고는 아랫배에 단단히 힘을 주었다. 두 눈에서는 맑은 의기가 흘러 넘쳤고, 오뚝 솟은 콧날은 그의 자존심인 양 곧았다.

"대승상의 주장은 우리 원 제국을 멸망에 이르게 할 것이옵니다."

백안이 눈꼬리를 치켜올리며 단보를 날카롭게 쏘아보았다. 살기등등한 눈길이었지만 단보는 아랑곳하지 않았다.

"이들 다섯 성씨는 예로부터 대성(大姓)이라 하여 한족의 대부분을 차지하옵니다. 이들을 모두 주살하면 원 제국의 백성은 반으로 줄어들 것이옵니다."

황제는 원군을 만난 듯 고개를 끄덕였다. 즉각 백안이 단보를 공격하고 나섰다.

"잘못된 싹은 애초에 잘라버려야 후환이 없는 게요."

"잘못된 싹이라뇨? 이들 성씨들이 원나라 백성의 칠 할을 차지하고 있사옵니다. 이들은 싹이 아니라 처음부터 원나라의 기둥이옵니다."

백안은 얼굴을 붉히며 씩씩거리기만 할 뿐 제대로 반격하지 못했다. 무장인 그가 논리로써 단보와 맞서기엔 역부족이었다. 분위기는 완전히 단보에게로 넘어갔다.

"게다가 백성의 다수를 차지하는 한인들의 민심이 떠날 수도 있습니다. 승상의 안은 마른 섶에 불을 지르는 것이나 진배없사옵니다."

당시 몽고족의 한인에 대한 탄압은 이루 말할 수 없을 정도였다. 몽고의 황제들은 그들의 지배권을 확립하기 위해 몽고인, 색목인, 한인, 남인의 순서로 엄격한 등급을 정해놓고 관직에 등용했다. 이들 네 계급에 대한 구분은 엄격하여 행정과 군사의 요직은 몽고인이 대부분 차지하고, 그 부족한 인원을 색목인으로 보충하는 게 보통이었다.

또한 원나라는 한인과 남인들이 모반을 일으킬까 두려워 각지에 몽고병을 주둔시켰다. 각 고을의 경계 지역에는 많으면 수만 명, 적은 곳에도 수천 명에 달하는 몽고병이 주둔하고 있었다.

그리고 한인과 남인들을 감시하기 위해 갑장제(甲長制)를 실시했다. 갑장제란 한인과 남인의 집 열 가구를 일갑(一甲)으로 하여 일갑이 몽고병 한 사람을 시중들게 했다. 몽고병은 열 가구를 제멋대로 부리는 두목이나 다름없었다. 이들은 한인과 남인들에게 맛있는 요리를 요구함은 물론이고 심지어 사환과 여자까지 요구하는 등 횡포가 심했다.

한인들은 무기를 소유하는 것이 엄격히 금지되었다. 가정에 필요한 식칼까지도 여러 가구에 한 개만을 사용토록 하고 집회와 야간의 외출도 금했다.

한인들은 이에 불만을 품고 조직적으로 저항 운동을 펼쳐나가기 시작했다. 백안은 저항 운동이 날로 거세지자 한인들을 모조리 몰살하자고 주장하고 나선 것이다. 이는 단보 말대로 마른 섶에 불을 지르는 격이 될 게 뻔했다. 그런 조치가 내려지면 무력에 숨죽이며 살고 있는 전국의 한인들이 너도나도 들고일어날 것이었다. 이를 잘 알고 있는 단보는 목숨을 걸고 백안의 주장에 반박하고 나섰다. 황제도 그의 말을 도왔다.

"염방사의 말에도 일리가 있소. 대승상의 주장은 추후로 미루겠소."

백안도 더 이상 억지를 부리지 못하고 조용히 물러날 수밖에 없었다. 어전을 나온 백안은 즉시 별겁아불화(別怯兒不花)를 찾아갔다. 그는 어사대부로서 황제의 총애를 받는 자였다. 키는 백안보다 한 치 쯤 작고 거무튀튀한 얼굴에 자그만 몸집이었지만 눈빛이 형형한 기운을 내뿜고 있었다. 백안은 어사대에 들어서자마자 대뜸 목소리를 높였다.

"단보의 관직을 박탈해야겠소."

"그게 갑자기 무슨 말씀입니까?"

"오늘 어전회의에서 보지 못하셨소? 그는 출신이 한족이라 제 종족을 대변하는 데만 혈안이 되어 있소. 조정에 반감이 깊은 한족들을 규합해 조정을 위험에 빠트릴 수도 있소."

"요즘 한족들의 반란이 잦은 건 사실이오만, 그렇다고 명분 없이 한족 관리의 직을 박탈한다면 한족들의 반감을 더욱 자극하게 되지 않겠소?"

"세상이 시끄러운 때일수록 형벌을 강화하여 민심을 바로잡아야 하오."

"허허, 승상께서는 지금 무고한 관리를 내치려시는 게요. 죄가 있어야 형벌을 적용할 수 있지 않겠소이까?"

"여기저기서 준동하여 원 제국에 맞서는 한족을 두둔하는 것만으로도 단보의 죄는 크오. 지금 한족의 불씨를 잡지 않으면 앞으로 두고두고 큰 화근이 될 것이오."

"그래서 승상께선 단보 일을 어떻게 하자는 말씀이오이까?"

백안은 주위를 휘익 둘러보더니 은밀한 목소리로 말했다.

"나 대신 황상 폐하께 상소를 올려주시오. 단보가 한족과 결탁하여 역모를 꾸미고 있다고 말이오."

"하오나 황상께서 그 상소를 받아들이겠소이까?"

"대부께서는 일단 소를 올려주시기만 하시오. 뒷일은 내가 처리하겠소."

백안이 돌아가자 별겁아불화는 깊은 고민에 빠졌다. 그는 심지가 곧고 사리분별이 뚜렷하여 평소 대소 신료들의 신망을 받고 있었다. 대승상이 돌아가자 한마디로 그의 청을 거절하지 못한 것이 못내 후회스러웠다. 그렇다고 그의 청대로 무고한 신료를 음해하여 소를 올릴 수도 없는 노릇. 그렇다고 소를 올리지 않고 버티다간 자신도 단보와 같이 곤경에 처할 것이 뻔했다. 그는 생각을 거듭한 끝에 와병을 핑계로 자리에 누워 두문불출했다. 어전회의에도 나가지 않을 뿐 아니라, 신료들의 내방도 일체 받지 않았다. 백안도 몇 번을 들렀으나 병상에 누운 그의 모습만 바라보다가 그냥 돌아갔다.

백안은 단보를 궁지에 몰아넣으려던 계략이 무위로 돌아가자 내심 심기가 편치 않았다. 그러던 어느 날 담왕 살살독이 황제를 찾아왔다. 그는 당기세 일당의 반역 모의를 최초로 황제에게 알림으로써 공으로 치자면 그들을 섬멸하는 데 백안 못지않은 공을 세운 자였다. 난이 진압되고, 여러 공신들이 많은 상과 높은 관직을 받을 때 담왕은 일부러 자리를 피했다. 그는 대도성을 떠나 중원 곳곳을 유랑했다. 황제는 요즘 곳곳에서 한족들의 난동이 일자 해법을 찾기 위해 학덕이 높은 그의 견해를 얻고자 했다. 그러나 그의 행방이 묘연한지라 지방 곳곳에 밀지를 내려 강남 지방에서 유유자적하는 그를 찾아냈다. 몇 번이나 황궁으로 불렀지만 거절하는 것을 독만질아를 보내 겨우 불러온 것이다. 황제는 반색을 하며 그를 맞이했다.

"어디에 계시다 이제 오시는 게요?"

"나라가 태평하니 소인 어디서나 편안하여 물러나 있었습니다."

"내 알기에 담왕의 직분은 짐이 명석한 판단을 하도록 도와 천하를 태평케 하는 일일진대 그대가 본분을 망각하고 오랫동안 짐을 떠나 있었으니 그 벌을 물을까 하오. 이제부터는 짐 곁자리를 비우지 못하도록 벼슬을 별로 내릴까 하니 혹 평소 생각해둔 자리가 있거든 기탄 없이 말해보시오."

황제가 웃으며 말을 마치자 백안의 눈자위가 날카롭게 빛났다. 그러나 넌지시 살살독의 마음을 떠보고 싶기도 하여 애써 온화한 표정을 지으며 황제의 말을 거들었다.

"담왕께서는 서슴지 말고 원하는 관직을 말씀하시지요."

살살독을 위해선 대승상 자리까지도 내줄 수 있을 것처럼 온후한 말투였다. 하지만 살살독은 끝까지 벼슬을 고사했다. 마침내 황제도 더는 벼슬을 권하지 못하고 대신 다른 방식으로 논공하기로 했다.

"그대에게 소주(蘇州)의 밭 이백 경(頃)을 하사하겠소."

하지만 살살독은 그마저도 받아들이지 않았다.

"소인은 다만 할 일을 했을 뿐이옵니다. 그런 상은 가당치 않사옵니다."

살살독의 겸손에 황제는 오히려 탄복할 뿐이었다.

"역시 그대는 나의 충실한 신하요. 오늘은 짐이 그대의 고집을 꺾지 못하였으나 다음에는 결코 사양치 마시오."

황제가 특별히 살살독을 친애하여 그에게 많은 상급을 내린 사실은 곧장 궁성 전체로 퍼져나갔다. 그는 명민하고 사리판단이 바른 데다 사심이 없어 황제가 크게 중용할 것이란 소문도 함께 돌았다. 못 되어도 승상자리는 꿰찰 것이라는 게 조정의 중론이었다. 이 소식을 접하고 가장 놀란 자는 바로 백안이었다. 자신이 승상으로 있는데 황제가 총애하는 자를 그와 비슷한 자리에 두려는 것은 자신을 견제하기 위함이라고 파악한 것이다. 그는 걸림돌이 되는 자는 가리지 않고 제거해야만 직성이 풀리는 성격이었다.

"가만 두고 볼 수만은 없지."

그는 급히 심복들을 불러들였다.

4

그날 밤. 황제는 흥덕전으로 건너와 기완자를 찾았다. 새 황후가 책봉됐지만 기완자에 대한 황제의 사랑은 여전했다. 기완자도 변함없는 태도로 황제를 맞이했다.

어느새 황제는 건장한 성년이 되었다. 큰 키와 우람한 체격에 목소리도 굵어져 사내 모습이 완연했다. 그러나 항상 모성애로 안아주는 기완자 앞에 서면 황제는 아직도 수줍음 많고 조용한 소년 같았다. 기완자의 나이 이제 스물셋. 여인으로서 원숙미를 풍기는 나이였다.

황제는 가끔 그녀를 안은 채 손으로 한겹 한겹 옷 벗기기를 좋아했다. 몇 겹의 옷가지들을 벗겨낼 때마다 그녀의 중심에 다가가고 있다는 설렘이 가슴을 조아리게도 하고 때론 마음 가득 흐뭇함을 안겨주기도 했다. 그가 조용조용 옷가지를 젖히자 버드나무처럼 낭창낭창하고 풍만한 몸매가 아찔하게 드러났다. 머리를 장식하고 있는 비녀와 고고관을 벗겨내자 머릿결은 한여름의 숲처럼 검고 풍성하게 흘러내렸다. 울창한 수풀 같은 그녀의 머릿결이 황제의 뺨과 목덜미를 스칠 때마다 황제의 심장 박동은 빨라지고 호흡은 거칠어졌다. 황제는 아기가 어미의 젖을 빨듯 혹은 달콤한 과육을 베어 물듯, 기완자의 몸에 매달렸다. 둘은 금침 위에서 뒹굴며 서로를 탐하고 즐기며 밤을 꼬박 새웠다.

서늘한 밤기운에 식어내린 대지 위로 푸른 바람이 일었다. 침상에 드리운 얇은 휘장을 흔들며 스며든 한줄기 시원한 바람이 뜨겁게 달구어진 그들의 몸뚱이를 식혀주었다. 황제는 땀에 젖은 기완자의 어깨를 부드럽게 쓰다듬었다.

"내, 그대를 황후의 자리에 앉히지 못한 게 두고두고 아쉬울 뿐이다."

기완자의 목소리가 가늘게 떨렸다.

"소인에게는 과한 자리이니 연연해하지 마소서."

"짐은 그대가 곁에 있어 항상 마음이 든든하다."

황제는 다시 뜨겁게 달구어진 손을 기완자의 가슴으로 가져갔다. 그때 문밖에서 조심스럽게 기침하는 소리가 들렸다. 황제가 침실에 들면 환관들이 웬만해선 기척을 보이지 않는다. 그럼에도 야심한 시각에 소란을 피우는 것으로 보아 필시 급한 일이 생긴 게 분명했다.

곧이어 어전 태감의 낮은 목소리가 들려왔다.

"황상 폐하, 급한 소식이옵니다."

황제는 나른하게 감았던 눈을 번쩍 떴다. 어전 태감은 방문 밖에서 외쳤다.

"담왕 살살독께서 자결하셨다 하옵니다."

"뭐야?"

황제는 얼른 비단 천으로 몸을 가리고 침소를 나와 태감을 들게 했다.

"자세히 말해보아라."

"담왕 살살독께서 거처에서 목을 매 자결하신 것을 궁녀가 발견하였사옵니다."

황제는 아연실색했다. 도무지 믿기지 않는다는 듯 창백해진 그의 얼굴에 어지러운 파문이 일었다. 그때 옷을 챙겨 입은 기완자가 천천히 침소에서 나왔다. 그녀는 의외로 침착한 목소리로 말했다.

"담왕은 자결할 어른이 결코 아닙니다."

황제도 고개를 끄덕였다.

"짐도 그렇게 생각한다. 그는 의지가 굳은 자야."

기완자는 잠시 생각을 정리하다가 이내 어전 태감에게 명했다.

"어서 독만질아를 불러오라."

즉시 독만질아가 달려왔다.

"담왕 살살독이 자결했다는 소리를 들었느냐? 그는 자결할 사람이 아니다. 필시 다른 음모가 있을 것이니 속히 살살독의 집에 누가 오갔는지 파악하도록 하라."

잠시 뒤에 독만질아가 다시 왔다. 그의 목소리는 낮고 급했다.

"진왕 백안께서 다녀가셨다 하옵니다."

황제와 기완자는 어안이 벙벙한 채 서로 마주보았다.

"뭐야, 백안이?"

황제는 눈이 휘둥그레져서 턱을 내밀고 둔기에라도 맞은 듯 신음소리를 냈다. 기완자가 냉정하게 생각을 정리했다.

"이는 필시 백안의 소행이 분명하옵니다. 이유는 알 수 없으나 살살독을 협박하여 자결하게 만든 것이 분명하옵니다."

황제는 침통함과 분노가 뒤섞인 얼굴로 눈을 감았다. 그의 미간이 좁혀지고 두 손이 가늘게 떨리는 걸 지켜보며 기완자도 백안에 대해 경계를 늦추지 않아야겠다고 내심 다짐했다. 하지만 다시 생각해보니 그가 살살독을 죽인 것은 오히려 스스로 덫을 친 것과 진배없었다. 오늘 전해들은 비보로 황제는 백안을 더 이상 신뢰하지 않을 것이다. 아침 일찍 비통한 얼굴로 홍덕전을 나선 황제와는 달리 기완자의 얼굴에는 회심의 미소가 피어났다.

살살독의 죽음을 접한 황제는 급히 어전회의를 소집하여 살살독의 장례를 명했다. 하지만 그의 죽음에 대한 진상을 밝히는 일은 일부러 하지 않았다. 백안의 소행임을 짐작한 이상, 부러 그를 자극할 필요는 없었다.

혼자 남은 기완자는 잠을 깨기 위해 목욕을 했다. 탕 속에 재스민을 띄우고 몸을 담갔다. 밤을 새워 나눈 통정의 흔적이 감미로운 재스민 향속에 지워졌다. 그녀는 뜨거운 물이 피워올린 훈김을 들이마시며 고개를 뒤로 젖혔다. 그 순간 이상한 시선이 느껴져 얼른 고개를 돌리는 찰나 어떤 눈동자와 딱 마주치는가 싶더니 황급히 사라졌다.

"누구일까? 나를 몰래 훔쳐보는 눈동자라……."

궁녀들이 훔쳐볼 리는 없다. 그렇다면? 기완자의 생각이 어디까지 미치다가 이내 고개를 내저었다. 그녀는 괜한 생각을 한다 싶어 피식 웃고 말았다. 그녀는 가뿐해진 기분으로 탕에서 나왔다. 대기해 있던 궁녀들은 속히 훤히 비치는 자색 옷을 기완자에게 입혔다. 숨이 잘 죽은 긴 치마자락 속으로 그녀의 풍만한 몸매가 그대로 드러났다.

내실에 들자 최천수가 기다리고 있었다. 그는 알몸이 훤히 드러난 기완자의 모습을 보자 얼른 옆으로 고개를 돌렸다. 기완자는 저절로 피어나는 웃음을 가리기 위해 손을 입으로 가져갔다. 살짝 바른 분내음이 주위로 퍼져 내실에는 은근한 향취가 감돌았다. 최천수는 고개를 돌린 채 비단 보자기에 싼 상자를 앞으로 내밀었다.

"이것이 무엇이냐?"

"복분자이옵니다."

"복분자라? 처음 듣는 것이구나."

"산야에 자생하는 나무딸기 열매를 뭉쳐서 말린 것입니다. 이걸 드시오면 남자는 신기(腎氣)가 허하고 정(精)이 고갈된 것에 좋고 여자는 임신되지 않는 것을 치료한다 하옵니다."

"그럼 내가 이걸 먹으면 수태를 할 수 있다는 말이냐?"

"물론이옵니다. 황상 폐하와 함께 드시오면 쉬이 수태를 하실 겁니다. 제가 사람을 시켜 어렵게 구한 것이옵니다."

기완자가 흡족한 표정으로 상자를 받아들였다.

"시국이 어수선하고 마마의 자리가 불안할수록 속히 황자를 생산하셔야 합니다. 그분이 황자가 되시면 마마님은 자연히 황후의 자리에 오르실 수 있습니다. 또한 황자께서 황상의 자리에 오르시게 되면 우리 고려가 원나라를 지배하는 것과 다름없지 않사옵니까?"

"그대 말이 백 번 지당하다. 내 수태를 하면 그 은혜를 잊지 않을 것이야."

그날부터 기완자는 최천수가 가져온 복분자를 밤마다 황제와 함께 먹으며 서로가 지쳐 쓰러질 때까지 운우지정을 쌓아갔다. 그 덕이었는지 기완자는 얼마 지나지 않아 태기를 보였다. 속이 메슥거리고 머리가 어질어질해 어의를 불렀는데 맥을 짚던 어의가 목소리를 높였다.

"감축 드리옵니다. 수태를 하셨사옵니다."

소식은 즉각 황실에 전해졌다. 황제는 기뻐하며 큰 잔치를 베풀었다. 그럴수록 최천수의 경계는 더욱 단단해졌다.

"이제부터 각별히 몸을 조심하셔야 될 것입니다."

수태를 하고부터 그녀의 태도는 달라졌다. 우선 줄곧 신경을 곤두세우던 황실 주변의 복잡한 정무에서 관심을 끊어버렸다. 태아를 위해 신경을 졸이며 애를 쓰는 일은 일체 피했다. 대신 아름다운 곳을 부러 찾아다녔다. 그녀가 자주 찾은 곳은 적수담 부근의 아담한 호수였다. 그 호숫가에는 살구꽃과 복사꽃, 진달래와 이름 모를 꽃들이 푸른 수면 위로 화사하게 늘어져 있고, 어디선가 하얀 꽃씨들이 바람을 타고 눈송이처럼 흩날려 별천지와도 같은 장관을 이루고 있었다. 연못 위에 놓인 아미 모양의 다리에 올라 주위를 둘러보며 가만히 배를 어루만졌다.

"황자께서는 아름다운 것만 보시고, 아름다운 것만 생각하옵소서."

흥덕전에 들어서는 서책을 보는 데만 열중했다. 주로 읽는 것은 《여효경(女孝經)》과 사서(四書)들이었다. 특히 《여효경》과 사서를 읽으며 역대 황후의 훌륭한 덕행을 공부하고, 황제로서 갖추어야 할 덕목을 열심히 익혔다. 이 모든 것은 뱃속에 있는 태아를 위해서였다. 훌륭한 황자를 낳기 위한 기완자의 집념은 무서울 정도였다. 날마다 몸에 좋은 음식과 차를 마시고, 황궁의 악궁들을 불러들여 은은한 당비파를 들으며 원망과 증오를 다스렸다.

봄볕이 따뜻해지자 오랜만에 융복궁을 찾은 기완자는 태액지 호수를 바라보며 출산할 날들을 헤아리고 있었다. 그때 궁녀 하나가 차를 내왔다. 기완자는 차를 마시기 좋게 잠시 식힌 후 잔을 들어 올렸다. 그러자 최천수가 갑자기 앞으로 나섰다.

"잠깐만 멈추소서."

찻잔을 입으로 가져가던 기완자는 무심결에 손을 멈추고 최천수를 돌아다봤다. 최천수는 궁녀를 날카롭게 쏘아보고 있었다.

"처음 보는 아이구나. 어떻게 여기에 왔느냐?"

순간 궁녀가 눈을 내리깔았다. 최천수는 기완자가 들고 있는 잔을 뺏어 혀를 찻물에 담갔다. 잠시 맛을 보던 최천수의 동공이 풀리는가 싶더니 이내 혀를 옆으로 빼물며 그 자리에 맥없이 쓰러졌다. 기완자가 얼른 부축하려 했으나 최천수는 그대로 땅에 나뒹굴고 말았다.

"최 태감! 왜 그러느냐?"

최천수는 한 손을 들어 부르르 떨더니 겨우 입술을 달싹거렸다.

"저 궁녀를 속히 잡아들이소서."

기완자가 얼른 고개를 들었다.

"어서 저년을 잡아들여라."

즉시 옆에 있던 궁속들이 궁녀를 잡아 무릎을 꿇렸다. 그동안 기완자는 의원을 불러 최천수를 진맥토록 했다. 그는 이미 혼절하여 숨결이 불규칙했다. 얼굴은 납빛으로 하얗게 질려 있었고, 온몸에 땀이 가득했다. 최천수는 오후가 될 때까지 깨어나지 않았다. 의원이 진맥을 보았지만 고개를 내저을 뿐이었다.

"극독이 온몸으로 퍼졌습니다. 해독하기엔 너무 늦었습니다."

"안 되겠다. 어의를 불러야겠다."

기완자는 다급한 소리로 외쳤다. 그러자 박불화가 고개를 내저었다.

"황상 폐하를 진료하는 어의이옵니다. 태감을 진맥하다니요? 있을 수 없는 일이옵니다."

하지만 기완자의 의지는 완고했다.

"내가 청하면 황상께서도 허락하실 게야."

그녀는 주위의 만류에도 불구하고 황제의 허락을 얻어 기어이 어의를 불러들였다. 어의는 몸에 퍼진 독을 해독하기 위해 황실에서만 쓰는 청미래덩굴을 처방했다. 기완자는 달인 약을 직접 최천수의 입에 흘려 넣으며 소리 없이 눈물을 흘렸다.

처음으로 최천수의 처소에 들어온 그녀는 만감이 교차했다. 흥덕전에 들어온 지가 한두 해가 아닌데 그녀는 그의 처소가 어디에 있는지조차 알지 못했다. 장식물이라곤 하나 없는 스산한 그의 처소에 들어와 생사의 길을 넘나들고 있는 그를 바라보자니, 어릴 적부터 함께 했던 시간들이 주마등처럼 겹겹이 머리를 스치고 지나갔다. 그는 한때 원대한 포부를 품고 검을 차고 고려 전역을 방랑했던 무사였다. 그런데 자신을 만나 시위무사로 자청하고부터는 그런 포부를 다 버린 듯했다. 오로지 그녀를 지키는 일에 몰두할 뿐 다른 곳에는 일체 관심을 두지 않았다. 잠 자는 시간 외에는 하루 종일 기완자 곁을 떠나지 않았다.

"최 태감, 이렇게 허무하게 가서는 아니 되네. 자네 없이 내가 이 호랑이 굴에서 어찌 살아가겠나?"

그녀는 최천수의 귀에 대고 간절한 마음을 전했다. 뒤늦게 최천수의 누이인 하영이 소식을 듣고 달려왔다. 그녀는 누워 있는 최천수의 손을 꼭 잡고는 흐느끼기 시작했다. 나중에야 그 옆에 기완자가 앉아 있는 것을 보고는 예를 갖추어 인사했다.

"소인이 불충하여 마마께서 계신 줄도 몰라보았습니다."

"괜찮다."

하영은 몸을 숙인 채 고개를 들었다.

"마마, 여기는 소인이 지키겠사오니, 마마는 내전에 드시옵소서. 말이 많은 황궁이옵니다."

걱정이 되기는 하영도 마찬가지였다. 가족들이 모두 몰살을 당하고 유일한 피붙이인 오라비와 함께 이곳 이역만리에 함께 있으니 그 정이야 오죽하랴. 그녀 또한 두 눈이 벌겋게 충혈된 채 속으로 눈물을 삼키고 있었다.

"마마께선 홀몸이 아니시옵니다. 속히 내전에 드소서. 시기하는 무리들의 귀에 들어갈까 두렵습니다."

하영이 재차 재촉했지만 기완자는 끝내 자리에서 일어나지 않았다. 그때 최천수의 입에서 가는 신음이 새어나왔다. 그리고는 힘없이 눈을 떴다.

"오라버니 괜찮으세요?"

기완자의 정성이 지극했던 것인지, 아니면 청미래덩굴의 약효가 들었는지 최천수는 꼬박 사흘 만에야 의식을 회복했다. 그는 깨어나서도 누이 대신 기완자부터 찾았다.

"마마께선 무탈하신지요?"

기완자가 천천히 고개를 끄덕였다.

"그래. 깨어나 줘서 고맙다."

"그 궁녀는 문초를 하셨사옵니까?"

"내가 직접 문초를 했다만 도무지 입을 열지 않는구나."

최천수는 의식을 찾긴 했으나 얼굴색은 납빛이었고 입술이 허옇게 말라붙어 입을 제대로 떼지 못했다. 얼굴에 식은땀이 맺히자 기완자가 손수 수건을 들어 얼굴을 닦아주려 했다.

"괜찮사옵니다, 마마."

최천수가 무거운 손을 들어 얼굴을 가리려다가 그만 기완자의 손을 잡고 말았다. 순간 그의 얼굴이 붉어지며 잠시 미동도 없이 가만있더니 이내 손을 놓았다. 어색하고 당황한 표정이 역력했다. 기완자 대신 하영이 수건으로 이마에 맺힌 땀을 닦아주었다. 그때 태감 하나가 급히 흥덕전으로 달려왔다.

"옥에 가둔 죄인이 혀를 깨물고 자결했다 하옵니다."

기완자는 두 눈을 부릅뜨며 아랫입술을 깨물었다.

"독한 것!"

"누가 이 일을 시켰을까요? 혹 백안이 아닐는지요?"

기완자는 고개를 내저었다.

"내가 그자에게 원한 산 일이 없거늘 나를 독살할 까닭이 없지 않느냐? 더구나 그는 한때 변방을 호령했던 장수가 아니더냐? 아녀자를 독살하려 하는 것은 대장부가 할 일이 아니지."

최천수가 자리에서 일어나자 하영은 원래 몸담고 있는 자리로 돌아가야만 했다. 그녀는 융복궁의 내문학관(內文學館) 궁녀로 있는데, 환관의 허락을 얻어 잠시 나왔던 것이다. 하영은 오라비 최천수의 손을 꼭 잡고는 나직이 말했다.

"부디 몸조심하셔요."

그리고 기완자에게도 공손히 절을 올리고는 자리를 떠났다. 기완자는 두 남매의 모습을 안타까운 표정으로 바라볼 뿐이었다.

최천수가 깨어났다는 소식을 듣고 독만질아가 달려왔다. 최천수를 본 독만질아는 무척이나 기뻐했다. 기완자는 모처럼 한자리에 모인 최천수와 박불화, 그리고 독만질아를 바라보며 진지하게 말했다.

"이런 위태한 고비를 앞으로 몇 번이나 더 겪어야 할지는 모르겠소만, 내가 황자를 생산해 황위를 이을 때까지 누구든 신의를 저버리는 일이 없길 바라오."

이야기를 듣던 독만질아는 표정이 흐려졌다. 그는 한숨을 내쉬며 입을 뗐다.

"마마! 아뢰옵기 황송하오나……."

기완자가 의아한 눈으로 그를 바라보았다.

"내 말이 잘못되었는가?"

독만질아는 한참을 망설이다가 겨우 입을 떼었다.

"소인들이야 마마께 목숨을 맡겼으니 달리 걱정하지 않으셔도 되옵니다만, 황위 문제라면 좀 처지가 다릅니다요. 황실의 법도에 의하면 마마께서 황자를 생산하시더래두, 그분은 황위에는 오를 수가 없사옵니다."

기완자의 눈이 크게 벌어졌다.

"무엇이라 했소? 황위에 오를 수 없다니, 그게 무슨 말이오?"

독만질아는 주위를 재빨리 둘러보았다.

"이건 황실의 극비 사항인지라……."

그는 목소리를 한껏 낮췄다. 이야기를 듣는 기완자의 입이 크게 벌어지더니 급기야 탄식이 흘러나왔다. 놀라기는 최천수도 마찬가지였다.

"이제야 찻잔에 독을 넣은 자가 누군지 알겠구나."

그녀가 황후가 되려는 것은 자신이 낳은 아들을 원나라 황제에 앉히기 위해서였다. 고려인의 핏줄이 흐르는 황자가 원나라 황제의 자리에만 오른다면 이는 곧 고려가 천하를 호령하는 것과 진배없다고 생각했다. 기완자는 공녀로 끌려오면서 당했던 수치와 모욕을 원나라를 호령하며 온전히 갚고 싶었다. 자신의 아들이 황제가 되는 날, 고려에 당했던 배신의 아픔도, 원나라에서 받아왔던 수치와 통분도 모두 씻어버릴 수 있을 것이라 생각하며 지금까지 버텨왔다. 그런데 그 꿈이 산산조각 나려는 현실을 받아들일 수 없었다. 그녀는 탁자를 내리치며 자리에서 벌떡 일어났다.

"그 문제는 황상께 확인해야겠다."

그러자 독만질아가 앞을 막아섰다.

"지금은 아니 되옵니다. 때를 기다리소서."

"때를 기다리라니?"

"마마께서 황자를 생산하시고, 황상께서 그 아드님을 품에 안게 되면 생각이 바뀔지도 모르지 않습니까?"

기완자는 고개를 끄덕이며 다시 의자에 앉았다. 하지만 얼굴은 여전히 홍시 빛으로 달아올라 있었다. 그녀는 눈을 감으며 가늘게 중얼거렸다.

"반드시 내 아들을 황제의 자리에 앉히고 말 것이야."

5

순제 6년인 1339년 9월, 기완자가 드디어 황자를 낳았다. 황자에게는 애유식리달렵(愛猷識理達獵)이라는 이름이 주어졌다. 기완자가 낳은 애유식리달렵은 황제가 안은 첫아들이었다. 기쁨을 감추지 못한 황제는 성대한 황자 탄생 진연을 벌였다.

진연에 나와 앉은 기완자는 전통 몽고식과는 전혀 다른 옷을 입고 있었다. 바로 고려 옷이었다. 황금색 봉황 무늬를 수놓은 저고리와 열두 폭 주단치마 위에 포를 덧입고 머리에는 몽수를 드리웠다. 몽수의 길이는 여덟 자가 넘는데, 머리 위에서 발끝까지 늘어뜨리고 나머지는 자연스럽게 땅에 끌리게 하니 그 화려함이 극에 달했다. 전체적인 옷 모양은 둥근 어깨선과 넉넉한 소매폭에 저고리 길이를 짧게 해 긴 고름을 달았고 폭 넓은 치마를 길게 늘어뜨렸다. 거기에 몽고의 복식 일부를 가미하여 두루마기나 저고리, 치마에 두른 선을 없애니 중후

하면서도 위엄이 느껴졌다.

　기완자가 자신뿐만 아니라, 시중을 드는 시녀들까지 고려 옷을 입혀 대동하니 진연장은 마치 화려한 꽃의 무리가 펼쳐 있는 듯했다. 잔치에 나온 황후와 여러 비빈들의 시선이 기완자에게 모아졌고, 황족과 대신들도 기완자의 색다른 복장에서 눈을 떼지 못한 채 탄성을 연발했다.

　기완자는 잔칫상에도 의도적으로 고려 음식을 대거 올렸다. 대표적인 음식이 수단(水團)이라는 떡이었다. 수단은 쌀가루와 밀가루를 반죽하여 경단같이 만든 다음 끓는 물에 삶아 냉수에 헹궈서 물기를 없앤 뒤 꿀물을 넣고 실백을 띄운 것으로, 한번 맛을 본 신하들은 그 맛을 잊지 못할 정도로 별미였다. 음식이 동이 나자 기완자를 모시는 한 궁녀는 고려의 학자 이색(李穡)이 지은 점서(粘黍)라는 시를 읊어 그 맛을 소개하기도 했다.

　　누가 알까 떡의 향기를
　　황금빛이 면(面)에 넘치네.
　　팥소를 넣어서 배가 부르며
　　먹기 쉬워서 배고픔에 좋네.

　여기에 고려 음식이 하나 더 있었으니 바로 상화(霜花)라는 증편이다. 상화는 밀가루를 부풀려 채소로 만든 소와 팥소를 넣고 찐 것이다. 원의 만두나 찐빵을 고려에서 독특하게 변형시킨 음식을 다시 몽고에 소개한 것이다.

기완자는 황실과 대신들이 대거 한자리에 모이는 진연 자리에서 옷과 함께 고려 음식을 소개하여 고려에 대한 사람들의 인식을 바꾸려 했다. 앞으로 황자의 황위 계승에 가장 큰 걸림돌인 신분상의 제약을 쉽게 풀 수 있는 열쇠는 무엇보다 기완자 모자가 황족의 일원이라는 것을 인정받는 것이었다. 그러기 위해서는 낯선 고려의 풍속을 조금씩 황실에 선보여서 이들이 고려에 친숙해지도록 이끄는 게 급선무라고 생각했다.

진연에서 고려 복식을 선보인 기완자는 출행 시에는 물론, 평상복도 고려 식으로 입었다. 기완자의 우아하고 화려하고 품격이 높은 자태에 압도당한 비빈들과 사대부가의 부인들은 앞 다투어 고려 옷을 장만해 입었다.

이후 대도성에는 고려식 복장이 유행하더니 오래지 않아 멀리 원나라 곳곳으로 번져나갔다. 물론 예전에도 공녀로 끌려온 많은 여자들로 인해 도성 인근에서 고려식 복장을 간간이 볼 수 있었지만 그런 옷은 여염집 복장이 대부분이어서 격이 낮아 눈길을 끌지는 못했었다. 그러나 진연 이후 원나라 여인들은 고려풍 옷차림을 자랑으로 여기게 되었다.

잔치가 끝난 후, 홍덕전을 찾은 황제는 황자를 손수 품에 앉았다. 자신을 쏙 빼닮은 아기의 모습이 황제의 마음을 더욱 기쁘게 했다.

황자를 낳은 후로 그들 사이는 더욱 좋아졌다. 조회가 없는 날이면 황제는 기완자와 어린 황자를 데리고 홍성궁 근처의 태액지를 찾았다. 우윳빛 안개가 부드럽게 주위를 감싸는 이른 아침에 연못에 배를 띄우고는 이슬을 머금은 홍백의 연꽃이 눈부시게 피어나는 광경을 감상하곤 했다.

　요리를 준비하는 배에서는 아침식사를 준비하느라 부산했고, 그 옆에는 음식을 운반할 작은 배가 대기해 있었다. 충익시위군이 탄 배들이 연못 곳곳에 점점이 떠 있고, 악사를 태운 배에서는 연꽃을 깨우는 양 조용한 선율이 흘렀다.

　기완자는 황제에게서 황자를 받아 안더니 잠시 어두운 표정이 되며 눈물을 머금었다. 지켜보던 황제가 웃음을 거두고 당황한 표정으로 건너다보았다.

　"아니, 황비는 오늘같이 기쁜 날 웬 눈물을 보이는고?"

　"우리 황자의 앞날이 암담하여 눈물이 나옵니다."

　"황자의 앞날이 암담하다니, 그게 무슨 말인가?"

　기완자는 대답 대신 고개를 푹 숙이더니 아예 흐느끼기 시작했다. 곁에 있던 유모가 황급히 황자를 넘겨받았다. 기완자는 더욱 소리를 높이며 울었다. 고요한 아침의 평화가 흩어지고 있었다. 황제는 당황한 표정으로 기완자의 고개를 들었다.

　"무슨 일인지 속히 말해 보거라."

　"소첩 이미 들어 알고 있사옵니다. 앞으로 황위를 연첩고사에게 양위하기로 약조를 하셨다지요?"

　연첩고사는 원래 이름이 길자답납(吉刺答納)이었다. 그는 문종의 아들로서 지금 황제인 순제의 사촌동생이기도 했다. 문종은 당시 실권자인 태평왕 연철목아에게 신임을 보이기 위해 연첩고사를 그에게 양아들로 주었다. 그 후 문종이 세상을 떠나자 연첩고사를 황제로 세우려 했지만 나이가 너무 어려 명종의 차남, 즉 지금 황제의 동생인

의린질반(懿璘質班)이 즉위하였다. 그가 바로 영종이었다. 하지만 그마저 즉위 열하루 만에 세상을 떠나자 태평왕 연철목아는 양아들인 연첩고사를 황제로 내세우려 했다. 하지만 문종의 황후, 즉 지금의 황태후가 연첩고사는 아직 어리다며 반대하고 나섰다.

"선대 황제도 불과 일곱 살의 나이로 황제에 등극하여 요절하지 않았습니까? 그보다는 나이가 좀더 많은 자를 황제로 내세워야 합니다."

그렇게 반대를 한 것은 자신의 아들이 당장 황제가 된다 하더라도 연철목아의 허수아비가 되거나 곧바로 죽임을 당할 것을 염려했기 때문이다. 먼저 명종의 아들인 타환첩목이(妥懽帖木邇;지금의 황제)에게 황위를 물려준 뒤, 황권이 어느 정도 안정된 후에 그를 몰아내고 아들을 황제로 앉힐 심산이었다. 그런 의도를 알지 못하는 연철목아는 의아한 표정을 지어보였다.

"허나 연첩고사는 황후 마마의 아드님이 아닙니까?"

"우선 광서(廣西)에 유배가 있는 타환첩목이를 황제로 세우세요. 그런 다음 우리 연첩고사가 양위 받으면 되지 않습니까?"

타환첩목이는 바로 지금의 황제인 순제였다.

"타환첩목이가 순순히 황위를 양위할까요?"

"여러 사람이 보는 앞에서 서명을 받아두면 될 것이오. 거기에 서명하는 조건으로 황제 자리를 준다면 굳이 마다할 리 없을 겁니다."

그렇게 지금의 황제는 다음 양위를 황태후의 아들인 연첩고사에게 양위하는 조건으로 어렵게 황제의 자리에 오를 수 있었던 것이다. 황제는 그 약조를 똑똑히 기억하고 있어 다른 말을 할 수가 없었다.

"그건 어쩔 수 없는 일이었다. 짐이 황위에 오르기 위해 태평왕 연철목아와 황태후의 말을 들어야만 했던 것이야."

"그들은 황상을 조종하기 위해 연첩고사에게 양위케 한 것입니다."

"나도 그걸 모르는 바가 아니다. 하지만 황위를 지키는 게 먼저였던 게야."

"연철목아는 이미 죽었고, 황태후 또한 연로하시니 이제 그 약조를 거두심이 가하지 않겠나이까?"

기완자는 슬쩍 황제의 표정을 살폈다.

"짐이 직접 약조한 일이니 스스로 깰 수는 없다. 비록 서명의 당사자인 당기세 형제는 물러갔으나 그 일을 주도하신 황태후께서 아직 정정하시지 않느냐? 비록 나의 숙모님이시긴 하나 어머니로 여기며 모시고 있는 분이시니 짐이 어찌 그분의 명을 거역할 수 있겠느냐?"

"그건 강압적으로 이루어진 약조가 아닙니까?"

"그래도 약조는 약조인 것. 황태후의 명을 거역하면서까지 황실의 법도를 깰 수는 없다."

싸늘하고 비정한 말투였다. 기완자는 이마가 바닥에 닿을 정도로 몸을 숙였다.

"너무하십니다. 폐하!"

그녀는 보모가 안고 있던 황자를 받아 안고 건너편 배로 건너갔다. 그리고는 곧장 배를 저어 흥덕전으로 들어가 버렸다.

연첩고사가 황제가 되면 어떻게 되겠는가? 그가 아들 애유식리달렵을 그대로 놔둘 리가 있겠는가? 자리가 흔들릴 걸 두려워하여 제거할 게 분명했다. 기완자는 연민의 눈으로 아들 애유식리달렵을 내려다보았다. 감당하기 어려운 숙명을 타고난 게 못내 안타까울 뿐이었다. 황제가 되어야만 살아남을 수 있는 기구한 운명을 타고난 것이다.

그녀는 박불화와 독만질아를 불러오게 했다. 고려인 태감과 관리가 한자리에 모이자 기완자는 주위를 모두 물렸다.

박불화가 먼저 생각을 풀어놓았다.

"연첩고사와 백안, 이 두 사람을 한꺼번에 칠 수 있는 계책을 만들어야 하옵니다."

"그자들을 한꺼번에?"

"연첩고사는 아직 차기 황제로 봉해진 것이 아니므로 그의 실권은 미약합니다. 더구나 그를 차기 황제로 옹립하기로 약조한 자리에 있던 사람들 가운데 몇몇은 이미 이 세상 사람이 아닙니다. 지난 3월에는 고려왕마저 세상을 떴습니다."

고려왕 충숙왕은 1339년 3월에 죽었다. 충숙왕은 즉위 전부터 줄곧 원나라에 머물러 있었다. 모후 역시 몽고 여자였던 까닭에 그에게는 원나라가 고려보다 훨씬 친근했다. 그러나 선왕인 충선왕이 갑작스럽게 왕위를 선양하는 바람에 엉겁결에 고려왕이 되었다. 그는 처음부터 왕이 되고 싶지 않았다. 몇 년 후 국왕의 자리에 염증을 느낀 충숙왕은 맏아들인 충혜왕에게 왕위를 넘겼다. 하지만 충혜왕은 한 나라를 통치할 자질을 갖추지 못했다. 성격마저 포악하여 정사를 폐하고 아녀자들을 마구 능욕했다. 원나라에선 충혜왕을 대도성으로 소환하고 충숙왕을 복위시켰다.

왕위에 있는 동안 충숙왕의 삶은 순탄치 못했다. 심양왕 왕고의 위협과 원나라의 간섭에 시달리며 마음고생이 심했다. 이 때문에 몸이 많이 쇠약해져 죽음에까지 이른 것이다. 그는 죽으면서 보위를 맏아들 충혜왕이 맡도록 유언했다. 그러나 당시 충혜왕은 원나라 대도성에 머물고 있었다.

독만질아가 은밀한 목소리로 말했다.

"이미 두 사람을 칠 빌미는 잡은 것 같습니다. 최근에 태어나신 황자를 의식해서인지 연첩고사가 백안에게 줄을 놓아 접촉을 하고 있다 들었나이다."

"백안에게? 백안이라면 태평왕 일가를 멸문케 했는데, 설마 연첩고사가 집안 원수에게 줄을 대는 게 당키나 한 일이겠느냐?"

"그렇지가 않사옵니다. 백안은 몽고족의 혈통을 누구보다 중시하는 자이옵니다. 황위 다툼에 부모를 죽인 원수인들 도움이 된다면 마다하겠나이까? 더구나 연첩고사로서는 자신을 옹립해준 측근들이 역도로 몰려 죽임을 당한 형편 아니옵니까? 현재로서는 지푸라기라도 잡고 싶은 심정일 것이옵니다."

"연첩고사는 백안에게 나라의 반쪽을 주는 한이 있더라도 황제 자리에 오르려 할 거야. 다른 증인들이 더 죽기 전에 서두를 게 분명하다."

좌중에는 이제 희색이 돌았다.

"그들이 서로 아교처럼 붙어 작당하게 놔두고 이쪽에서는 거미줄을 만들면 될 것이옵니다."

"거미줄이라……. 함정으로 유도하잔 말이지?"

기완자가 가늘게 중얼거리자 박불화가 끼어들었다.

"거미줄만 쳐서는 곤란하옵니다. 그 줄에 백안이 걸려드는 즉시 때려잡을 장사를 먼저 구해야 하옵니다. 백안이 상상하지도 못할 적을 기르자는 것이지요. 백안의 심복이나 친척 중에서 찾는 것이 좋을 듯 하옵니다."

"그의 새끼 호랑이를 길러 용를 물리친단 말이지?"

"그러하옵니다."

기완자는 가늘게 입술을 씰룩이며 야릇한 미소를 지어 보였다.

"새끼 호랑이라……."

6

백안은 그의 조카인 탈탈과 함께 사냥을 즐기고 있었다. 탈탈은 두 눈이 움푹 파이고 눈빛이 형형해 명민하면서도 강한 인상을 주었다. 귀에서 턱으로 이어진 구레나룻은 검정빛으로 윤이 났다. 키는 긴 활도 두 개를 이은 것보다 컸고, 두 주먹은 족히 사람 얼굴만큼 커서 황소라도 때려잡을 수 있을 것 같았다.

두 사람은 통주(通州) 부근의 백하강(白河江)으로 향했다. 백하강은 대운하 통혜하(通惠河)로 흘러 대도성의 적수담을 채우는 수원이었다.

두 사람이 강을 끼고 돌아 숲에 들어서자 안내자가 미리 대기하고 있었다.

"어서 오십시오. 대승상 나리!"

그들 뒤로 군사들이 사냥개와 함께 석궁을 갖추고 뒤따르고 있었다. 이들은 담비 사냥을 나선 것이다. 백하강 부근에 서식하고 있는 담비는 가죽이 좋아 중요한 사냥감이었다. 안내자는 담비가 지나다니는 길을 정확히 꿰고 있었다. 그가 가리키는 길목에 석궁을 설치하고 기다리다가 담비가 나타나면 정확히 쏘아 맞히면 되는 것이다. 이때 무엇보다 중요한 것은 정수리나 복부의 급소를 한 번에 정확하게 맞혀야 한다. 그렇지 않고 여러 번 쏘게 되면 귀한 담비 모피에 흠집이 남게 된다.

그때 잡목 사이에서 부스럭거리는 소리가 들렸다. 소리나는 곳을 보니 담비 한 마리가 코를 킁킁거리며 주위를 살피고 있었다. 눈앞에 있는 담비는 보기 드물게 새끼 곰만큼이나 큰놈이었다. 백안은 화살통에서 활을 꺼내 들었다. 심호흡을 짧게 하고는 활시위를 당겼다. 활은 빠른 속도로 날아가 담비의 정수리에 정통으로 꽂혔다. 담비는 신음 한 번 제대로 내지 못하고 그 자리에 쓰러졌다.

"대단한 솜씨입니다."

백안은 길게 늘어진 담비의 꼬리를 손에 들고 득의양양한 웃음을 지어 보였다. 사냥을 마친 두 사람은 말을 타고 대도성으로 향했다.

"모든 일이 오늘 사냥처럼 잘 풀리면 좋으련만."

백안은 말고삐를 움켜쥐며 긴 한숨을 내쉬었다.

"무슨 일이 있으십니까?"

"나를 대하는 황상의 태도가 예전 같지 않다. 내가 올리는 상소에는 대답조차 하지 않아."

탈탈은 묵묵히 듣고만 있었다. 무슨 말인가 하려다가 이내 입을 다물었다.

"그나마 다행인 것은 다음 황제가 미리 정해져 있다는 것이다. 연첩고사가 황제의 자리에 오를 수만 있다면……."

탈탈은 그의 입에서 계속 흘러나오는 말에 입이 더 벌어지고 있었다.

"겨우 스물한 살밖에 되지 않은 애송이 황제가 도대체 몇 년이나 더 살지 모르겠구나. 잘못하다간 연첩고사가 먼저 죽을 수도 있겠어."

"숙부님, 그게 무슨 불충한 말씀이십니까?"

탈탈이 놀라서 물었지만 백안은 오히려 느물한 미소를 짓고 있었다.

"불충하다니? 지금의 황제를 만든 건 바로 나야. 내가 아니었다면 황제는 이미 죽고 없을 것이야. 게다가 당기세 형제의 반란을 제압한 것도 바로 내가 아니냐? 그런데도 나를 대하는 태도가 영 시원치 않단 말이야. 아무리 황제라 해도 사람이란 모름지기 그 은혜를 알아야 한단 말이야."

그러면서 백안은 지그시 눈을 감았다. 예전의 일들이 아득히 그의 머릿속에 떠올랐다.

지금의 황제가 유배로 가 있던 광서에서 대도성으로 돌아올 때, 백안은 그에 대한 암살 음모를 사전에 입수했다. 황제 등극을 반대하던 태평왕 무리가 은밀히 사람을 보내어 주살시키려는 음모를 진행하고 있었던 것이다. 이에 백안은 급히 군사를 모아 목숨을 걸고 왕을 호위해 왔다. 그 당시 유배에서 돌아온 어린 소년에게 붙는다는 것은 여간한 모험이 아닐 수 없었다. 만약 그가 암살되거나, 황제의 자리에 오르지 못하면 자신은 극형에 처해질 게 분명했다. 하지만 자신 덕분에 어린 소년은 무사히 황제의 자리에 오를 수 있었다. 백안은 그가 황제가 되어 자신에게 큰 상을 내릴 줄 알았다. 그런데 황제에 오르더니 언제 그런 일이 있었냐는 듯이 무시하고 찾지 않는 것이다. 물론 명목은 당기세 형제가 반대한다는 것이었다. 하지만 목숨을 걸고 그를 지

켰지만, 황제는 당기세 일당이 두려워 내팽개친 셈이 아닌가? 황제가 당기세 일당의 반역에 도움을 청해온 것도 궁지에 몰리자 어쩔 수 없이 자신을 찾은 것이라고 여긴 백안은 황제에 대한 불만이 많을 수밖에 없었다.

그런 백안과는 달리 황제를 진심으로 섬기고 있는 탈탈은 백안의 말이 거슬릴 수밖에 없었다.

"그래도 황제이지 않습니까?"

"황제는 무슨, 아직 애송이 어린아이에 불과한 것을. 이미 다음 황제는 연첩고사로 정해져 있다. 만약 그가 황제가 된다면 온 천하가 내 수중에 들어오겠지."

탈탈은 백안의 입에서 흘러나오는 말을 그저 놀란 얼굴로 듣고 있을 뿐이었다.

"연첩고사가 황제가 된다면 천하의 반을 나에게 떼어준다고 하더구나. 그에게 당한 모욕을 갚을 수 있는 기회가 오고 있단 말이다."

"그게 정말이옵니까?"

"그가 직접 사람을 보내 그런 제안을 했어. 자신을 황제만 만들어주면 내가 시키는 대로 다 할 수 있다는 게야. 무슨 일이든지 말이야. 하하핫."

백안은 호탕하게 웃어 보였다. 그리고는 말고삐를 세게 당겼다. 말은 흙먼지를 날리며 빠르게 달리기 시작했다. 하지만 탈탈은 망연한 얼굴로 그 자리에 서 있을 뿐이었다.

사냥에서 돌아오던 탈탈은 대도성으로 들어가지 않고 인근의 직고

성(直沽城)으로 말머리를 돌렸다. 그는 깊은 고민에 빠졌다. 뜻하지 않게 숙부의 역심을 엿보게 되자 어찌할 바를 몰랐다. 이 고민을 해결해줄 사람은 그에겐 단 한 사람밖에 없었다.

탈탈은 어려서부터 백안의 집에서 성장해왔다. 때문에 백안은 그에게 숙부이기 전에 아버지와 같은 존재였다. 백안도 충직하고 용맹한 탈탈을 친자식처럼 아껴왔다. 그 덕분에 열다섯 살이 되던 해 탈탈은 황태자의 시위관(侍衛官)이 되었고, 후에는 친위대의 지휘부사(指揮副使)를 담당하게 되었다. 백안의 권력이 높아짐에 따라 그 역시 벼슬이 상승하여 동지추밀원사(同知樞密院事)에까지 오르게 되었다. 이 모든 게 백안의 후광에 힘입은 것이었다.

그러나 탈탈은 처음부터 총명하고 능력 있는 자는 아니었다. 어릴 적에 학질을 심하게 앓아 몸이 약해 배움이 남들보다 더딘 편이었다. 그러자 그의 아버지 마찰이태(馬札爾台)는 오직방(吳直方)이라는 한인 선생을 모셔 학문에만 정진하게 한 결과, 지금의 그로 키울 수 있었다. 때문에 탈탈은 시간이 날 때마다 오직방을 찾아 고민을 털어놓거나 시국에 관한 이야기를 나누기도 했다.

그는 직고성의 한 허름한 집 앞에 말을 멈추었다. 다 쓰러질 것 같은 낡은 집이었다. 말에서 내린 탈탈이 안을 향해 외쳤다.

"스승님. 계십니까?"

그러자 오직방이 대답 대신 기침을 했다. 탈탈은 안으로 들어서면서 예를 갖춰 절을 올렸다. 오직방은 차를 그 앞에 내놓았다. 그는 얼굴선이 또렷하고 턱 밑으로 긴 수염이 곧게 자라 전체적으로 온화하고 기품이 있어 보였다.

"추밀원 원사 나리가 여기까지 무슨 일이냐?"

"원사라고 하나, 그 벼슬 또한 오래 가지 못할 듯합니다."

"그게 무슨 소리냐?"

"까딱하면 저희 집안이 멸문의 화를 당할지도 모르겠습니다."

탈탈은 백안이 계획하고 있는 것을 오직방에게 전해주었다. 오직방은 하얗게 센 눈썹을 꿈틀거리며 표정을 흐리고 있었다.

"자네 숙부가 정녕 그것을 행동에 옮기겠다 하더냐?"

"그분은 야심이 크십니다. 권력의 중심에 오르자 이제 황상의 자리까지 탐이 나시는 모양입니다. 더구나 평소 황상에 대한 불만과 서운함이 많은 듯하였사옵니다."

오직방은 한숨을 내쉬며 물었다.

"자넨 어떻게 할 생각이냐?"

"그걸 몰라 스승님을 찾아뵌 것입니다."

오직방은 머쓱하게 탈탈을 바라보다 신중한 어조로 대답했다.

"자네는 비록 한족이 아니나, 내 어릴 적부터 자네에게 '충신불사이군(忠臣不事二君)'을 가르쳤느니라. 백안의 조카이기 전에 황제의 신하임을 명심해야 한다."

잠시 동안 탈탈은 갈등했다. 여태 자신을 친자식처럼 키워온 백안에 대한 사적인 감정을 쉽게 정리하긴 힘들었다. 하지만 그는 오직방을 통해 줄곧 바른 가르침을 받아온 학자이기도 했다. 나라의 녹을 먹는 이상 신하의 본분을 다하는 것이 도리라 여겼다.

"명심하겠사옵니다."

탈탈은 고개를 숙이며 입술을 깨물었다.

직고성을 떠난 그는 대도성으로 들어서자 황궁으로 황제를 직접 찾아갔다. 탈탈이 입궁하여 독대를 청한다는 말에 황제는 적이 당황했다. 탈탈이라면 백안의 조카가 아닌가?

탈탈은 황제를 보자마자 이마가 바닥에 닿을 정도로 고개를 숙였다.

"황상 폐하! 각별히 옥체를 보전하소서."

"그게 무슨 소린가?"

"대승상 백안이 자주 황태후의 처소를 드나들고 있습니다. 갈 때마다 연첩고사를 대동한다고 합니다. 거기다 은밀히 군사들을 모으고 있기도 합니다. 이는 무엇을 뜻하는 것이겠나이까?"

황제의 눈이 옆으로 치켜 올라갔다.

"대승상 백안이 황태후와 줄을 놓아 연첩고사를 황제로 앉히려 한단 말인가?"

"그러하옵니다. 연첩고사와 모종의 밀약이 있는 듯하옵니다."

"짐이 이렇게 건재하거늘 감히……. 그렇다면 역모를 꾸민단 말이냐?"

"그게……."

탈탈은 말을 잊지 못하고 주저하고 있었다. 황제가 그의 말을 앞질러 들어갔다.

"그대는 왜 이 사실을 짐에게 알리는 것인가? 대승상은 너의 숙부가 아닌가?"

"전 대승상의 조카이기 전에 지엄하신 황상 폐하의 신하가 아니옵니까?"

황제는 아무 표정 없이 고개를 끄덕였다.

"잘 알겠다. 그대는 돌아가 있어라."

황제는 그의 말에서 진정성을 느꼈으나 완전히 신뢰할 수는 없었다. 어쨌든 그는 백안의 혈육이 아닌가? 경계심을 늦출 수 없었다. 황제는 세걸반(世傑班)과 아노(阿魯)를 보내 은밀히 탈탈의 진의를 파악토록 했다. 또한 중서사전부(中瑞司典膚) 양우(楊瑀)를 시켜 탈탈뿐 아니라 백안에 대해서도 비밀리에 감시하도록 했다. 백안과 친밀하게 왕래하는 인물들을 집중적으로 파악하도록 한 것이다.

하지만 이 모든 일은 이미 기완자가 발빠르게 진행하고 있었다. 그녀는 황궁 곳곳에 거미줄처럼 흩어진 태감과 궁녀들을 통해 백안의 움직임을 낱낱이 보고 받고 있었다. 그가 언제 어디서 누굴 만나는지, 밥은 어디에서 먹고, 잠자리는 어디서 드는지까지 모두 손바닥 보듯 훤히 꿰고 있었다.

그런 줄도 모르고 백안은 부지런히 황태후를 만나고 있었다. 황태후는 연첩고사를 직접 데리고 진왕의 처소를 찾았다. 황태후는 나이가 들어 얼굴에 주름이 가득했다. 그 주름을 감추기 위해 하얀 분을 칠했지만 늙은 모습을 온전히 감추진 못했다. 곧추선 까만 눈썹과 날카로운 콧날 사이로 굵은 주름과 검은 저승꽃이 보였다. 각졌지만 모나지 않고 강인하지만 단아한 얼굴선, 날렵하고 매서운 눈매와 상대방을 제압하는 그녀의 서늘한 눈빛이 흐린 불빛 아래로 빛을 발했다.

"요즘 진왕을 바라보는 황제의 태도가 예전 같지 않다면서요?"

백안은 대답 대신 한숨을 내쉬었다. 황태후의 말이 계속 이어졌다.

"사람이란 원래 은혜를 쉬 잊는 법이오. 황제가 더욱 장성하면 그대를 내치지 말란 보장도 없지요. 예전에도 경이 목숨을 걸고 그를 황상의 자리에 앉혀놓았으나 그 후 나 몰라라 하고 내팽개치지 않았습니까? 다시 그러지 말라는 보장도 없습니다그려."

황태후는 그렇게 백안의 심기를 자극하고 있었다.

"하지만 난 마음만 먹으면 언제든지 원나라의 군대를 움직일 수 있습니다."

"당기세 일당은 어디 힘이 없어 쫓겨났답디까? 황제의 눈밖에 나는 순간 진왕께서도 무사치 못할 거외다."

그러면서 옆에 있는 연첩고사를 안타까운 표정으로 바라보았다. 그는 적삼 도안이 가운데 새겨진 홍자색 비단옷을 입고, 커다란 난모를 쓰고 있어 키가 무척 커 보였다. 외모로 보나 명민함으로 보나 황제에게 뒤질 바 없다고 생각하는 황태후였다. 활활 타오르는 듯한 뜨거운 눈매와 황족의 자존심인 양 우뚝한 코와 거무스름한 수염으로 뒤덮인 푸른 턱이 연첩고사를 더욱 사내다워 보이게 했다.

"대군의 나이 이제 열아홉. 황제와 겨우 네 살 차이가 납니다. 이러다간 우리 아들은 평생 황자로만 살다가 죽을 수도 있다 이 말입니다."

"황제가 저렇게 황위를 튼실히 지키고 있는데 난들 어떻게 하겠습니까?"

"굳이 황제가 늙어 죽을 때까지 기다릴 필요가 있을까요?"

순간 백안의 짙은 두 눈썹이 가늘게 꿈틀거렸다. 그는 한쪽 볼을 실룩이며 의미 있는 미소를 지어 보였다. 황태후는 그런 백안의 표정을 슬쩍 살피며 어조를 더욱 낮췄다.

"우리 연첩고사가 황제가 되는 날에는 내 진왕께 이 나라의 절반을 떼어드리리다."

진왕은 어허, 하는 헛기침과 함께 수염을 쓰다듬으며 연첩고사 쪽으로 시선을 돌렸다.

"일에는 순서가 있으니 우선 연첩고사를 태자로 봉하도록 하는 게 좋을 듯합니다만……."

"황제가 윤허하시겠소?"

"황상이 다른 마음을 품지 않는다면 윤허하지 않을 수도 없을 것이옵니다."

황태후가 고개를 끄덕이며 말머리를 돌렸다.

"고려왕이 죽었다지요?"

"예. 그래서 그 아들을 왕으로 삼으려 합니다."

"속히 그를 왕으로 삼아 고려로 보내세요. 그 아들도 아버지에게 들어 비밀문서 내용을 잘 알고 있습니다. 때문에 그가 고려왕이 되면 연첩고사가 황제가 되는 것을 적극 지지하고 나설 겁니다."

황태후는 무릎을 한번 툭 치고는, 못을 치듯 또박또박 말을 이어나갔다.

"그럼, 그 두 가지 일을 동시에 진행합시다. 난 황제를 만나 연첩고사를 태자로 책봉하도록 요구하겠소. 진왕께선 그 세자를 고려왕으로 삼는 일에 적극 앞장서세요."

"잘 알겠습니다."

"이 일은 신중히 진행해야 할 겁니다."

"난 당기세 일당과는 달라요. 섣불리 나서서 화를 자초하진 않을 겁니다. 천천히, 하지만 철저히 준비하였다가 일을 성사시킬 겁니다. 하하핫."

여태 은밀한 목소리로 말하던 백안의 어조가 마지막 부분에서 커지더니 이내 호탕한 웃음으로 변했다. 황태후도 따라 웃으며 은밀한 눈빛을 지어 보였다. 그 눈빛은 늪보다 더 질퍽하고 오래 고아진 엿처럼 끈적이는 것이었다.

이들은 주위 사람을 모두 물리친 뒤 이야기하고 있었다. 하지만 아무리 목소리를 낮춰도 소리가 새어나가는 걸 막을 순 없는 법. 그들의 이야기는 한 궁녀가 엿듣고 있었다. 그녀는 황태후를 시중드는 몽고인 궁녀였지만, 태후의 강퍅한 성격에 평소 불만을 갖고 있던 터에 기완자에게 포섭되었다. 황태후와 백안의 이야기를 모두 엿들은 궁녀는 즉시 박불화에게 달려갔다.

7

"무엇이!"

기완자는 비단으로 덮은 탁자를 주먹으로 꽝, 내리쳤다.

"그들이 연첩고사의 태자 책봉을 꾀하더란 말이냐?"

"그러하옵니다. 조만간 황상 폐하를 찾아가 태자 책봉의 다짐을 받아낸다 하옵니다."

궁녀로부터 이야기를 전해들은 박불화는 그들이 나눈 이야기를 기완자에게 소상히 보고했다. 듣고 난 기완자는 흥분된 표정으로 자리에서 일어났다. 두려워했던 악몽이 드디어 현실로 나타나고 있었다. 자신이 비록 황자를 낳았다 하나 황태자를 거쳐 황제의 자리에 오르지 못하면 그 목숨조차 부지하기 어려울 것이다. 황태후와 백안 또한 연첩고사가 황제가 되지 못한다면 그들 역시 어찌 된다는 것에 대해 잘 알고 있기에 저들이 먼저 선수를 치고 있었다. 그들의 세력은 막강했다. 만인지상의 위치에 오른 진왕 백안과 만인의 어머니로 추앙 받고 있는 황태후, 차기 황제를 약조 받은 연첩고사와 뒤에서 줄을 대고 있는 수많은 신하들을 상대해야 하는 것이다. 혼자 힘으로 상대하기엔 너무나 벅찼다. 기완자가 기댈 수 있는 곳은 한 사람밖에 없었다.

"내 직접 황상을 찾아뵙고 그 부탁을 들어주지 말라고 요구할 것이야."

"황상 폐하께서 저들의 요구를 거부하시면 황태후께서 비밀문서를 공개할 게 분명합니다. 그럼 황상께서도 달리 묘책이 없으실 것이옵니다."

"그럼 어떡해야 된단 말이냐?"

"그들보다 앞서 우리가 선수를 쳐야 합니다."

기완자가 고개를 끄덕이는데 박불화가 또 다른 의견을 들고 나왔다.

"그 전에 고려왕의 아들 보탑실리를 먼저 손봐야 할 것 같사옵니다. 그가 왕에 즉위하는 날에는 연첩고사를 지지하고 나설 게 분명하옵니다."

기완자가 턱을 앞으로 내밀며 물었다.

"손을 보다니, 어떻게 하잔 말이냐?"

박불화가 잠시 망설이다가 대답했다.

"목숨을 거둘 수밖에 없사옵니다."

"그는 우리와 같은 고려인이 아니더냐?"

그러자 듣고만 있던 최천수가 앞으로 나섰다.

"그는 마마를 찾아와 행패를 부리던 자가 아니오니까? 감히 마마를 능욕하고 추태를 부린 자이옵니다. 그 치욕을 벌써 잊으셨사옵니까?"

기완자는 눈을 감은 채 가만히 고개를 내저었다.

"그건 내 개인의 수치일 뿐, 중대한 일을 결정하는 데 그런 사사로운 감정을 내세워서야 되겠느냐?"

"그때 마마께선 분명히 그 치욕을 갚는다 하셨습니다."

옆에 있던 박불화도 최천수를 거들었다.

"그가 국왕이 되면 여간 골치 아픈 게 아닙니다. 속히 제거하는 것이……."

기완자는 얼굴을 흐리며 세차게 고개를 내젓더니 박불화를 향해 말했다.

"이보게 원외랑! 자넨 내가 황후에 오르고, 내 아들을 황제의 보위에 앉히려는 목적이 뭐라고 생각하는가?"

박불화는 선뜻 대답하지 못하고 말없이 고개를 숙였다.

"나와 내 아들의 부귀공명? 물론 그것도 중요하지. 뿌리까지 썩은 고려 세도가들의 희생양이 되어 고려 땅을 떠날 때부터 부귀공명은 내 삶의 목표였으니까. 압록강을 건널 때 나는 사실상 고려는 이제 나와는 상관없다고 생각했었지."

기완자는 압록강을 망연히 건너던 때가 떠올라 잠시 말을 끊었다.

"그러나 원나라 황실에 들어와서 고려인이라는 이유로 우여곡절을 겪는 동안 나는 내가 마음으로부터 버렸던 고려를 끝내 버릴 수 없다는 걸 깨달았다. 내가 어떤 직위에 오르건, 어떤 옷을 입고 말을 하건 황실에서 나는 여전히 따돌림 당하는 고려 여인일 뿐이야. 그런 깨달음을 얻은 이후 나는 생각을 고쳐먹기로 했다. 내 태를 묻은 고려를 위해 내 모든 것을 걸어보기로 말이다. 내가 황후가 되고 황자가 황제에 오르면 이는 곧 멸시받는 변방의 고려인이 원나라, 아니 천하를 지배하게 되는 일이 아니겠나? 나는 결코 고려를 지금처럼 상국의 눈치나 보면서 백성들의 고혈 짜내기에 급급한 허약하고 비열한 무뢰배의 나라로 두지 않을 게야. 그런 내가 경망하게 사사로운 분노를 풀자고 고려의 왕손을 없앨 수는 없지 않겠나?"

어느새 기완자의 두 눈에는 불꽃이 튀고 있었고, 귓불이 뜨거워져 발갛게 달아 있었다. 말은 그렇게 했지만 보탑실리는 생각만 해도 불쾌한 인물이었다. 그러나 그녀가 이 냉엄한 궁중에서 살아남기 위해 터득한 법칙은 오직 하나. 감정에 흔들리지 말고 차가운 이성과 냉철한 판단력으로 매사에 대처해야 한다는 것이었다. 기세등등한 세도가들이 사사로운 감정을 다스리지 못해 쓰러지는 걸 똑똑히 지켜보지 않았던가? 다나실리와 당기세가 그랬고, 앞으로 백안도 그러할 것이다. 그녀는 어떠한 경우에도 감정에 휘둘리지 않기 위해 아랫입술을 깨물었다.

최천수와 박불화는 감히 그녀의 얼굴을 쳐다보지 못하고 고개를 숙일 뿐이었다. 하지만 그들의 관자놀이에도 어느새 푸른 힘줄이 돋아 있었다.

"마마, 그러기 위해선 일단 연첩고사의 태자 책봉을 막아야 하옵니다. 그가 만약 태자가 되는 날엔 후일을 기약할 수 없사옵니다."

"속히 백안이 모반을 일으키도록 자극할 수밖에 없겠구나."

"백안은 당기세와 다르오옵니다. 그는 전략 전술에 능하므로 아주 천천히, 하지만 더욱 철저히 준비할 게 분명하옵니다. 쉽게 움직이진 않을 것이옵니다."

"그렇다고 그들이 움직일 때까지 마냥 기다릴 순 없는 노릇 아닌가?"

듣고 있던 최천수가 답답한 나머지 자신의 가슴을 치고 있었다.

"한시가 급하오옵니다. 내일이라도 연첩고사를 앞세워 그 문서를 천하에 공개하는 날에는……"

초조하기는 기완자도 마찬가지였다. 저들은 당기세보다 훨씬 강할 뿐만 아니라 주도면밀하고 철저했다. 게다가 비밀문서라는 노림수까지 쥐고 있었다. 황태후가 황제에게 연첩고사의 태자 책봉을 약속 받게 되면 모든 것이 끝나고 만다. 아니 그녀가 비밀문서의 내용을 알리기만 해도 사태는 뒤집을 수 없을 것이다. 마음은 급한데 불을 끌 묘안이 없으니 답답하기만 했다.

기완자는 마음을 진정시키기 위해 궁녀에게 차를 내오게 했다. 어느 샌가 그녀는 마음이 답답하거나 안정되지 않을 때는 차를 마시면서 생각을 가다듬는 버릇이 생겼다. 청화매병에 담긴 뜨거운 물을 잔에 따르자 은은한 향기가 방안에 가득히 퍼져갔다. 하지만 기완자는 그 향을 맡지 못했다. 연첩고사의 태자 책봉을 막아야 한다는 오직 그 한 가지 생각에만 몰두하며 차가 식는 줄도 몰랐다. 찻잔이 식자 궁녀는 다시 따뜻한 차를 채웠다. 기완자는 가는 한숨을 내쉬며 무심코 찻잔을 입으로 가져가는 듯싶더니 찻잔을 탁자 위에 세게 내려놓았다.

"용이 물 밖으로 나오지 않는단 말이지?"

최천수와 박불화가 영문을 몰라 눈을 동그랗게 뜨고 기완자를 주시했다.

"그럼 용을 물 밖으로 불러내야 하겠구나. 새끼 호랑이를 이용해서 말이다."

"새끼 호랑이라 하시면?"

박불화가 물었으나 기완자는 말없이 웃기만 할 뿐이었다.

8

바람을 가르며 맹렬하게 날아간 화살은 담비의 정수리에 정확히 꽂혔다. 담비는 짧은 비명소리와 함께 그 자리에 쓰러졌다. 탈탈은 죽은 담비에게 달려가 목덜미를 집어들었다.

"역시 숙부님의 활 솜씨는 천하제일입니다."

백안은 말없이 호탕하게 웃고 있었다. 그가 화살로 잡은 담비만 해도 모두 다섯 마리가 넘었다. 담비 가죽은 질기고 단단하면서도 부드러워 옷으로 많이 이용되었으나 가죽이 귀해 일부 귀족들의 호사품이었다. 백안과 탈탈은 몇몇 군사를 이끌고 통주(通州) 부근의 백하강에서 사냥을 즐기고 있었다. 이곳은 대도성과 멀리 떨어져 있을 뿐만 아니라 산세가 험하여 민가와도 한참 떨어져 있는 곳이었다.

탈탈이 직접 담비의 가죽을 벗겨내며 백안을 올려다보았다.

"황상 폐하와 같이 사냥을 하시면 어떨까요?"

"황상과 함께 사냥을?"

탈탈이 고개를 끄덕이며 말을 이었다.

"폐하께서도 활 솜씨가 빼어나시니 한번 겨루어 보시지요. 담비 몇 마리 잡고 나시면 기분이 좋아져서 여태 소원했던 숙부님과의 관계도 좋아질 수 있지 않을까 싶습니다?"

"좋은 생각이구나."

탈탈은 벗겨놓은 가죽을 그의 부하에게 던져주고 말에 올랐다.

"그럼 제가 즉시 대도성으로 들어가 황상 폐하를 모시고 오겠습니다."

탈탈이 고삐를 당겨 막 출발하려하자,

"잠깐!"

하고 백안이 황급히 그를 불러 세우더니 무언가 미심쩍다는 표정을 지었다.

"아무래도 내가 가야겠다. 내가 황상을 뵙고 직접 주청을 드릴 것이야."

탈탈은 긴장이 되어 그만 칼을 떨어뜨리고 말았다.

같은 시각.

연첩고사 또한 백하강 인근의 유림(柳林)에서 사냥을 즐기고 있었다. 버드나무가 많이 우거져 유림이라 이름 붙여진 이곳은 사슴이 많아 사냥터로 유명한 곳이었다. 하지만 연첩고사는 사냥이 못내 내키지 않는지 늙은 환관을 붙잡고 투정을 부리고 있었다.

"왜 여기서 사냥을 해야 하는지 모르겠구나."

"법도에 맞게 사냥하는 것도 황제가 되시기 위해 익혀야 할 덕목이옵니다."

"하나 지금은 한겨울이 아닌가? 사냥을 하기엔 너무 춥구나."

연첩고사는 몸을 움츠리며 활을 내려놓더니 주위를 둘러보았다.

"그나저나 탈탈 부사께선 언제나 오시는 게냐? 여기로 오라 해놓고선 소식이 없구나."

"제가 사람을 보내 알아보겠사옵니다."

환관은 뒤따르는 나이 어린 환관을 불러 귓속말을 일렀다. 명을 받은 어린 환관은 허리를 굽신하고는 급히 말에 올라 대도성으로 향했다.

9

"뭐야! 그게 정말이란 말이냐?"

기완자는 가슴에 품고 있던 황자를 유모에게 건넸다. 그녀는 밀랍처럼 창백해진 채 두 눈이 옆으로 치켜 올라갔다. 기완자는 떨리는 말투로 물었다.

"그럼 어떡한단 말이냐?"

"아무래도 징조가 좋지 않습니다. 처음부터 일이 빗나가고 있습니다."

기완자의 오똑한 콧등에는 땀이 맺혀 있었다.

"백안이 그렇게 나올 걸 왜 예상하지 못했는지 모르겠구나."

후회가 들었지만 일은 이미 진행되고 있었다. 무너져 내릴 듯한 불안감이 등줄기를 짓눌렀다. 어느새 목덜미에 끈끈한 땀이 흘러내려 마치 벌레가 들러붙은 느낌이 들었다. 하지만 시위에서 떠난 화살을 되돌릴 수는 없는 법. 기완자는 침착하게 지금까지의 상황을 다시 돌아보았다.

"이대로 있다간 꼼짝없이 당하는 수가 있다. 지금 폐하께선 어디에 계시더냐?"

"편전에 드셔서 서책을 보고 계신다 하옵니다."

"속히 황궁에 갈 채비를 하거라. 유모도 황자를 모시고 날 따르게나."

황제는 기완자 일행을 반갑게 맞았다.

"황비가 이 시각에 황궁엔 웬일이오?"

기완자는 일부러 침착한 목소리로 말했다.

"우리 황자께서 아비를 찾는 듯하여 데리고 왔사옵니다."

"오, 그래?"

황제는 황자 애유식리달렵을 유모에게서 받아 품에 안았다. 그리고는 눈을 맞추며 아기의 재롱에 취해들었다. 그 모습을 지켜보며 기완자는 애써 초조한 빛을 감추고 있었다. 그때 밖에서 태감의 목소리가 들렸다.

"황상 폐하, 진왕 백안께서 드셨사옵니다."

기완자는 가슴이 덜컥 내려앉는 듯했다. 그녀는 당황한 표정을 감추기 위해 아랫입술을 꼭 깨물었다. 긴장하지 않으려 했지만 자꾸 가슴이 떨려 침을 몇 번이나 삼켰다. 계획했던 일이 처음부터 비틀어지니 암담하기만 했다. 하지만 그 내색을 드러내면 더욱 일이 어긋나고 만다. 그녀는 애써 태연한 표정을 지어 보이며 황제를 돌아보았다.

잠시 후 백안이 안으로 들어왔다. 그는 기완자가 함께 있는 걸 보고 다소 의외라는 표정이었다. 하지만 이내 찾아온 용건을 밝혔다.

"황상 폐하, 소인이 담비 사냥하기 좋은 곳을 알고 있사옵니다. 오랜만에 함께 사냥을 즐기시는 게 어떠하실지요?"

사냥이라는 말에 황제가 반색했다. 평소 그도 사냥을 즐기는 터라 반가운 소리가 아닐 수 없었다.

"그래요? 거기가 어디요?"

"통주 부근의 백하강이옵니다. 소인이 오늘만 해도 담비를 다섯 마리나 잡았습니다. 황상 폐하의 활 솜씨라면 소인보다 더 많이 잡으실 것이옵니다."

황제는 호탕하게 웃어 보였다.

"하하하. 나를 너무 과찬하시는구려."

황제는 선뜻 응낙했다.

"알았소이다. 그렇지 않아도 답답하던 차인데 맑은 공기를 마시며 사냥을 즐기고 싶구료."

황제는 품에 안고 있던 황자를 유모에게 건네며 일어섰다. 순간 기완자의 눈자위가 심하게 흔들렸다. 기완자는 급히 황제 옆으로 다가가 귓속말로 가늘게 속삭였다. 황제는 곤혹스러운 표정으로 고개를 끄덕이며 백안을 내려다보았다.

"경은 한 발 먼저 출발하시오."

"소인이 뫼시겠사옵니다."

"짐은 뒤에 따라가도록 하겠소. 먼저 가서 사냥 장비와 사냥개들을 잘 갖추어 놓도록 하시오."

백안은 내키지 않았지만 고개를 숙일 수밖에 없었다.

"분부대로 거행하겠사옵니다, 폐하!"

그는 뒷걸음질치며 방을 나갔다. 백안이 나가는 것을 확인한 황제가 기완자를 돌아보았다. 기완자는 무릎을 꿇으며 고개를 숙였다.

"폐하께선 사냥터에 나가시면 아니 되옵니다."

"그게 무슨 소리요?"

"한림학사(翰林學士) 지아와태(只兒瓦台)가 우연히 연첩고사의 수레를 보고는 다가가물었더니 그도 사냥을 나갔다 하옵니다."

"아우도 사냥을 나갔단 말이오?"

"그러하옵니다. 진왕 백안과 함께 말입니다."

"뭐야, 둘이 함께?"

순간 황제의 안색이 확 구겨지며 눈동자가 심하게 떨렸다. 그는 턱까지 받치는 숨소리를 겨우 고르고 있었다.

"백안이 짐에게 사냥을 같이 가자고 하면서 아우가 동행한다는 말은 하지 않았는데……. 그가 무슨 속셈이라도 있단 말인가?"

황제에게 연첩고사는 눈엣가시와 같은 존재였다. 어린 나이에 황위 다툼의 한가운데 끼다보니 당시 영향력 있는 세족들이 연첩고사를 후사로 정해놓긴 했으나, 이미 황제는 장성하여 황권을 튼튼히 영위하고 있고, 자신의 대를 이을 황자도 무럭무럭 자라고 있었다.

그런데 황자가 탄생한 이후로 태후와 대승상, 연첩고사의 행동이 눈에 띄게 달라졌고, 특히 백안은 황제 앞에서도 돌출 발언을 서슴지 않았다. 몇 달 전 탈탈의 진언이 있은 이후 연첩고사와 백안에 대한 감시를 늦추지 않았는데, 잠시 해이해진 틈을 타 두 사람은 사냥을 나갔고, 그 자리에 자신을 부른 것이다. 백안은 왜 연첩고사와 함께 있다는 것을 알리지 않고 사냥을 권하는 것일까? 황제는 백안의 태도가 몹시 의문시되었다. 옆에 있던 기완자는 황제의 표정이 눈에 띄게 변하는 것을 보고는 얼른 말을 앞질러 갔다.

"이는 필시 무슨 음모가 숨어 있는 게 분명합니다."

황제는 고개를 끄덕이며 자리에서 일어났다.

"내 지아와태를 만나 직접 들어볼 것이야."

곧 지아와태가 불려왔다. 황제는 그에게 지엄한 어조로 물었다.

"경이 본 것을 짐에게 소상히 보고하라."

"연첩고사가 갑자기 사냥을 나간다기에 소인 이를 수상히 여겼습니다. 사람을 붙여 그 수레 뒤를 몰래 따르게 했는데……."

황제의 목소리는 어느새 떨리고 있었다.

"따르게 했는데, 어떻게 되었단 말이오?"

"모두 두 대의 수레가 사냥터로 향했는데, 말에 오른 연첩고사 뒤를 따르는 수레에는 많은 무기가 숨겨져 있는 듯하였다고 합니다. 함께 동행한 군사의 수도 사냥을 나가기엔 너무 많다고 하옵니다."

"이런, 이런 변괴가……."

"백하강은 대도성과 멀리 떨어져 있사옵니다. 황상 폐하께 무슨 변고가 생기면 대도성의 호분친군(虎賁親軍) 외에 다른 군사가 때맞춰 달려가기란 불가능하옵니다. 그렇게 되면 백안이 마음먹은 대로 무슨 일이든 할 수 있게 되옵니다."

"무슨 일이라 했느냐, 무슨 일이라 하면?"

황제는 두려워 마저 말을 잇지 못하고 있었다. 지켜보고만 있던 기완자가 황제의 노여움을 더욱 자극했다.

"필시 역모를 꾸미고 있는 듯하옵니다. 백안이 연첩고사와 함께 황상 폐하를 사냥터에 불러내서 일을 벌일 게 분명합니다."

 황상의 목소리에는 냉혹한 노기가 서려 있었다.

 "우선 탈탈을 짐 앞으로 불러오라."

 탈탈은 한나절이 지나서야 거칠게 숨을 내쉬며 달려왔다.

 "그대는 짐이 찾는데도 왜 이렇게 늦게 온 것이오?"

 "진왕 백안과 함께 사냥을 하다가 백하강에서 급히 달려오는 길이옵니다."

 "그대도 백안과 함께 사냥터에 있었단 말인가?"

 "사냥터에 나서는 군사들과 무기가 심상치 않아 이상하게 여겨 따라나섰는데, 사냥하던 그가 황상 폐하를 직접 모시고 오겠다기에 폐하께 알려드리려고 급히 달려온 것이옵니다."

 황제는 아직도 탈탈을 믿지 못하고 있었다. 평소 그의 의기와 충성이 믿음직스럽긴 했으나 백안의 혈육이라는 점에서 쉽게 마음이 놓이지 않았다. 황제는 또 다른 음모가 숨어 있는가 여겨 경계를 늦추지 않았다.

 "혹시 그대도 백안과 뜻을 함께 하는 거 아닌가?"

 "아니옵니다. 그와 함께 역모를 꾀한다면 제가 이렇게 대도성으로 달려올 리가 있겠사옵니까? 소인 폐하의 안위가 걱정되어 부랴부랴 달려온 것이옵니다. 반역의 기운을 가장 먼저 알린 것도 소인이 아니옵니까?"

 황제는 흡족한 표정으로 고개를 끄덕였다. 이제야 탈탈의 진심을 믿는 것이다. 그가 처음 백안의 모반을 고할 때는 반신반의했다. 다른 음모가 있거나, 아니면 출세를 위해 숙부를 파는 비열한 간신이 아닌가 여겼다. 하지만 그 뒤로 지켜본 바에 의하면 그는 의기가 충만했고 대의를 위해 사사로운 감정을 억누를 수 있는 자였다. 지금도 사냥터에서 급히 달려와 모반을 고하고 있지 않은가?

탈탈은 다급한 어조로 말을 잇고 있었다.

"다행히도 백하강은 그가 이끌고 있는 군사들과 멀리 떨어져 있는 곳입니다. 지금 바로 황상 폐하의 교지를 내리면 그도 어쩔 수 없이 받아들일 것입니다."

"그가 이곳 대도성으로 군사를 몰아오면 어떡할 것인가?"

"성문을 모두 닫고 철통같이 지키면 됩니다. 설령 군사를 끌고 온다 해도 이곳 대도성으로 들어오진 못할 것이옵니다."

"알았다. 이번 모반을 다스리는 데 있어 짐은 탈탈 그대를 총 책임자로 삼겠노라. 백안을 반역죄로 다스려 황실의 위엄을 보이도록 하라."

"신, 죽기를 각오하고 폐하의 명을 받들겠나이다."

탈탈은 크게 고개를 숙이며 물러났다. 그가 어전에서 나오자마자 박불화가 곧장 다가왔다. 가슴을 졸이며 기다리던 박불화는 비로소 안도의 한숨을 내쉬었다.

"휴우, 난 또 일을 그르치는 줄 알고 십년감수하였소이다."

탈탈의 콧잔등에는 땀이 맺혀 있었다.

"그러게나 말입니다. 내가 황상을 모시러 간다고 하자, 그가 직접 나선다고 하지 않겠소이까? 그래서 우리가 계획한 모든 일이 수포로 돌아가는 줄 알았소이다. 하지만 황상 폐하께서 그를 다시 사냥터로 먼저 보내셨으니 천만다행 아니오이까?"

박불화가 고개를 끄덕이며 그 말을 받았다.

"지금 백하강에 있는 백안에게는 몇 명의 호위군사만 있을 뿐이오. 지금 군사를 이끌고 가면 쉽게 제압할 수 있을 것이외다."

탈탈이 갑옷을 입는 동안 박불화의 말이 이어졌다.

"이제 용을 물 밖으로 끌어냈으니 사냥을 해야지 않겠소?"

하지만 탈탈은 한 가지 단서를 달았다.

"그가 물 속으로 다시 들어가지만 않는다면 말이죠."

"그건 내가 황비 마마님에게 약조를 받아주겠소이다."

박불화는 기완자가 있는 흥덕전을 향하며 호탕하게 웃고 있었다.

"사냥 나간 자가 오히려 사냥감이 될 줄이야 그가 어떻게 알았겠소이까? 하하하!"

제화문(濟化門)과 숭인문(崇仁門)을 비롯한 대도성으로 통하는 성문 앞에선 한바탕 난리가 벌어지고 있었다. 서기 1260년에 칭기즈 칸의 손자 쿠빌라이가 축성한 이 대도성은 궁성과 대성으로 나누어지는데, 궁성은 대녕궁과 그 주위의 호수를 둘러싸고 있으며 궁성 밖은 대성으로 그 길이만 해도 삼십 리가 넘었다. 모든 성의 기세는 장엄하고 웅장했으며 난공불락의 요새기도 했다. 이 대도성에서 외곽으로 통하는 문만도 열 개가 넘었다. 그런데 갑자기 모든 성문을 막아버리자 한바탕 난리가 벌어지지 않을 수 없었다. 특히 대도성에서 가장 번화한 종고루 서쪽의 해자 일대는 대혼잡을 이뤘다. 이곳은 대운하의 종점으로 남쪽에서 올라온 각종 상선들이 집결하여 평소 사람들의 왕래가 많은 곳이었다. 성문을 가운데 두고 양쪽에 장사진을 친 사람들이 굳게 닫힌 문을 흔들며 아우성을 쳤다.

"속히 이 물건들을 밖으로 운반해야 합니다."

"난 대도성에 사는 사람이오. 들어가게 해주시오."

사람들이 그렇게 아우성을 쳤지만 성문을 지키고 있는 병사는 같은 말만 되풀이했다.

"개미 새끼 한 마리도 이 대도성을 출입할 수 없다."

"도대체 뭔 일인지나 알려 주시오."

"그 이유는 모른다. 다만 황상 폐하의 어명을 받들 뿐이다."

성이 완전히 봉쇄됐다는 소식은 곧장 대도성 전체로 퍼져나갔다. 근래에 대도성을 완전히 봉쇄한 적은 한 번도 없었다. 사람들은 불안하지 않을 수 없었다. 커다란 정변이 일어나거나 전쟁이 벌어지지 않는 한 성을 봉쇄할 리가 없는 것이다. 성안에는 온갖 흉흉한 소문이 돌기 시작했고, 민심은 급격히 흔들렸다. 사람들은 곧장 쌀을 파는 가게로 달려갔다. 쌀을 사재기하는 것이다. 오랫동안 성을 봉쇄하게 되면 굶어 죽을지도 모른다는 생각이 팽배했다. 우물에 달려가 물을 가득 담아 가는 사람도 있었다.

시간이 지나면서 성안의 치안도 흔들리기 시작했다. 민심이 흉흉하고 불안감이 퍼지면서 약탈과 방화가 잇따랐다. 많은 백성들이 폭도로 변해 쌀을 비롯한 식량과 물을 약탈했으며, 사람들은 이성을 잃었다. 하지만 성안의 치안을 담당하는 군사들은 이에 제대로 대처하지 못했다. 아니 성안에는 군사가 거의 없었다. 외부에서 군사를 불러들이지 않은 채 성문을 봉쇄했기 때문에 대부분의 군사들은 성벽 위에서 밖을 경계하는 데 투입되었다.

성 안의 이러한 소식은 곧장 황제에게 보고되었다. 신하들이 잇따라 황제를 찾아왔다. 기완자가 은밀히 퍼뜨린 거짓된 백안의 모반을 사실로 믿고는 허겁지겁 궁으로 달려온 것이다.

"황상 폐하. 성문을 봉쇄하면서 백성들의 민심이 크게 흔들리고 있사옵나이다."

"그들은 영문을 모른 채 당황하고 있습니다. 폭동이라도 날 기세라고 하옵니다."

다른 신하들과 함께 황제를 찾은 중서사전부 양우는 더욱 심각한 목소리로 보고를 올렸다.

"하지만 더 큰 문제가 있사옵니다."

"더 큰 문제라니?"

"성문이 봉쇄되었다는 소식이 백안에게 전해지면 그가 움직일 게 분명합니다."

황제의 미간이 좁혀졌다.

"더구나 그가 이끄는 군사들에게 소식이 전해지면 모두들 지체 없이 대도성으로 몰려올지 모릅니다. 그러면 아무리 난공불락의 대도성이라고 하나 오래 버티기는 힘들 것이옵니다."

"그럼 어떻게 해야 한단 말인가?"

"속히 백안에게 교지를 내리시어 그 죄를 물으소서. 그의 군사들이 움직이기 전에 속히 조치를 취하셔야 합니다."

황제도 사태의 심각성을 인식하고 있었다.

"경들은 속히 교지를 작성토록 하라."

양우가 교지를 작성하여 황제에게 보고했다. 황제는 그 교지를 꼼꼼히 읽어보더니 손수 그 내용 일부를 고치기도 했다. 다시 만들어진 교지를 한림학사 지아와태에게 전했다.

"그대는 세결반과 함께 백안에게 가 짐의 교지를 전하라."

두 사람은 호위병을 대동하고 대도성을 나섰다. 대도성의 성문들은 모두 굳게 닫힌 채 물샐 틈 없는 방어벽이 쳐 있었다. 진왕 백안의 군사가 공격한다 하더라도 끄떡없을 정도였다. 대도성은 높고 그 견고함이 이를 데 없어 어떠한 공격도 물리칠 수 있는 태세를 갖추고 있었다.

10

도성에서 출발해 이제 막 백하강에 도착한 백안은 놀라운 소식을 접하고 있었다.

"탈탈이 보이지 않는단 말이냐?"

"그러하옵니다."

백안과 함께 사냥터에 동행한 첨인불화가 고개를 숙였다. 첨인불화는 지추밀원사(知樞密院事)의 높은 벼슬에 앉은 자로 백안의 심복 중 심복이었다.

"그가 어디로 갔단 말이냐?"

"담비를 쫓아서 숲으로 들어갔다고 하는데, 숲을 아무리 뒤져보아도 보이지가 않습니다."

백안은 한 손으로 턱수염을 매만지다가 이내 고개를 끄덕였다.

"황제가 온다하니 사냥감을 몰러 갔을 게야. 너희들도 어서 준비하거라."

아직 그는 탈탈을 믿어 의심치 않았다. 그 시각에 탈탈이 황궁에서 군사를 모으고 있을 것이라고는 상상도 못했던 것이다. 대신 그는 황제를 맞이할 준비로 바빴다. 주위를 세심히 경계하며 백안은 황제가 행차하기를 기다렸다. 그때 숲 쪽에서 말을 탄 사람들이 오고 있었다. 백안은 탈탈일 거라 생각하고 기다렸다. 하지만 말 위에는 뜻밖의 얼굴이 앉아 있었다.

"아니, 대군님께서 여긴 웬일이시옵니까?"

놀라기는 연첩고사도 마찬가지였다.

"대승상께서는 어인 일이시오?"

연첩고사는 즉시 말에서 내려 백안에게 달려갔다.

"여기서 대군님을 만나니 뜻밖이옵니다."

"탈탈 부사께서 함께 사냥을 하자고 해서요."

그러자 옆에서 듣고 있던 첨인불화가 다가왔다.

"대승상 나리, 뭔가 이상하옵니다. 탈탈 부사께서는 승상 나리께 아무런 말씀도 올리지 않고 대군님을 이곳 사냥터로 모셔왔습니다. 황제께서 두 분이 함께 계신 걸 알면 어떻게 생각하시겠습니까? 오해를 살 소지가 있습니다."

"오해의 소지라?"

"황제께선 가뜩이나 두 분을 경계하고 계시지 않습니까? 더구나 탈탈 부사께서는 어디론가 사라지고 안 계십니다."

문득 백안의 낯빛이 흐려졌다. 첨인불화의 분석은 정확했다. 먼저 사냥을 제안한 것도, 황제를 이곳 사냥터로 오게 한 것도 탈탈이었다. 그는 자신에게 알리지도 않고 연첩고사를 이곳에 오게 했다. 더구나

이 모든 일을 주도한 탈탈은 종적이 묘연하다. 이것을 어떻게 해석해야 하는가? 무언가 심상찮은 기운이 느껴졌다. 얼른 군사를 점거해보았다. 비교적 많은 오백의 군사였다. 그는 미간을 찌푸리며 아랫입술을 세게 물었다. 무슨 일이 일어나더라도 죽기로 싸운다면 한번 해볼 만하다고 판단하고 있었다.

그때 강가 저편에서 누런 먼지가 일며 한 떼의 군사들이 다가오고 있었다. 대규모 행렬이었다.

"황제께서 납시었다."

백안은 즉시 말에 올라타면서 연첩고사 쪽을 돌아보았다.

"대군님은 우선 몸을 피하시는 게 좋겠습니다."

백안은 말을 몰아 황제를 맞이하기 위해 달려갔다. 그러나 백안은 놀라지 않을 수 없었다. 황제는 어디에도 보이지 않고 지아와태와 세걸반, 두 사람이 선두에 서 있었다. 두 사람은 평소 자신에 대해 불만을 가지고 있던 신하였다. 백안은 말고삐를 세게 움켜쥔 채 물었다.

"황상께선 어디에 계신 거요?"

두 사람은 묵묵부답인 채 말을 더 몰고 들어와 백안의 군사 쪽으로 바짝 다가섰다. 뒤이어 중무장한 군사들이 대오를 나누더니 백안의 군사들을 에워싸며 포위망을 좁혀오고 있었다. 백안은 놀라면서도 달려오는 군사의 수를 가늠해보았다. 족히 오천은 넘어 보였다. 군사들은 모두 붉은 투구에 철갑을 걸치고 손에는 기치창검을 들고 있었다. 넓은 들판 위로 깃발이 표표히 하늘을 덮고 거친 함성과 고각소리가 천지를 뒤흔들었다. 사냥을 위해 대동한 군사치고는 너무 많은 대군이었다. 자신의 군사는 고작 오백여 명, 숫자로는 상대가 되지 않았다. 무려 열 배가 넘지 않는가?

백안은 놀란 얼굴로 목소리를 높였다.

"이게 뭐하는 짓이오?"

말에서 내린 지아와태는 아무런 대꾸도 하지 않고 소매에서 두루마리를 꺼내들었다. 그리고는 지엄한 목소리로 외쳤다.

"죄인 백안은 황상 폐하의 성지를 받드시오."

백안은 죄인이라는 말에 정신이 번쩍 들었다. 다짜고짜 앞으로 다가갔다.

"죄인이라니요? 또 황상 폐하의 성지는 무슨 말이오?"

지아와태의 목소리가 더욱 높아졌다.

"대승상 백안은 속히 예로써 황상 폐하의 성지를 받들라."

포위하고 있던 군사들이 조금씩 다가왔다. 백안은 할 수 없이 무릎을 꿇을 수밖에 없었다.

학림학사 지아와태는 성지를 읽기에 앞서 백안을 한번 내려다보고는 단정하게 무릎을 꿇고 있는지 확인했다. 하지만 백안은 무릎을 제대로 꿇지 않았다. 한쪽 무릎은 땅에 대고 다른 무릎은 반쯤 선 채 노기 어린 표정으로 지아와태를 올려다보고 있었다. 한쪽 뺨이 실룩거리며 목에는 핏줄이 서 있었다. 지아와태는 버럭 고함을 내질렀다.

"진왕 백안은 격식을 갖추고 성지를 받들라!"

소리가 커지자 군사들이 포위를 더욱 좁혀왔다. 손에는 저마다 창을 들고 있었다. 할 수 없이 백안은 두 무릎을 꿇고 고개를 숙였다. 이빨을 부드득 갈며 얼굴이 벌겋게 상기돼 있었다. 백안의 자세를 확인한 지아와태는 성지를 펼치며 엄숙한 목소리로 읽어나가기 시작했다.

짐은 죄인 백안을 태사이자 진왕이자 중서 대승상에 임명하여 하해와 같은 은혜를 베풀어왔다. 그런데도 불구하고 진왕 백안은 평소 분수를 모르고 제멋대로 권력을 휘둘러왔고, 급기야 연첩고사 및 황태후와 결탁하여 반역을 꾀하기에 이르렀다. 짐을 사냥터로 유인하여 역모를 꾀하려 한 죄는 극형에 처하는 것이 마땅하다. 허나 짐은 당기세 일족의 반역을 진압한 공로를 참작하여 하남성(河南省) 좌승상으로 좌천하는 아량을 베푼다. 백안은 이 성지를 받는 즉시 하남으로 향할 것이며, 그 휘하 시위와 친위군은 속히 흩어져 돌아갈 것을 명하노라.

듣고 있던 백안이 벌떡 일어났다.
"내가 역모를 꾀하다니, 말도 안 되는 소리요!"
그러자 옆에 있던 세걸반이 군사들에게 눈짓을 보냈다. 몇몇 군사들이 근처에 대어둔 수레로 달려갔다. 두 수레의 휘장을 걷자 엄청난 양의 무기가 드러났다. 칼과 창, 그리고 방패와 화살이 가득했다.
"저 무기는 사냥을 하기엔 너무 많지 않소?"
세걸반이 채근하자 백안은 손사래를 치며 뒤로 물러섰다.
"이건 모함이오. 난 저런 무기를 수레에 실은 적이 없어."
백안이 말을 마치기도 전에 숲 쪽에서 군사들이 나오기 시작했다. 숲에 숨어 있던 연첩고사마저 군사들의 손에 이끌려나온 것이다. 지아와태는 회심의 미소를 짓고 있었다.
"이래도 변명을 할 텐가? 무기를 갖추고, 게다가 대군까지 데리고 황상 폐하를 이곳에 모셔와 무슨 일을 꾸미려 한 것이오?"

 백안은 입이 크게 벌어지며 양쪽 뺨이 심하게 흔들렸다. 그는 벌어진 입을 겨우 다물며 생각을 정리해보았다. 머릿속이 뒤엉킨 실타래처럼 복잡해지고, 가슴이 터질 듯한 답답증이 일어 아무 생각도 나지 않았다. 도대체 무슨 일이 일어나고 있는가? 문득 등골을 타고 서늘한 기운이 올라왔다. 그는 혹시나 하는 마음으로 물었다.

 "탈탈, 혹 내 조카도 여기에 관련된 것이 아니오?"

 지아와태가 냉정한 어조로 소리를 높였다.

 "탈탈 대인을 여기서 왜 찾소이까? 반역죄도 모자라 이제는 누명까지 씌우려는 게요?"

 "혹 그가 지금 어디 있는지 알고 있소?"

 "대도성으로 가시는 것을 보았소."

 순간 백안의 안색이 확 구겨졌다. 입에서 아, 하는 탄식이 흘러나왔다. 사냥터에 있어야 할 탈탈이 지금 도성에 있다? 이번 모함에 탈탈도 관련되어 있는 게 분명했다. 무너져 내릴 듯한 불안감이 등줄기를 짓눌렀다. 하지만 백안은 노련한 인물이었다. 그는 어금니를 깨물고 크게 심호흡을 했다. 사태파악을 한 그는 얼른 표정을 수습하고는 지아와태와 세걸반 앞으로 다가갔다.

 "두 분 대인, 먼 길을 오시느라 피곤하실 테니 잠시 목이나 축이시지요."

 백안은 두 사람을 장막 안으로 안내했다. 시종들이 얼른 술상을 내왔지만 두 사람은 술은 입에도 대지 않았다. 표정은 여전히 굳어 있었다. 지아와태가 다소 누그러진 표정으로 물었다.

"마지막으로 할 말은 없소? 이제 하남으로 가시게 되면 다시 보기 어려울 겝니다."

"황상 폐하를 뵙게 해주시오. 내가 직접 폐하를 만나 뵙고 저의 결백을 보여드리겠습니다."

"나는 성지를 받들 뿐이외다. 그 부탁은 들어줄 수 없소."

"그럼 마지막으로 우리 가족들을 불러 얼굴이나 보고 가도록 해주시오."

두 사람은 그것만은 허락했다. 백안은 밖으로 나와 심복 첨인불화를 불렀다. 첨인불화는 평소 탈탈과도 막역한 사이였다.

"속히 대도성으로 들어가 탈탈을 만나거라. 무슨 일이 있어도 그를 설득하여 군사를 움직여야 하느니라."

"하지만 탈탈은 이미 우리에게 등을 돌렸지 않습니까?"

"탈탈이 독단적으로 일을 벌였을 리는 없다. 분명 그를 충동질한 자들이 있을 것이다. 네가 만나서 잘 설득하면 마음을 돌릴 수 있을 게야."

첨인불화는 비장한 표정으로 고개를 끄덕였다.

"내 운명은 너의 손에 달려 있느니라."

백안의 간절한 목소리를 뒤로하고 첨인불화는 대도성으로 향했다. 군사들은 대승상이 가족을 부르기 위해 사람을 보내는 것이라 하므로 길을 열어 주었다.

첨인불화는 명마를 전속력으로 달린 덕에 반나절 만에 대도성에 도착했다. 하지만 성안으로 들어갈 순 없었다. 성으로 통하는 모든 문은 굳게 닫혔기 때문이다. 성문 근처에 몰려들어 아우성치던 상인과 백성들은 삼엄한 경계가 펼쳐지자 위험을 느끼고 모두 흩어져 주위에는 적막감마저 들었다. 첨인불화는 손승문, 여정문, 문명문 등 성곽 주위를 돌며 출입을 시도했으나 어느 문으로도 들어갈 수 없었다. 하는 수 없이 주위를 빙빙 돌며 기회를 살피는데, 그의 모습이 성을 지키는 호위병에게 발견되었다.

"그대는 누구길래 성 주위를 맴돌고 있는 게냐?"

첨인불화는 짐짓 위엄 있는 표정으로 배에 단단히 힘을 주며 위를 올려보았다.

"나는 지추밀원사 첨인불화로 진왕의 급한 명을 받고 왔다. 어서 문을 열어라!"

"기다리시오. 탈탈 부사 나리께 보고하여야겠소."

첨인불화는 탈탈이라는 말에 깜짝 놀랐다. 그렇다면 탈탈이 대도성을 완전히 장악하고 있다는 말이지 않는가? 역시 그의 짐작대로 이번 일은 모두 탈탈이 주도한 게 분명했다. 백안을 이끌고 사냥을 간 것도 그였고, 백안에게 알리지 않고 연첩고사를 근처 사냥터로 오게 한 것도 탈탈이지 않는가? 곧이어 탈탈이 성문 위로 나왔다. 그는 위엄 있는 표정으로 아래를 내려다보고 있었다. 첨인불화는 아랫배에 단단히 힘을 주고 크게 외쳤다.

"사냥터에 있어야 할 부사께서 어찌 대도성 안에 있는 게요?"

"나는 죄인 백안의 모반을 알고 급히 이곳에 왔소."

"반역이라뇨? 당치도 않습니다. 대인께서는 진왕의 조카이시자 양자이십니다. 어떻게 은혜를 그렇게 갚으실 수 있소이까?"

탈탈은 목소리를 더욱 높였다.

"그가 비록 나의 숙부이긴 하나, 이제는 역모를 꾀한 대역죄인일 뿐이오. 엄한 국법으로 다스리는 건 당연하지 않소이까?"

"그건 당치 않은 소리요. 모함일 뿐이외다."

"지추밀원사께서는 수레에 숨겨놓은 그 많은 무기를 보지 못하였소? 황상 폐하를 백하강으로 모셔놓고 역모를 꾀하려 했던 게 분명하오."

첨인불화의 대답은 거기서 막혔다. 수레에 실린 무기가 비록 탈탈의 계략이라고 생각되기는 하나 현재로서는 역모죄를 뒤집어쓸 수밖에 없는 명백한 증거가 아닌가? 첨인불화가 입을 닫자 탈탈이 엄중히 말했다.

"그대는 속히 숙부에게 돌아가서 폐하의 성지를 따르라고 전하시오. 행여 엉뚱한 생각을 하면 그나마 붙어 있는 목숨마저 위태할 것이오."

첨인불화는 아득한 심정으로 두 눈을 감았다. 창을 쥐고 있던 그의 손에 힘이 풀렸다. 이미 추락의 느낌이 척수를 서늘하게 훑으며 지나갔다. 조여오는 불안감을 애써 참으며 첨인불화는 질문을 던졌다.

"대승상께서 하남성의 좌승상으로 가신다면 나는 어떻게 되는 것이오?"

"그는 역모를 주동하였으니 목숨을 거둠이 마땅하나, 황상께서 과거의 공적을 헤아려서 특별히 목숨만은 부지하게 하시었소. 하지만 그대라면 말이 달라지지."

첨인불화의 목소리는 덜덜 떨리고 있었다.

"달라지다니요?"

"나의 명을 거역하면 그자와 함께 역모를 꾀한 죄를 면치 못하게 되오. 그대의 목숨을 거둘 수도 있단 말이오."

첨인불화의 얼굴이 납빛처럼 새하얗게 질렸다.

11

백안은 장막 뒤를 서성이며 초조하게 강가를 살피고 있었다. 첨인불화가 도성으로 간 지 반나절이 지났지만 아무런 소식도 없었다. 장막 안에서는 지아와태와 세걸반이 시각을 재촉하고 있었다. 가족과의 작별인사를 빌미로 시간을 벌고는 있으나 생각보다 소식이 지체되자 백안의 가슴은 타 들어갔다.

잠시 후 지아와태가 장막 밖으로 나왔다. 그는 백안의 초조한 낯빛을 살피며 쓴웃음을 머금었다.

"혹 첨인불화를 기다리는 게 아니오?"

백안은 아무 대답도 하지 않았다.

"그는 탈탈 대인의 명을 받아 대도성에 붙잡혀 있으니 이제 길을 서둘러야겠소."

지와이태는 이미 탈탈의 전령이 전한 소식을 접하고 있었다. 마지막으로 희망을 걸었던 첨인불화까지 탈탈에게 투항한 소식을 듣자 백안은 놀라지 않을 수 없었다.

"이럴 수가……."

백안은 두 손으로 이마를 감싸고는 머리를 세차게 내저었다. 첨인불화마저 잡혔다는 소식에 백안은 완전히 기가 꺾이고 말았다. 더 이상 버티고 있을 수 없었다. 이미 대세가 기울었음을 깨달은 것이다. 순간 아뜩한 생각이 밀려오며 감정의 파도가 가슴에서 뒤엉켰다. 마치 왼쪽 가슴을 칼날로 파고 들어와 심장을 고스란히 들어내는 듯한 아픔이 몰려왔다. 긴 한숨을 내쉬며 처절하리만큼 애절한 목소리로 말했다.

"이 몸 어명을 받자와 하남으로 가겠소. 두 분께서는 황상께 나의 충절을 잘 말씀드려 억울한 누명을 벗게 해 주시오. 그렇게만 해 주면 두 분의 은혜는 잊지 않을 것이오."

지아와태는 대답 대신 자신의 말만 했다.

"저희가 하남성까지 좌승상의 가시는 길을 배웅하지요."

지아와태는 백안의 군사를 즉각 무장 해제시키고 시위대장에게 백안을 하남성까지 잘 모시라고 명을 내렸다. 백안은 모든 것을 포기한 듯 힘없는 표정으로 말 위에 올랐다. 두 명의 시위가 창을 든 채 백안 옆에 나란히 지키고 섰다. 백안은 두려운 눈으로 시위들을 살피다가 말에서 내렸다.

"이 시위들 말인데, 혹 내가 부임하는 길에 동행하면서 다른 임무를 수행하는 것은 아니오? 솔직히 말씀해 주시오."

"다른 임무라뇨?"

백안은 자신이 다나실리 황후를 살해한 일을 떠올리고 있었다. 그는 도성 밖으로 유배되어 떠나는 그녀에게 은밀히 군사를 붙여 독살했던 것이다. 당시 화근을 없애기 위해 그랬던 것처럼, 지금 자신에게 그러지 말라는 보장이 없었다. 모든 상황이 그때와 똑같지 않은가? 두 명의 시위에게 호송 받아 가던 중 자살했다고 보고를 올리면 그것으로 모든 것은 끝나는 일이었다.

지아와태와 세결반도 백안의 우려를 잘 알고 있었다. 그들이 고개를 끄덕이는 걸 보면서 백안이 다급히 물었다.

"이 두 사람이 나를 하남성까지 무사히 호송할 것이 틀림없는지를 묻고 있소."

지아와태는 잘라 말했다.

"우리는 황상 폐하의 성지를 받들 뿐이오. 이제 승상은 하남의 좌승상으로 부임하였소. 우린 그 명만 받들면 되오. 다른 임무는 아무것도 없소이다."

"……."

백안은 여전히 불안했지만 달리 선택의 여지가 없다는 것을 잘 알고 있었다. 천천히 말에 다시 올라탔다. 혹시 있을지 모르는 사태를 대비하기 위해 백명이 넘는 군사들이 물샐틈없이 그를 호송하고 나섰다. 백안이 올라탄 말은 노쇠하여 제대로 달리지도 못했다. 고삐를 쥔 몸이 심하게 흔들릴 정도였다. 붉은 노을을 받는 백안의 등 뒤로 긴 그림자가 드리워졌다. 한때 황제보다 높은 권력으로 천하를 호령했던 진왕 백안은 그렇게 쓸쓸한 그림자를 드리우며 사라져갔다. 실로 권세의 허망한 말로가 아닐 수 없었다.

12

백안이 하남으로 떠났다는 소식은 곧장 황궁으로 전해졌다. 굳게 닫았던 대도성의 모든 문은 다시 열리고, 군사들의 경계도 풀었다. 혼란에 싸여 있던 도성은 금세 평온을 되찾았다. 황제는 어전회의를 열어 백안의 하남행을 공식적으로 선포했다. 그러자 신하들의 입에서 그를 비난하는 말들이 쏟아져 나왔다.

"백안은 평소 힘만 믿고 오만방자했으니 천벌을 받은 것이옵니다."

"황상 폐하를 능멸하고 반역까지 꾀한 죄, 마땅히 죽음으로 다스려야 하옵니다."

"사필귀정이옵니다. 하늘이 그 죄를 다스린 것이옵니다."

평소 백안의 기세에 꼼짝 못하던 신하들은 앞다투어 그를 성토하기 시작했다. 황제는 그런 신하들을 내려다보며 새삼 권력의 무상함을 느꼈다. 만약 백안이 자신을 몰아내고 연첩고사를 황제로 앉혔으면 어떻게 되었을까? 지금과 마찬가지로 부덕함을 성토하며 백안의 눈치를 볼 게 아닌가? 황제는 얼굴을 붉힌 채 그들의 말을 묵묵히 듣고만 있었다.

백안의 소식은 기완자에게도 전해졌다. 흥덕전 앞을 초조하게 오가던 그녀에게 박불화가 달려왔다.

"백안이 시위군에 끌려 하남으로 출발했다 하옵니다."

기완자가 다급히 물었다.

"그의 군사들은 어떻게 되었나?"

"휘하에 있던 대부분의 장수들이 황상 폐하께 충성을 다짐했다 하옵니다. 그러나 끝까지 거부한 장수는 투옥했고, 군사는 무장 해제하여 돌려보냈다 하옵니다."

옆에 있던 최천수도 끼어들었다.

"백안은 완전히 제거되었습니다."

기완자는 흡족한 표정으로 고개를 끄덕였다.

"연첩고사는 어떻게 되었느냐?"

"그는 용케 그 자리를 피해 황태후께 가 있는 것을 잡아들였다 하옵니다."

"지금은 어찌되었다 하느냐?"

"황상 폐하께서 목숨만은 거두지 않겠다하시어 곧 유배를 보내실 듯하옵니다."

기 황후가 말없이 고개만 끄덕이자 박불화가 내처 물었다.

"마마, 백안을 그대로 두실는지요?"

"백안을 그대로 두지 않으면?"

"그는 후환을 없애기 위해 예전의 황후를 독살한 자이옵니다. 우리도 그와 같은 방법을 쓰는 게……."

기완자가 그의 말을 막았다.

"그가 비록 우리와 대척점에 있었다 하나, 그로 인해 다나실리 황후와 당기세 일당을 제거할 수 있지 않았던가? 적이라고 해서 죽이는 것만이 능사는 아닐 것이야."

"하지만 후환을 미리 제거하는 게 좋을 것 같습니다. 그가 다시 하남에서 세를 모은다면……."

기완자는 고개를 주억거리며 진중한 어조로 말했다.

"진정 후환을 막는 길은 민심을 얻는 일이야. 만약 나라에 공이 많은 백안을 제거하면 사람들이 나를 뭐라고 평가하겠는가? 냉혹하고 잔학무도하다 생각지 않겠는가? 모름지기 민심이 천심이라 했으니 백성의 신망과 존경 없이 어찌 큰 권력을 바라겠나? 이제부터는 그들에게 후덕함과 넓은 아량을 보여주는 것이 곧 후환을 막는 길이야."

그녀의 말에 박불화는 고개를 숙일 뿐이었다.

"지당하신 말씀이옵니다. 소인의 생각이 짧았음을 용서하옵소서."

기완자의 얼굴에는 형언하기 어려운 수만 갈래의 표정이 담겨 있었다. 차가운 바람이 그녀의 얼굴을 쓸고 지나갔다. 기완자는 태액지에 비친 만세산을 올려다 보았다. 저 산을 만들기 위해 만 년이 걸렸다 했던가? 내가 앞을 가로막는 산을 옮기려면 몇 년이 걸릴까? 확실한 것은 이제는 그 산을 옮겨놓을 자신이 생겼다는 것이다.

여자로서 가지는 한계는 많았다. 이곳 대도성의 황궁도 그 주인은 남자들이었다. 그들의 의식 또한 고려인과 크게 다르지 않았다. 황제를 비롯한 모든 조정 대신들은 여자를 자신들의 소유물 정도로만 인식하고 있었다. 그것이 오히려 기완자에게 도움을 주었다. 적어도 남자들에게는 자신이 경계의 대상이 되지 않는 것이다. 그녀는 남자들의 틈바구니 속에서 천천히 기반을 다져갔다. 황궁 곳곳에 거미줄처럼 깔려 있는 환관과 궁녀들을 통해 정보망을 완전히 장악하여, 황제와 대신, 황비들의 일거수일투족을 파악할 수 있었다. 어쩌면 자신이 여기까지 오른 것은 순전히 여자이기 때문에 가능한 일이기도 했다. 그녀는 남자가 아닌 여자의 장점을 최대한 살리기로 했다. 천하를 지배하는 것은 남성이지만, 그 남자를 치마폭에 품는 자는 바로 여자라 하지 않았던가?

그녀는 점점 강해지고 있었다. 고려인이기 때문에, 여자이기 때문에 핍박받고 차별을 당할수록 오기가 발동하여 부딪치는 시련들을 하나씩 극복해왔고, 여태 자신의 대척점에 선 자들을 제거하는 데도 성공할 수 있었다.

이제 시작일 뿐이다. 고려인이기 때문에, 여자이기 때문에 천하를 품을 수 있다는 것을 반드시 보이고 말 테다.

기완자는 그렇게 내심 다짐하며 아랫입술을 세게 깨물었다.

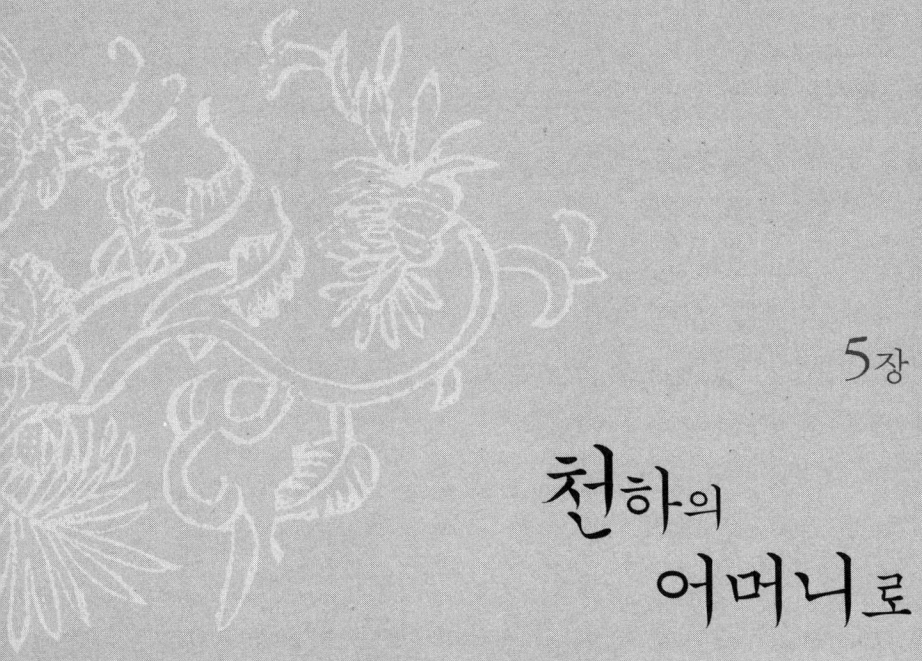

5장
천하의 어머니로

1341년 강릉대군(공민왕)이
원나라 대도성에 가서 숙위(宿衛)하다

1

　황궁의 내전은 방의 주인만 바뀌었을 뿐 다나실리 황후가 있던 때와 크게 다르지 않았다. 한쪽에는 침실로 통하는 문이 있고, 내실과 거실을 나누는 자단목 벽에는 왕면의 그림이 걸려 있었다. 하지만 방을 장식하고 있는 물건들은 대부분 단아하고 소박한 것들로 채워져 있었다. 방 한가운데 놓인 탁자도 정교한 무늬를 상감한 자단목 대신 참나무로 만든 것이었고, 화려한 고려청자와 장식용 촛대처럼 호화스러운 것은 보이지 않았다. 창문에는 격자무늬를 넣어 마침 비쳐드는 햇살을 받아 은은한 무늬가 드러나 보였다.
　백안홀도 황후의 모습은 방을 장식한 수묵화처럼 소박하고 단아한 모습이었다. 기러기같이 우아한 곡선을 지닌 가는 눈썹과 하얀 피부, 연지를 곱게 바른 새치름한 입술이 전체적으로 아담한 모습이었다.
　황후는 마주앉은 기완자에게 차를 권했다. 기완자는 정중히 황후에 대한 예를 갖추며 찻잔을 들었다.

"그대는 언제 보아도 아름답구려."

기완자가 부러 얼굴을 붉히며 고개를 숙였다.

"과찬이십니다."

"아닙니다. 황상 폐하께서 그대만을 찾을 만하구려. 그림 속에 있는 선녀가 방금 걸어 나온 것 같소."

기완자는 고개를 숙이며 겸양을 표하고는 말머리를 돌렸다.

"이번 모반 사건으로 많이 놀라셨지요?"

"권력이란 참 무서운 건가 보아요. 진왕 백안이라면 황상 폐하 다음으로 높은 권세를 누리던 자 아닙니까? 그런 자가 무엇이 아쉬워서 모반을 꾀했는지 원!"

기완자가 찻잔을 든 채 고개를 끄덕였다.

"욕심이 과하면 제 무덤을 스스로 파는 법이지요."

"그러게 말입니다. 한때는 충신이었는데……."

황후는 그렇게 말끝을 흐리다가 화제를 돌렸다.

"그래 황자는 잘 크고 있습니까?"

"황후 마마께서 걱정해주신 덕분에 무탈하게 자라고 있습니다."

기완자는 차를 한 모금 마신 다음 말을 이었다.

"황후 마마께서도 속히 수태를 하셔야 할 텐데요."

황후는 굳은 표정으로 고개를 내저었다.

"난 수태하지 못할 몸인가 봅니다. 좋다는 음식과 약을 다 써보아도 영 소식이 없구려. 나이는 점점 들어가는데……."

"황후 마마께선 아직 젊으시옵니다. 조만간 좋은 소식이 들릴 겝니다."

"황자가 태어난들 과연 행복하게 살 수 있을까요? 권력의 소용돌이 속에서 늘 마음을 졸이고 살겠죠. 난 가끔 필부의 아내였으면 좋겠다는 생각을 합니다."

"그게 무슨 말씀이옵니까, 마마?"

"화려하고 웅장한 궁궐에서 걸핏하면 피부림이나 보느니, 소박하고 단출하나마 가족들이 따뜻하게 마음을 나누며 사는 필부들의 생활이 가끔씩 부럽더란 말입니다."

말을 듣는 기완자의 얼굴은 가늘게 실룩거렸다. 방문을 나선 기완자의 얼굴은 차갑게 굳어 있었다. 아랫입술을 감춰물며 휘휘 고개를 내저었다. 밖에서 대기하고 있던 최천수가 급히 다가왔다.

"마마, 무슨 일이 있사옵니까? 혹 황후 마마께오서 언짢은 말씀이라도?"

"그 반대라서 문제라는 게야."

"무슨 말씀이신지?"

기완자는 아무 말 없이 길게 이어진 회랑을 빠른 걸음으로 걸어갈 뿐이었다.

흥덕전으로 돌아오자 뜻밖의 얼굴이 기다리고 있었다. 기완자는 금세 표정이 풀어지며 얼굴 가득 웃음을 머금었다.

"마마, 하영이 문안인사 올리옵니다."

최천수의 동생 하영이 무릎을 꿇어 절을 올렸다.

"어서 일어 나거라."

기완자는 엎드려 있는 하영을 일으켜 세우며 옆에 있는 박불화를 돌아보았다.

"이제 이 아이는 내 처소에서 지내도 되는 것이냐?"

"그러하옵니다. 마마의 명이라고 전하였더니 순순히 보내더이다."

기완자는 하영을 돌아보며 고개를 끄덕였다.

"이제부터 내 곁에서 나를 도와야 한다."

"소인 마마를 위해 충성을 다 바치겠나이다."

하영이 그렇게 기뻐했지만 최천수의 표정은 그리 밝지 못했다. 입술을 굳게 다문 채 미간을 좁히고 있었다.

"그대는 누이가 왔는데도 기쁘지 않은 게냐?"

최천수는 잠시 대답이 없다가 나중에야 겨우 입을 열었다.

"소인의 생각으로는 하영이가 원래 있던 곳으로 갔으면 하옵니다."

기완자와 하영이 동시에 놀라며 돌아보았다.

"무슨 연유로 그리 생각하느냐?"

"저희 남매가 곁에 있으면 혹 사적인 감정으로 마마를 지켜드리는 데 걸림돌이 될까 두렵사옵니다."

"하하하."

기완자는 대답 대신 크게 웃기만 했다.

"네가 그 정도까지 생각을 하고 있는데 어찌 불안해할 수 있겠느냐? 하영은 너의 누이이기 전에 나의 고향 친구이기도 하니 내 명을 따르도록 하라."

기완자는 하영과 최천수를 번갈아 바라보았다. 둥글게 겹이 진 두 사람의 눈매가 퍽 닮아 보였다. 기완자는 두 사람의 눈꺼풀이 가늘게 떨리는 걸 조용히 지켜보았다. 고향 행주에서 같이 뛰놀던 사람들이 멀리 이국땅에서 모이니 감회가 새로워 세 사람은 잠시 말문을 열지 못했다. 기완자는 문득 금녀가 생각났다. 동네 어귀에서 까치발을 하며 멀리 이국의 죄수를 훔쳐보던 그녀, 하지만 함께 어린 시절을 보낸 금녀는 차가운 시체가 되어 어디론가 사라졌다.

그녀는 탁자 서랍에 넣어둔 옷고름을 꺼내들었다. 세월이 흘러 옷고름을 물들인 선홍빛 핏물은 검게 변해 있었다. 금녀의 꿈은 자신보다 소박했었다. 한 남자를 만나 그의 사랑을 받으며 살아가는 것. 그런데 금녀는 정인과의 약속을 위해 죽음을 택했다.

기완자는 어금니에 힘을 주며 아랫입술을 깨물었다. 이들은 고향 사람일뿐 아니라 운명의 공동체였다. 그렇게 생각하니 문득 최천수의 존재가 마음을 무겁게 했다. 그녀는 휘장 뒤 진상품이 쌓여 있는 곳으로 걸어가 최천수를 돌아보며 손짓해 불렀다.

"혹 이 중에 가지고 싶은 게 없느냐?"

최천수는 아무 대답 없이 두 눈만 씀벅이면서 멀거니 서 있었다.

"가지고 싶은 게 있으면 어서 말해 보려두?"

최천수는 고개를 숙이며 대답했다.

"제가 어찌 마마께 바쳐진 물건을 받을 수 있겠나이까?"

기완자는 한 손으로 얼굴을 문지르며 최천수를 가만히 건너다보았다. 그녀가 눈을 깜박일 때마다 가늘게 떨리는 듯한 속눈썹은 그의 정신을 아득하게 만들었다. 최천수의 콧등에는 땀이 맺혔다.

기완자는 진상품 중에 황금으로 만든 보검을 손에 들었다. 손바닥 크기 만한 것으로 실제로 사용되기보다는 장식용으로 어울리는 칼이었다. 대진에서 만든 것으로 황금 손잡이에 무늬가 새겨져 그 모습이 화려했다.

"너에게 이것을 주고 싶구나."

최천수는 손사래를 치며 뒤로 물러섰다.

"제가 당치도 않은 물건이옵니다. 어서 거두소서."

"아니다. 늘 내 곁에서 날 지켜주고 있는데 난 너에게 아무것도 해준 게 없구나. 이거라도 받아줘야만 내 마음이 조금은 놓일 것 같구나."

최천수가 끝내 받기를 거부하자 기완자가 소리를 높였다.

"이 또한 내 명령이거늘 거부하려 드느냐?"

할 수 없이 최천수는 무릎걸음으로 다가가 고개를 숙인 채 기완자가 건네주는 칼을 두 손으로 받아들고 뒤로 물러섰다. 최천수는 칼을 한참 동안 뚫어지게 바라보더니 소매 안에 집어넣었다. 기완자는 흡족한 표정으로 그 모습을 지켜보았다. 이에 화답이라도 하듯 최천수가 나직이 말했다.

"마마. 이제 황후 자리에 오르셔야죠?"

"지금의 황후를 내치면서까지 그 자리에 오르고 싶진 않구나. 표독스런 황후란 소리를 듣기 싫다는 게야."

"굳이 내칠 것까지야 있겠습니까? 우선 제2황후에 오르신 후에 그 다음을 도모하시는 게……."

"조금만 기다려 보자."

"마마의 황후 책봉을 반대하던 백안이 제거되지 않았습니까? 무얼 망설이시는 겁니까?"

기완자는 대답 없이 고개를 내저었다.

"직접 황상 폐하를 만나서 말씀을 드려보시지요."

"이제는 황후가 되는 것보다 어떻게 황후 자리에 오르느냐가 더 중요하다. 지금 내가 황상 폐하께 부탁하여 황후에 오르면 백안이 쫓겨나기를 기다린 것처럼 보이지 않겠느냐?"

"하오나……."

"때를 기다릴 것이야. 모든 문무백관이 내가 황후의 자리에 오르는 것을 감축할 그 때를 말이야."

그렇게 이야기를 하는 동안 어전에서 태감이 급히 달려왔다.

"무슨 일이냐?"

"원외랑께서 전하라 하시길, 지금 어전회의에서 마마의 황후 책봉을 논하고 있다고 하옵니다."

"누가 먼저 그 문제를 꺼내었다 하더냐?"

"황상 폐하께서 어전회의를 시작하시자마자 마마의 황후 책봉안을 내놓으셨다 하옵니다."

최천수가 밝은 얼굴로 기완자를 돌아보았다.

"마마, 황상 폐하께서 먼저 이야기를 꺼내셨다면 필시 황후의 자리에 오르실 수 있을 겁니다."

옆에 있던 하영도 고개를 숙였다.

"감축 드리옵니다."

하지만 기완자의 얼굴은 밝지 않았다.

그 시각. 어전에서는 문무백관이 모인 회의가 진행되고 있었다. 백안 일파가 숙청되고 열리는 첫 회의로 여러 가지 안건이 논의되는 동안 황제는 각 처에서 올라온 상소를 살피며 재가를 내리고 있었다. 원외랑 박불화는 기회가 오기를 기다렸다가 주청을 넣었다.

"지금 고려에는 왕이 없어 혼란한 상태이옵니다. 속히 왕을 세워야 할 줄 아뢰오."

고려의 충숙왕이 죽으면서 그의 아들인 보탑실리(충혜왕)가 왕위를 승계한 상태였다. 평소 충숙왕은 아들 보탑실리를 못마땅하게 여겨 날건달이라 불렀다. 하지만 죽음이 임박하자 강릉대군 대신 장남인 그에게 왕위를 물려주었다. 고려 조정의 통보를 받은 원나라는 승상 백안이 주도하여 이를 반대했다. 그가 왕이 될 자질을 갖추지 못했다는 게 이유였다. 대신 백안은 고려의 세자로 책봉되어 있는 충숙왕의 조카 심양왕 왕고를 고려왕으로 추천했다. 이 때문에 보탑실리는 고려에 가서도 한동안 원 황실의 책봉을 받지 못했다. 백안이 축출되자 보탑실리의 등극을 반대하던 세력도 사라진 셈이었다. 왕의 책봉을 받지 못한 고려는 몇 개월째 왕위가 공백 상태였다.

황제는 박불화의 주청을 듣자 고개를 끄덕였다.

"그렇지 않아도 짐이 보탑실리에게 국새를 보내어 그의 복위를 승인하려 하던 참이오."

"보탑실리라뇨? 폐하. 아니 되옵니다. 그는 평소 흉악무도한 짓을 저지른데다 행실이 좋지 못하여 고려 백성들의 평판도 좋지 않사옵니다."

"그는 원나라에 와 있는 동안 많은 깨달음을 얻고 갔다고 들었소. 충숙왕도 그에게 왕위를 물려준다고 유언을 하지 않았소이까? 그의 뜻에 따라줍시다그려."

"하오나 들려오는 소문에 의하면······."

황제가 말허리를 끊으며 고개를 내저었다.

"여기서 고려까지는 머나먼 길이오. 들리는 소문만 가지고 섣불리

판단할 수가 없지 않소?"

그러자 박불화가 절충안을 내놓았다.

"우선 사신을 보내시어 그의 행실을 살펴본 뒤에 복위를 승인해도 늦지 않을 듯하옵니다."

"그대의 말이 옳은 것 같소. 중서성의 단사관(斷事官) 두린(頭麟)과 직성사인(直省舍人) 구통(九通)을 개경에 파견하여 그의 행실을 면밀히 살피게 하시오. 하여 복위에 문제가 없다고 판단되면 그에게 국새를 내리도록 하겠소."

"성은이 망극하옵니다."

어전회의가 거의 끝나갈 무렵, 황제는 신하들의 표정을 찬찬히 살피더니 황후 문제를 거론했다.

"황실의 황자를 생산한 기 황비를 황후로 책봉하려고 하오. 일찍이 선조들께선 제2황후를 두셨으니 기 황비를 백안홀도에 이어 두 번째 황후로 삼는 것은 황실 법도에 어긋나지 않을 것이오. 경들도 이런 짐의 의견에 따라주기 바라오."

조정의 대신들은 황제가 가장 총애하는 비가 기완자라는 것을 잘 알고 있었다. 더구나 기 황비의 황후 책봉을 반대하던 백안 일파가 무너지는 걸 지켜본 신하들은 별 말이 없었다.

하지만 모든 신하가 동의한 것은 아니었다. 몇몇 강직한 신하들은 황제의 뜻에 반대를 표했다. 대표적인 자가 바로 감찰어사(監察御史) 이필(李泌)이었다. 그는 작심한 듯 목소리를 높이며 앞으로 나섰다.

"황상 폐하. 기 황비 마마께서는 결단코 황후가 되어서는 아니 되옵니다."

황제는 턱을 지그시 밑으로 내밀었다.

"경은 황자를 낳은 사람이 누군지 모르는 게요?"

"그럴 리가 있사옵니까? 기 황비께서 황자 마마를 생산하시지 않았습니까?"

"황비가 황자를 낳았거늘 그 어미를 황후로 책봉하는 것은 당연한 이치 아니오? 그 아들이 곧 황태자가 될 터인데 그 어미는 황비로 머물고 있는 게 말이 된다는 게요?"

이필은 이에 지지 않고 맞섰다.

"기 황비 마마께오선 고려인이 아니옵니까? 황후는 대대로 꿩길자 족에서 책봉해야 한다는 사실을 유념하소서."

이필의 말에 황제는 더 이상 말을 잇지 못했다. 그의 말이 핵심을 정확하게 찔렀기 때문이다.

대대로 원나라의 황후를 꿩길자 족에서 책봉하는 데는 그 나름의 이유가 있었다. 원나라 태조인 칭기즈 칸이 아직 천하 정벌을 나서기 전. 외갓집을 가던 길에 특설선(特薛禪)이라는 사람을 만났다. 그는 태조의 모습을 보고 반색하며 사위로 삼았다. 이유인즉, 특설선이 전날 밤에 꿈을 꾸었는데 해와 달을 품은 바다가 손바닥으로 들어오는 꿈이었다. 특설선은 태조가 바로 꿈에 본 바다라고 여겼던 것이다. 태조의 장인인 특설선이 바로 꿩길자 족이었다. 특설선에게는 세 명의 아들이 있었는데 안진(安陳), 화홀(火忽), 책(册)이 바로 그들이었다. 그들 형제는 기병 삼천 명을 거느리고 태조를 도와 여러 지역을 평정했다.

꿩길자 족은 태조를 도와 천하를 통일하는 데 막대한 공을 세웠으므로 태조는 꿩길자 족에서 여자가 태어나면 대대로 황후로 삼겠다는 명을 내렸다. 후손들이 이를 잊을까 염려하여 손수 조칙을 만들어 매년 4월에 그것을 읽도록 아예 법으로 정하기까지 했다. 그 이후 황후는 대대로 굉길자 족에서 선발하는 것이 원나라의 움직일 수 없는 관례가 되어버렸다. 이필이 바로 이 문제를 건드리자 황제는 아무 말도 할 수가 없었다.

이필은 또 다른 이유를 들고 나왔다.

"더구나 세조께선 고려 여자를 황후로 삼지 말라고 하셨지 않습니까?"

"그건 고려 여자가 황자를 낳기 전의 말이 아니오? 황자의 어미는 마땅히 황후가 되어야 할 것이오."

"그렇게 하시면 지엄하신 세조의 유언을 거스르시게 되옵니다."

그러자 옆에 있던 몇몇 신하들도 이필을 돕고 나섰다.

"통촉하시옵소서, 폐하."

황제는 얼굴이 벌겋게 상기된 채 눈주름을 파르르 떨었다. 이필의 말은 모두 사실인지라 마땅한 대답을 찾지 못했다. 같은 줄에 앉아 있던 박불화는 속으로 분을 삼키며 주먹을 불끈 쥐었다.

2

기완자는 뜨겁게 끓어오른 물을 시녀가 천천히 옥호춘병에 담는 모습을 바라보았다. 옥호춘병은 팔각형 병으로 복부 중간에 본래의 바탕 색깔이 드러나도록 신선과 화초 문양을 새겨 넣었다. 시녀는 병에

든 물이 식기를 기다렸다가 찻잔에 차례로 따랐다. 탁자를 사이에 두고 원외랑 박불화와 학사 사자반(沙刺班), 그리고 덕흥군(德興君)이 나란히 앉아 있었다. 사자반과 덕흥군은 조정에서 꽤 권세가 있는 자들로 박불화가 나서 기완자의 편으로 만들어놓은 사람들이었다.

박불화는 찻잔에 손을 대지 않고 가만히 고개를 내저었다. 여전히 분을 삭이지 못해 어금니를 꽉 깨물고 관자놀이를 실룩이고 있었다.

"마마, 당장 감찰어사 이필을 제거해야 합니다. 그자가 있는 한 마마의 황후 등극은 요원하옵니다."

기완자는 아무 대답 없이 찻잔만 기울이고 있었다.

"다른 대신들까지 선동하고 있습니다. 끝까지 마마가 고려인이라는 점을 물고 늘어지면서 반대하고 있습니다. 이대로 놔두시겠습니까?"

듣고 있던 기완자는 차를 한 모금 들이킨 후 입을 열었다.

"이 차는 말이야, 너무 뜨거울 때 마시면 그 맛이 잘 우러나지 않아. 너무 뜨거워도 너무 식어도 제 맛을 느낄 수 없지."

"……?"

"차란 적당한 온도에서 마셔야만 제 맛을 느낄 수 있어."

기완자는 잔을 내려놓으며 그들을 천천히 둘러보았다.

"아무런 연유도 없이 그저 나의 황후 책봉을 반대한다는 이유만으로 대신들을 내친다면 백성들이 나를 어떻게 생각하겠는가? 권력에 눈먼 고려 여자란 소리를 할 게 아닌가? 이국땅에서 칭송을 들어도 앞날을 기약할 수 없을 터인데, 쓸데없이 적을 만들 필요는 없어."

"허나 지금 때를 놓치시면 영영 황후 자리에 오르시기 힘들 것이옵니다. 서두르셔야 합니다."

"나도 잘 알고 있네. 그래서 지금은 뜨거운 물이 식기를 기다리고 있는 것이야. 그렇다고 아주 식어버리면 곤란하겠지."

"하오시면 어떤 계책이라도?"

기완자는 대답 대신 오히려 다른 질문을 던졌다.

"연첩고사는 지금 어디에 있다고 하느냐?"

"곧 고려로 유배를 보낸다고 합니다."

"고려라……. 황상께서 유배 가셨던 곳에 그를 보낸단 말이지?"

연첩고사는 백안의 모반 사건이 있은 후 황성으로 급히 돌아와 황태후의 궁에 숨어 지냈다. 하지만 곧 월가찰아(月可察兒)에게 들켰고, 월가찰아는 황제의 명에 따라 그를 체포했다. 몇몇 대신들이 그의 구명운동에 나섰지만, 황제의 서슬에 더 이상 나서지 못했다. 지금 황제는 명종의 아들이고, 연첩고사는 문종의 아들이니 둘은 사촌지간이었다. 하지만 황제는 자신을 해하고 황상에 오르려는 그를 가차 없이 내쳤다.

기완자는 탐색하듯 박불화의 얼굴을 바라보며 말을 이었다.

"그를 좀더 이용해야 할 것 같다. 내 황상 폐하를 만나러 갈 것이야."

박불화가 무슨 의도인지 물었으나 기완자는 더 이상 대답하지 않았다. 대신 박불화와 사자반으로부터 어전회의에서 오간 이야기를 빠짐없이 보고토록 했다.

그녀는 흥덕전에 앉아서도 한 나라를 이끌어 가는 모든 정무를 속속들이 파악하고 있었다. 전에는 태감과 궁녀들을 통해 궁궐의 은밀한 정보들만 접할 수 있었지만, 지금은 신하로 심어둔 이들 덕분에 공식적인 국사까지도 낱낱이 보고 받고 있었다. 박불화는 자신이 황제에게 올린 주청을 기완자에게 알렸다.

"황상 폐하께옵서 보탑실리에게 국새를 보내시어 복위를 승인하신다 하옵니다."

"보탑실리에게?"

기완자는 고려로 떠나는 날 자신을 찾아왔던 보탑실리를 떠올렸다. 기완자를 대하는 그의 태도는 예전에 보았을 때보다 많이 달라져 있었다. 기완자에 대한 황제의 총애를 익히 들어 알고 있음인지 고려로 떠나면서 가장 먼저 기완자를 찾아왔다. 그러나 기완자는 원나라 대도성에 있는 동안에도 그의 성정이 변하지 않은 걸 잘 알고 있었다. 은밀히 궁을 떠나 종고루 부근의 사창가에서 창기들과 주색에 빠져 있다는 것을 익히 들어왔다. 죽은 아비 충숙왕을 대신하여 다시 고려의 왕이 된 그의 행실은 여전히 변하지 않았다. 오히려 예전보다 더 극악무도한 횡포를 부리고 있었다. 박불화는 그에 대한 심기가 좋지 않았다.

"그자는 포악하고 음흉하여 왕의 자리에 오를 자격이 없는 자입니다. 백성들의 원성도 자자하다 합니다."

박불화는 이미 은밀히 사람들을 보내어 고려의 실정을 파악하고, 대도성을 오가는 고려인들을 통해 정보를 수집하고 있었다. 고려의 일반 백성들뿐 아니라 궁궐의 태감과 신하들 중 몇몇을 매수해 자기 사람으로 만들어놓았기 때문에 고려 궁궐에서 벌어지는 은밀한 이야기까지도 속속들이 기완자에게 보고 되었다.

"신은 그자가 고려의 왕이 되는 걸 원치 않사옵니다. 좀더 충실한 자를 내세우시지요."

"충실한 자라?"

"그러하옵니다. 백안첩목아(伯顔帖木兒 ; 공민왕)가 어떠하올지요?"
"백안첩목아라면 강릉대군을 말하는 것인가?"
"죽은 충숙왕의 둘째 아들이자 지금 왕의 동생이기도 하옵니다."
"나도 그에 대해 익히 들어 알고는 있네. 하지만 왕위를 맡기기엔 너무 어리지 않은가? 이제 겨우 열 살이 넘었다고 들었네."
"어린 자가 왕위에 올라야만 마마의 영향력을 잘 펼칠 수 있을 것이옵니다."
기완자는 고개를 내저었다.
"아직 나의 힘은 고려까지 미치지 못하네. 어린 자가 왕이 되면 분명 그 부인이나 태후가 섭정을 할 것이야. 오히려 지금의 왕을 내 사람으로 만드는 게 더 나을 게야."
잠시 생각에 잠겼던 기완자는 다시 박불화를 건너다보았다.
"사신으로 고려에 가는 자는 누구라고 들었나?"
"중서성 단사관 두린과 직성사인 구통이라고 하옵니다."
"원외랑은 그들이 떠나기 전에 환송연을 베풀어주게."
"하오면 무슨 계책이라도?"
"보탑실리도 우선 내 사람으로 만들 필요가 있어. 어쨌거나 그는 내 부모님이 계신 고려의 왕이 아닌가?"
은근한 미소를 지으며 찻잔을 기울이는 기완자의 눈빛은 얼음처럼 차가웠다.

3

고려 땅 행주(幸州).

기완자의 오빠인 기철은 옷을 잘 차려입고 외출 준비를 서둘렀다. 그는 화려한 자색 비단옷에 담비 가죽으로 만든 신발을 신었다. 머리는 상투 대신 정수리부터 앞이마까지 빡빡 깎고 가운데 머리카락은 뒤로 땋아 내린 개체변발을 했으며 말총으로 만든 복두를 썼다. 옷도 원나라 양식에 맞춰 저고리 길이는 짧고 소매를 좁게 하였으며 주름을 많이 넣은 바지를 입었다. 외출 채비를 마치고 대문을 나서려는데 그의 아비 기자오가 불러 세웠다.

"어딜 가려고 그러느냐?"

"개경이나 다녀올까 합니다. 그냥 답답해서 바람이라도 쐬고 오려고요. 구경도 좀 할 겸해서요."

기자오는 안타까운 어조로 중얼거렸다.

"왜 연수가 우릴 원나라 대도성에 부르지 않는지 모르겠다. 대도성의 볼거리라면 개경 정도는 비할 바가 아닐 텐데……."

"아직 황비의 신분이라 그럴 겁니다. 황후의 자리에 오르면 조만간 우릴 부르겠지요."

"천하를 호령하는 황제의 부인인데 그 정도 권세면 고려의 왕보다 못할 게 없지 않느냐?"

"연수는 명민한 데다 주도면밀한 아이입니다. 다 생각이 있어 그러는 거겠죠."

기철은 누이인 기완자가 승은을 입어 황비에 오른 소식은 벌써 들어 알고 있었다. 그녀가 사람을 보내 소식을 알려왔던 것이다. 그 때 집안에서는 성대한 잔치를 베풀었고, 이 소문은 삽시간에 주위에 퍼졌다. 미천한 공녀로 끌려가 하루아침에 황제의 부인이 되었다는 소식은 개경의 조정에까지 전해졌다. 그러자 행주성의 관리들이 앞다투어 찾아왔고, 기완자를 공녀로 끌고 간 결혼도감의 관리 김달은 아예 자취를 감춰버렸다. 후한을 두려워한 것이다. 그러나 소식만 들었을 뿐 아직 한번도 직접 누이의 모습을 보지는 못했다.

"개경에 가서 상인에게 물으면 대도성 소식을 접할 수 있을 겁니다. 그 소식을 잘 들어서 아버님께 아뢰겠습니다."

기철은 뒷짐을 지고 집을 나서서 개경으로 향했다. 마을 사람들이 알아보고는 인사를 하거나 친절하게 말을 걸곤 했다. 하지만 마을을 벗어나자 자신을 알아보는 사람은 많지 않았다. 그게 못내 거슬렸는지 가늘게 중얼거렸다.

"연수가 황후가 되는 날이면 이 나라에 나를 알아보지 못하는 자가 하나도 없을 것이야."

한참을 걸어 어떤 마을에 접어들자 한 떼의 사람들이 줄지어 어디론가 떠나고 있는 게 보였다. 그들은 보따리를 머리에 이거나 어깨에 지고는 서둘러 발걸음을 재촉했다. 아이들은 어른들 틈에 끼여 부모를 놓치지 않으려고 종종걸음으로 힘겹게 따라가고 있었다. 마을 어귀에는 그들을 보기 위해 사람들이 모여들었다. 사람들은 동정 어린 눈길을 보내며 하나같이 혀를 차고 있었다. 기철은 구경꾼 중 사내 하나를 붙잡고 물었다.

"저자들이 보따리를 싸매고 어디로들 가는 겁니까?"

"아랫동네 사람들인데 압록강을 건너 원나라로 간다고 합디다."

"멀쩡한 나라를 떠나 왜 원나라로 건너간답니까?"

사내는 기철을 바라보며 턱을 앞으로 내밀었다.

"정말 몰라서 하는 소리외까?"

기철이 고개를 끄덕이자 사내의 말이 이어졌다.

"왕이 민가의 어린아이 수십 명을 잡아다가 새로 짓는 대궐의 주춧돌 밑에 파묻으려 한다는 소문이 자자해요. 그래서 아이가 있는 집은 놀라서 산으로 숨고, 그래도 안심이 되지 않는 자들은 저렇게 원나라로 떠난다고 합디다."

기철은 그 소문이라면 익히 들어 알고 있었다. 얼마 전 충혜왕이 민천사(旻天寺) 누각에 올라가 비둘기를 잡으려다 부주의로 누각과 궁을 태운 일이 있었다. 왕은 궁과 연회장을 신축하기 위해 민가 백여 채를 헐고 토지와 재산을 강탈했다. 그것도 모자라 대궐의 주춧돌 밑에 아이를 산 채로 묻으면 화재가 나지 않는다는 어느 승려의 말을 듣고 아이를 데려간다는 흉흉한 소문이 나돌았다. 이에 아이를 둔 부모들이 멀리 이국땅으로 이주하기 시작한 것이다. 고려 땅을 떠나는 무리에는 아이를 기르는 사람만이 아니었다. 왕의 폭정과 관리들의 수탈을 견디지 못해 떠나는 사람들도 꽤 많았다.

원나라로 끌려갔다가 온 충혜왕은 예전과 변한 것이 전혀 없었다. 오히려 원에 끌려가기 전보다 더한 횡포를 부리고 다녔다. 충숙왕이 죽고 다시 왕위에 오르자 온갖 음행을 일삼기에 바빴다. 내시 유성의 처 인씨가 아름답다하여 수하 구천우와 강윤웅을 데리고 가서 유성에게 술을 먹이고는 그 아내를 겁탈하는가 하면, 어느 선비의 며느리를 능욕한 뒤 그의 심복 노영서에게 주기도 했다. 날이 갈수록 왕의 음행은 도가 지나치더니 심지어 모후에게까지 음흉한 손길을 뻗쳤다.

왕은 어느 날 경화공주의 초청을 받자 송명리(宋明理) 등 심복 몇 명을 거느리고 영안궁(永安宮)을 찾아갔다. 그동안 왕은 홀로 궁을 지키고 있는 경화공주가 적적할 거라고 여겨 두 번이나 성대한 연회를 베푼 바 있었다. 이에 대한 보답으로 경화공주가 왕을 초청한 것이다. 그녀가 전왕인 충숙왕에게 시집왔을 때는 아직 젊은 나이였다. 그 아름다운 자색은 그대로 남아, 세월이 흐른 지금도 한 떨기 모란처럼 주위를 환하게 했다.

왕은 준비시킨 음식과 술을 한 상 가득 공주 앞에 대령시켰다.

"어마마마, 혼자 계시느라 얼마나 적적하십니까?"

왕은 잔에 술을 따라 건네며 극진한 어조로 말했다.

"이렇게 어미를 생각해주시는 지극한 충정을 부왕께서도 아셨으면 좋았을 텐데."

경화공주의 부드러운 음성과 나긋한 몸짓이 왕의 눈을 어지럽게 했다. 화려한 청옥색 치마저고리와 붉은색 두루마기, 그리고 색색의 장신구로 치장한 붉은 아마포를 쓴 모습이 그림 속의 선녀처럼 보였다.

왕은 그윽한 시선으로 그녀를 건너다보았다.

"이제부터 부왕을 대신해서 제가 어마마마를 모실 것입니다."

"고맙기 이를 데 없지요."

왕은 손수 술을 따라 다시 공주에게 건넸다. 둘은 한동안 술잔을 주고받으며 이런저런 이야기를 나누었다. 술이 몇 순배 돌자 왕의 얼굴은 불콰하게 달아오르고, 경화공주도 얼굴에 술이 올라 두 눈이 선홍빛으로 물들었다. 왕은 크게 하품을 하며 몸을 가누지 못했다.

"어, 취한다. 어마마마, 여기 잠깐 누울까 합니다. 괜찮겠지요?"

공주가 대답도 하기 전에 왕은 그 자리에 팔베개를 하고 드러누웠다. 어느새 공주를 지키던 시녀와 내시들은 옆방으로 물러가 있었다. 혼자 앉은 공주는 난감한 표정으로 주위를 둘러보았다. 비록 모자지간이라 하나 젊은 남자와 젊은 여자가 단 둘이 방안에 있는 게 마음에 걸렸다. 왕의 음행은 궁내 외를 불문하고 소문이 자자한 터라 아무래도 불안했다. 슬며시 자리에서 일어서려는 순간, 왕이 게슴츠레한 눈을 떴다.

"마마, 어디 가시려구요? 술이나 더 하시지요."

왕은 다시 일어나 술잔을 건넸다.

"왕야께서 술이 너무 과하셨습니다. 이제 그만 물러가시지요."

경화공주는 손을 내저으며 다시 일어섰다. 그러자 왕은 갑자기 공주의 치맛자락을 잡아끌었다.

"제가 외로움을 달래드리겠다는데 왜 그리 피하기만 하시오?"

왕이 옷자락을 잡은 손에 힘을 주어 잡아당기니 공주는 중심을 잃고 왕 앞에 힘없이 고꾸라졌다. 공주가 일어서려하자 왕은 한쪽 팔로 공주의 목을 휘어 감더니 옆에 놓인 침대로 끌고 가 강제로 눕혔다.

"이게 무슨 망측한 짓이오?"

공주는 왕의 손을 뿌리치려 했지만 뜻대로 되지 않았다. 억센 사내의 품을 빠져나가기는 어려웠다. 왕은 들숨과 날숨을 가파르게 내쉬며 그녀에게 다가와 낮고 빠르게 속살거렸다.

"오늘 마마의 외로움을 내 확실히 달래주리다."

왕은 주저 없이 청옥색의 옷고름을 풀기 시작했다.

"게 누구 없느냐?"

공주는 마침내 소리 지르기 시작했다. 하지만 왕의 억센 손길은 멈추지 않았다. 저고리를 벗겨낸 손은 이내 치마 속을 헤치며 들어갔다.

"아악."

공주가 비명을 내지르자 옆문이 열렸다. 하지만 달려온 것은 시녀가 아니라 왕의 심복 송명리였다. 그는 음흉한 미소를 지으며 이죽거렸다.

"조용히 하시는 게 좋을 것이오. 아랫것들이 즐비한데 창피를 당해서야 되겠소?"

왕이 눈짓을 보내자 송명리는 비명을 내지르는 공주의 입을 손으로 틀어막더니 수건을 입에 물렸다. 그리고는 민첩하게 두 손을 끈으로 묶어 침대에 고정시켰다. 다리를 버둥대자 주먹으로 허벅지를 세게 내쳤다. 공주는 비명을 지르지도 못하고 다리가 풀리고 말았다. 어느새 왕은 바지를 벗어 아랫도리를 드러내놓고 있었다. 그는 음흉한 표정으로 헐떡이며 다가와 치마를 걷어냈다.

등줄기를 따라 온몸을 관통하는 통증이 흘렀다. 몸 전체가 둘로 쪼개지는 것만 같았다. 그런 통증은 어느 정도 견딜 수 있었다. 참을 수 없는 건 수치심이었다. 두 명의 사내에게 농락당한 것도 모욕이지만, 상대가 자신의 서자라는 게 도무지 참을 수 없었다. 공주의 눈에는 이제 아무것도 보이지 않았다. 몸속에서는 거센 울화가 치밀어 올라 흔들리던 방안의 등불이 뿌옇게 흐려졌다.

일을 치른 그들은 서둘러 영안궁을 나섰다. 겨우 옷을 추스른 경화공주는 분노와 수치심으로 부들부들 몸을 떨며 밤을 꼬박 새웠다. 공주는 날이 밝기도 전에 시녀를 은밀히 불러 말을 구해오도록 시켰다. 말을 타고 곧장 원나라 대도성으로 달려가 고려왕의 횡포를 낱낱이 보고하고 그를 폐위시키라고 주청할 계획이었다. 하지만 시녀는 말을 구해오지 못했다. 경화공주가 말을 구하려고 한다는 전갈을 들은 왕이 이엄(李儼)과 윤계종(尹繼宗) 등의 심복을 시켜 개성 마시장을 모두 폐쇄했던 것이다. 경화공주는 말 한 필 구하지 못하고 개경에 머물 수밖에 없었다. 하지만 그대로 물러서지는 않았다. 다시 시녀를 보내어 심양왕파의 조적(曺頔)을 영안궁으로 은밀히 불렀다.

조적은 원래 미천한 역리(驛吏)였는데 충렬왕 때 내관을 통해 조정에 발을 들여놓았다. 차츰 벼슬이 올라 우상시(右常侍)로 승진했으며, 충숙왕 때는 선부전서(選部典書)의 자리까지 올랐다. 그 후 충숙왕이 죽고 현 왕인 보탑실리와 심양왕이 대립하게 되자, 심양왕 편에 섰던 인물이었다. 보탑실리가 어렵게 다시 왕위에 오르자 보복을 두려워한 그는 병이 났다는 핑계로 사저에 물러가 있었다. 공주로부터 왕의 횡포를 전해들은 조적은 주먹으로 탁자를 내려쳤다.

"세상에 그런 패륜아가 또 어디 있겠소? 그런 자는 왕이 될 자격이 없습니다."

그는 곧장 심양왕파의 사람들을 다시 불러모았다. 보탑실리와 대립하고 있을 때는 그 기세가 높았지만 그가 왕이 되고서는 모두 근신하며 흩어져 있었다. 그러나 경화공주가 왕에게 능욕을 당했다는 말을 듣고는 이를 빌미로 그들이 다시 모였다.

"그런 자를 어찌 왕으로 받들 수 있겠소? 왕과 간신들을 몰아내고 고려 땅의 풍습을 바로 잡아야 하오."

조적은 사병들로 하여금 영안궁을 지키게 하고 무력시위에 나섰다. 이를 전해들은 왕이 호위 군사를 이끌고 달려왔다. 하지만 단단히 문을 걸어 잠그고 높은 벽에 지켜선 군사들로 인해 접근조차 못하고 발길을 돌렸다. 왕은 조적 일파에게 이간책을 쓰기로 했다. 전판서 이조년(李兆年)을 시켜 조적의 편에 선 재상들을 회유토록 한 것이다.

"그자가 난을 성공시키면 왕 노릇을 할 게 분명하오. 덕망 높은 재상들이 미천한 그자를 받들고 신하 노릇을 할 셈이오?"

이리하여 조적을 따르는 무리는 크게 두 패로 갈라졌다. 끝까지 조적의 편에 선 무리와 이조년의 말에 회유된 무리로 나뉘면서 그 위세는 한층 꺾이고 말았다. 다급함을 느낀 조적은 영안궁 밖에서 대기하고 있던 군사들을 급히 안으로 불러들였다. 그들에게 모두 붉은 헝겊을 옷에 붙여 표식을 하게 하고는 창칼로 무장한 채 왕이 거처하는 회경전(會慶殿)으로 향했다. 천여 명의 군사가 내지르는 함성소리가 천지에 진동했다. 왕의 대비도 만만치 않았다. 조적의 군사들이 습격할 것을 대비하여 그보다 훨씬 많은 오천의 군사를 궁궐 주위에 포진시키고 있었다.

수적으로 밀린 조적의 군사는 꼼짝없이 왕의 군사들에게 포위된 형국이 되고 말았다. 그 위세에 꺾인 조적의 군사들이 창을 놓고 투항했으며 끝까지 저항한 몇몇의 군사는 가차 없이 목이 베어졌다. 열세를 느낀 조적은 몸을 피하여 영안궁으로 향했지만 왕의 군사가 쏜 화살에 맞아 그 자리에서 죽고 말았다. 이렇게 해서 조적의 반란은 확실히 제거되었고, 그 기세를 몰아 심양왕 일파까지 제거하는 데 성공했다.

왕은 이제 아무것도 거리낄 게 없었다. 때를 맞춰 자신의 고려왕 승인을 극구 반대하던 원나라의 백안이 조카 탈탈에 의해 실각되었다는 소식은 더 힘을 실어주었다. 아직 원나라의 정식 승인이 떨어지지는 않았지만 고려왕으로서의 입지를 확실히 다진 셈이었다.

기철은 궁에서 일어나는 모든 소식들을 온전히 전해 듣고 있었다. 기철이 원나라 황비의 오라비라는 소문이 퍼지면서 궁궐의 환관과 궁녀들은 심복을 자청하며 궁궐의 소식들을 가져왔다. 그 대표적인 인물이 바로 환관 최만생(崔萬生)이었다. 그는 기철의 누이 기완자가 황제의 비이며 황제가 그녀만을 총애하고 있어 머지않아 황후의 자리에 오를 것이라 예측하고 왕실에서 일어난 일들을 속속들이 그에게 전달하고 있었다.

기철은 보따리를 싸매고 떠나는 사람들의 행렬을 말없이 지켜보았다. 아이들은 힘이 드는지 더 이상 못 걷겠다고 칭얼대었고, 부모는 겨우 달래며 아예 등에 업고 있었다.

"이런 죽일 놈들."

기철은 두 눈을 번들거리더니 침을 뱉었다.

"고려왕을 이대로 놔두어선 안 되겠소."

옆에서 있던 사내가 놀라며 주위를 둘러보았다.

"그 무슨 경을 칠 소리요, 왕을 그대로 놔두지 않겠다니?"

기철은 사내를 돌아보며 빙긋 웃어 보였다.

"나랑 내기를 할까요? 지금의 왕이 머지않아 원나라로 끌려갈지 말지를요."

기철은 다시 호탕하게 웃으며 개경으로 가는 걸음을 멈추고 집으로 다시 돌아왔다. 급히 종이를 찾아 글을 적더니 봉투에 넣어 단단히 봉하고는 다시 개경으로 향했다. 개경에 도착한 그는 지체 없이 잘 알고 지내는 장사치를 찾아갔다. 그는 대대로 상업에 종사하며 원나라와 고려를 오가며 교역을 하는 자였다. 그의 손에 은병(銀甁) 하나를 덥석 쥐어주고는 흰 종이봉투를 내밀었다.

"이 서찰을 대도성에 전하시오."

4

황제와 기완자는 연못 위에 놓인 아미 모양의 다리를 천천히 건너고 있었다. 뒤로는 여러 명의 궁녀와 태감들이 고개를 숙이며 따랐고, 무장을 한 호위군들이 주위를 경계했다. 두 사람은 다리 위에 잠깐 멈춰 서서 연못 주위에 화사하게 피어난 꽃들을 감상했다. 바야흐로 봄이 되면서 온갖 꽃들이 피어나 수면에 비치니 물 속까지도 꽃잔치가 한창이었다. 이 연못은 적수담의 물을 흥덕전 앞으로 끌어들여 만든 인공 연못이었다. 평소 기완자가 연못을 좋아하는 것을 알고 황제가 명하여 만들게 했다.

기완자가 황제와 함께 산책을 하는 것은 실로 오랜만이었다. 기완자는 주로 침소에서 황제를 맞이하곤 했다. 하지만 황제는 낮에도 자주 기완자를 찾았다. 두 사람이 다정하게 황궁을 산책하는 것은 그들의 금실을 내외에 보여줌과 동시에 기완자의 위세를 나타낼 수 있는 기회이기도 했다.

연못을 바라보던 황제가 기완자에게로 시선을 돌렸다.

"짐이 그대를 볼 면목이 없구나."

"그 무슨 말씀이옵니까? 절 뵐 면목이 없다니요?"

"그대를 황후로 책봉하려 했으나 아직도 반대하는 신하가 몇몇 있구려. 그들의 반대에도 일견 일리가 있어서 내가 그들의 뜻을 꺾지 못하고 있소."

기완자는 일부러 목소리를 낮췄다.

"전 황상 폐하의 은총만 받으면 족하옵니다. 황후 자리라뇨? 소인은 감당할 자신이 없사옵니다."

"그대는 황자를 생산하지 않았소? 황자의 어미를 언제까지 황비 자리에 둘 수는 없지."

"하지만 폐하에겐 백안홀도 황후가 계시지 않습니까?"

"황후가 투기라도 할까 두려운가?"

"제가 혹 황후라도 되면 황후의 심기가 불편하올까 염려되옵니다. 더구나 그분은 황자를 생산하시지 못하여 그 심려가 더욱 크실 겁니다."

듣고 있던 황제가 크게 웃었다.

"역시 그대의 심성은 너무 고와 탈이야."

황제는 기완자의 손을 꼭 잡았다.

"내 무슨 일이 있어도 그대를 황후의 자리에 앉힐 것이야. 아무도 내 뜻을 막지 못해."

그들 위로 요조한 흰빛 수련과 농염한 붉은 배롱나무가 길게 가지를 드리웠다. 가지에서는 하얀 꽃이 분분히 날려 마치 흰 눈이 오는 듯했다. 기완자가 손바닥을 펴자 하얀 꽃잎 하나가 사뿐히 내려앉았다. 그녀는 한참 동안 꽃잎을 바라보다가 문득 황제를 올려다보았다.

"황상 폐하. 연첩고사는 어떻게 하실 건지요?"

"그는 백안과 함께 역모를 꾀한 자요. 마땅히 그 죄를 엄히 물어야지."

"고려로 유배를 보내신다구요?"

"생각 같아서는 당장 목을 베고 싶으나, 어쨌든 나의 아우가 아닌가? 유배를 보내는 것으로 마무리하려 하오."

"그를 고려로 보내는 것은 너무 가혹해 보이십니다."

"가혹해 보이다니?"

"폐하가 유배 가셨던 곳으로 보내시면 사람들은 황상께서 보복하시는 걸로 여길 수도 있습니다. 연첩고사는 그래도 황상 폐하의 사촌 아우이지 않습니까? 용서하시어 폐하의 후덕함을 보이시는 게 더 좋을까 합니다."

"음, 그렇군. 내가 왜 그 생각을 못했을까?"

황제는 잠시 생각을 하다가 고개를 끄덕였다.

"그를 어떻게 하면 좋겠는가?"

그녀는 들고 있던 꽃잎을 연못 위로 떨어뜨리며 말했다.

"궁에는 들어오지 못하게 하되 대도성 안에 따로 집을 내주시지요. 그 안에서만 살게 하다가 적당한 때에 사면을 해주시는 게 좋을 듯하옵니다."

"그 말에 일리가 있다. 역시 그대는 명민하면서도 후덕하기도 하구나."

기완자는 연못 위에 떠있는 흰 꽃잎을 한참 동안 바라보았다. 꽃잎은 물여울을 타고 가늘게 흔들리고 있었다.

5

 적수담이 바라보이는 작은 정자에는 박불화와 최천수가 주최하는 연회가 성대히 벌어지고 있었다. 방향과 비파, 당적 소리가 정자를 가득 채우며 퍼져나가고 악공들의 연주에 맞춰 비단옷으로 단장한 무희들이 하얀 적삼을 허공에 날리며 춤을 추었다. 흥이 일자 무희들은 일제히 겉옷을 벗고 속적삼의 색깔을 바꾸더니 몸을 꼬며 땅에 엎드려 글자의 자형(字形)을 연출했다. 연회의 주인공은 단사관 두린과 직성사인 구통이었다. 두 사람은 화사하게 단장한 여자들을 옆에 끼고 술잔을 기울이고 있었다.
 "이게 바로 포도주라는 겁니까?"
 두린이 묻자 옆에 앉아 있던 박불화가 고개를 끄덕였다.
 "멀리 서역 땅의 대진에서 조공으로 바친 것입니다. 그곳 사람들은 물처럼 마신답니다."
 "이 귀한 것을 주시다니 정말 고맙구려."
 "그건 제가 준비한 것이 아니라 기 황비 마마께서 손수 내리신 겁니다."
 "기 황비 마마께서요?"
 "두 분은 내일이면 고려로 떠나시지 않습니까? 고려라 하면 황비 마마의 친정이기도 하지요. 그래서 각별히 두 분을 위해 포도주뿐만 아니라 이렇게 송별연을 베풀어드리는 겁니다."
 두린이 흡족한 표정을 지어 보였다.
 "저희들이 직접 찾아뵙고 인사를 올려야 하는데……."

"인사는 고려에 다녀오신 후 하시지요. 고려왕이 자격이 있는지만 잘 살펴주시면 됩니다."

듣고만 있던 최천수가 두린을 향해 물었다.

"호위 군사의 수는 얼마나 됩니까?"

"좌맹우군 삼백 명을 데리고 갈 것입니다."

"그 정도의 군사로 만약의 사태를 감당할 수 있을까요?"

"십만 대군이 있어도 용맹한 원나라 군사를 막을 순 없을 겝니다. 어찌 고려 군사 따위가 감히 황상의 군사를 건드릴 수 있겠습니까?"

최천수는 가늘게 실룩이는 목울대를 감추기 위해 애써 어금니를 세게 깨물고 있었다. 술자리가 무르익자 박불화는 옆에 앉은 두린을 향해 비단 보자기 하나를 내밀었다.

"고려에 가시거든 경화공주님을 찾아뵙고 이 포도주를 전해 주십시오. 황상 폐하께서 직접 내리시는 것입니다."

"황상 폐하의 명인데 제가 어찌 소홀히 하겠습니까?"

박불화가 건넨 포도주는 기완자가 황제의 명을 빌어 꾸며낸 것이었다. 박불화는 목소리를 낮췄다.

"공주님을 만나시거든 고려왕의 그간 행적을 소상히 물어보십시오. 다른 사람 눈에 띄지 않게 각별히 조심하고 은밀히 두 분이서만 만나셔야 합니다."

"그분은 서모이긴 하나 고려왕의 모후가 되지 않습니까?"

"가까이서 지켜보셨을 테니 왕의 자질을 정확히 평가하실 겝니다."

"알았소이다. 내가 직접 전해드리죠."

그러면서 두린이 박불화와 최천수에게 술을 따랐다. 박불화는 술을 받아 마셨지만, 최천수는 손을 내저으며 잔에 입도 대지 않았다. 그러자 옆에서 춤을 추던 무희가 바짝 다가왔다. 그녀는 버드나무처럼 낭창낭창한 몸매에 붉은 입술이 도드라져 요염한 모습이었다. 분 냄새와 몸에 바른 난향이 사위로 퍼지며 둘러앉은 남정네들의 코를 자극했다. 무희는 스스럼없이 잔에 술을 따르더니 최천수에게 내밀었다.

"잘생긴 낭군님께서 왜 술을 드시지 않으실까?"

최천수가 본체만체하자 무희는 스스럼없이 한 손으로 최천수의 팔짱을 끼며 술잔을 그의 입에 대려 했다. 최천수가 고개를 내저으며 한 손으로 잔을 뿌리쳤는데, 그만 술잔을 떨어뜨리고 말았다. 최천수의 아랫도리는 술에 흠뻑 젖고 말았다.

"어머머, 이를 어떡해!"

무희가 하얀 적삼으로 바지에 묻은 술을 닦아내나 싶더니 깜짝 놀라 비명을 지르며 최천수 곁에서 물러섰다.

"에그머니나!"

"무얼 그렇게 놀라느냐?"

"그게 엄청나게 커졌어요. 딱딱하기도 하구요."

그러자 옆에 있던 두린이 호탕하게 웃어 보였다.

"예끼, 이 사람아! 그분은 태감이시다, 태감. 천하의 미인을 보아도 끄떡 않는 분이란 말이다."

"아니에요. 분명 그게 딱딱해져 있었는데?"

무희는 말끝을 흐리며 고개를 내젓고 있었다. 얼굴이 붉게 상기된 최천수는 자리를 털고 일어서 버렸다. 정자를 나와 적수담 옆 바윗돌에 걸터앉았다. 그는 술에 젖은 바지를 손으로 훔쳐내며 하늘을 올려다보았다. 풍성한 보름달이 그 모습만큼이나 풍성한 빛을 뿌려대며 황궁의 모습을 요요하게 비추고 있었다. 늘 실내에 있다가 밤에 밖에 나오긴 참으로 오랜만이었다.

모처럼 회포를 풀라며 기완자가 자신을 연회장으로 보냈지만 마음은 편하지 않았다. 자신이 있어야 할 곳에 있지 않은 불안과 초조함 때문에 그의 시선은 연신 멀리 보이는 흥덕전을 향하고 있었다. 한동안 무연히 앉아 있던 그는 생각난 듯 품안에서 작은 물건을 꺼냈다. 일전에 기완자가 건네준 황금 보검이었다. 최천수는 늘 이 보검을 소매에 간직하며 그녀가 생각날 때마다 꺼내어 만져보고 품어보곤 했다. 얼마나 매만졌는지 황금으로 만든 손잡이와 칼집에 반질반질 윤이 나서 얼굴이 비칠 정도였다.

잠시 뒤 박불화가 다가왔다. 그는 술에 취해 얼굴이 붉게 변해 있었다. 최천수는 얼른 보검을 소매 속에 감추었다. 박불화가 바위 옆에 나란히 앉으며 어깨를 팔을 얹었다.

"왜 그래? 오랜만에 술이나 하면서 이야기나 나눌까 했는데 말야."

"난 황후 마마를 지키는 몸이야. 무슨 일이 생길지도 모르는데 내가 술에 취해 있을 순 없지."

"자넨 벌써 황후 마마라고 부르는군."

"조만간 황후 마마가 되실 분 아닌가?"

"성품이 명민하고 매사 주도면밀하시니 황후가 되는 건 시간문제겠지. 아니, 일에 대한 판단력과 추진력으로 봐서는 황후 정도로는 부족한 분이야."

박불화는 팔짱을 낀 채 옆을 돌아보았다.

"온종일 황후 마마를 지키고 서 있자면 답답하지 않나? 자네도 마마에게 벼슬자리를 청해보는 게 어때? 자네 부탁이라면 거절하지 않으실 텐데……."

최천수는 대답 없이 빙긋 웃기만 했다.

"권력이라는 게 좋긴 좋아. 내가 원외랑 벼슬에 오르자 얼마나 많은 사람들이 선물보따리를 싸들고 찾아오는지……. 자고로 천하는 원나라의 땅 아닌가. 천하의 산해진미와 귀한 것들이 우리 집으로 들어오고 있다네. 갖은 청탁과 민원을 들고 와서 잘 봐달라고 굽실거리는 모습들이 얼마나 가소롭게 보이던지."

"하지만 권력이란 건 물거품과 같은 것이야."

"권력욕이라면 자네가 나보다 훨씬 크지 않았어? 고려에서 자넨 문관이 되려다 신분 때문에 포기하고 나중에는 무관으로 출세하려 했잖아? 원나라의 관직이면 말단이라도 고려의 왕후장상에 비교가 안 되는 마당인데 왜 모든 걸 포기하려 하지?"

최천수는 쓴웃음을 머금으며 턱을 앞으로 내밀었다.

"자네는 내가 고려에 있을 때 높은 벼슬에 오르려 했던 이유를 모르는가?"

박불화가 대답이 없자 내처 말을 이어나갔다.

"그건 바로 연수와 혼인을 하기 위해서였네. 지금이야 황후가 되실 몸이니 황공하옵게 어디 연심이라도 품을 수 있겠는가마는 고려에서는 그랬다네. 연수는 기우는 가세를 도와줄 수 있는 세도가를 원했지. 내가 혼인을 하려면 그만한 관직이 있어야 될 것 같아서 그랬던 것이야."

"그러면 지금은?"

"이렇게 호위무사가 되어 하루 종일 함께 있는데 내 무슨 벼슬을 바라겠는가?"

어느새 최천수의 낮은 목소리는 젖어 있었다.

"역시 자네는 충신이란 말이야, 충신. 하하하."

그렇게 웃었지만 박불화의 표정은 그리 밝지 못했다. 함께 있으면서도 연신 흥덕전을 향해 시선을 두고 있는 최천수의 모습이 자꾸만 불안하게 보였다.

6

황제의 명을 받아 파견된 단사관 두린과 직성사인 구통은 원나라 대도성을 출발한 지 두 달 만에 고려의 개경에 도착하였다. 그들은 황제의 국새를 지니고 있는 데다 고려왕의 복위를 인정할 수 있는 막강한 권한을 가지고 있어 고려 왕실은 한바탕 난리가 났다. 융숭한 대접을 하기 위해 개경의 미녀들을 징발하고, 온갖 산해진미에 왕실의 악공과 무희들을 불러와 연회를 베풀었다.

개경의 궁궐은 얼마 전에 새로 지어졌다. 계속되는 몽고의 침입을 피하여 강화도로 도읍을 옮겨 있는 동안 몽고병의 말발굽에 짓밟혀 거의 폐허처럼 변해버렸다. 얼마 뒤 몽고에게 굴복하고 개경으로 환도한 1270년에야 고려 왕실에서는 궁궐을 신축할 수 있었다.

두린과 구통은 연회장의 중앙에 고려의 왕과 나란히 앉았다. 충혜왕은 아직 고명을 받진 못했지만 고려의 왕위를 누리고 있었다. 그는 죽은 충숙왕이 살아 있을 때도 2년 동안 고려를 통치한 적이 있었다. 두린과 구통은 일개 사신에 불과했지만 충혜왕을 친구 대하듯 하고 있었다.

"내 고려의 미인 소식은 익히 들어 알고 있으나 이렇듯 여색이 아름다운 줄은 오늘 처음 알았소이다."

충혜왕은 두린에게 직접 술을 따라주었다.

"우리 고려에는 이런 미녀들이 널려 있으니 실컷 즐기다가 가시지요."

"이거 벌써부터 대도성에 가기 싫어지는데? 하하하."

두린은 궁녀를 옆에 끼고 호탕하게 웃었다. 그 모습을 지켜보며 충혜왕이 슬쩍 말문을 열었다.

"저, 이번에 과인의 고명은 확실히 되는 것입니까?"

"며칠 동안 조사하여 별 문제가 없으면 국새를 내리는 것과 동시에 복위될 것이외다."

"잘 부탁합니다그려."

왕은 비굴한 웃음을 띠며 두린에게 잔을 내밀었다. 사신 일행을 수행해 고려에 온 원나라 군사들도 모두 갑옷을 풀고 창은 내려놓은 채 술상을 받고 있었다. 삼백이나 되는 많은 군사들을 접대하기 위해 징발 당해 온 여염집 딸들이 함께 앉아 수발을 들고 있었다.

연회가 파하자 왕은 두린을 강안전 옆 영수전(永壽殿)에 들게 했다. 영수전은 왕이 침수 드는 곳으로 후비들의 생활공간이기도 했다. 이곳에 남자의 출입은 엄격히 금지되었으며 왕과 세자만이 드나드는 곳이었다. 왕은 다섯 명의 궁녀들에게 그를 시중들게 했다. 두린은 그 중 한 궁녀를 선택해 방에 들었다. 궁녀가 두린의 옷을 벗기려 하자 그는 손을 내저었다.

"잠깐만 기다려보아라."

두린은 문을 살짝 열어 밖을 살폈다. 호위하던 군사들도 궁녀가 방으로 들어가는 것을 확인하고는 물러나 있었다.

"너는 꼼짝 말고 이 자리에 있어야 한다."

두린은 얼른 옷을 챙겨 입고 몰래 영수전을 나와 옆에 있는 영안궁을 은밀히 찾아갔다. 그곳엔 왕의 서모인 경화공주가 거처하고 있었다. 경화공주는 자신을 찾아온 두린을 매우 반겼다.

"어서 오시오. 오랜만에 원나라 사람을 만나니 여간 반가운 게 아닙니다."

"기 황비 마마께서도 공주님의 안부를 궁금해 하십니다."

"기 황비 마마께서요?"

경화공주는 공녀로 끌려가기 전에 자신이 심하게 다룬 여자가 후에 황비가 되었다는 소리를 들어 알고 있었다. 그녀가 바로 기완자였던 것이다. 자신이 비록 고려의 왕후이긴 하나 권세로 치면 원나라의 황비에 비할 바 못 되었다. 언제든지 제거할 능력이 기완자에게 있었다. 하여 그녀가 복수를 해올까 봐 늘 마음을 졸이고 있었다. 그러던 차에 기완자가 먼저 안부를 전해온 것이다. 경화공주는 그 안부의 의미를 몰라 난감했다.

"이건 기 황비 마마께서 공주님께 직접 전해드리라고 보내신 겁니다."

두린이 보자기에 싼 물건을 건넸다. 보자기를 풀자 포도주가 가득 채워진 청화매병이 나왔다.

"아니, 이 귀한 것을……."

당시 고려에는 포도가 전래되지 않아, 포도뿐 아니라 포도주는 매우 귀했다. 원나라를 왕래하는 사신들을 통해 겨우 구할 수 있을 정도였다. 경화공주는 먼 이국땅에서 고향을 생각할 때마다 포도주 생각이 간절해지곤 했다. 이 포도주가 여간 반가운 게 아니었다. 경화공주는 다과상을 준비케 하여 두린에게 친히 포도주를 따랐다. 두 사람이 술잔을 주고받는 동안 두린이 말문을 열었다.

"그래, 공주님께서는 무탈하신지요?"

그러자 경화공주의 표정이 후드득 흐려졌다. 속눈썹 끝이 가늘게 떨리며 고개를 푹 숙이더니 눈시울을 붉혔다.

"아니, 공주님! 무슨 일이 있사옵니까?"

경화공주는 대답 대신 흰 비단 적삼을 걷어 올렸다. 두 팔목에는 아직 희미하게나마 푸른 멍자국이 남아 있었다.

"아니, 누가 이렇게?"

경화공주는 아랫입술을 깨물며 대답했다.

"고려왕의 소행이오."

"고려의 왕이 어찌 이런 일을……. 그는 공주님의 아들이 아니옵니까?"

"나의 아들이라?"

공주의 눈에는 불꽃이 튀고 있었다.

"그가 왕위에 복위하고 얼마 되지 않은 때였소. 혼자 있는 내가 적적해 보인다며 이곳 영안궁에서 두 번이나 향연을 베풀어주더군요. 그래서 나도 그 답례로 향연을 베풀었죠. 그런데 왕은 연회가 파했는데도 돌아가지 않았어요. 술에 취한 척하고 나의 침실로 와서는 그만……."

경화공주는 말끝이 흐려지는 걸 마른침을 삼켜가며 필사적으로 다시 이어갔다. 듣고 있던 두린은 너무 놀라 벌어진 입을 다물지 못했다.

"어떻게 이럴 수가, 자신의 모후에게 이럴 수 있단 말입니까?"

"그는 사람이 아니에요. 인간의 탈을 쓴 금수랍니다. 저뿐만 아니라 수비 권씨까지 같은 방법으로 취했습니다. 어미까지 건드리는 그가 다른 여자를 그대로 놔둘 리가 없지요. 신하의 부인들은 물론이고 민가의 아녀자들까지 서슴없이 취하고 있답니다."

두린의 얼굴은 노기를 띠며 일그러졌다. 할 말을 찾지 못한 채 얼굴은 붉게 상기되었고, 두 눈에는 핏발이 어렸다. 그는 두 손을 부르르 떨며 벌떡 자리에서 일어났다.

"그런 자를 왕으로 승인하도록 놔둘 순 없겠사옵니다."

밖으로 뛰어나간 그는 데려온 군사들을 불러 모았다. 그는 지체 없이 군사들을 이끌고 왕이 거처하는 승경전(承慶殿)으로 쳐들어갔다. 궐문 앞에 이르자 왕을 호위하는 군사들이 그들을 가로막았다. 급하게 소식을 듣고 달려온 신하들도 그의 무례를 꾸짖었다. 신하 중 홍빈(洪彬)이 목소리를 높이며 나섰다.

"이게 대체 무슨 짓이오? 폐하께서 거처하시는 곳에 감히 군사를 몰아오다니요?"

두린은 코웃음을 쳤다.

"왕이라? 그는 왕이 될 자격이 없소이다."

"무례하오. 아무리 원나라의 사신이라 하나 어찌 그런 망발을 하는 게요?"

그렇게 언성이 오가는 동안 충혜왕이 놀란 표정으로 급히 밖으로 나왔다. 그는 옷도 제대로 갖추어 입지 못하고 허둥대고 있었다.

"이보시오, 단사관! 무슨 오해라도 있으신 모양이구려."

"오해는 무슨. 그대에게 엄하게 죄를 물을 것이오."

상황이 심상치 않음을 감지한 왕은 이내 목소리를 높였다.

"짐은 이 나라의 왕이거늘 어찌 그리 무례하게 군단 말이오?"

"그대 같은 자는 결코 왕이 되어서는 안 되겠소. 모후를 강제로 범하는 자가 어찌 왕이 될 수 있단 말이오? 대도성으로 압송하여 황제께서 친히 그 죄를 묻게 할 것이오."

그리고는 옆의 군사들을 향해 외쳤다.

"여봐라. 어서 저 죄인을 포박하라."

군사들이 왕을 향해 달려가자 왕의 호위 군사들이 그들을 막았다. 칼과 창을 들어 두린과 그의 군사들을 에워쌌다. 군사의 숫자만 놓고 보면 고려 왕실의 군사가 훨씬 많았다. 더구나 여긴 고려 땅이 아닌가? 외성 곳곳을 수비하는 군사까지 몰려온다면 꼼짝없이 당할 수밖에 없었다. 하지만 두린은 전혀 위축되지 않았다. 오히려 아랫배를 단단히 내밀며 큰소리쳤다.

"만약 우리 군사들에게 털끝 하나 대었다가는 아무도 무사치 못할 것이다. 원나라의 백만 대군을 몰아 이 고려 땅을 쑥대밭으로 만들 것이야. 그래도 좋다면 덤벼 보거라."

신하들은 웅성거리며 동요하는 표정이 역력했다. 어명이 내리기를 기다리며 창을 겨눈 군사들도 주춤거리기 시작했다. 두린이 그 기세를 살피며 이번에는 찬찬한 어조로 말을 이었다.

"화를 자초할 필요까지 있겠느냐? 죄인만 내주면 우린 원나라로 조용히 물러날 것이다."

두린은 군사들에게 다시 명을 내렸다.

"어서 저 죄인을 포박하라."

충혜왕은 포박을 받지 않기 위해 안간힘을 썼으나, 아무도 이를 제지하며 나서는 자는 없었다. 그리하여 충혜왕은 원나라 군사에게 포박당한 채 원나라로 압송되었다. 1339년 11월의 일이었다.

7

대도성의 거리는 거미줄처럼 동서남북으로 뻗어 있었다. 그 거미줄의 작은 줄기처럼 좁은 골목이 있었는데, 이곳은 작은 집들이 어깨를 걸며 힘겹게 지탱하고 있었다. 이곳을 후퉁이라 부르는데 주로 대도성의 가난한 백성들이 모여 사는 곳이었다. 이곳 좁은 골목의 낡은 집에 연첩고사가 기거하고 있었다. 그는 고려로 유배를 떠나기 직전 기완자가 유배만은 면하게 해준 뒤 황궁에서 이곳으로 쫓겨났다.

그는 술중에서 가장 독하다는 황주(黃酒)를 안주도 없이 마시고 있었다. 옆에 앉은 보탑실리가 측은한 눈길로 바라보다가 고개를 숙였다.

보탑실리(普塔失里)는 황족으로 위왕(魏王)의 딸이었다. 그녀는 오래 전부터 연첩고사를 마음에 품고 흠모해왔다. 그의 준수하고 수려한 외모와 높은 학식에 끌려 마음에 품어왔는데, 그때까지만 해도 그녀는 연첩고사가 다음 황위를 이어받을 줄은 몰랐다. 갑자기 연첩고사가 모반 사건에 연루되어 여기까지 쫓겨오자 그녀가 손수 찾아와 보살피고 있는 것이다. 그러는 동안 연첩고사는 그녀의 순수한 마음에 이끌렸고, 두 사람은 연정을 쌓아갔다.

보탑실리는 죄인의 신분이 되어 좌절하는 연첩고사의 모습을 안타깝게 지켜볼 수밖에 없었다. 그녀는 연첩고사가 다시 술을 따르려 하자 잔을 집어 들었다.

"이제 그만 드시지요? 약주가 과하십니다."

"내 이제 무슨 낙으로 세상을 살아가겠소? 술이 없었으면 벌써 자결이라도 했을 것이오."

"그 무슨 나약한 말씀이옵니까?"

"나약하다? 그렇지. 내가 나약하고 부덕하여 황제에 오르지도 못하고 이렇게 목숨을 구걸하고 있구려. 게다가 억울한 누명을 쓰고도 제대로 대항하지 못하고 있으니 나 자신이 너무 싫구려."

연첩고사는 순제를 뒤이을 차기 황제로 내정되어 있었다. 그런데 졸지에 역모죄를 뒤집어쓰고 황실에서 쫓겨나는 상황까지 오고 만 것이다. 그날 사냥터에 간 것은 순전히 탈탈의 제안에 의해서였다. 근처에 백안이 있을 줄은 상상도 하지 못했다. 나중에야 모든 게 탈탈이 꾸민 계략이란 걸 알았지만 이미 늦은 뒤였다. 백안 일파가 제거되고 자신은 황태후에게 숨어 있다가 황제의 군사들에게 발각되어 이렇게 유리안치 상태가 되지 않았는가!

"때를 기다리시면 필시 뒷날을 도모하실 수 있을 것입니다."

"뒷날이라……."

연첩고사는 자조 어린 말투로 중얼거리며 보탑실리를 바라보았다.

"지금 황제는 나를 적으로 생각하고 있어요. 그리고 공녀 출신인 기황비라는 자는 자신의 아들을 황자에 앉히기 위해 날 죽이지 못해 안달이지. 이런 상황에서 어찌 뒷날을 도모할 수 있겠소이까?"

"지금의 황제가 황상의 자리에 오를 줄 그 누가 알았겠습니까? 사람의 일은, 특히 권력은 그 누구도 알 수가 없습니다. 어렵게라도 목숨을 부지하여 계시면 반드시 좋은 날이 올 것입니다."

"날더러 그들에게 빌붙어 목숨이라도 구걸하란 말입니까?"

"그렇게 해서라도 살아남으셔야 합니다. 한(漢)나라 장수 한신(韓信)도 백정의 가랑이 사이를 기어다니며 굴욕을 당하다가 나중에 큰 뜻을 이루지 않았습니까?"

"그렇게까지 해서 살아남고 싶지 않소이다."

연첩고사는 어조를 높이며 보탑실리가 쥐고 있는 잔을 가져다가 술을 가득 채운 뒤 단숨에 들이켰다. 술이 턱을 타고 흘러 옷을 흠뻑 적셨지만 그는 개의치 않았다. 이미 술기운이 잔뜩 올라 두 눈이 충혈되었다. 그때 밖에서 인기척이 나더니 누군가를 부르고 있었다.

"안에 계신지요?"

보탑실리가 살짝 문을 열어 밖을 살폈다.

"뉘시오?"

"신 감찰어사 이필이옵니다."

그러자 연첩고사가 직접 밖으로 나가 이필을 맞이했다.

"감찰어사께서 어인 일이십니까?"

이필은 연첩고사가 거하고 있는 초라한 방안을 살펴보더니 낮게 고개를 주억거렸다.

"고생이 많으시지요?"

"고생은 무슨……. 사람 사는 일이 똑같지 않소이까? 그런데 어인 일로 소인을 찾으셨는지요?"

이필이 들고 온 보따리를 책상 위에 올려놓았다.

"이게 무엇입니까?"

"서책입니다. 전해주신 서찰에 적혀 있는 것들만 가져왔습니다."

"서찰이라뇨? 전 그런 걸 보낸 적이 없습니다."

이필이 놀란 표정으로 대답했다.

"오늘 오전에 태감 하나가 보시고 싶은 책 목록이라 하며 서찰을 하나 가져왔었습니다."

"난 그런 서찰을 보낸 적이 없어요."

갑자기 연첩고사의 안색이 확 구겨졌다. 옆에 있던 보탑실리도 심상치 않은 기운을 느끼며 얼굴 표정이 굳어졌다.

"그렇다면 이건 필시……."

이필은 영문을 몰라 하며 밖의 동정을 살폈다. 누군가 얼른 몸을 피하는 걸 보았지만 이미 때는 늦은 뒤였다.

"마마, 고려의 보탑실리께서 오셨사옵니다."

충혜왕은 그렇게 소리치는 태감을 지그시 노려보았다. 홍덕전 태감은 왕이라 칭하지 않고 자신의 몽고 이름을 부르고 있는 것이다. 그의 몽고 이름은 연첩고사의 연인인 보탑실리와 같았다. 충혜왕은 불편한 심기를 드러내기 위해 큰 소리로 헛기침을 했다. 하지만 태감은 아랑곳하지 않고 키가 작은 충혜왕을 내려다보고 있었다.

"다시 한번 고하거라."

"마마, 보탑실리께서 기다리고 계시옵니다."

그러자 안에서 최천수의 말이 흘러나왔다.

"지금 마마께오선 수세를 하시는 중이시오. 잠시만 더 기다리라고 전하시오."

태감은 최천수의 말을 그대로 전했다.

"지금 수세를 하는 중이시라 잠시만……."

"알았다."

충혜왕은 그의 말허리를 끊으며 인상을 찌푸렸다. 그가 원나라 대도성으로 압송되어 온 것은 지난달이었다. 중서성 단사관 두린과 직성사인 구통에 의해 압송되어 온 자는 그뿐만 아니었다. 그를 따르는 김인과 김륜, 한종유, 홍빈, 이몽가, 이엄, 노영서, 안천길, 손수경, 윤원우, 남궁 등의 신하들이 줄줄이 함께 압송되어 충혜왕과 함께 형부에 갇혔다. 그 사실을 접한 기완자는 왕에 대한 예우가 아니다 하여 감금을 풀어주게 했다. 충혜왕은 그런 사실을 알고도 그녀를 찾지 않다가 황실 태감으로부터 다시 형부에 갇힐 수 있다는 말을 전해 듣고는 지금에서야 부랴부랴 흥덕전을 찾아왔다.

충혜왕이 밖에서 기다리고 있는 동안 기완자는 궁녀로부터 안마를 받고 있었다. 그녀는 일부러 충혜왕을 기다리게 하여 수치심을 안겨줄 심산이었다. 한참이 지나자 최천수가 고개를 숙이며 물었다.

"마마, 이제 들게 하시지요?"

"그럴까? 그럼 들게 하라."

충혜왕은 밖에서 한 식경이 넘게 기다려서야 안으로 들 수 있었다.

기완자는 그가 안으로 들었으나 거들떠보지도 않고 서책에만 시선을 집중했다. 얼굴을 돌리고 있었지만 기완자의 표정에는 만감이 교차하고 있었다. 예전에 자신을 공녀로 보냈던 고려왕의 아들이 지금 이렇게 부탁하러 찾아오지 않았는가? 고려 최고의 권력자인 왕을 나약한 여인 앞에 무릎 꿇린 것과 다름없었다. 막 황비가 되었을 때 다짜고짜 찾아와 자신을 추행하려던 그때의 기억을 어찌 망각의 늪에다 묻을 수 있는가? 기완자는 그에게 단단히 복수할 수 있었다. 마음 한구석에는 분노의 불길이 천천히 타오르고 있었다. 하지만 그녀는 옅은 한숨을 내쉬며 마음을 다잡았다. 받은 것을 그대로 돌려주는 복수는 남자들의 방식이었다. 여자인 자신은 조금 다르고 싶었다. 기완자는 한참만에야 눈을 들어 충혜왕을 내려다봤다. 목소리는 의외로 침착했다.

"먼 이국땅에 와서 고생이 많지요?"

"고생은요. 대도성의 문물이 어디 개경에 비할 바가 되겠습니까? 좋은 구경 많이 하고 있습니다."

문득 기완자가 소리 내어 웃기 시작했다.

"하하하. 그래서 경은 우리 같은 고려의 아녀자들을 강제로 끌고 와 이곳의 좋은 구경을 시켰던 게로군요."

충혜왕은 아무 말 하지 못하고 고개만 숙일 뿐이었다.

"이곳에 와서 근신은 많이 했소이까?"

"근신이라뇨, 내가 무슨 잘못을 했다고?"

"자신의 모후를 범하는 패륜이 어디 있단 말이오? 이건 근신이 아니라 자결을 해도 시원치 않을 것을."

충혜왕은 뭐라고 말하려다 급히 입을 다물었다. 그의 한쪽 입술이 옆으로 비틀어졌다. 눈에는 야글야글 경멸기까지 감돌았다. 기완자는 그의 표정을 살피며 계속 말을 이었다.

"그대가 이곳 대도성에 온 것이 벌써 세 번째나 되지요?"

"그렇소이다."

"그렇다면 이곳 풍물이 낯설지만도 않겠군요. 아주 예서 눌러 사는 것이 어떻겠습니까?"

"날 농락하는 겁니까?"

"농락이라뇨? 자주 이곳 대도성을 찾아오시길래 정말 그런 줄 알았지. 하하하."

기완자는 크게 웃었다. 하지만 그 얼굴은 차가운 조소가 가득했다.

"고려왕을 원한다면 그대를 다시 왕위에 복위시킬 수도 있소."

참다못한 충혜왕이 버럭 소리를 내질렀다.

"어디서 그런 허황된 소리를 내 앞에서 지껄이는 게요?"

옆에서 듣고 있던 박불화가 냉랭한 어조로 소리쳤다.

"그대의 목숨을 살리고, 형방 신세를 면하게 한 것도 모두 황비 마마의 뜻이었소. 그런데 어찌 그런 망발을 하는 게요?"

"망발이라니?"

충혜왕은 두 주먹을 꽉 쥔 채 부르르 떨었다. 그러자 기완자가 고개를 내저으며 혀를 찼다.

"이보시오, 원외랑! 그래도 한 나라의 왕이었던 사람에게 그 무슨 무례한 말인가?"

"황송하옵니다."

기완자는 은근한 미소를 띠며 보탑실리를 건너다보았다.

"그대를 다시 고려의 왕으로 승인하고 안 하고는 내 손에 달려 있소. 다시 묻겠는데 고려의 왕이 되고 싶은 게요?"

충혜왕은 한동안 대답 없이 얼굴 한쪽을 실룩이고 있었다. 각진 얼굴이 꿈틀거리며 고심하는 흔적이 역력했다. 이와 반대로 기완자는 차가운 냉소와 함께 한 손으로 턱을 괴고 있었다. 외줄타기 하듯 위태위태 건너온 지난 세월들. 모두가 그와 그 아비 때문에 생긴 일들이 아닌가? 당장 그를 내치고 싶은 생각이 간절했지만 꾹 누르며 참았다. 찬 기운 한 줄기가 척추를 따라 내려가고 있었다. 뜨거운 분노의 감정을 차가운 이성으로 겨우 억누르는 것이다. 충혜왕은 잠시 고민했지만 달리 선택할 길이 없다는 것을 잘 알고 있었다. 어금니를 꽉 깨물고 있다가 짧게 대답했다.

"그렇소이다."

"그럼 좋소. 내 그대를 다시 고려의 왕으로 복위시킬 것이외다."

충혜왕은 말없이 고개를 숙였다.

"대신 한 가지 조건이 있소. 그대가 왕이 되거든 고려에 있는 나의 가족들을 잘 보살펴 주시오. 그리고 더 이상 처녀들을 뽑아 원나라에 공녀로 보내지 마시오. 물론 여기서는 내가 황상 폐하에게 말씀을 올려 그 뜻을 전할 것이오."

충혜왕은 선택의 여지가 없다는 것을 잘 알고 있었다. 말없이 고개를 숙일 수밖에.

"그리고 또 하나."

기완자는 그 표정을 살피며 내처 말을 이어갔다.

"머지않아 내가 황후에 오르게 되면 내 아들 애유식리달렵이 황태자가 될 수 있도록 고려에서도 상소를 올려주시오. 물론 다른 나라를 설득하는 일도 그대가 맡아야 할 것이오."

"그야 어렵진 않겠지만……."

충혜왕은 말꼬리를 흐리며 기완자를 올려다보았다.

"정말 황후에 오르실 수 있다고 보십니까?"

기완자는 대답 대신 촘촘하게 짙은 속눈썹을 가늘게 떨며 낮지만 강한 어조로 말했다.

"아마도 내일이면 나의 황후 책봉을 공식적으로 선포하게 될 것이오."

그녀의 눈에는 차가운 기운이 감돌고 있었다.

충혜왕이 물러가자 최천수는 불만 섞인 얼굴로 다가왔다.

"진정 그를 고려왕으로 삼으실 작정이시옵니까? 보탑실리나 경화공주 모두 마마님을 괴롭혔던 자들 아니옵니까? 그들에게 이런 은혜를 베푸는 이유를 알 수가 없사옵니다."

"그럼 내가 어떻게 해야 된단 말이냐?"

"당한 만큼 돌려주셔야지요."

기완자는 고개를 내저으며 말을 이었다.

"진정한 복수는 상대를 품에 안고 그들의 잘못을 뉘우치게 하는 것이야. 경화공주나 보탑실리는 모두 마음속으로는 내게 행했던 일을 후회하고 있을 것이다."

"하오나 저는 아직 분이 풀리지 않습니다. 특히 경화공주에게는 이유 없이 매를 맞으며 치욕을 당하지 않으셨사옵니까?"

"내가 그들에게 당한 것만큼 복수를 한다고 치자. 그러면 그들 또한 가만히 있겠느냐? 기회가 있을 때마다 나를 치려고 안달할 것이야.

비록 지금은 힘이 없어 복지부동하겠지만 나중에 기회가 되면 반드시 숨겨둔 발톱을 들이댈 것이다. 하지만 그들이 행한 것과 반대로 내가 은혜를 베풀면 그들은 쉽게 감동하게 되지. 온전히 내 사람이 된단 말이다. 내가 당했던 치욕을 잘 이용하는 게 진정한 복수인 게야."

말은 그렇게 했지만 기완자는 그들에게 당한 수치와 모욕을 잊을 수 없었다. 그러나 그런 수치와 모욕들이 바로 오기를 발동시켜 오늘날 이 자리에까지 오를 수 있었던 것이다. 그녀는 냉철했으며 상황을 자신 쪽으로 돌리는 데 탁월한 능력을 지니고 있었다. 대척점에 있는 자라 할지라도 모두 품어 자기 사람으로 만들었다. 가급적 적을 만들지 않고 자기편을 많이 만드는 것, 이것이 바로 혈혈단신인 그녀가 황궁에서 부대끼며 터득한 비법이었던 것이다.

8

황궁의 정전(正殿)에는 팽팽한 긴장감이 감돌고 있었다. 황제가 기황비의 황후 책봉 문제를 또 들고 나온 것이다. 황제는 작심한 듯 기황비가 황후가 되어야 하는 이유를 찬찬히 설명했다. 이번에도 역시 이필이 반대하고 나섰다.

"기 황비 마마의 황후 책봉은 절대 불가하옵니다."

황제의 목소리가 높아지기 시작했으나 이필도 의견을 꺾지 않았다.

"세조께서 내리신 지엄한 유조를 받드소서. 황비께선 굉길자 족이 아닌 데다 고려인인지라 황후 책봉만은 아니 되옵니다."

"경은 또 그 소리를 듣고 나오는 게요? 시대와 상황이 달라지면 유조도 바뀔 수 있는 거 아닌가?"

이필의 기세는 꺾이지 않았다. 더욱 소리를 높이며 이번에는 다른 이유를 들고 나왔다.

"지금 전국 각지에서 천재지변이 잇따르고 있사옵니다. 이는 모두 사악한 음기가 성하여 양기가 그것을 이기지 못하는 까닭이옵니다. 그러니 황후 책봉 문제는 덮어두시고 삼신(三辰)이 제자리를 찾도록 하시어 황실의 위엄을 살리소서."

"지금 경의 말은 그 사악한 음기가 바로 기 황비라 말하는 게요?"

문득 황제의 두 눈에 불꽃이 튀었다. 그의 미간이 거칠게 꿈틀거리더니 이내 자리에서 벌떡 일어나며 소리쳤다.

"경은 다시 말해보시오. 황비가 사악한 음기라 하였소? 그래서 원나라에서 일어난 천재지변이 모두 기 황비의 탓이라는 게요?"

황제의 살기 어린 기세에 눌려 이필이 대답을 하지 못하는 동안 박불화가 앞으로 나섰다.

"황상 폐하, 감찰어사 이필은 근거 없는 소문으로 기 황비 마마를 모함하고 있사옵니다. 이는 곧 황실을 능욕한 것이나 다름없사옵니다."

"난 백성들의 민심을 사실대로 전했을 따름이오."

박불화는 잠시 숨을 고르며 뜸을 들였다가 다시 황제를 향해 고개를 숙였다.

"더구나 그는 사악한 모반을 꾀하고 있사옵니다."

그러자 이필이 고개를 들어 옆을 돌아보았다.

"모반이라뇨? 그 무슨 해괴한 소리를 하는 겝니까?"

"감찰어사께서는 기 황비 마마의 아드님이신 애유식리달렵 말고 누가 황태자가 되기를 바라시는 게요? 혹 대역죄를 지은 연첩고사를 황제의 자리에 세우려는 게 아니오?"

"나를 백안과 똑같은 죄로 몰려는 것이오?"

박불화는 싸늘한 눈길을 들어 이필을 가만히 건너다보았다.

"그렇다면 어젯밤에 은밀히 연첩고사를 찾아간 이유를 말해보시오?"

"그건 저……."

"왜 대답을 못하는 게요? 연첩고사를 은밀히 만난 연유를 말해보라고 했소이다."

불편한 심기로 그들의 이야기를 듣고 있던 황제가 문득 용상에서 일어섰다.

"무엇이라, 감찰어사 이필이 은밀히 연첩고사를 만났다? 그것이 사실인가?"

이필이 황제를 향해 고개를 내저었다.

"이는 필시 누군가 모함을 하는 것이옵니다."

"그대는 어젯밤에 연첩고사를 은밀히 만났는가만 고하라."

이필의 얼굴이 납빛처럼 하얗게 변하며 안절부절못하다가 겨우 들릴락 말락 대답했다.

"그러하옵니다."

황제는 두 주먹을 부르르 떨더니 이필을 향해 한 손을 높이 들었다.

"여봐라. 이자를 당장 하옥시켜 진상을 낱낱이 밝혀내도록 하라."

즉시 군사들이 달려와 이필을 포박했다.

"황상 폐하, 억울하옵니다. 이는 필시 누군가 모함을 한 것이옵니다, 폐하!"

이필이 절규하듯 부르짖었지만 아무도 그를 두둔하고 나서는 사람은 없었다. 억울함을 호소하며 군사들에게 끌려가고 말았다. 황제는 턱까지 받치는 숨소리를 겨우 고르면서 다시 용상에 앉았다. 다시 속개된 어전회의는 팽팽한 긴장감이 감돌았다. 살짝만 건드려도 끊어질 것만 같은 무서운 침묵이 감돌아, 숨소리 하나에도 공기의 켜가 미세하게 흔들릴 정도였다.

"기 황비의 황후 책봉에 관한 이야기를 계속합시다."

황제의 얼굴은 여전히 굳은 채 엎드려 있는 신하들을 하나하나 내려다보았다.

"짐의 뜻에 반대하는 자가 있는 게요?"

모두들 숨을 죽이며 조용히 침을 삼킬 뿐 누구 하나 반대하고 나서는 이가 없었다. 이필이 모반의 죄를 뒤집어쓰고 나간 것을 똑똑히 지켜본 마당에 기 황비의 책봉을 반대하고 나섰다가는 자칫 이필과 함께 모반을 꾀한 것으로 간주될 것이었다. 그러니 소신껏 의견을 개진하며 반대할 신하가 있을 리 없었다.

"아무도 짐의 의견에 반대하는 자가 없는 것이오?"

박불화가 옆에 있는 사자반에게 눈짓을 하자 그가 고개를 들어 아뢰었다.

"기 황비 마마의 황후 책봉은 모든 문무백관의 뜻이요, 온 천하의 뜻이기도 하옵니다."

황제가 흡족한 미소를 띠기 시작했다. 그는 천천히 고개를 끄덕이며 위엄 있는 목소리로 말했다.

"기 황비의 황후 책봉은 경들의 뜻대로 거행할 것인즉 더 이상 거론하지 마시오. 예부에서는 길일을 택하여 모든 일을 진행하도록 하시오."

신하들이 모두 일어나 두 손을 들고 한 목소리로 외치기 시작했다.

"만세, 만세, 만만세."

9

기 황후는 사경에 일어나 간단한 식사를 마치고 황후대례식에 나갈 준비를 시작했다. 궁녀들이 향탕(香湯)으로 그녀의 온몸을 깨끗이 닦은 뒤 녹두가루를 개어 세안을 시켰다. 생벌꿀에 장미꽃 섞은 크림을 얼굴에서 목덜미까지 발랐다가 부드러운 종이로 닦아내고 장미 화장수를 얼굴에 고루 발랐다. 얼굴에 고운 향분을 듬뿍 바른 뒤에는 연지로 두 볼을 다홍빛으로 물들였다.

화장이 끝나자 다른 시녀가 와서 기 황후의 검고 풍성한 머리를 묶어 올려 손질했다. 머리 모양은 양쪽 귀밑머리를 넓고 둥글게 서 있도록 한 대례용 결발(結髮)이었다.

머리 손질이 끝나자 황후 대례복이 준비되었다. 홍색, 자색, 황색, 녹색, 차색, 연지홍의 화려한 대홍직금(大紅織金)을 입고, 그 위에 진주를 박아 황금 고리를 단 청색 요대를 맨 뒤 다시 끈 장식을 길게 앞으로 늘어뜨렸다. 발에는 푸른색 버선을 신고 발등을 황금으로 장식한 담비가죽 신발을 신었다. 옷을 갖춰 입은 후에는 열두 가지 꽃 장식이 달린 옥 목걸이를 걸고 진주, 홍옥, 비취, 남보석 등으로 장식한 황금 귀걸이를 길게 어깨까지 늘어뜨렸다. 머리에는 두 척이 넘는 몽고식 고고관을 썼다.

기 황후가 일어서자 길게 늘어뜨린 옷자락을 두 명의 시녀가 맞잡으며 따라왔다. 그녀는 여정문을 향하지 않고 발걸음을 다른 곳으로 돌렸다.

"갑자기 태액지가 보고 싶구나."

"하지만 마마, 입조하실 시각이……."

"잠깐이면 된다."

기 황후는 기어이 몸을 움직여 흥덕전에서 조금 떨어진 태액지로 향했다. 봄이 되면서 태액지 주변에는 온갖 꽃들이 흐드러지게 피어나며 그 자태를 뽐내고 있었다. 하얀 꽃씨들과 떨어진 꽃잎들이 분분히 날리며 호수 가득 흩어지고 있었다. 기 황후는 잠시 호수의 모습을 바라보다 포복이 넓은 소매에서 옷고름을 꺼내었다. 바로 금녀가 죽을 때 자신이 뜯어내 간직해온 것이었다. 젖어든 피가 변색되어 새까맣게 된 옷고름을 한 손으로 움켜쥐며 상념에 빠져들었다.

자신은 드디어 한 남자의 정식 부인이 되었다. 하지만 금녀는 이역만리 이국땅에서 죽어 그 원혼이 구천을 떠돌고 있을 것이다. 기 황후는 침전에 누워 있을 때나 흥덕전 앞을 거닐 때, 심지어 황제와 방사를 하고 있을 때도 금녀의 원혼이 곁에 있음을 느낄 수 있었다. 그녀가 구천을 떠도는 것이 억울해서일 것이다.

기 황후는 황비가 된 후 금녀와 정혼한 사내에 대해 알아보았다. 그는 금녀가 공녀로 끌려간 다음 해에 바로 상서성(尙書省) 호부(戶部)의 여식과 결혼한 상태였다. 금녀는 그를 위해 정절을 지키며 귀한 목숨을 바쳤지만, 사내는 한 해도 기다리지 못하고 권력을 따라 간 것이다.

도대체 권력이 무엇일까? 권력 때문에 사랑을 버리고, 권력 때문에 자기 나라의 귀한 아녀자들을 남의 나라에 바치고, 또 이렇게 손에 피를 묻히지 않는가?

기 황후는 고개를 내저었다. 자신이 권력의 자리에 오르려는 것은 그것 자체를 누리기 위함이 아니었다. 자신과 같이, 금녀와 같이 권력 때문에 피해를 당하는 백성이 더 이상 생겨나지 않게 하기 위해 권력이 필요한 것이라고 생각하고 있었다. 그것이 한 나라가 되었든, 한 사람이 되었든 상관없이 말이다.

"나는 기필코 천하를 인륜이 통하는 세상으로 만들 테다. 천하의 중심은 원나라 황실이니 황실의 실권만 얻으면 천하를 움직일 수 있을 것이야."

기 황후는 아주 천천히, 그리고 힘겹게 고개를 끄덕이고 있있다. 그녀는 걸음을 멈추고 최천수에게 손짓을 했다. 그가 얼른 부싯돌을 이용해 종이에 불을 붙이자 기 황후는 옷고름을 가져와 불을 붙였다. 옷고름은 포르르 타오르며 검은 재로 변하더니 호수 곳곳으로 흩날렸다. 기 황후는 검은 꽃씨처럼 흩어지는 재를 바라보며 중얼거렸다.

"이제는 편안히 저승으로 가거라. 너의 몫까지 살아서 네 원한을 갚을 것이니."

기 황후는 한참 동안 자리에 선 채 검은 재가 분분히 날리는 모습을 지켜보았다. 한참이 지나자 최천수가 천천히 다가왔다.

"황후 마마, 이제 가실 시각입니다."

기 황후는 끄덕이며 아쉬운 발걸음을 돌렸으나 고개가 자꾸만 뒤로 향해지는 것이다.

흥덕전 앞에는 이미 화려한 꽃가마가 대령해 있었다. 가마를 메는 교꾼만 해도 열 명 넘는 거대한 가마였다. 기 황후는 가마에 올라타고 흥덕전을 나섰다. 그러나 가마는 채 오십 보도 가지 못하고 흥성궁 입구에서 멈췄다. 궁문에는 마차가 대령해 있었다. 기 황후는 환관이 받쳐 든 일산을 쓰고 마차에 올랐다.

선두에 황후기를 든 무사가 앞장서자 그 뒤로 기마병의 행렬을 따라 말 울음소리, 발걸음 소리가 부산하게 들리는 가운데 마차는 황궁을 향했다. 이들은 모두 청색, 자색, 황색 등 갖가지 산뜻한 색채의 옷으로 차려 입고 화려한 치장을 해 행렬 전체가 한 폭의 그림과 같았다.

마차에서 내린 기 황후는 좌우로 시녀들의 부축을 받으며 여정문에 예장한 모습을 나타냈다. 이미 해는 중천에 떠올라 봄의 밝고 화사한 햇빛이 호화로운 황후의 모습을 아낌없이 드러내어 더욱 눈부시게 했다.

대녕궁에는 모든 문무백관이 정렬해 있었다. 신하들뿐만 아니라 각국에서 온 사신과 관리들이 황후대례식을 축하하기 위해 몰려왔다. 멀리 안남 땅과 호라즘뿐만 아니라 대진에서까지 사신을 보내왔다. 이제 기 황후는 원나라 황후일 뿐 아니라 실로 천하 만민의 어머니가 된 것이다. 그녀는 흡족한 미소로 발아래 서 있는 문무백관과 각국 사신들의 모습을 찬찬히 내려다보았다. 황제와 나란히 앉은 황후의 모습은 실로 봉황이 빛을 발하며 창공을 등에 지고 전각 위에 잠시 내려앉은 듯 신비스러울 정도로 우아하고 화려한 모습이었다. 문무백관들 사이에서 함성이 터져 나왔다.

"황후 만세. 경축 황후, 만만세."

그 소리는 영성문 아래로 물결치듯 퍼져나가 황궁을 가득 채웠다. 바야흐로 기완자의 황후 대례식이 공식적으로 거행되니 이 때가 바로 순제 재위 7년인 1340년 4월이었다.

10

기완자의 황후 책봉 소식은 곧장 고려에도 알려졌다. 고려에서도 그녀의 즉위식에 중서성(中書省)과 문하성(文下省)의 최고위층 관리들을 사신으로 보내 황후 책봉을 축하했다. 그녀의 가족들은 황후의 대례식에 참석하기를 원했지만, 기 황후는 그걸 허락하지 않았다. 가족들은 기 황후의 처사에 불만을 표시했다. 천하의 백관들과 사신들을 내려다보며 황후가 예를 받는 모습을 직접 지켜보고 싶었던 것이다. 하지만 기철은 생각이 달랐다.

"역시 내 누이가 생각이 깊단 말야."

동생 기원이 물었다.

"그게 무슨 말씀입니까?"

"누이의 황후 책봉은 단순한 가족 행사가 아니야. 우리가 참석하여 그 의미를 사사롭게 할 필요는 없지 않은가?"

"허나 우린 가족이 아닙니까? 누이의 혼례에 참석하지 못한다는 게 말이나 됩니까?"

"그러니까 네 생각이 짧다는 게야. 이건 혼례식이 아니라 원나라 황후의 대례식이야. 조금만 기다려 보아라. 조만간 우리에게 더 큰 선물을 보내올 것이야."

기철의 예상은 적중했다. 기 황후는 가족에 대한 세심한 배려를 아끼지 않았다. 황제의 마음을 움직여 기 황후의 부친인 기자오를 영안왕(榮安王)으로 봉하게 하고, 모친은 왕대부인(王大婦人)에 봉했다. 또한 기씨 가문 선조(先祖) 3대를 왕의 호로 추존(追尊)하도록 했다. 기자오에게는 모두 다섯 명의 아들이 있었다. 그 중 첫째 아들인 철(轍)을 참지정사(參知政事)로, 둘째인 원(轅)을 한림학사(翰林學士)로 삼았다.

기 황후의 가족들이 원으로부터 왕의 책봉을 받자 고려에서도 가만히 있지 않았다. 오빠 기철을 덕성부원군(德城府院君)으로 삼아 정동행성(征東行省)을 관할케 하고, 기원을 덕양군(德陽君)에 봉했다.

기자오가 영안왕에 봉해지는 날, 행주의 기 황후 본가에서는 성대한 연회를 베풀었다. 수많은 소와 돼지를 잡고, 천하의 산해진미를 음식으로 내왔다. 개경의 궁에서는 직접 무희와 악공들을 보내오기도 했다. 잔치에 참석한 사람은 행주성의 관리는 물론이고 개경의 고관대작들도 하례를 와서 상석에 앉았다. 기철은 뒷짐을 지고 그 관리들 중 판밀직사사(判密直司事) 박인간(朴仁幹) 앞으로 다가갔다.

"음식은 입맛에 맞으신지요?"

"천하의 별미들만 준비하셨구려."

"모두 원나라 대도성에서 보내온 것들입니다. 특별한 음식이니 마음껏 드시지요."

기철은 상 앞에 선 채 내려다보고 있었다.

"오늘 왕께서는 납시지 않나 봅니다?"

"국왕께서 행차를 하시다뇨?"

"왕의 책봉인데 그래도 국왕이 오셔서 직접 축하를 해주셔야 되지 않습니까?"

박인간이 들고 있던 술잔을 내려놓았다.

"말씀이 무례하시오."

"뭐라! 무례하다고 했소?"

"전하께서는 황공하옵게도 저희 대신들을 보내 황후 책봉을 감축하도록 하셨습니다."

분위기가 흐트러지자 동생 기원이 기철의 손을 이끌어 한쪽으로 데려갔다. 그는 주위를 둘러보며 낮게 말했다.

"왕까지 불러오라는 건 너무 심하지 않습니까?"

"우리 아버지께오선 영안왕에 봉해졌어. 같은 왕끼리 축하하러 오는 게 뭐가 너무하단 말이냐?"

"허나 판밀직사사만 해도 왕실의 출납을 총 책임지는 고위직이 아닙니까?"

"우리 황후가 아니셨다면 왕이 될 수나 있었겠어? 대도성에 감금되었을 때 황후께서 풀어주셔서 지금의 국왕이 된 것 아냐. 사람이 은혜를 알아야지."

"만약 국왕의 귀에 이 말이 들어가서 보복이라도 하면 어쩌려구요?"

"보복이라……. 우리에게 손끝 하나라도 건드려보지. 원나라 군사를 모두 몰아와 고려를 쓸어버리게 할 것이야."

문득 기철의 두 눈이 탁한 빛으로 번들거렸다.

온갖 음식과 수백 통의 술을 마시고 즐기며 낮부터 밤까지 이어지는 잔치는 무려 사흘이나 계속되었다.

잔치가 거의 파할 무렵, 멀리서 노란 흙먼지를 일으키며 한 떼의 군사들이 달려왔다. 바로 기 황후가 보낸 마차와 군사들이었다. 세 대의 마차는 황금으로 된 관을 씌운 청마(靑馬) 두 마리가 각각 끌고 있었고, 무장 갑옷을 입은 군사들이 그 뒤를 따랐다. 군사들은 모두 칼을 차고 붉은 황후기를 높이 들었는데 투구 앞에는 황실 문양이 새겨져 있었다.

맨 선두의 말에서 내린 무장 하나가 다가와 무릎을 꿇었다.

"황후께서 가족분들을 모시고 오라 분부하셔서 찾아뵙게 되었습니다."

기철은 흡족한 표정으로 고개를 끄덕였다.

"먼 길 오느라 수고하셨소이다. 오늘밤은 푹 쉬시고 내일 출발하도록 합시다."

대도성에서 황후의 가족을 모시러 왔다는 소문은 삽시간에 주위에 퍼졌다. 사람들이 몰려와 원나라의 마차와 기병을 구경하느라 북새통을 이루었다.

그날 밤 기철은 제대로 잠을 이루지 못했다. 드디어 원나라의 대도성에 가게 된 것이다. 고려의 수도 개경에만 가도 신기하고 기이한 것이 많아 두 눈이 휘둥그레지는데 천하의 중심이라는 대도성은 과연 어떠할까? 머리에 하얀 수건을 두른 색목인도 보고 싶었고, 요염하고 아름답기로 유명한 대도성의 창기들도 보고 싶었다. 그는 제대로 잠을 이루지 못하고 잠자리를 뒤척였다.

11

따가운 햇살이 바늘처럼 아프게 피부를 찔러왔다. 온 세상이 뜨거운 열로 달구어져 풀도 나무도 꽃들도 축축 늘어져 있었다. 주위에 지나가는 사람은 아무도 없었다. 오랫동안 비가 오지 않아 길은 바짝 말라 있었다. 그들이 걸을 때마다 흙먼지가 날려 두 눈을 자주 감아야만 했다. 연첩고사가 힘겹게 발걸음을 뗄 때마다 보탑실리가 걱정스런 표정으로 바라보고, 그 뒤를 호위무사 월활찰아가 뒤따랐다. 그는 어깨에 활을 메고 허리춤에는 칼을 차고 있었다. 고려까지 호송을 책임진 충익시위군의 무사였다.

세 사람은 한참을 걸었으나 힘이 빠져 얼마 나아가지 못했다. 이제 겨우 대도성을 나와 상도 쪽을 향해 가고 있었다. 여기서 고려까지는 삼천리 길. 몇 달을 꼬박 걸어야만 당도할 거리였다. 보탑실리는 이마에 젖은 땀을 옷소매로 닦아내고는 길게 숨을 몰아쉬었다.

"잠시 쉬었다 가시지요?"

하지만 연첩고사는 발걸음을 멈추지 않았다.

"언제 황상의 마음이 바뀔지 모르오. 속히 원나라를 벗어나야만 하오."

백안에 이어 이필과의 역모 죄에 다시 얽힌 연첩고사는 고려로 유배를 떠나게 되었다. 다른 신하들이 멸문지화를 주장했지만 기 황후가 나서서 유배 보내는 선으로 마무리한 것이다. 보탑실리는 이 모두가 기 황후가 꾸며냈다고 생각했다. 연첩고사를 죽이지 않은 것도 언제든 다시 이용하기 위해서리라. 하지만 연첩고사는 기 황후가 개입

된 것을 믿지 않았다. 모든 잘못을 오로지 자신의 탓으로만 돌렸다.

태양이 중천에 오르면서 날은 더욱 뜨거워졌다. 하늘엔 윤기 잃은 희멀건 구름덩어리 두서너 개가 느릿느릿 움직였지만, 그것으로 태양을 가리긴 부족했다. 햇살이 등을 따갑게 내리쬐는가 싶더니 연첩고사가 그만 다리가 풀려 쓰러지고 말았다. 보탑실리가 얼른 달려가 일으켜 세웠다.

"괜찮으십니까?"

연첩고사는 땀을 심하게 흘린 탓인지 탈수증을 일으켜 입술이 하얗게 말라 있었다. 보탑실리는 호위하고 있는 군사 월활찰아에게 얼른 외쳤다.

"어서 물을 구해 오시오."

월활찰아는 내키지 않는 발걸음으로 민가를 찾아갔다. 연첩고사는 겨우 입술을 달싹거려 보탑실리에게 말을 했다.

"이제 그만 돌아가도록 하시오."

"돌아가다니요? 전 함께 고려로 갈 것입니다."

"아니 될 소리요. 여인의 몸으로 어찌 낯선 타국까지 따라온다는 게요?"

"전 대군과 이 세상 끝까지 함께 할 것입니다."

연첩고사는 힘겹게 고개를 내저었다.

"난 이미 대역죄를 덮어쓴 몸이오. 고려로 유배를 가도 살아 돌아온다는 보장이 없어요. 그렇게 되면 공주도 무사치 못할 겁니다."

"죽음 따윈 두렵지 않습니다."

"무슨 연유로 나를 이렇게 대해주시는 게요? 난 이제 황족도 아니외다."

"사람을 어찌 그가 가지고 있는 지위만 가지고 판단하겠습니까? 대군의 그 순수하고 소박한 품성이 저의 마음을 끌었습니다. 공녀 출신인 기씨 여인에게 끊임없이 당하면서도 원망 한번 하지 않으셨습니다. 오히려 그로 인해 죽어나간 백안과 이필의 죽음을 안타까워하셨지요."

"모두 다 미천한 내가 태어나서 일어난 일이 아니오. 내가 진즉에 죽었으면 이런 일이 일어나지 않았을 텐데……."

"그 무슨 나약한 말씀이옵니까? 반드시 대도성으로 돌아오셔서 이 원수를 갚고 억울하게 죽은 충신들의 원혼을 달래셔야 합니다."

둘은 바위 위에 걸터앉아 가쁜 숨을 몰아쉬고 있었다.

"물을 뜨러 간 자는 왜 이리 오지 않는 게야!"

주위를 돌아보았지만 그늘이 보이지 않았다. 수풀이 우거진 쪽은 풀이 높이 자라 있어 들어갈 엄두가 나지 않았다. 보탑실리도 목이 말라 침을 크게 삼켰다. 물을 구하기 위해 일어서려는데 수풀 속에서 부스럭거리는 소리가 들려왔다. 묵직한 소리가 날짐승은 아닌 것 같았다. 이상한 기운을 느낀 보탑실리가 얼른 일어났다. 주위를 둘러보는데 어디선가 휙익 바람을 가르는 소리가 들리더니 이내 비명 소리가 터져 나왔다.

"아악, 대군!"

화살이 날아와 연첩고사의 가슴을 정확하게 맞힌 것이다. 그는 피를 흘리며 신음하고 있었다. 보탑실리는 연첩고사를 가슴에 안고 그의 뺨을 두드렸다. 하지만 연첩고사는 두 눈을 감은 채 의식을 잃어갔다. 얼굴은 이미 납빛처럼 하얗게 질려 있었다. 그녀는 옷소매를 찢어

가슴에 배어난 피를 닦아냈지만 피는 샘 솟듯이 자꾸 흘러나오고 있었다. 길바닥이 온통 피로 젖어버렸다.

옷자락을 움켜쥔 보탑실리의 손이 부들부들 떨렸다.

"정신을 차려보세요."

연첩고사는 꺼져 가는 의식을 간신히 살리며 힘겹게 입을 열었다.

"그대는, 그대만은 권력에 휘말리지 말고…… 부디 잘 사시오."

그리고는 그만 숨을 거두고 말았다.

"대군! 대군!"

보탑실리는 울부짖으며 이미 싸늘한 시체가 된 연첩고사를 감싸 안았다. 하지만 그녀는 눈물을 흘리지 않았다. 눈빛은 상어의 그것처럼 살기를 품으며 차가운 기운을 내뿜고 있었다.

"내 이 원수는 반드시 갚을 것이야. 공녀 따위가 감히 황제가 되실 분을 죽이다니……."

12

기 황후는 난즙이 찰랑대는 향기로운 탕 속에 몸을 담갔다. 옥으로 만든 거대한 욕조 속에 몸을 누이자 심신의 모든 피로가 사라지는 듯했다. 그녀는 뜨거운 훈김을 들이마시며 지그시 눈을 감았다. 옆에서는 하영이 물이 식을 때마다 뜨거운 물을 채워놓고 있었다.

황후에 오르면서 기 황후에 대한 예우는 눈에 띄게 달라졌다. 그녀는 먼저 흥덕전을 떠나 흥성궁으로 거처를 옮겼다. 이곳은 역대 황후가 거처했던 곳으로 왕의 편전과 지척의 거리에 있었다. 그녀에게는 서른 명이 넘는 시녀와 환관이 배속되었고, 마차와 가마도 황비 때와는 비교하지 못할 정도로 크고 화려해졌다.

기 황후는 옆에서 물을 따르고 있는 하영을 바라보며 말을 건넸다.

"궁중 생활이 힘들진 않느냐?"

"마마를 모시고 있는데 어찌 힘이 들겠사옵니까?"

"나도 너처럼 궁녀 생활을 해서 그 고충을 잘 알고 있느니라."

궁녀는 대체로 총명하고 기지가 있으며 용모나 언행이 바른 궁인들 중에서 선발했다. 하영은 용모는 뛰어난데 반해 총명하지는 않지만 기 황후가 고향 사람을 옆에 두고 싶어 시녀로 데려 온 것이다.

황제를 시중하는 일은 궁녀에게는 한시도 심신의 긴장을 풀 수 없는 부담스러운 일이었다. 궁녀들은 황제 앞에 있는 동안은 계속 서 있어야만 한다. 익숙해지기까지의 육체적 피로, 특히 다리가 붓고 저려 오는 아픔 따위는 매우 견디기 힘든 고통이었다. 더구나 불자(拂子 ; 말꼬리로 만든 먼지털이)나 부채, 병향로(柄香爐) 등을 들고 서 있는 궁녀는 익숙하게 될 때까지 다리뿐만 아니라 손이나 팔의 감각이 마비되기도 했다.

이에 비해 기 황후 처소에 든 하영은 훨씬 편하게 시중드는 편이었다. 기 황후가 배려하여 자주 다른 궁녀와 교대시켰고, 하는 일도 단순한 심부름이나 잡무만을 맡기곤 했다. 오늘처럼 목욕하는 날이면 그 시중을 드는 게 주로 그녀가 하는 일이었다.

기 황후는 욕조에 누인 몸을 일으켜 길게 심호흡을 했다. 이열치열이라고 했던가? 날이 더울수록 이렇게 뜨거운 욕조에 있는 게 오히려 시원하게 느껴졌다. 땀을 흠뻑 흘리자 기분이 오히려 상쾌해졌다. 그녀는 몸을 일으키려다가 갑자기 욕조에 다시 몸을 담갔다. 얇은 비단 장막 뒤로 희미하게 사람 그림자가 보였던 것이다. 기 황후는 물 밖으로 얼굴만 내민 채 물었다.

"거기 누가 있느냐?"

하지만 아무 대답이 없었다. 여전히 그림자가 사라지지 않아 목소리를 더욱 높였다. 하영도 놀라 주위를 급히 돌아보았다.

"누가 있느냐고 물었다."

그러자 그림자가 천천히 움직이며 장막 앞으로 나타났다. 바로 최천수였다.

"어머 오라버니!"

"너였구나."

기 황후는 길게 한숨을 내쉬며 턱에까지 잠겼던 몸을 밖으로 내밀었다. 최천수는 얼굴을 붉히며 고개를 뒤로 돌렸다. 욕조 밖으로 나오자 하영은 봉황이 새겨진 큰 비단수건으로 기 황후의 몸을 감쌌다. 그녀는 속이 훤히 비치는 얇은 저마포 옷을 입고는 보료 위에 걸터앉았다. 방금 목욕을 하고 나와 이마엔 아직 땀방울이 맺혀 있었다. 최천수는 여전히 등을 돌리고 있었고, 기 황후는 손톱을 다듬기 위해 하영에게 손을 내밀었다.

"그런데 어인 일로 그 뒤에 있었던 게냐?"

"주위를 경계하고 들어오다 황후께오서 목욕을 하시는 것을 보고는 등을 돌리고 있었습니다."

"등을 돌리고 있었다?"

기 황후는 그렇게 묻고는 말을 끊어버렸다. 그녀의 얼굴에 짧은 순간 짙은 그늘이 드리워졌다. 가늘고 긴 속눈썹이 떨리고 있는 걸 최천수는 알지 못하고 있었다. 잠시 어색한 침묵이 흘렀다. 태액지에서 바람이 불어 그녀의 머리칼을 날렸지만 후덥지근한 열기는 식히지 못했다. 하영이 옥 주발에 약초를 띄운 차가운 차를 가져왔다. 잔을 천천히 비우면서 기 황후가 다시 물었다.

"그런데 원외랑은 왜 아직 오지 않는 게냐?"

"제가 다시 가보겠습니다."

최천수가 막 나서려는데 박불화가 달려왔다.

"마마, 부르셨습니까?"

기 황후는 눈을 가늘게 치켜뜨며 박불화를 노려보았다.

"자네가 연첩고사를 죽인 것이냐?"

목소리에는 차가운 기운이 감돌았다.

"마마께서 그걸 어떻게?"

"가소(柯김)라는 자가 황상께 상소를 올린 걸 내 친히 보고 왔느니라. 호위하는 월활찰아에게 시켰던 것이냐?"

박불화는 말없이 고개를 숙일 뿐이었다. 기 황후는 목소리를 더욱 높였다.

"내 분명 더 이상 손에 피를 묻히지 말라 일렀거늘, 어이하여 내 명을 거역했던 것이냐?"

"후환을 확실히 없애는 것이 좋을 듯하여……."

"피를 흘리면 더 많은 후환이 따른다는 것을 모르는 게냐? 신하들과 백성들이 날 어떻게 보겠느냐 말이다."

"죽을죄를 지었사옵니다. 마마."

기 황후는 목소리를 조금 누그러뜨리며 혀를 찼다.
"못난 사람!"

그 시각. 황제를 알현하고 나온 기철이 곧장 흥성궁으로 향하고 있었다. 그의 뒤로는 의관을 갖춘 근위군(近衛軍)이 호위를 했다. 기철은 눈을 크게 뜨며 황궁의 모습에 넋을 잃고 있었다.

황궁의 바닥과 계단은 온통 흰 석조로 되어 있었고, 건물의 회랑을 따라서는 청색, 금색 단청 장식에 붉은 칠을 한 나무기둥이 여러 문양으로 조각되어 죽 이어지고 있었다. 지붕들은 유난히 끝이 뾰족하여 아래에서 올려다보니 마치 하늘을 찌르는 것처럼 보였다. 기철은 지붕들을 올려다보며 연신 감탄사를 내지르고 있었다.

"과연 이곳을 천하의 중심이라고 할 만하구나."

그는 태감의 안내를 받으며 긴 회랑을 따라 흥성궁으로 향했다. 문 밖에는 최천수가 대기하고 있었다. 최천수와 기철은 잘 아는 친구 사이. 둘은 간단한 눈짓으로 안부를 물었다. 이어 최천수가 안쪽을 향해 외쳤다.

"황후 마마, 고려에서 오신 덕성부원군께서 납시셨습니다."

"어서 모셔라."

기 황후는 조바심이 일어 문 앞까지 다가갔다. 문이 열리고 기철이 들어서자마자 기 황후는 덥석 기철의 품에 안기며 흐느끼기 시작했다.

"오라버니!"

"마마!"

그녀의 눈에 흐르는 것은 회한의 눈물이었다. 집을 떠난 지 7년째.

그동안 수없이 가족 생각을 했지만 어금니를 깨물고 참아온 그녀였다. 황후가 되어 원 제국의 정상에 서서 가족을 만나겠다는 바람을 그녀는 이루어냈다. 자신은 제국의 황후가 되었고, 가족들은 고려 국왕에 버금가는 지위를 받았다. 금의환향이라 했던가? 비록 고향에 가지는 못했지만 실제로 세상에서 가장 화려한 비단옷을 입고 오빠를 만나고 있는 것이다.

기철은 한동안 더 흐느끼다가 기 황후를 상석에 앉히고 누이에게 큰절을 올렸다. 비록 누이동생이라 하나 그녀는 엄연히 원 제국의 황후가 아닌가? 기철은 최대한 예의를 갖춰 절을 올리고는 마주앉았다.

"먼 길 오느라 수고가 많으셨습니다."

"수고라뇨? 황후 마마의 하해 같은 은혜로 편안하게 왔습니다."

"가족들은 모두 무탈하시지요?"

"모두 황후 마마 덕택에 잘 지내고 있습니다."

"저는 여기 대도성에 있어 함부로 움직일 수 없는 몸이니 오라버니께서 저 대신 효도를 다해 주셔야합니다."

"여부가 있겠습니까? 황후 마마 대신 소인이 성심을 다해 부모님을 모실 것입니다."

두 사람은 한동안 가족에 관한 이야기를 하느라 시간 가는 줄 몰랐다. 그녀가 고려를 떠난 지 7년의 세월이 흘렀다. 그동안 일어났던 집안일을 다 말하려면 밤낮을 꼬박 새워도 모자랄 정도였다. 부모와 친척, 이웃들의 안부를 묻는 동안 그녀의 얼굴은 환한 꽃처럼 피어올랐다.

"오라버니께선 오랫동안 이곳에 머물다 가십시오."

"소인은 내일쯤 고려로 돌아갈 생각입니다."

"이 먼 길을 어렵게 오셨는데 곧장 가시다뇨?"

"고려에 가서 할 일이 많습니다. 이 참에 무능하고 썩어빠진 고려를 확 뒤집어 놓을 겁니다."

기철은 자신 있게 대답하고 나섰다.

"그렇지 않아도 방금 황상 폐하를 뵙고 진언을 올렸습니다. 정동행성을 아예 황국에 복속시켜 원나라의 행정구역으로 편입하자고 말입니다."

고려가 원나라에 편입되면 정동행성의 수장을 맡고 있는 기철의 권세는 지금의 고려 국왕보다 더 높게 된다. 황후의 오빠인 데다 정동행성의 수장이라면 고려를 발아래 온전히 굴복시킬 수 있다고 생각했다. 기철은 그러한 야심을 슬쩍 드러내 보였다. 하지만 기 황후의 반응은 차가웠다.

"고려를 아예 원나라에 병합하자는 말씀입니까?"

"그러하옵니다."

"그건 아니 됩니다. 고려의 땅은 고려의 땅입니다."

"하지만 마마, 고려를 원나라에 복속시켜 두어야만 마마의 영향력을 온전히 펼칠 수 있을 것입니다. 이 참에 고려 말도 아예 없애버리고 백성들을 모두 몽고말을 쓰게 할 것입니다."

당시 상당수 많은 사람들의 입에서는 고려를 아예 원에 복속시켜 한 나라로 만들자는 주장이 크게 번지고 있었다. 고려를 원나라의 직속 성으로 만들자는 이른바 입성론(立省論)이 그것이었다. 이전에 심양왕 고가 고려를 원나라에 합병시키자고 황제에게 주청했고, 그 후로 고려와 원의 상당수 관리와 지식인들이 고려라는 나라를 없앤 뒤에 원나라에 복속시키자고 주장했다. 세계 최대의 제국인 원에 고려를 복속시키면 다른 나라로부터 침략 받을 걱정을 덜 수 있고, 원에서 베푼 혜택을 온전히 누리며 한족들을 지배할 수 있다는 논리였다. 당시 고려를 제외하고 원과 국경을 접한 많은 나라들이 원에 복속되어 한 나라로 묶여 있었다. 토번(吐蕃 ; 지금의 티벳 지역)이 정식으로 원의 한 행정구역으로 편입되어 중앙의 선정원(宣政院)이 관할했고, 대만(臺灣)과 팽호도(彭湖島) 또한 원나라에 복속되었다. 주변의 나라들이 앞다투어 나라를 없애고 대제국에 편입되었던 것이다. 고려도 예외가 아니어서 원의 관리들뿐 아니라, 고려 안에서도 입성론을 들고 나오는 자가 상당했다.

기철도 고려를 없애고 원의 통치를 받자고 기 황후에게 부탁했다. 하지만 기 황후는 그와 생각이 달랐다. 천천히 고개를 내저으며 침중한 어조로 입을 열었다.

"제가 왜 황후의 자리에 오른 줄 아십니까? 이 자리에 오르기 위해 수많은 사람들이 희생되었고, 많은 사람들의 피를 제 손에 묻혔습니다. 아무 죄도 없이 억울하게 죽어간 사람도 있습니다. 전 그들을 위해 밤마다 부처님께 불공을 올리고 있어요. 이 모든 게 단지 사사로이 권력을 탐하고, 우리 가족만 잘 살기 위해서가 아닙니다."

어느새 기 황후의 눈시울이 어룽어룽해졌다.

"제가 공녀로 끌려오면서 무슨 생각을 한 줄 아십니까? 힘없고 작은 나라에서 태어나 여자의 몸으로 타국에 끌려가는 데도 누구 하나 이를 막아주는 사람이 없었습니다. 울부짖고 소리쳐 봐도 모두 모른

척하더군요. 이곳 원나라 땅에서는 더욱 절망스러웠습니다. 힘없는 고려국의 백성이기 때문에 저는 몽고족에게 몇 갑절 더 혹독한 푸대접을 받았습니다."

"마마!"

기철은 대답하지 못하고 고개를 떨궜다.

"더 이상 고려인이 저와 같은 시련을 겪게 해서는 안 됩니다. 고려뿐만이 아니지요. 원나라는 천하의 중심 아닙니까? 원나라 조정을 제 손아귀에 넣을 수만 있다면 모름지기 천하에 제 뜻을 펼칠 수 있을 것입니다. 제 뜻이란 작은 나라도 큰 나라도 함께 평화롭게 살 수 있게 하는 것입니다."

기 황후는 감정이 복받쳐 다시 눈물을 흘리고 있었다. 두 뺨이 선홍빛으로 달아오르면서 볼이 가늘게 떨렸다. 그녀는 길게 심호흡을 하며 말을 이어나갔다.

"저는 강한 고려를 만들게 도울 것입니다. 나라가 강해야 그 백성도 귀한 대접을 받을 수 있으니까요. 그러니 오라버니께서도 고려에 가시거든 권력만 탐하지 마시고, 부디 고려를 바로 일으키는 데 성심을 다해 주세요. 고려가 어떤 나라이옵니까? 중원을 호령했던 고구려의 정기를 이어 받은 나라이지요. 중국과 맞서 중원을 벌벌 떨게 했던 기상을 온전히 이어받은 우리 고려가 아닙니까? 몸은 비록 멀리 떨어져 있지만, 우리 고려를 부흥시켜 고구려의 기상을 다시 찾도록 내 몫을 다할 것입니다. 연약한 아녀자, 남자들의 방패막이가 되어 원으로 쫓아낸 고려 여인이 나라를 구했다는 말을 온 사방에 전할 수 있도록 할 것이란 말입니다."

기 황후는 아랫입술을 깨물며 눈을 크게 떴다. 그녀의 눈에는 불꽃이 튀었고, 얼굴에는 형언하기 어려운 수만 갈래의 표정이 담겨 있었다.

〈제 2권에 계속〉

작가의 말

얼마 전 가족들과 함께 새로 옮겨간 용산의 국립중앙박물관에 간 적이 있다. 박물관에 들어서니 입구에 화려한 조각의 거대한 탑이 전시돼 있는 게 보였다. 이 탑은 관람객들의 발걸음을 오랫동안 붙들 정도로 인기가 많았다. 바로 경천사 10층 석탑. 화려한 아(亞)자형 평면에 안정감과 정교한 조각기술이 어우러져 예술적 완성도가 높은 석탑이다. 연일 관람객들의 인기를 독차지 하고 있는 이 탑은, 하지만 정작 만든 사람이 누군지, 그리고 왜 이 탑을 만들게 되었는지는 잘 모르는 것 같아 안타까웠다. 오래 전 고려에 이 탑을 건립했던 사람은 원 제국의 황후였다. 바로 기 황후이다.

지금으로부터 약 700년 전, 변방국의 여자로 태어났다는 이유로 미천한 공녀가 되어 노예처럼 원나라에 끌려간 한 여인이 있었다. 그녀는 숱한 어려움을 극복하고 후에 원나라의 황후 자리에 오르고 천하를 호령했던 여걸이었다. 5천년 중국 역사상 우리 민족의 여인이 황후의 자리에 오른 자는 오직 기 황후뿐이었다. 그녀는 단순히 황후의 자리에 머물지 않고 자신의 아들을 황제로 등극시켰으며, 황태자비마저 고려인 중에서 고를 만큼 민족적 자긍심이 높았다. 비록 모국 고려는 막강한 강대국의 힘에 굴복해 백성들을 이민족의 노예로 보냈고 그녀도 그 희생양이 됐지만, 기 황후가 권력의 핵심부에 올라 고려를 위해 한 일은 결코 적지 않다. 태후와 황제, 그리고 황후까지 모두 고려인이니 원나라 전체를 고려인이 지배했다 해도 과언이 아니었다.

당시 원나라가 어떤 나라였던가? 강력한 군사적·경제적 능력과 함께 인류 역사상 가장 광대한 영토를 차지한 나라였다. 알렉산더 대왕과 로마의 시저, 프랑스의 나폴레옹이 세계를 정복했다지만 원나라에 비해서는 조족지혈에 불과하다. 비록 원의 국운이 다하여 명을 건국한 태조 주원장의 군대에 쫓겨 북쪽으로 옮겨 새 나라를 건국했지만, 기 황후의 위세는 오히려 더 높았다. 후에 북원(北元)이라 불린 이 나라는 만주와 감숙, 티베트, 그리고 중앙아시아를 온전히 품고 있어 세계 최대의 넓은 영토를 가진 것은 변함없었다. 기 황후는 아들인 황제와 함께 제국을 다스렸던 북원의 실제적인 통치자였다.

만약 우리 역사 속에 기 황후라는 인물이 없었으면 어떻게 되었을까? 아마도 고려라는 나라, 아니 지금의 우리 한민족의 명맥이 완전히 사라졌을지도 모른다. 지금 중국을 이룬 숱한 소수민족들의 운명처럼. 그녀는 고려를 원에 편입시켜 한민족을 아예 말살하려는 것을 필사적으로 막은 인물이었다.

이 소설을 집필하기 전 나는 어렵게 수소문하여 행주 기씨대종중 문중에 찾아가 기 황후의 영정을 구할 수 있었다. 물론 그 영정이 실제 기 황후의 모습을 완벽하게 구현했다 말할 순 없다. 하지만 난 그 사진을 기 황후의 현신(現身)이라 여겼다. 소설을 집필하는 내내 노트

북 옆에 끼워 놓고 바라보았다. 그동안 수많은 대화를 나누며 그녀의 말에 귀를 기울였다. 어쩌면 이 소설은 그 귀기울임에 대한 응답일지도 모른다. 그녀와 함께 한 700여 년 전의 시간여행은 참으로 즐거웠다. 원나라와 고려를 비롯하여 수많은 변방과 광대한 세계를 아우른 그녀의 행적을 따라 가다보면 무수한 역사적 인물을 만날 수 있다.

  나는 이 소설을 쓰는 동안 내내 묘한 흥분과 격분에 휩싸여 있었다. 소설로 담기엔 그녀의 삶은 너무도 드라마틱했고, 정치적 동선은 컸으며, 사서(史書) 뒤편으로 사라져간 마지막 생의 순간은 아이러니하기조차 했다. 방대한 역사적 자료와 동북아를 넘어선 세계적인 활동무대를 소설 안에서 풀어간다는 건 힘든 고역이었다. 나는 여행을 하면서 사투를 벌였다. 역사와 상상의 고지를 점령하기 위해 혈투를 벌였으며, 숨 가쁜 서사의 극적 전개를 위해 까닭 모를 조급함과 흥분으로 정신없이 달려왔다.

  이제 그녀와 함께 긴 여행을 마친 나는, 독자 여러분과 다시 여행을 떠나려 한다. 소설을 통해 시공간을 초월해 광활한 원 제국을 통치했던 한 여인의 인간적인 고뇌와 영광을 온전히 만날 수 있다면 더 이상 바랄 게 없겠다. 그녀는 세계화 시대에 우리 한민족이 나아갈 하나의 푯대이기 때문이다.

2006년 5월 제성욱

천하를 경영한 기황후 1권

초판 1쇄 발행 2006년 05월 22일
2판 3쇄 발행 2014년 01월 05일

저 자	제성욱
펴낸이	천봉재·조인숙
펴낸곳	일송북

주소	(133-801) 서울시 성동구 금호로 56 3층 (금호동1가)
전화	02-2299-1290~1
팩스	02-2299-1292
이메일	minato3@hanmail.net
홈페이지	www.ilsongbook.com
등록	1998. 8. 13 (제 303-30300002510020060000049호)

ⓒ 일송북 2013

ISBN 978-89-5732-131-7 14910
ISBN 978-89-5732-130-0 (세트)
값 12,800원

이 도서의 국립중앙도서관 출판시도서목록(CIP)은 서지정보유통지원시스템 홈페이지(http://seoji.nl.go.kr)와 국가자료공동목록시스템(http://www.nl.go.kr/kolisnet)에서 이용하실 수 있습니다.(CIP제어번호: CIP2013022501)